一个陌生女人的来信

[奥地利] 茨威格 著

高中甫 韩耀成 译

中国画报出版社·北京

图书在版编目（CIP）数据

一个陌生女人的来信/（奥）茨威格著；高中甫，韩耀成译. ——北京：中国画报出版社，2016.3
（插图典藏本）
ISBN 978-7-5146-1257-8

Ⅰ.①—… Ⅱ.①茨…②高…③韩… Ⅲ.①短篇小说—小说集—奥地利—现代 Ⅳ.①I521.45

中国版本图书馆CIP数据核字（2016）第003531号

一个陌生女人的来信	[奥地利]茨威格 著 高中甫 韩耀成 译

出 版 人：于九涛
责任编辑：吴超莉
图　　片：文鲁工作室　上超
责任印制：焦　洋
出版发行：中国画报出版社
　　　　　（中国北京市海淀区车公庄西路33号 邮编：100048）
开　　本：32开（880mm×1230mm）
印　　张：12.25
字　　数：258千字
版　　次：2016年3月第1版　2016年3月第1次印刷
印　　刷：北京通州皇家印刷厂
定　　价：38.00元

总编室兼传真：010-88417359　版权部：010-88417359
发　行　部：010-68469781　010-68414683（传真）

目 录

- I/ 译　序
- 1/ 被遗忘的梦
- 9/ 夏天的故事
- 22/ 灼人的秘密
- 95/ 一个陌生女人的来信
- 142/ 一颗心的沦亡
- 177/ 一个女人一生中的二十四小时
- 247/ 看不见的收藏
- 263/ 日内瓦湖畔的插曲
- 272/ 拍卖行里的奇遇
- 312/ 国际象棋的故事
- 373/ 茨威格1936年用英文写的简历
- 375/ 绝命书
- 376/ 茨威格生平和创作年表

译 序

斯·茨威格一八八一年生于维也纳,出生于一个犹太家庭,父亲是纺织厂主,母亲是银行家的女儿。从童年起,他就过着优渥的生活,受着良好的教育,对文学艺术有着浓厚的兴趣。

维也纳当时是奥匈帝国的首都,这个帝国建立于一八六七年,到十九世纪末国运式微,政治衰败。可这同时也是奥地利历史上一个文学艺术生机勃发的时期,如茨威格所说的,它"是西方一切文化的综合"。马赫(1838—1911)的哲学,弗洛伊德(1856—1939)的精神分析学,马勒(1860—1911)、施特劳斯(1864—1949)、勋伯格(1874—1951)在音乐上赢得的世界性声誉,建筑和绘画艺术上分离派和印象派的成就已饮誉欧洲,而文学上则是"青年维也纳"的崛起。这个文学流派很快就成为奥地利和维也纳文学生活的中心,它标志着一个新的文学时代的到来,迅即赢得了青年一代的敬仰和追随。茨威格就是在这样一种文学艺术氛围中走上了文学的道路。

一八九八年,还是一个十七岁中学生的茨威格在报纸上发表了第一首诗歌;一九〇一年在维也纳大学学习时出版了他的第一部诗集《银弦集》；他的第一个短篇小说发表于一九〇二年，第一部短篇小说集《艾利卡·埃瓦尔德之恋》出版于一九〇四年；《泰尔西特斯》是他的第一部剧作，创作于一九〇七年，而作为传记作家，他写了第一部人物传记《艾米尔·凡尔哈伦》，时为一九一〇年。这表明，近而立之年的茨威格在文坛上的各个领域都进行了尝试，并赢得了一些名声。

　　成功的文学起步使茨威格选择了一个职业作家的生涯，但他清醒地认识到，正如他在自传《昨日的世界》中自省地所写："虽然我很早就（几乎有点不大合适）发表作品了，但我心中有数，直到二十六岁，我还没有创做出真正的作品。"标志着他形成自己创作风格并赢得评论界赞赏的是他一九一一年发表的小说集《初次经历》——它有一个副标题：儿童王国里的四篇故事，内收有《夜色朦胧》《家庭女教师》《灼人的秘密》和《夏天的故事》，作家和评论家弗里顿塔尔称，这个集子的小说才使茨威格成为一个小说家。其中《灼人的秘密》尤为受到读者的喜爱，它稍后出了单行本，一次印了二十万册。《初次经历》确立了他在德语文坛上的地位，形成了他在小说创作上独具特色的表现风格，表达了他在艺术上的追求，探索和描绘为情欲所驱使的人的精神世界，成为他此后创作的一个基调。

　　一九一四年第一次世界大战把茨威格抛到与过去生活截然不同的生活中去。生性热爱和平的茨威格在一段短暂的时间内没有摆脱民族主义的影响，他写了几篇颂扬所谓"爱国主义"的文章，并自愿入伍，在战争档案处和战争新闻本部工作。但民族之间的血腥杀戮和战争的残酷使他很快觉醒过来，到一九一六年初，如他在《昨日的世界》中所表明的，他成了一个反战主义者。一九一六年，他取材《圣经·旧约》中的《耶利米》创作了反战戏剧《耶利米》。这位犹太民族的先知预言巨大灾难的降临,但在狂热的年代无人相信他,他被看作傻瓜、叛徒。"用我的肉体去反对战争,用我的生命去维护和平",在这位先知身上,我们看到了茨威格本人的身影。此外,他还写了一些和平主义的文章,并在此后的年代写出了反对战争、控诉战争的小说,如《桎梏》《日内瓦湖畔的插曲》《看不见的收藏》等。

第一次世界大战以德奥失败而宣告结束。茨威格在这场战争中失去了很多,可他获得的更多。一九二六年他在一篇文章中做了这样一份总结:"失去了什么?留下了什么?失去的是:从前的悠闲自在,活泼愉快,创作的轻松惬意……以及一些身外的东西,如金钱和物质上的无忧无虑。留下来的:一些珍贵的友谊,对世界的更好的认识,那种对知识的炽热的爱,还有一种新的、坚强的勇气和充分的责任感,在逝去多年时光之后,突然成长起来。是的,人们能以此重新开始了。"

茨威格对世界有了进一步的认识,对生活有了更深层次的理解,热衷于对人类心灵的探索,增强了作为一位作家的责任感。他勤奋耕耘,孜孜不倦地写作。自战后到一九三三年这段时间成为他创作上的鼎盛时期。他先后完成了由三本书组成的《世界建筑师》:《三位大师》(巴尔扎克、狄更斯、陀思妥耶夫斯基),《与魔的搏斗》(荷尔德林、克莱斯特、尼采),《三位作家的生平》(卡萨诺瓦、司汤达、托尔斯泰)。在这些传记,或者说是作家散论中,茨威格以多彩生动的文笔,不仅为我们描绘了这些作家的生平,而更重要的是展示了这些大师栩栩如生的独特性格和复杂而幽暗的精神世界。

除了这些作家的传记之外,他在这段时间还写了一些历史人物的传记:《约瑟夫·福煦》(1929)、《玛丽·安东内特》(1932)以及稍后的《鹿特丹人伊拉斯谟的胜利与悲哀》(1934)等。在这些著作里,茨威格一方面遵循自己所确定的原则:"精练、浓缩和准确",另一方面,更重要的是,他关注的和追求的不是历史事件的发展和规律性的东西,激起他兴趣的是这些历史人物的艺术画像、精神世界;他观察的不只是人物的外观,而是他们的内心。他对历史人物的独特理解,以及独特的心理分析的表现方法,为他在世界传记文学中赢得了一个独特的地位。

罗曼·罗兰称茨威格是一个"灵魂的猎者",如果说在这些历史人物传记中,受历史人物本身和历史事件的左右,茨威格还不能充分发挥他灵魂猎者的本领的话,那么他在这一时期完成的小说,特别是在他的第二本小说集《热带癫狂症患者》(1922)和第三本小说集《情感的迷惘》(1927)中就淋漓尽致地施展了他的才能。这两本小说集连同他一九一一年发表的小说集《初次经历》,被茨威格本人称为"链条小说"。在《初次经历》中写的是人的儿童期,他通过儿童的视角观察了为情欲所主宰的成人世界,这个世界充满了"灼人的秘密"。收有《热带癫狂症患者》《奇妙的世界》《一个陌生女人的来信》《芳心迷离》的第二本小说集,展示的是由情欲所控制的成年男女的心态,他们在潜意识的驱使下犯下了所谓的"激情之罪"。小说集《情感的迷惘》内收入的除冠题那一篇之外,还有《一个女人一生中的二十四小时》《一颗心的沦亡》。它们的主人公都是历经沧桑的过来人,作者极为细腻地描绘了这些人物在情欲的驱逼下或遭到意外打击时心灵的震颤和意识的流动。用茨威格本人的话来说,这些小说是带有精神分析印记的,是探索个人的,是与"激情的黑暗世界中的幽明相联结的经历"。

·译序·

人的心灵是一个幽暗的神秘世界,心理学家一直为揭示这个世界的秘密而不断地探索和研究。弗洛伊德在世纪交替期所创建的精神分析学在这一领域里做出了划时代的贡献,并且很快形成一种强大思潮,影响遍及许多学术领域,以文学而论,弗洛伊德主义已成为现代派文学的源头之一。这位伟大的、无所畏惧的心理学家为许多作家打开了进入这一隐秘的世界之路。茨威格就是最早承认和敬重弗洛伊德及其精神分析学说的德语作家之一。他曾写道:"在我们总是试图进入人的心灵迷宫时,我们的路上就亮有他的智慧之灯。"

茨威格这段时期的小说创作,特别是在后两部的链条小说集中,形象地表现了情欲的力量和无意识的驱动力,可以明显地看到弗洛伊德的影响。《热带癫狂症患者》中的男主人公仅是由于瞬间的冲动而不惜以生命殉情;《一个陌生女人的来信》中的少女对一个登徒子一见倾心,竟像妓女般地委身,最后付出了生命的代价;《一个女人一生中的二十四小时》中一个出身名门、年逾不惑的孀居女人,竟然为一个年轻赌徒的一双手神魂颠倒,最后以身相许,甚至想到与他远走天涯;《情感的迷惘》中一个享有声望的莎士比亚学者,是一个同性恋者,为情欲所逼竟偷偷出没在下流龌龊的场所,最后导致身败名裂。茨威格在这些作品中,细腻地表现了激情——情欲的力量,展示出无意识状态下人的心态和意识的流动。

正是由于这些小说中明显可见的弗洛伊德的影响,当时有的批评家讥讽茨威格的作品是对弗洛伊德学说的庸俗化。这种观点有失偏颇,茨威格是弗洛伊德的敬仰者,精神分析学有助于茨威格用一种新的目光、新的思想去探索和窥视人的内心世界,去塑造人物的形象，但他不是一个盲目的追随者，用小说图解弗洛伊德的学说。他曾当面激烈地反驳了弗洛伊德对他的小说所作的精神分析学的曲解。茨威格小说本身所具有的艺术魅力和生动的人物形象也驳斥了对他的这种批评。但是不能不承认，随同弗洛伊德学说影响给他文学创作带来了一些弱点：一方面是过多的、不厌其烦的内心描写使作品拖沓、臃肿，另一方面对情欲和无意识的热衷削弱了作品的时代感；而当他把视野转向现实生活时，他创作的一些作品，如《看不见的收藏》《栲梏》《日内瓦湖畔的插曲》《旧书商门德尔》，特别是他的最后一部作品《国际象棋的故事》等就有了尖锐的社会批判力量和强烈的现实主义色彩。

  一九三三年希特勒攫取了政权，茨威格被抛入另一种生活。随着一九三八年奥地利被法西斯德国吞并，他成了一个无家无国的流亡者。作为一个犹太人，他的种族正遭到灭绝性的杀戮；作为一个奥地利人，他已成为一个亡国之人。在流亡期间他没有参加反法西斯抵抗运动，但他竭尽所能、无私慷慨地帮助那些身受迫害的流亡者。他在从纽约发出的一封信里，这样表露了他的心迹："我的一半时间都用来为大洋彼岸办理宣誓书、许可证和筹措旅费，我怕你想象不出这有多么困难，多么费力。我们这些逃脱了彼岸秘密警察的人把这当作首要任务，其他一切相比而言都是微不足道的。"

  尽管流亡生活颠沛流离，精神上的苦痛折磨着他，茨威格依然勤奋地完成了他的一些重要作品，其中传记有《马利亚·斯图亚特》《卡斯台里奥反对加尔文》《麦哲伦》，和他唯一完成的长篇小说《焦躁的心》，他的最后一篇小说《国际象棋的故事》，以及他的最后一部著作——他的自传《昨日的世界》。

  茨威格本人并没有看到《国际象棋的故事》和《昨日的世界》

的出版。他是一个格外焦躁不安的人,他相信曙光必然到来,却不堪忍受黎明前的黑暗。这个"欢乐的悲观主义者,渴望死亡的乐观主义者",在第二次世界大战最沉重的日子里,于一九四二年二月二十二日与妻子一道弃世而去,留下了那封悲怆感人的绝命书,用自己的生命对战争进行了最后的抗争。

茨威格一生共写了十二部传记,九部散文集,七部戏剧,两部长篇小说①,三部诗集,六部中短篇小说集,以及一部自传等。它们确保了他在德语文学乃至世界文学中的地位。他成为一位深受人们喜爱的作家,他的作品被译成四十多种文字,在世界各地拥有广泛的读者群。他把整个世界当作他的故国,他的书也在地球上所有的语言中找到了友谊和接受。

高中甫

---

① 此两部长篇分别为《焦躁的心》和《醉心于变形》。其中《醉心于变形》有两个中译本,分别题为"富贵梦"和"青云无路";此外,还发现一部中篇的片断,经整理于二十世纪八十年代出版,题为"克拉丽莎"。

被遗忘的梦

一座别墅紧靠在海边。

咸腥味的海的氤氲弥漫在静谧的朦胧的五针松甬道中间,不断吹来的微风戏弄着橘子树的四周,拂来掠去,宛如用谨慎的手指抚摩着一朵绚丽多彩的鲜花。阳光闪耀中的远方,山丘,它们中间秀丽的房屋有如白色的珍珠在熠熠发光。几里之遥有一座灯塔,它像一根蜡烛似的笔直地矗向天际,在清晰明显、界限清楚的轮廓中间,一切都泛着亮光并浸入大海的湛蓝之中,如一幅闪光的镶嵌图案。大海动情地把它的波浪紧紧偎依在带有台阶的平台旁边——别墅就在上面。白色的光华映进大海,在远处点缀着孤寂的闪光的船帆,越来越深入地升到一个宽大的阴影下的庭院中的绿地上,并消失在疲惫的、童话般寂静的公园里。

上午的炎热压在沉睡的房屋上面,一条狭窄的铺着沙砾的小路像一条白线从房屋通向凉爽的望景台,台下波浪粗暴地不停地在冲击,噼啪作响,这些闪光的水珠子不时四下飞溅,由于刺眼的阳光扩散成钻石般的彩虹的光华。熠熠发亮的太阳光芒一部分洒落在五针松树叶上,这些树叶浓密地靠在一起,宛如在窃窃私语;另一部分由一把张开的日本雨伞遮挡住,被刺眼的不舒服的颜色固定在欢快的形状上。

在这把伞的阴影中间,一个女人倚在一把柔软的草椅上,她把她漂亮的身躯舒适地偎依在软塌塌的纺织物里。一只消瘦的没有带指环的手像被遗忘似的垂了下来,轻轻地惬意地戏弄着一条狗的发亮的丝绸般的皮毛,另一只手拿着一本书,深色的长有黑色睫毛的眸子把它的注意力都集中到书本上,一刻也没有间断,眼睛里含着一丝强忍住的微笑。这是一双不安静的眼睛,长得大大的,在呆滞的、模模糊糊的光亮里显得更为秀丽。线条清晰的瓜子面庞所散发出的一种强烈的吸引力并不是天然的、和谐的,而是把经过精心修饰的个别部分的美以一种精心的方式显露出来。表面看来是凌乱的鬈发闪闪发光,散发着芳香,仿佛一位艺术家的精心之作,在阅读时围绕唇边现出的微笑露出牙齿那洁白光滑的珐琅质,可就是这种微笑也是一种多年览镜得出的结果,但现在已经成了固定的、无法摆脱的一种习惯的艺术了。

沙砾上响起了一种轻微的沙沙声。

她望去,姿态没有任何改变,像一只躺在耀眼的灼热的阳光里沐浴的猫一样,她用炯炯发光的眼睛迎向来人。

脚步迅速走近,一个身着号衣的仆人站到她的面前,递上一张狭长的拜访名片,然后后退少许等在那里。

她读着名片,表情显得惊愕,在马路上当一个陌生人向你亲切打招呼时,你就会有这样的表情。眼睛上面清晰而又浓黑的眉毛显出一道小小的皱纹，这是在费力思考的一种表示，随即在她的面庞上流露出一种欢快的光辉，眼睛在傲慢的光亮里闪动，她像在回想早就逝去的、完全遗忘的青春年华一样，而这个名字重新唤起了那个岁月的明快的画面。形象和梦幻重又获得结实的形体，清晰得如实实在在的一样。

"那么，"她突然清醒过来，转向仆人说，"这位先生当然可以前来。"

仆人迈着卑恭的脚步走开了。有一分钟的时间寂静无声，只有永不疲倦的风儿在轻轻吟唱，从充满强烈的正午阳光的山峰那边飘来。

突然间传来了轻快的脚步，它在沙砾路上有力地发出了响声，一条长长的身影直落到她的双足跟前，随即一个高大的男人站到了她的前面，她从她那臃肿的座位上伶俐地立起身来。

先是他们的目光相遇。他朝绰约娇丽的身躯抛去飞快的一瞥，而她在眸子里闪烁出一丝嘲弄的微笑。

"你真是太好了，还记得起我来。"她开始说，同时她把消瘦发亮、精心保养的手递给了他，他敬畏地用嘴唇吻了吻。

"仁慈的夫人，我要坦诚地对您，因为这是阔别多年以来的一次重逢，并且是，我感到害怕，好多年了。我到这里来，纯系一种偶然，这座宫殿的占有者的名字重又使我想起了你。我是因为他的杰出的地位才打听到这幢别墅的。这就是说我本来是作为一个深感内疚的人来到这里。"

"但这不会使你不受欢迎，因为我也不是立刻就想起了您，尽管你对我来说是相当重要的。"

现在两人都笑了。半是隐蔽的青年时代的初恋的那种甘美的淡淡的芬芳，同它整个的迷人的甜蜜感在他们心中苏醒了，犹如一个梦，一个人们在醒来时会轻蔑地撇一下嘴的梦，尽管他还是希望再去做一次。美梦有头没尾，这只能希望而无法要求，这只能应允而不能给予。

他们继续谈下去。但在语调里已经有了一种真诚，一种温柔的信赖感，它能保守一种玫瑰色的、业已半是苍白的秘密。她吐出的轻松的字眼儿，一种欢愉的笑声不时像落在玉盘里的流动的珍珠。他们谈起过去的事情，谈起忘掉的诗歌、枯萎的花朵、丢失的和抛掉的饰带，这是他们之间的故事，像无痕迹的传说一样，在他们心里撞击起多年沉默的、尘封的大钟，慢慢地、慢慢地充满了一种痛苦的、疲惫的庄重感；他们业已死去的青年时代的爱情的结局在他们的谈话中有着一种深沉的，几乎是悲哀的严肃性。

他讲道："在美国那边我得到一个消息，说您订婚了，那是在婚礼早已举行了的时候。"在讲这段话时，他的富有旋律的声音有轻微的颤抖。

她什么也没有回答。她的思想已退回到了十年前。

一阵郁闷的沉默压在两人身上，几分钟的时间过去了。

随后她轻轻地问，几乎听不到声音：

"您当时对我是怎样想的？"

他惊愕地朝她望去。

"我可以坦白地告诉您，因为明天我就会回到我的新的故乡去了。我没有惹您生气过，瞬间都没有过混乱的充满敌意的念头，因为生活当时已经把爱情的斑斓的火焰冷却成一种同情的发出微光的火苗了。我不理解您，只是——惋惜。"

一片轻微的深红泛上她的面颊，她的眸子里的光华变得强烈了，当即激动地喊道：

"惋惜我！我不知道这是为什么！"

"因为我想到您未来的丈夫，一个冷漠的、总是去想赚钱的人——您不要反驳我，我完全不是想去污辱您的丈夫，我一直尊重他——我是因为想到您，一个少女，我是怎么离开她的。因为我无法想象。像您这样一个孤独的人，理想的人，对日常生活有的只是一种轻蔑的嘲弄，怎么能成为一个常人的诚实的妻子。"

"如果情况果真这样，那我为什么同他结婚？"

"我知道得不很清楚。也许他有一些隐藏起来的优点，表面上看不到，只有在私下交往中才开始显露出来。这对我是一个容易解开的谜，因为我不能也不愿意相信。"

"这是什么意思？"

"他有伯爵的头衔和百万的家财，这是我唯一缺少的。"

她好像是没有听到最后一句话，因为她用手指遮在眼睛上方，在阳光中手指透出深色的玫瑰红，像是紫色的贝壳在发光，她向远方，向很远的模糊不清的天水一线的地方望去，在那里天空把它淡蓝色的衣裳浸入海浪的深色的绚丽之中。

他也陷入沉思，几乎忘记最后的话；她避开他，突然用听不到的声音说：

"是这么回事。"

他吃惊地、几乎是畏惧地向她望去。她用一种慢慢的显然是做作的安详姿态重新坐进她的圈手椅里，以一种平静的感伤，单调地、嘴唇几乎不动地继续说道：

"那时你们没有一个人理解我,当我还是一个小女孩、说着怯生生的孩子话时,连您跟我那么要好也不理解我。也许我自己也不理解。我现在还时常想到,我不明白自己,因为女人对她们的迷恋奇迹的少女灵魂能知道些什么呢?她们的梦想像柔弱的、细小的白色花朵,现实哈出的头一口气就使它枯萎了。我不像其他的少女,她们梦想着健壮有阳刚之气的英雄,他们应当使她们寻觅的渴望变成闪光的幸福,使她们的平静的预感成为欢愉的领悟,并把她们从那种模糊不清、莫名所以、无法把握却是感觉得到的痛苦中解脱出来,这种痛苦把它的阴影越来越浓烈、越来越咄咄逼人和越来越沉重地笼罩住少女的时光。我从来不知道这种痛苦,我的灵魂乘着另一种梦的小舟驶向未来的遮蔽起来的丛林,这丛林隐藏在未来岁月的浓密雾霭的后面。我的梦是我特有的。我总是做一个国王的孩子去做的梦,这些梦像古老童话书里的那样,他们用熠熠闪烁、光彩耀眼的宝石玩耍,他们的手发射出童话宝藏的金色光华,他们穿的飘动的衣服价值连城。我梦想豪华和富丽,因为我爱这两样东西。当我的双手可以抚摩飒飒颤动、轻吟浅唱的丝绸时,当我的手指能够在一块贵重的天鹅绒衣料的质地柔软的长筒中像睡眠一样伸展开来时,我是多么快乐!当我能够把珠宝像一条锁链似的戴在我那因喜悦而发抖的手指上时,当洁白的宝石在我的头发的波浪里像珍珠一样闪耀时,我是多么幸福!我的最高的目的就是坐到一辆时髦的汽车的柔软座位里。我当时醉心于艺术的美,这种陶醉使我瞧不起我的现实生活。当我身着日常普通的衣服,像一个修女一样地朴素和简陋,并经常整天地待在房子里时,我恨自己,因为我为我的平庸感到羞愧,我躲在自己狭小的丑陋的房间里。我的最美好的梦就是一个人单独地生活在海边,在属于自己的家产上,这家产是豪华的,同时也富有艺术性;在树荫遮盖、绿叶浓密的甬道上,那里没有脏兮兮的爪子来干些卑下的工作,那里是一种丰腴的祥和——几乎就像这儿一样。我梦里所要的,我的丈夫都满足了我,也正因他能够这样做,他才成了我的夫君。"

她沉默不语了,脸上泛出一种放肆的美。她眼睛里的光亮变得强烈而逼人,面颊的红晕燃烧得越来越灼人。

深沉的寂静。

只有粼粼波浪在下面发出节奏单调的歌声,浪花把自己抛向平台的台阶,就像投入一个可亲的胸脯中似的。

这时他轻声地说,仿佛自言自语:

"但是爱情呢?"

她听到了。嘴唇上露出一丝微笑。

"您今天还有您的那些理想,所有的那些,您当时不都带到远方的世界去了?难道所有的您都保留下来,一点儿没有损害,或者有一些已经死去了,枯萎了?或者有人最终把它们用暴力从您的胸膛撕扯了出来,并抛到污泥里去,被成千上万奔向生活目的的车轮碾得粉碎?或者您什么也没有失掉?"

他忧郁地点了点头,一声不响。

突然他握住她的手,放在嘴唇上,沉默地吻了吻。随后他用动情的声音说:"永别了!"

她有力和真诚地对他做出了反应。她向一个由于久别而变得陌生的人袒露了她内心深处的秘密,展示了她的灵魂,她并不为此感到羞愧。她目送他而去,露出微笑。她想到他谈到"爱情"这个词儿,往昔重又用轻轻的听不到的脚步把她和现实隔离开来。突然她想到,那个人本来是能引导她的生活的,这种想法用色彩描绘着这个古怪的念头。

慢慢地,慢慢地,完全察觉不到地,这种微笑在她那梦幻般的嘴唇上消逝了……

高中甫　译

夏天的故事

去年夏天的八月,我是在卡德纳比亚度过的,那是科莫湖①畔的一个小地方,白色的别墅和黝黯的森林相互掩映,景色宜人。在热闹的春日,贝拉焦和梅纳焦的旅行者熙熙攘攘挤满了狭窄的湖滨,而卡德纳比亚这座小镇却仍旧宁静和安谧。在这几个星期,它沉浸在芳香弥漫、风和日丽之中。这家旅馆几乎是孤零零的:稀稀拉拉的几个客人,每人都对别人居然也选择这么个偏僻地方来消夏感到有点儿奇怪,而每天早晨竟发现别人还没有走,大家都对此惊讶不已。最使我感到惊奇的是一位高雅的、修养有素的年岁较大的先生。从外表看,他是介于得体的英国政治家和巴黎的好色之徒之间的一种类型;他并不从事任何水上运动来打发时间,而是整天若有所思地凝视着香烟的烟雾在空中飘散,或者间或翻一翻书。下了两天雨,寂寞难当,外加他又随和热情,所以我们一认识马上就很亲密,年龄上的差别也

---

① 科莫湖,在意大利北部阿尔卑斯山上,面积146平方公里。这里气候温暖,风景优美,是疗养胜地。小说中提到的贝拉焦、梅纳焦等地,是湖区著名的风景区、疗养地。

就不成其为障碍了。论籍贯,他是利服尼亚人①,先在法国,后来又在英国受的教育,从未有过职业,这些年来一直没有固定的住地,是高雅意义上的无家可归的人,像维京人②和掠夺美女的海盗,积攒了世界各地的许多奇珍异宝。他对各种艺术都一鳞半爪地懂得一点儿,他对献身于艺术的鄙视远远超过了对艺术的爱好:他以千百个美好的小时欣赏艺术,却没有下过一个小时的苦功来搞搞创作。他的生活显得闲散,因为不受任何集体的约束,生活中由千百种宝贵的经历所积聚起来的财富,等到咽下最后一口气,也就烟消云散,无影无踪了。

一天黄昏,晚餐之后我们坐在旅馆门前,望着明亮的科莫湖在我们眼前渐渐变得朦胧起来,这时我向他谈起了前面这些想法。他笑着说:"也许您并非没有道理,虽然我不相信回忆:经历过的事情,在它离开我们的瞬间就结束了。再说诗吧:二十、五十、一百年之后不是同样也烟消云散了吗?但是今天我要告诉您一件事,我相信这是一篇很好的小说素材。您来!这事最好是边走边谈。"

于是我们就沿着美丽的湖滨小路漫步,古老的柏树和枝繁叶茂的栗树把它们的阴影投在小路上,树木的枝丫侧映在湖里,湖水不安地闪烁着。湖那边贝拉焦一片雪白,像飘浮的白云,已经下山的太阳给它染上了柔和的艳丽色彩。在那高高的、黝黯的山岗上,塞贝尼别墅的围墙顶上抹着金刚石般的落日余晖,熠熠闪光。天气有点闷热,但并不使人感到憋气;温暖的空气像女人

---

① 利服尼亚在波罗的海地区。
② 维京人,即诺曼人,8—11世纪时经常劫掠欧洲西海岸的日耳曼航海者。

温柔的胳膊,温存地偎依在树影身上,她的呼吸里充满看不见的鲜花的芳香。

他开始说:"开头就得坦白。我去年就已经来过这里,来过卡德纳比亚了,是和现在同一时节,住在同一旅馆,这我一直没有告诉您。我对您说过,我这个人一向不愿意生活得重复,因此您对我今年又到这家旅馆来这件事一定会更加感到奇怪吧。那就请您听我说!那次当然也和这次一样的寂寞。那位来自米兰的先生去年也在这里,他整天抓鱼,晚上又把鱼放掉,第二天早晨再抓;去年还有两位英国老太太,她们默默无闻的生活几乎引不起任何人的注意,此外还有一位漂亮的小伙子带了一位可爱而苍白的姑娘,我至今仍不相信她是他的妻子,因为他俩显得过分的亲昵。最后还有一家德国人,是典型的德国北方人,一位年纪大些的妇人,头发淡黄,骨骼突兀,动作笨拙而难看,她的眼睛像钢钎一样,显得咄咄逼人,她那张爱吵架的嘴像是用刀削过的,十分锋利。跟她一起的是她的一个妹妹,这绝不会认错,因为她们两人的面貌完全一样,只不过妹妹的面容要舒展些,松软的脸上布满了皱纹。姊妹两人成天在一起,可是从不交谈,时时刻刻都在织东西,在编织她们空虚的思想,像是无情的命运女神①在编织这百无聊赖、狭隘短浅的世界。她俩中间坐着一位年轻姑娘,大约十六岁,是她们两个之中某一位的女儿;我不知道她母亲是哪一位。她的脸颊尚未成熟,但已经呈现出些许女性的圆润。她并不算好看,体形太纤细,尚未成熟,此外穿

---

① 希腊罗马神话中的命运女神共有三位,一位纺织生命之线,一位决定生命之线的长短,第三位负责切断生命之线。

着打扮当然也显得土气,但是她那茫然的神韵中却有着某种动人的东西。她的眸子很大,充满朦胧之光,但是她的眼睛总是困惑地躲开别人的视线,一阵眨巴就掩饰了眼睛的光芒。她也老是带着织活,但她两只手的动作却常常很缓慢,手指头不时停下来,静静地坐在那里,以一种梦幻般的、纹丝不动的目光凝视着湖面。不知为什么,我一见此景,似乎就有什么东西奇怪地把我攫住了。攫住我的难道是看到那位容貌凋谢的母亲和她青春焕发的女儿,看到身躯后面的影子而产生的庸俗的、却是不可避免的遐想,是想到每张脸庞上已经悄悄爬上了皱纹,笑声里默默显出了疲惫,梦境里已悄悄藏着因失望而产生的伤感吗?还是在姑娘身上处处显露出来的那种狂热的、突发性的、毫无目的的憧憬,是她们生活中那绝无仅有的、奇妙的瞬间?这一瞬间她们的目光热切地注视着宇宙,因为她们还没有得到那独一无二的东西,还没有可以紧紧抓住的东西,可以终身依附其上,就像藻类依附于漂浮在水面的木头一样。观察着姑娘,望着她那梦幻般的、湿润的目光,看着她对每一只猫和狗所表现出来的狂热而激烈的爱抚的姿态,瞧着她干干这,干干那,但什么事也不能做到头的不安神情,我心里充满了难以言状的激动。再就是晚上她心绪不定地浏览旅馆图书室里的几本不怎么像样的书或者翻阅她自带的两本翻烂了的歌德和鲍姆巴赫①的诗集的匆忙神态……您干吗笑呀?"

我向他表示抱歉:"把歌德和鲍姆巴赫凑在一起了。"

"噢,是这样!当然这是可笑的,但却又不可笑。您可以相

---

① 鲍姆巴赫(1840—1905),德国诗人,以写作学生饮酒歌和叙事诗著名。

信，年轻姑娘到这年龄，无论读的是好诗还是歪诗，是感情纯真的诗还是骗人的诗，她们都不在乎。对她们来说，诗只不过是解渴之杯罢了，她们根本不注意酒的本身，酒还没喝，她们的心就已经醉了。这位姑娘就是这种情景，她的憧憬已经装满了杯子，使她的眼睛也发出了光彩，指尖在桌上微颤，走起路来步履显得奇特、笨拙，但却又很轻快，带着一种飞跑和恐惧的风韵。看来她渴望同人说话，倾诉她充满胸中的一切。但是这里没有人，只有寂寞，只有毛线针左右碰击的单调声音，只有这两位妇人冷冰冰的、多疑的目光。一种无限同情之心在我身上油然而生。可是我又不能接近她，这是因为，首先，在女孩子此刻的心目中一个上了年纪的人是没有吸引力的，其次，我讨厌跟全家结交，尤其讨厌跟上了年纪的家庭妇女结交，这就排除了我去接近这位姑娘的任何可能性。于是我就试着做了一件奇怪的事。我想：这位年轻姑娘还没有开始独立生活，阅历不深，大概是初次到意大利。在德国，意大利被看作浪漫主义爱情之国，是那些罗密欧之国，那里，背地里在谈情说爱，还有扇子落在地上、寒光闪闪的匕首、假面具、少女的伴娘和温存多情的书信。那是由于受了英国人莎士比亚的影响，其实莎氏自己从未到过意大利。她一定在做着风流艳梦，但又有谁懂得少女的梦呢？这些梦如飘浮的白云，毫无目的地在蔚蓝的苍穹里浮移。这些如云的梦，黄昏时分总是染上灼热的色彩，先是紫色，随后又燃成火红。她觉得，在这里任何事情都可能发生，都不会使她感到意外。于是我就决定给她虚构一个神秘莫测的情侣。

"当天晚上我就写了一封缠绵的长信，既谦恭又尊敬，用了许多奇特的暗示，信没有签名。信里没有提什么要求，也没有作什么许诺,既热情奔放,又含蓄有度。一句话,像是从诗剧里抄来的一封浪漫的情书。我知道,她因为心潮激荡,所以每天总是第一个去吃早饭,于是我就把这封信叠在餐巾里。到了第二天早晨,我从花园里对她进行观察:只见她猛吃一惊,大为诧异,她那苍白的脸颊上泛起了红晕,一直红到脖子。她困惑地环顾四周,全身震颤,以小偷似的动作把信藏了起来,随后就神情不安、激动烦躁地坐着,早点几乎连碰都没有碰就走了出去,走到外面那浓荫覆盖的、很少有人涉足的小路上揣摩这封神秘莫测的信去了……您想说什么?"

刚才我下意识地做了一个动作,因此得解释一下。"我觉得这很冒失。您难道没有想过,她可能会去查问或者——这最简单——去问跑堂的,餐巾里怎么会有封信?或者她不会把信交给她妈妈吗?"

"这我当然想过。可是假若您见过这位姑娘,这位怯懦而可爱的造物,连说话声音大了点儿都要怯生生地向周围瞧瞧,那么您就什么顾忌也没有了。有的少女很害羞,您可以对她们大胆妄为,因为她们束手无策,宁愿吃哑巴亏,也不去告诉别人。我笑嘻嘻地从后面看着她,为自己开的这个玩笑取得了成功而暗自欣喜。这时她又回来了,我突然感到血液在太阳穴里怦怦直跳:这姑娘完全变了,脚步也变了。她方寸纷乱,思绪不宁地走来了,脸上泛着红晕,一种甜蜜的窘态使她显出笨手笨脚的样子。一整天她都是这样。她的视线射向每一面窗户,仿佛在那里可以把这个秘密抓获似的;她的目光盘绕在每个过往行人的身上,有一次也落到了我的身上,我小心翼翼地避开了它,免得眼睛一眨露出马脚;但是就在这飞逝的瞬间我感到她的疑问像一团火,这使我大吃一惊,多年以来我又感觉到,往一个少女的眼睛里洒进第一粒火星,这比开什么玩笑都更加危险,更加诱人,更会毁掉一个人。后来我见她坐在两位德国太太中间,手指没精打采地织着毛线活,有时匆匆往衣服上触摸一下,我肯定,那里准藏着那封信。这场游戏吸引着我。当天晚上我给她写了第二封信,以后又接连几天给她写了信:在我这些信里体会一个恋火中烧的青年男子的感受,并虚构出越烧越炽烈的恋火,这成了吸引我的一种奇特而激动的神奇力量,成了令我着迷的癖好,仿佛猎人在安放圈套或把野兽诱到他的枪口上来的时候所具有的那股劲头。我取得的成果简直无法描述,几乎是可怕的,要不是这场游戏使我如此着迷的话,我早就想停止了。她走路的步子变得轻快而杂乱,像跳舞一样,她的脸庞微微发烧,现出一种奇特的美丽;她夜里准是睡不着,在期待着早晨的情书,因为一大早她的眼眶发黑,眼里闪烁着一团火。她开始注意自己的打扮了,头发上插着花,她的手轻轻抚摩着一切东西,显出无比的温柔;她的眼光里总含着一个疑问,这是因为从我这些信里所提到的千百件生活琐事里,她感觉到写信人一定就在她的近处,像是缥缈的精灵爱丽尔①,奏着音乐,在她身边飘荡,窥视着她最最隐秘的活动,但又不愿让人看见。她显得如此之快乐,这个变化就连两位迟钝的太太的眼睛也没有逃过,她们有时以慈祥而好奇的目光盯着她那匆匆走过的身影和花朵般绽开的面颊,然后就含着隐隐的微笑打量着。她的声音变得优美动听,变得响亮、清脆而

---

① 爱丽尔,传说中的气精,虚无缥缈,无影无踪。在有些作家的笔下,爱丽尔是个善于变化、神通广大的精灵。莎士比亚在《暴风雨》中,歌德在《浮士德》中都写过它。

大胆,她的喉咙常常有点儿发抖、发胀,仿佛突然要用升高的颤音欢呼般地唱出来,仿佛……但您又在笑了!"

"没有,没有,请您继续讲下去。我觉得您讲得非常好,您很有——请原谅——天才,您一定可以把这故事讲得很好,同我们的小说家不相上下。"

"您这话当然是客气而婉转地说我讲得同你们德国的小说家一样,就是说过分地抒情,铺枝蔓叶,多情善感,索然无味。好,我现在讲得简短一点儿!木偶在跳舞,而我用手提着线,早已胸有成竹。为了转移她对我的任何怀疑——因为有时候我感觉到,她的目光在盯着我的视线打量——我就让她感到,可能写信人不在这里,而是住在附近的一处疗养地,是每天坐小船或汽艇过湖来的。此后每当驶来的船只靠岸响起铃声的时候,我就见她找个借口,摆脱母亲的守护,猛冲出去,在码头的一角屏住呼吸,打量着每一个到来的人。

有一次——这是一个阴沉的下午,对她进行观察真是妙不可言的事——一件奇怪的事情发生了。旅客中有一位漂亮的年轻人,穿着意大利青年极其讲究的服装,他的目光探寻地朝此地扫视着。这时,这位姑娘无望地搜寻的、探询的、干渴的目光引起了他的注意。姑娘脉脉含笑,脸上立即泛起一阵羞涩的红晕。年轻人愣住了,注意起来了——一个人要是触到别人投来这么热烈的、含有千层意味的目光,这是容易理解的——含笑跟她走去。姑娘逃开了,心里断定,这就是自己找了很久的人;她又往前跑去,但又回过头来看看,这就是那种又乐意又害怕、又渴求又害臊的永恒的游戏,这场游戏中姑娘终归还是乐意让他追上的。他虽然感到有点诧异,但显然受到了鼓励,于是就在后面追赶,眼看快追上她了,这时我吓了一跳,以为这一下可要乱套了——这时两位太太正顺路走来了。姑娘像一只惊弓之鸟朝她们奔了过去,这位年轻人则谨慎地退了回来,但是他们又回头对视了一回,彼此热烈地吮吸着对方的目光。这件事首先提醒我该结束这场游戏了,但是诱惑力又太强了,我决定随心所欲地利用这次巧合,当晚就给她写了一封特别长的信,要让她的推测得到证实。现在要同时摆弄两个人,这事对我有着强烈的诱惑力。

"第二天早晨,姑娘脸上笼罩着一层颤抖的迷惘神情,我感到大为吃惊。她荡漾着的美丽风韵消失了,脸上挂着一种令我感到莫名其妙的愠怒神色,她的眼睛哭红了,还噙着泪水,显然她的内心深处感到极度痛楚。她的沉默不语似乎是在渴求一阵狂喊乱叫,她的额头上积聚着一片愁云,目光里露出忧郁而辛酸的绝望,而我这回却正期待着看到她很开心的样子。我心里有点胆怯。从未有过的事第一次出现了,木偶不听摆布了,我要她这样跳,她却偏偏那样舞。我苦思冥想,始终找不出一个办法来。我对我的游戏开始感到恐惧了,为了避开她眼神里的那种悲戚的怨诉,天黑以前我没有回旅馆去。待我回来以后,一切全明白了。那张餐桌空了,这一家人走了。她不得不离去,连一句话都没能对他说。她的心此刻深深地牵萦着那唯一的一天,牵萦着那珍贵的一刻,但她不能对她的亲人们吐露:她被人从一个甜蜜的梦境里拖走,拖到一座鄙陋的小城镇去了。这件事我已经忘了,但我现在还感觉到她那最后的、如怨如诉的目光,感觉到我投进她生活里去的——有谁能知道她心灵的创伤多么深重——愤怒、折磨、绝望和最最辛酸的痛苦具有多么可怕的威力啊。"

他沉默了。在我们散步过程中,夜渐渐深沉。云层挡着的月亮发出一种奇特的、颤动的光华。树丛中间像挂满了月光和星星,湖面呈现一片苍白色。我们一言不发,继续朝前走。后来,我同行的伙伴终于打破了沉寂。"这就是那则故事。这是不是一篇小说?"

"我不知道,无论如何我要把这个故事同其他故事一起牢记心间,您给我讲了这故事,我得谢谢您。一篇小说?也许这是一个能够吸引我的美丽的序篇。因为这几个人还闪忽不定,他们还没有完全把握住自己,他们的命运才开了个头,还并不是命运的本身,得把这个开头写到结束才好。"

"我懂得您的意思。您是说,这位年轻姑娘的生活,她回到了小镇,碌碌生活的可怕的悲剧……"

"不,不完全是这个。这位姑娘以后的事我不感兴趣。年轻女子无论她们自以为如何古怪,也总是索然无味的,因为她们的经历全都是消极的,所以太过于相似了。我们谈的那位姑娘,只要时机一到,就会嫁给一个诚实的男人,在这里的那件艳遇就将永远成为她回忆中最美丽的一页。这位姑娘以后的事我不感兴趣。"

"这倒很奇怪。我不知道,您在那位年轻人身上能够发现些什么。那样的目光,像一时喷射出来的一团烈火,这是每个人在青春时期都会捕捉到的,不过大多数人压根儿没有觉察而已,有的人则很快就把这样的目光忘了。人老了才会懂得,这恰恰是一个能够获得的最珍贵、最深沉的东西,青春的最神圣的特权。"

"我感兴趣的也根本不是那个年轻人……"

"而是？"

"我倒想把那位年纪较大的先生,那位写信的人,拿来加加工,把他的事写到头。我认为,一个人无论年纪多大,他要是写出这么炽热的信,在梦境里进入爱情之中,那他绝不会不受惩罚,绝不会无动于衷。我倒想写一写事情是如何弄假成真的,写出他如何以为掌握着这场游戏,而实际上却是游戏掌握了他。他误认为姑娘蓓蕾绽开的美貌只是他以观察者的身份看到的,但实际上这美貌却深深地吸引和攫住了他。突然,这一切都从他手里滑掉了,这一瞬间他心里产生了一种强烈的渴望,感到需要这场游戏和玩具。吸引我的是爱情翻了个个儿,把一个老人的情火弄得跟一个男孩子的情火差不多,因为这一点双方都没有充分感受到。我要让老人忧虑和期待,我要让他心神不定,让他为了要见到她而跟着追到她那里去,但最后一瞬间又使他不敢去接近她,我要让他重新回到原地来,心里怀着再见到她的希望,怀着有神灵助他创造一次巧遇的希望,而这次巧遇后来又是十分残酷的。我的小说想要顺着这条线去构思,后来小说会是……"

"骗人,胡说,不可能!"

我惊得抬起头来,他打断了我的话,声音僵硬、嘶哑、颤抖,带有威胁的意味。我还从来没见他那么激动过。一闪念我感觉到,刚才不小心触到了他的痛处。他急忙站住了,弄得我很狼狈,我看见他的白发在闪亮。

我想马上转个话题。但是他又在说了,现在他的声音平静,亲切、低沉、柔和,略微有点伤感,因而显得很优美。"或许您是有道理的。这事确实很有意思。我记得巴尔扎克把他最最动人的故事中的一篇叫作《老年人的爱情更珍贵》①,用这个题目还可以写许多故事。但是那些最最谙悉其中隐秘的老人们,他们只愿讲自己的成功,不愿讲他们的弱点。有些事情只不过类似不断摆动的钟摆罢了,但他们却很害怕,在这些事情上显得极其可笑。您当真相信卡萨诺伐②的回忆录恰巧'丢失'了那些写他年迈时期的章节是偶然的吗?那时这只公鸡已经成了戴绿帽子的乌龟,骗子成了受骗的人。也许他觉得手太沉重了,心太狭窄了。"他向我伸出了手。这时他的声音又变得冷淡、平静,安之若素。"晚安!我看,夏夜给年轻人讲故事是很危险的,这很容易使他们产生许多愚蠢的想法和做着各种各样不必要的梦。晚安!"他迈着灵活的、但是由于年岁关系已经变得缓慢的步子回到黑暗中去了。时间已经很晚了。通常,像这样软绵绵的温暖的夜晚,困乏早就向我袭来了,而今天,倦意却被血液里翻腾作响的激动驱散了。当一个人遇到一件怪事,或者一刹那之间像自己的事一样经历着别人的事的时候,这样的激动是常常会有的。于是,我就沿着寂静黝黑的道路一直走到卡尔洛塔别墅。大理石台阶从别墅一直通到下面的湖里,我在冰凉的石阶上坐了下来。夜,多么奇妙的夜!贝拉焦的灯火先前像萤火虫一样在就近的树林里闪烁,现在则闪射在水上,显得遥远无垠。这些灯火慢慢地、一个接一个熄灭了,大地笼罩在一片沉重的黑暗里。科莫湖默默地躺着,光洁得宛如一块乌黑的宝石,可是边上闪烁着纷乱的火光。微波一上一下轻轻地击拍石阶,像是白嫩的手在轻按闪

---

① 原文为法语。
② 卡萨诺伐(1725—1798),意大利教士、作家、间谍、冒险家和外交官,他的生活放荡不羁,以冒险家和"浪荡公子"而为世人所知。他最主要的著作是6卷自传《我的生平》。

亮的琴键。远处的天穹显得高远无垠,天空里千万颗星星在闪烁。它们眨巴着眼睛,宁静而沉默,只是不时就有一颗星星猛然离开金刚石似的牢固的范围,坠进夏天的夜空,坠进黑暗之中,坠到山沟、峡谷里,坠到山上或远处的水里,不知不觉中被盲目的力量甩了出来,就像一个生命被甩进莫名的命运的深渊。

韩耀成　译

·一个陌生女人的来信·

灼人的秘密

伙伴

机车沙哑地吼叫着，塞默林①到了。黑色的列车在山上银白色灯光的照耀下停了一分钟，下来几个穿着五颜六色衣服的乘客，又上了几个人。到处是恼人的噪声。接着，前面的机车又沙哑地嘶鸣起来，扯动黑色的车链，嘎嘎地开了过去，冲进隧道的洞口。广漠的景色又纯净地展现出来了，清晰的背景，被湿润的风吹得分外明亮。

下车的人中有一位年轻人，他那考究的衣着，带有天然弹性的步履，给人以好感。他迅速地走到别人前边，叫了一辆去旅馆的马车。马儿不慌不忙地在上坡路上嘚嘚地走着。空气里充满了春意，那五六月特有的洁白而轻盈的浮云，像穿着白色衣裳的

---

① 塞默林（der Sermmering）：奥地利境内阿尔卑斯山的一个隘口，在维也纳附近，海拔九百八十五米，铁路线在海拔八百九十三米的高度从隘口的隧道里通过。塞默林是奥地利著名的避暑胜地，又是冬季运动的场所。

轻佻小伙子,在蓝色的空中嬉戏奔跑,时而躲藏在高山背后,时而互相拥抱,又再度逃开;有时像手绢似的揉成一团,有时又散成丝片,末了又戏弄地给群山头上戴上白色的帽子。高空中风在奔驰,狂暴不羁地摇动着细长的沐雨的树枝,直摇得各个枝丫咔咔作响,飞落下千百颗晶莹的水滴。有时仿佛从山里飘来清凉的雪的芬芳,随后又让人呼吸到一种又甜又冲鼻的气息。空中和地上的一切都在骚动,显得极度烦躁不宁。马匹轻轻地喘着鼻息,往已是下坡的路上跑去。小铃铛在前边叮叮当当作响。

一到旅馆,这位年轻人就立即跑到旅客登记处,匆匆地稍一浏览,马上就失望了。"我干吗到这里来?"他开始烦躁不安地自忖,"光是在这里的山上待着,没有社交,这比在办公室还烦人。显然,我来得不是太早就是太晚。我每逢假期运气总是不好,登记本上没有一个熟悉的名字。哪怕有几个女人在这里也好,那就可以来次小小的、必要时甚至是真挚的调情,而不至于索然寡味地度过这个星期。"这位年轻人是个男爵,出身于名望不是太高的奥地利官僚贵族,现在总督府供职。他这次短短的休假并没有特别的必要,只是因为他的同事都休过了一星期春假,而他又并不愿意把他的一周假期送给国家。他虽然不乏才干,却具有一种喜爱社交的秉性,喜欢在各种人物的圈子里出头露面,深知自己对于孤独是一筹莫展的。他从来不喜欢深居简出,尽可能地避免只身独处,因为他根本不愿意闭门反躬自省。他知道,他需要人的摩擦面,以便使他内在的才华、他心底的热情能放纵地燃起火光,而他单独一人时则是冷冰冰的,毫无用处,就像那装在匣子里的火柴。

他沮丧地在空无一人的前厅里踱来踱去,时而心不在焉地

翻翻报纸,时而又在音乐室的钢琴上弹一曲华尔兹,不过手不由己,老是弹不出正确的旋律。后来他就烦躁地坐下,凝视着窗外。窗外夜幕正缓缓下垂,灰色的雾霭像蒸汽一样从松林中升腾起来。他心烦意乱、百无聊赖地在那里待了一个小时,就走进了餐厅。

  餐厅里才只有几张桌子坐了人,他都匆匆地投以一瞥。毫无所获!只有那边的一位教练——是他在跑马场认识的——漫不经心地招呼了他,还有一张面孔,是在环城路①上见过的,此外,什么也没有了。没有女人,没有任何能够引起一次——即便是短暂的也好——钟情的对象。他本来就沮丧的情绪变得更加烦躁。他是这样一种年轻人,他们标致的面孔常使他们获得成功,他们心里总是为一次新的相遇、一次新的经历做好准备,他们总是急不可待地憧憬那未知的艳遇,他们对任何看来意外的事情都不会吃惊,因为他们早就把一切都预料到了,他们的眼睛不会放过任何性爱的东西,因为他们投向每个女人的第一瞥目光,就是从肉欲上打量的,而且不管她是朋友的妻子,还是给他开门的女仆。如果以某种草率的鄙视态度把这些人称作追逐女人的能手,那么无意中会使这个字眼儿包含多少由观察而得来的真理啊!因为在他们身上确实集中了狩猎者各种强烈的本能:侦察、兴奋和心灵的冷酷。他们的举止总是落落大方,时刻准备着并且一心想寻花问柳,并穷追不舍,不达目的绝不罢休。他们总是充满激情,但不是恋人那种高尚的激情,而是赌徒那种冷酷的、谋略的、危险的激情。在他们当中有一些固执的人,

---

① 维也纳市中心一条繁华的大街。

他们不仅把青年时期，而且单是由于等待机缘就把整个一生变成无穷无尽的追逐冒险。他们把一天分解成几百次小的官能享乐——马路上的一瞥、一个瞬息即逝的微笑、对坐时轻轻擦到的膝头——把一年又分解为几百个这样的日子。对他们来说，官能享乐就是永远潺潺流动的、富于滋养的、充满刺激的生活的源泉。

而这里却没有一个可供玩弄的对手，这一点，这位用目光在狩猎的人马上就看清了。宛如一个赌徒手里拿着牌，满怀信心地坐在绿色的赌桌旁，却等不到一个对手。对一个赌徒来说，任何刺激都没有这种刺激更使人恼火了。男爵要了一份报纸，他的目光阴郁地在字行上移动，但思想是麻木的，像醉酒似的在这些铅字上磕磕绊绊。

忽然他听见背后有衣服的窸窣声和一个略为有点儿生气的、装腔作势的声音："Mais taistoi donc,①埃德加！"

一个穿着绸衣的女人走过他桌旁，衣服发出轻微的窸窣声，旁边投下高大而丰腴的身影。她后面跟着一个脸色苍白的小男孩，他穿着一件黑丝绒上衣，目光好奇地扫了他一眼。这两个人在对面为他们留着的桌旁坐下，孩子显然竭力想使举止合乎礼节，但是从他不安静的黑眼珠看来又做不到。这位夫人——年轻男爵的注意力全在她身上——穿着十分整齐和优雅。他非常喜欢她这种类型，这是一个快要进入中年的犹太女人，身材显得稍微丰满了些，热情充沛，可又善于把自己的热情隐藏在高雅的伤感后面。起初他还不敢看她的眼睛，只是欣赏她那两道弯

---

① 法文：别说话。

弯的、美丽的眉毛，它们在她那柔嫩的鼻子之上呈弧形，那秀丽的鼻子虽然显示了她的种族，但这高贵的造型也使她的轮廓显得分明和可爱。她的头发如同她丰满的身体上一切女性的东西一样，长得特别浓密。她对自己的美貌看来很自信，对于种种仰慕早已司空见惯。她轻声地点了饭菜，并教训那正在叮叮当当玩叉子的男孩——做这一切的时候，她装出一种漫不经心的神态，对男爵小心翼翼投来的目光装出不在意的样子，而实际上正是由于他那目不转睛的眼光才迫使她这样地拘束和小心。

男爵阴沉的脸一下子变得开朗起来，眉开眼笑，精神焕发，皱纹平整了，肌肉放开了，因此他的身材也一下子变得魁梧了，眼睛闪闪发光。他同那些需要男人在场才能焕发自己全部力量的女人完全一样，只有情欲的刺激才能把他的精力全部调动起来。潜伏在他心里的猎手嗅出了这里有猎物。他的目光挑战似的搜寻她的目光，要与之相遇。她的目光闪烁着犹豫的神态，有时在移动中与他的目光交叉，但从不作什么明确的回答。他觉得她的嘴角有时也泛起一丝微笑。不过这一切都是那么模棱两可，而使他激动的却正是这种不可捉摸的神情。唯一使他觉得有希望的，是她的目光常常在扫视，这意味着反抗和拘束，再加上她同孩子的谈话显得出奇地谨慎，这显然是做给一个观众看的。他感觉到，过分强调这种惹人注意的镇定正是用来掩饰她心猿意马的一种手法。他自己也激动了：这场戏已经开始了。他巧妙地拖长吃饭的时间，目光几乎不停地把这位夫人紧紧盯了半个小时，直到他默画了她脸上的每一根线条，能无形地触摸她丰腴身体的每个部位为止。外面天色更暗了，大片雨云向树林伸出灰色的双手，树林像孩子似的，因为恐怖而呻吟起来，挤入屋内的阴影也越来越浓了,沉默使屋里的人越加感到窘迫。他觉察到,在寂静的威胁下,母亲同孩子的谈话变得越来越勉强,越来越不自然,话快说完了。这时他决定进行一次试探:他第一个站起身来,经过她的身旁慢慢地向门口走去,久久地凝望着室外的景色。到了门口,他像是忘了什么东西似的,突然把头转过来,一下子就逮住了她:她活泼的目光正在望着他的背影呢。

这情景刺激了他,他在前厅里等待着。不一会儿她来了,拉着男孩,路过时顺手翻了翻几本杂志,给孩子看了几张图片。当男爵像是偶然地走到桌旁,装着去找本杂志,实际是为了再进一步窥视她那湿润晶莹的目光,或许有机会同她搭讪时,她就转过身子,轻轻拍着她儿子的肩膀说:"Viens, 埃德加! Au lit!"①说着就冷冷地从他身边走了过去。男爵略为有点儿扫兴地目送着她。本来他曾计划要在今天晚上结识她的,而她这毫不留情的态度使他失望了。但归根结底这抗拒之中包含着诱惑,而恰恰是这种让人捉摸不定的态度刺激了他的欲望。无论如何,他已经有了伙伴,这出戏可以演了。

神速的友谊

第二天早晨,男爵走进大厅时,他看见,那位漂亮女人的孩子正在那儿和两位开电梯的仆人聊得起劲,孩子正给他们看卡尔·梅依②的一本书里的插画。他妈妈不在,显然还在梳妆哩。

---

① 法文:走吧,埃德加! 该睡了!
② 卡尔·梅依(Karl May, 1842—1912):德国作家,专写一些以印第安人为题材的惊险小说。

男爵现在才仔细地观察这个男孩。这是个腼腆的孩子,发育得不太好,有点神经质,大约十二岁。手脚老是不停,有一双黑色的、到处窥视的眼睛。如同这样年龄的孩子常有的那样,他显出无缘无故受惊害怕的样子,就像刚被叫醒又突然被置于陌生的环境中似的。他的面孔不算不好看,但是还没有定型,在他身上成人和幼童的斗争才刚刚开始,胜负未定。他脸上的一切好像是手捏出来的,尚未成型,线条轮廓很不分明,只是把苍白和不安糅合在一起。此外他正处于那种不利的年龄,这时他们的衣服总是不合身,袖子和裤子在瘦削的肢体上松弛地晃动着,而他们也从没有去注意修饰外表,讲究穿着。

　　这男孩子在这里犹豫不决地晃来晃去,显出可怜巴巴的样子。他站在这里老碍别人的事。一会儿,被他用各种问题纠缠得烦了的门房把他推开,一会儿他又挡住了大门;显然他缺少友好的伙伴。孩子喜欢问东问西,因此就去找旅馆的仆役。要是他们正好有时间,就回答他,但当看见有人来了,或者有什么紧急的事要做,谈话就立即中断。男爵面带笑容,饶有兴味地注视着这个不幸的男孩。孩子对一切都好奇地打量着,但一切都不友好地躲开他。有一次男爵紧紧抓住了这个好奇的目光,但是那黑溜溜的眼睛一旦发现自己探索的目光被抓住,就立即怯生生地将目光收了回去,躲在下垂的眼皮后面。男爵觉得这很有意思。他开始对男孩产生了兴趣,他自忖,这孩子仅仅是由于胆怯才这么腼腆的,能不能把他作为去接近那女人的最迅速的媒介呢?无论如何,他要试一试。男孩刚刚又跑到门外去了,他就悄悄地跟着。这孩子需要温柔与爱抚,只见他抚摩着白马玫瑰色的鼻孔。可他真没运气,马车夫也相当粗暴地把他撵走了。现在他又伤心

又无聊地荡来荡去,空虚的眼神里含着一丝悲哀。这时男爵就同他搭话了:

"喂,小家伙,你喜欢这儿吗?"他突如其来地说,竭力使他的口气平易近人,毫无架子。

孩子的脸涨得绯红,怯生生地在发愣,有点害怕似的用手按着心口,难为情地来回转着身子。一位陌生的先生和他谈话聊天,这在他的生活中还是第一次。

"谢谢,很喜欢。"他结结巴巴地说了这么一句,最后一个词只在喉咙里咕噜了一下,就咽了回去。

"我觉得很奇怪,"男爵笑着说,"这本来就是个很乏味的地方,尤其是对像你这样的年轻人。你整天干什么呢?"这男孩依然不知所措,不能爽快地回答。这位漂亮的陌生先生来找他这个无人过问的孩子聊天,这真的可能吗?这使他既羞涩又骄傲。他费力地鼓足了勇气。

"我看书,然后我们散步,有时候我们也坐车,妈妈和我。我是来这里休养的,我生过病,大夫说我得多晒太阳。"

最后几句话他已经说得相当镇定了。孩子们对自己生病总是感到很骄傲,因为危险使得他们在家人眼里显得倍加宝贵。

"是啊,太阳对于像你这样的年轻人是非常必要的,它一定会把你晒得黑黑的。但是你也不能整天坐着晒太阳,你应该到处跑跑,痛快地玩玩,也可以来点儿恶作剧。我觉得你太老实了。你看起来像是个整天待在家里、手里捧着又厚又大的书本啃个不停的书呆子。我记得我在你这么大的时候简直是个淘气包,每晚回家时裤子都撕破了。你别太老实了。"

孩子下意识地笑了,这一笑可解除了他的恐惧心理。他本想也说几句,但觉得在一个如此友好亲切的陌生先生面前这样随便就显得太放肆了。别人说话他从来不插嘴,而且老是容易发窘;现在由于幸福和羞怯,他更不知所措。他很希望和这位先生的谈天继续下去,却什么话也想不出来。幸好旅馆的那条大黄狗这时走了过来,嗅了嗅他们两人,并乖乖地摇着尾巴让人抚摩。

"你喜欢狗吗?"男爵问。

"噢,很喜欢。我祖母在巴登①的别墅里养了一条狗,我们在那里住的时候,它整天都跟着我。不过我们只是夏天才到那里去玩。"

"我家里,在我们庄园里,有二十多条狗。如果在这里你听话,我就送你一只狗,送你一只白耳朵的棕毛小狗。你要吗?"

孩子高兴得脸都红了。

"嗯,要的。"

这句话脱口而出,说得热切而贪婪,但他接着又胆怯地、像吓着了一样,吞吞吐吐地说出他的担心。

"可是妈妈不会同意的。她说她不能让人在家里养狗。狗太使人讨厌了。"

男爵不觉喜形于色,终于把话题转到了他妈妈身上。

"妈妈那么严厉吗?"

孩子思索着,对他注视了片刻,似乎在自问对这位陌生的先生是否可以信赖。回答是谨慎的:

"不,妈妈并不严厉。因为我刚生了病,现在她什么都允许

---

① 巴登(Baden):这里指奥地利的巴登城,以风景秀丽和温泉浴场而出名。

我的。甚至她也许会同意我养条狗呢。"

"要我为你说情吗？"

"要，请您给说说吧！"男孩高兴得叫了起来，"这样妈妈肯定会答应的。这条狗是什么样的？白耳朵，是吗？它会把捕获物找到叼回来吗？"

"会，它什么都会。"男爵对他如此迅速地从男孩的眼里发现了闪烁着热切的光辉，粲然一笑。开始时的拘谨一下子就消失了，由于害怕而收敛起来的热情一下子就喷涌而出。这个原来腼腆的、羞涩的孩子转瞬间就变成一个热情嬉闹的男孩了。男爵不由自主地想，要是那位母亲也是这样，在胆怯之后也这么热烈就好了。刚这么想，那男孩就蹦到他身上，向他提出了二十个问题：

"这只狗叫什么名字？"

"叫卡罗。"

"卡罗！"孩子欢天喜地地叫道。

大概他说每句话都在笑，都在欢叫，被这喜出望外的喜讯陶醉了。事情竟进展得出人预料地神速，连男爵本人都感到很吃惊。他决心趁热打铁。他邀请这孩子跟他一块儿散散步，而这可怜的孩子呢，几个星期以来就渴望着有人跟他一起玩玩，听了这个邀请，简直是欣喜若狂了。这孩子被他的新朋友用一些像是偶然想到的问题所引诱，喋喋不休地把什么事都讲了出来。一会儿工夫，男爵就知道了这个家庭的一切，尤其是知道了埃德加是维也纳某律师的独生子，出生于一个富有的犹太资产阶级家庭。他通过巧妙的询问，马上就打听到，他母亲对塞默林完全不感兴趣，她曾抱怨这里没有谈得来的朋友，他甚至觉得，从埃德加回答他妈妈是不是喜欢他爸爸这个问题时的支支吾吾的神态，可以推测到他们的关系准不那么妙。他对自己的做法几乎感到羞愧了，他轻而易举地就从这天真无邪的孩子嘴里把这些细微的家庭秘密套了出来。因为埃德加完全信任了他的新朋友，并为自己讲的事情居然能引起一个大人的兴趣而感到自豪。再加上散步时男爵曾把胳膊搭在他的肩上，大家都会看到他和一个大人的关系是多么亲密，埃德加那颗幼稚的心灵由于这种自豪感而剧烈地跳动起来。他渐渐忘了自己是个孩子，无拘无束地像同年龄相仿的人在一起那样滔滔不绝地谈个不休。从埃德加的谈吐中可以看出，他很聪明，正如大多数病弱的孩子一样，由于跟成人在一起的时间比跟同学在一起的时间多而有些早熟，对于自己倾慕或敌视的人或事，反应出奇地激烈。他对任何事情都不能心平气和，谈到任何人或事时，不是特别喜爱，就是极端仇恨，甚至恨到脸都会扭曲得凶狠、难看。也许因为刚生了病的原因吧，他说话带点粗野和突如其来的味道，这使他的言谈如火样地炽热，看来他的笨拙只不过是对自己激情的一种恐惧，一种他费力加以压抑的恐惧而已。

　　男爵轻而易举地取得了他的信任。仅仅半个小时，他就掌握了这颗火热的、不安颤动着的童心。欺骗孩子，欺骗这些难得被人爱的天真无邪的孩子真是轻而易举的事。他只要把自己的身份忘掉就行了，这样同孩子说起话来就会自然而然、无拘无束，使孩子也觉得他是个小伙伴，这样几分钟之后两人之间任何感情上的距离都没有了。埃德加简直欣喜若狂。在这寂寞的地方突然找到了一位朋友，一位多好的朋友啊！他把维也纳的小男孩全都忘了，连同他们细声细气的声音和幼稚可笑的废话，他们的形象好像都让位给这位新的大朋友了。当这位大朋友告别时又一次邀请他明天上午再来的时候,当这位新朋友像大哥哥似的从老远向他招手的时候,他自豪得连心都要跳出来了。这一刻也许是他生活中最美好的时刻。

　　欺骗孩子真是易如反掌——男爵向这个跑走的孩子微笑着。现在他有了介绍人。他知道,孩子一定会去讲给他母亲听,一直要把他母亲折腾得精疲力竭方才罢休,他准要每句话都复述一遍——这时他怡然自得地想到,他在提到她的时候加了一些奉承话,譬如每次他都用埃德加的"漂亮的妈妈"这个词来称呼。这位健谈的孩子不把他妈妈和他引到一起是不会安静的。对这一点他确信无疑。他无须自己动手就可以缩小他和这位漂亮的女人之间的距离,现在他可以安安静静地做他的梦,眺望一番景色了,因为他知道,一双热烈的小手,会为他筑起一座通向她心扉的桥梁。

三重唱

　　几小时以后证实,这个计划是非常出色的,每个细节都获得了成功。当年轻的男爵故意稍稍晚些进入餐厅的时候,埃德加从椅子上一跃而起,急忙向他致意,面带幸福的微笑,向他招手,同时拉着他母亲的袖子,慌张而激动地劝说她,一面以引人注目的手势指着男爵。他母亲不好意思地红着脸斥责孩子这些任性的举止,可终究还是不能不往那边瞧瞧,以照顾孩子的意愿。男爵立即抓住这个机会恭恭敬敬地鞠了一躬。这样彼此就算认识了。她不得不回谢,但此后就把头埋得更低地吃她的东西,整个用餐时间都小心翼翼地避免再往那边看。埃德加可不是这样，他不住地望着那边，有一次他甚至想和那边说话，这种放肆的行为立即遭到了他母亲的严厉责备。吃过晚饭以后他就该去睡觉了，这时他和妈妈悄悄说了好一阵子话，结果是他的热切请求得到允许，于是他就走到另一张桌子去向他的朋友道别。男爵对他说了几句亲切的话，这又使这孩子的眼睛里露出了光辉。男爵和男孩聊了几分钟。突然他巧妙地把话一转，站起来向另一张桌子转过身去，祝贺邻座那位有点不知所措的女士有这么个聪明伶俐的儿子，说他上午跟她儿子在一起十分愉快——埃德加站在旁边，快乐和骄傲使他的脸都红了——又问起孩子的健康，问得十分详细，提了许多具体问题，迫使母亲只好一一作答。这样他们就不可遏止地进行了一次较长的谈话，男孩对此感到非常幸福，并以一种敬畏的心情倾听着。男爵做了自我介绍，并相信自己觉察到了他那响亮的名字对这位爱慕虚荣的女人产生了某种印象。总之，她对他非常彬彬有礼，尽管她丝毫未失自己的尊严，甚至还先向他提出告别。她抱歉地说，这是孩子的缘故。

孩子激烈反对，说他不困，愿意通宵不睡。可是他母亲已经向男爵伸出了手，他尊敬地吻了它。

这一夜埃德加睡得很不好。他心里像一团乱麻，既极度幸福，又有稚气的绝望。因为在他的生活里，今天发生了新的事情。他第一次进入了大人的行列之中。他半睡半醒，忘掉了自己的童年，似乎自己一下子长大了。直到现在，他一直孤单地受着教育，常常生病，没有几个朋友。他需要温暖爱抚，但是除了父母和仆人之外，别无一人，而父母也很少照看他。对于爱的威力，如果只是根据其起因，而不是根据它产生之前的张力，不是根据那空虚而黑暗的空间——这空间在心灵发生重大事件之前充满了失望和孤寂——来判断，就必定会判断错误。一种超重的、没有使用过的感情已在这里期待着，现在它伸开双臂向第一个似乎赢得它的人扑过去。埃德加在黑暗中躺着，心里快乐异常，思绪万千。他想笑，又想哭。因为他喜欢这个人，他还从未爱过一个朋友，没有爱过父亲和母亲，就连上帝也没有爱过哩。他少年时代全部幼稚的热情，现在紧紧地拥抱着这个人的形象。两小时前他连他的名字还不知道呢。

他很聪明，不会为这突如其来的、独特的新友谊而发窘。但使他感到十分惶惑不安的是他感到自己微不足道，无足轻重。"我配得上做他的朋友吗？我，一个十二岁的孩子，还在上学，晚上总要比别人更早地被打发去睡觉。"这些想法在折磨着他。"我能为他做些什么呢？我能对他有什么帮助呢？"他想以什么东西来表达自己的心意，却痛苦地感到力不从心。这使他很不愉快。往常，每当他喜欢某个同学，第一件事就是把他书桌里宝贵的小玩意儿——邮票、石头之类童年的财产分几样给这位同学。这些东西，他昨天还觉得非常了不起、魅力非凡，现在一下子就变得一钱不值、微不足道和令人不屑一顾了。那么他怎样才能给这位他连"你"字都不敢称呼的新朋友一些宝贵的东西呢？用什么办法才能表达自己的感情呢？他越来越因为自己的矮小、自己的半大不小、不成熟，为自己还是个十二岁的孩子而苦恼。他还从来没有因为自己是孩子而如此痛恨地诅咒过自己呢，也从来没有如此殷切地渴望长成他梦想的那样：高大、强壮，长成一个男子汉，一个像别人一样的大人！

这些惶惑不安的念头很快就编织成了这个崭新的成人世

界的色彩缤纷的美梦。埃德加终于带着微笑入睡,但他老想着明天的约会,这破坏了他的酣睡。他怕去晚了,所以第二天七点钟就惊醒了。他急急忙忙穿上衣服,到母亲房里去问了早安。这使他母亲十分惊讶,过去她总要费好大的气力才能把他从床上叫起来。还没等她发问,他就跑下楼去了。他一直焦急地晃荡到九点,连早饭都忘了,一心想着别让他的朋友为这次散步等得太久。

九点半,男爵终于潇洒地走了过来,他当然早就把这次约会忘在九霄云外了。但是现在因为孩子热切地向他跑来,他也不得不对这股激情报以微笑,并表示准备遵守他的诺言。他又挎着孩子的胳膊,带着这个神采奕奕的孩子走上走下,只是委婉但坚决地拒绝现在就一起去散步。他好像在等待着什么,至少他那心神不定的、扫视着大门的目光说明了这点。突然他全身一振,埃德加的妈妈走进了前厅,一边回答他的问候,一边亲切地朝他俩走来。当得知埃德加当作什么了不起的秘密瞒着他想和男爵一起散步的计划时,她就微笑着同意了,并爽快地接受了男爵要她同去散步的邀请。

埃德加立即露出一副愁眉苦脸的样子,咬着嘴唇。多恼人,她偏偏现在走来了!这次散步本该只属于他一个人的,即使是他自己把他的朋友介绍给妈妈的,但这只不过是表示他的一种盛情而已,这并不表明他因此愿意和她共有这位朋友。当他看到男爵对母亲的那股殷勤劲儿时,他心里就激起了某种妒意。

他们三人一起散步,由于他们两人都对他表示了出奇的关心,因而在孩子的心里更滋长了一种觉得自己很了不起的、突然身价百倍的危险感觉。埃德加几乎成谈话的中心了。母亲有点假惺惺地对他苍白的脸色和他的神经质表示忧虑,而男爵却又笑嘻嘻地反对这种看法,并赞许他的"朋友"——他是这么称呼孩子的——可爱。这是埃德加最美好的时刻。他获得了他整个童年时期所没有得到的权利。他可以同大人一起说话而不立即受到申斥,被要求住嘴,他甚至可以表示各种各样的冒失要求,而这些他在这以前提出来就准会挨上好一顿臭骂。他认为自己业已长大成人了,当这种自欺欺人的感情在他的心里越来越自信地滋生起来时,孩子的这种情绪是毫不奇怪的。在他光明的梦境里,童年已经被远远地甩在身后了,就像一件被抛掉的、不合身的衣服。

中午,男爵应越来越友好的埃德加的母亲之邀,坐在她的桌边。由vis-a-vis[①]到一起并坐,由认识变成了友谊。三重唱正在进行,女声、男声、童声这三种声音配合得十分协调。

进攻

现在这位没有耐心的猎手觉得是时候了,是蹑手蹑脚地挨近他的猎物的时候了。在这种事情上他不喜欢这种老是亲热的三重唱。三个人在一起聊聊天当然很惬意,但是归根结底聊天并非他的目的。他知道男女之间的情欲,如果成了戴假面具游戏的社交,那就总会耽误官能享受,就会使语言失去激情,使进攻缺乏火力。要使她透过谈话了解他的本意,至于这个本意是什么,他已经使她了解得一清二楚了,对此他是很有把握的。

---

① 法文:面对面。

他对这个女人所打的主意恐怕不至于徒劳无功,成事的概率很大:她正当那种关键性的年龄,这时候一个女人对素来忠于一个自己不喜欢的丈夫开始感到后悔了,美貌正在消逝,风韵所余无多,在母性和女人之间她还不能做出刻不容缓的最后一次抉择。生活,好像早就已经有了答案的生活,此刻又一次成了疑问,意志的磁针最后一次在渴望官能享受和彻底断绝欲念之间颤动着。一个女人面临着一个危险的决断:是为了她自己的命运,还是为了孩子的命运,是做女人还是做母亲。男爵对这一切都一目了然,他感到他已经觉察到她的这种危险的动摇了。她谈话当中总是忘记提及她丈夫,实际上她心里对她孩子也了解得非常之少。她杏仁般的双眸里有一种百无聊赖的影子,在伤感的面纱下,半遮半露地掩饰着她的情欲。男爵决定迅速采取行动,但同时又得避免急不可待的样子。相反,像垂钓者引逗地抽回钩子一样,在这方面,他又做出一副极其冷淡的样子,虽然实际上是他在追别人,却要让别人来追他。他决定表现得高傲一些,竭力强调他们社会地位的不同。他觉得只要突出他的高傲,显示他的外貌,强调他那响亮的贵族姓氏,以及做出冷冰冰的举止,就可以将这温柔、丰满、漂亮的肉体弄到手。这个想法撩拨得他心里奇痒难熬。

这场热烈的戏已使他兴奋异常,因此他强迫自己小心从事。他一下午都待在自己房间里,美滋滋地相信她在找他,在惦记着他。但是,他未露面并未引起她的注意,她本来就想避开他的。可是这使可怜的孩子难受极了。整个下午埃德加都茫然困惑、若有所失;他以男孩子所特有的那种执拗的忠诚,在漫长的好几个小时里始终痴心地等着他。他觉得走掉或者独自做点什么事都是一种罪过。他茫然无主地在过道里踱来踱去,天色越晚,他心里越是怏怏不乐。他心绪不宁,想入非非。他梦到了一次事故,梦到不知不觉中受到的一次侮辱,由于焦急和恐惧他差点儿哭出声来。

男爵晚上去吃饭的时候,受到了热烈欢迎。埃德加不顾母亲的告诫,叫了他,不理会别人的惊讶,朝他奔去,用自己瘦削的双臂紧紧地抱住他的胸部。"您在哪儿啦?您在哪儿待着啦?"他匆忙地叫道,"我们到处找您。"母亲不高兴把自己扯进去,所以脸红了。她相当严厉地说:"Sois sage, Edgar. Assieds toi!"①(她总是和他说法语,虽然她的法语讲得并不自如,一碰到难表达的句子还感到很吃力。)埃德加顺从了,但还在向男爵刨根问底。"你别忘了,男爵先生可以做他愿意做的事。也许他讨厌我们跟他在一起呢。"这回她自己把自己扯进去了。男爵立刻就愉快地感到,这种责备正是为了恭维。

这个猎手兴奋起来了。他狂喜、激动,那么迅速地在这里找到了猎物的真正足迹,他感到它就在他的射程之内了。他眼睛炯炯发光,神采飞扬,口若悬河,滔滔不绝,连他自己也不明所以。他同每个情欲旺盛的人一样,当他知道讨得了女人欢心时,便风度飘逸,潇洒自如,就像有些演员,当他们知道面前的观众对他们着迷时,就劲头倍增。他在朋友们中间是个讲春宫故事的能手;而今天——这时他喝了几杯为庆祝这新友谊而要的香槟酒——就讲得更为出色了。他自诩为一位地位很高的英国贵族朋友的客人,在印度打过猎。他很聪明地选了这个题目,

---

① 法语:听话,埃德加。坐下!

那是因为这题材是轻松的,而且他可以从旁观察这些富有异国情调的逸事、这些她所无法企及的事情在这个女人身上所引起的激动。听这个故事最最着迷的,首先还是埃德加,他的眼睛也由于兴奋而显得炯炯有神了。他忘了吃,忘了喝,凝视着这位侃侃而谈的人。他从未希望能够真正见到一位有过亲身经历的人,讲述他只从书本上才读到过的那些惊人的险遇,什么猎虎啦、棕色人啦、印度人啦,以及把千百人研为齑粉的、可怕的Dschagernat①的轮子等。直到现在他还从来不相信真的会有这样人,正如他从来没把童话国家当成真的一样。此刻,他心里突然第一次涌现出了一个辽阔的世界。他目不转睛地盯着他的朋友,屏住呼吸,凝视着他面前的那双曾经打死过一只老虎的手。他什么都不敢问,随后他说话的声音异常兴奋。在他驰骋的想象里,他的大朋友成了故事里的主角:他高高地骑在一只披着紫色象服的大象上,戴着贵重头巾的、棕色皮肤的男人两边相随;突然他又看见丛林里跳出一只呲牙咧嘴的老虎,伸着前爪去抓大象的鼻子。现在男爵又讲起更为有趣的、关于怎样智捕大象的故事:用驯服的衰老动物把猛烈的、目空一切的幼象引诱进木笼子里。孩子的眼睛迸发出炽热的光芒。这时妈妈看了一下表,突然说:"Neuf heures! Au lit!"②他觉得,这仿佛在他面前落下了一把闪着寒光的刀。

埃德加吃了一惊,脸都吓白了。"带你上床!"这对所有孩子来说,都是一句可怕的话,因为他们觉得,这句话是在大人面前对他们公然的轻蔑,是一种自我招供,是童年和小孩需要多睡

---

① 即转轮王,为神话中的印度国王。
② 法语:九点了!该睡了!

眠的一种标志。可是这种羞辱竟发生在这么有意思的时刻,使他听不到这些闻所未闻的故事,这真是太可怕了。

"只听完这一个,妈妈,这个捕象的故事,就让我听完这一个吧!"

他开始乞求了,但立即想起了他作为大人的新的尊严。而他母亲今天也严厉得出奇,"不行,已经很晚了,快上楼吧!Soissage①,埃德加!男爵先生讲的故事明天我都详细地讲给你听。"

埃德加迟疑地站了起来,以前每次都是他母亲送他上床,可今天当着他朋友的面他不愿乞求,他那孩子气的骄傲使他起码还要做出自愿走开的样子。

"真的呀,妈妈,明天你全部讲给我听。全部!关于捕象的故事和其他的故事!"

"好,我的孩子!"

"马上,今天就要讲!"

"好,好,但是你现在去睡吧。走吧!"

埃德加自己也感到奇怪,他把手递给男爵和妈妈的时候,脸居然没有红,虽然喉咙里已经在鸣咽了。男爵亲切地捋了捋孩子那浓密的头发,这使得孩子绷紧的脸上又露出了一丝笑容。接着他就赶快往门口跑去,否则他们就要看到大滴大滴的眼泪从他脸上滚下来了。

大象

母亲和男爵又在桌旁坐了一会儿,但是他们不再谈象和打猎的事了。孩子离开他们之后,他们的谈话气氛有一点儿压抑,

---

① 法语:要听话。

有一点儿微妙不安的困窘。后来他们来到前厅,坐在一个角落里。男爵比任何时候都更加神采飞扬,而几杯香槟酒又使他兴味盎然,所以谈话很快就具有了危险性质。本来男爵谈不上漂亮,他只是因为年轻,头发剪得短短的,一张棕黑色的、精力旺盛的娃娃脸,很有点男子汉气魄,他那灵活而几乎是调皮的动作撩得她心猿意马。现在她乐于从近处看他,也不害怕他的目光了。在他的谈话之中,逐渐有了一种使她略感困惑的放肆,有某种类似抚摩她身体的东西,有一种触及她的身体又迅速移开的东西,有某种捉摸不定的欲望,这使得她双颊绯红。随后他又轻快地笑着,无拘无束,像个孩子。这就使得这些细微的、轻浮的欲念好像是孩子闹着玩似的。有时她觉得该对他说句严厉的话。但是她生性喜欢卖弄风情,被这些淫猥的话儿撩拨得心痒难当,只想更多地消受。这种放肆的游戏使她感到销魂,后来她自己也模仿起来。她频送秋波,暗示允诺,完全沉湎在这绵绵情话和狎昵动作中,甚至容许他挨近。他的声音有时使她感觉到他那热乎乎的、战栗的呼吸正喷在她的肩头上。像所有赌徒一样,他们也忘掉了时间,完全陶醉在销魂的谈话之中。到了午夜,前厅里开始熄灯的时候,他们才猛然一惊。

一惊之下,她立即一跃而起,猛然感到自己太放肆了,竟干出了这样的事。本来她也是个玩火的里手,但现在她那已被撩拨起来的本能业已感觉到,火已玩到这个危险的人身边了。她战栗地发现,自己已不能再把握住自己,心里有什么东西在开始蠕动,看什么都很兴奋,宛如一个人发高烧时的感觉。恐惧、酒和火热的话语在她头脑里回旋激荡,一种恼人的、莫名的恐惧攫住了她。她一生中这种恐惧在类似这样的危险时刻里曾经历过数次，但是都没有这一次那样令人头晕目眩，如此猛烈无情。"晚安，晚安。明早再见！"她急匆匆地说着，想逃遁而去。这倒不是为了逃脱，而是为了逃开此刻的危险，逃脱她自己心中一种新奇的、陌生的、欲推犹就的窘境。男爵轻轻抓住她告别时伸出来的手，吻着。不是通常的吻一次，而是用嘴唇从纤秀的手指尖一直吻到手腕，颤抖着吻了四五次。她感到他硬硬的胡须在她手背上戳得痒痒的，她起了一阵微微的哆嗦。某种温暖的、令人窒息的感情从手背上随着血液流贯了全身。恐惧甜蜜地袭来，她的太阳穴突突直跳，头在发热。恐惧，这莫名的恐惧现在使得她全身战栗起来，她急忙从他手里抽回了自己的手。

"您再待会儿嘛。"男爵悄悄地说。可是她已经仓皇失措地匆匆跑走了，这个动作使她的恐惧和慌乱暴露得一目了然。现在她心里很兴奋，这也正是男爵的意图。她觉得，她的感情越来越不能解释了。残酷得灼人的恐惧在追逐着她，把她抓住，但就在逃开的时候，她同时又为他没有抓住她而感到惋惜。她多年来下意识渴望的事情，很可能会在这种时刻发生。从前这种艳事她总是在最后关头把它摆脱开了，可对它的气息她爱得如痴如醉。这种巨大的、危险的艳事，这种不是转瞬即逝的、撩人的调情。可是男爵很骄傲，不去捕捉这个良机。他对自己的胜利很有把握，因而不想在这个女人酒意蒙眬、不能自持的时候把她弄到手。正相反，只有神志清醒时的斗争和委身，才会激起这个手段光明正大的赌棍的兴趣。她是逃不出他的手心的。他看到，她血管里火辣辣的毒药使她战栗了。

她在楼梯上停住了脚步,用手按着气喘吁吁的心口。她得休息一分钟。她的神经已经受不住了。她从胸口发出一声叹息,这叹息,半是庆幸自己脱离了危险,半是惋惜。这一切都像一团乱麻,弄得人头晕目眩,六神无主。她半闭双眼,像喝醉了酒一样,在往她的房门那儿摸索,接着深深地舒了一口气,因为她终于抓住了冰凉的门把手。这时她才感到安全了!

她轻轻推门进了房里,马上就吓得退了回来。房里,在里边暗处,有什么东西动了一下。她那兴奋的神经剧烈地战栗了。她正想呼救的当儿,从里面发出了一个轻轻的、睡意蒙眬的声音:"是你吗,妈妈?"

"上帝保佑,你在这里干吗?"说着她就直奔沙发床。埃德加正蜷缩成一团在上面躺着,刚刚醒来。她第一个念头就认为这孩子准是病了,或者是需要什么东西。

但是埃德加仍带着睡意,略带一点儿责备的口气说:"我等你好久,后来就睡着了。"

"干吗等我?"

"为了大象。"

"什么大象?"

现在她才想起,她确实答应今天晚上就把打猎的故事和其他冒险故事全讲给他听的。因此孩子跑到她房间里来了。这单纯、幼稚的孩子,他深信不疑地等着她,等着等着,就睡着了。这种放肆的举动激怒了她,或许她本来是对自己发火,她想大喊大叫来掩饰自己的罪过和羞愧。"马上回自己床上去,你这没有教养的东西!"她对他嚷了起来。埃德加诧异地望着她。她为什么对他发那么大的火?他又没有做什么错事。但是他的惊讶似火上浇油。"马上到自己房里去!"她怒气冲冲地吼道,这时,她感到委屈他了。埃德加默默地走了。原来他已经疲倦极了,透过蒙眬的睡意,他迟钝地感觉到,他母亲没有遵守自己的诺言,这样对待他是不公正的。但是他没有反抗。因为困倦,他觉得什么都是昏昏沉沉的,一切都是麻木迟钝的,随后他又生自己的气,竟在这里睡着了,没有醒着等妈妈。"完全像个孩子。"在重新入睡以前,他还在生自己的气。

因为从昨天起,他就恨自己的童年了。

前哨战

男爵没有睡好。一次调情中断之后就去睡觉总是危险的:一个不平静的、梦魇频扰之夜,使他不久就后悔没有把这一分钟紧紧抓住。当他早晨带着未消的睡意,怀着恶劣的心绪走下楼时,孩子从躲藏的地方朝他蹦跳过来,热情地投入他的怀里,用千百个问题来折磨他。

埃德加非常快乐,他又有一分钟可以独占他的大朋友,而无须和妈妈分享了。他的故事该只讲给男爵听,不再讲给妈妈听了。他向男爵提出许许多多问题,因为妈妈虽然答应给他讲,但还是没有把这种奇妙的故事讲给他听。这时,男爵吃了一惊,掩饰不住自己恶劣的心情,但埃德加把成百个孩子气的、恼人的问题倾倒在男爵身上。此外,在提这些问题时还掺杂着种种亲昵的表示。他终于又和这位他找了好久、一大早就等着的朋友单独在一起了,他真是快乐极了。

男爵粗声粗气地敷衍着。这孩子没完没了的盯梢、数不尽的幼稚问题以及男爵那并不讨人喜欢的热情,所有这一切,都开始使他感到厌烦。天天同一个十二岁的孩子转来转去,说些无聊的话,对此他感到厌烦了。现在他一心只想着如何趁热打铁,赶快把这位母亲掌握住,而孩子在场却使这事很棘手。由于他的不慎,唤起了孩子对自己的这种痴情,他对此开始感到不快。这使他心情抑郁,因为他暂时无法摆脱开这个热情得过分的朋友。

不过无论如何总得设法摆脱孩子。一直到十点钟——他和孩子母亲约好去散步的时间,他心不在焉地敷衍着叽叽喳喳说个不停的孩子,只是偶尔插上一两句话,同时还翻阅着报纸。可当时钟的指针快成九十度角的时候,他仿佛忽然记起来似的,请埃德加为他到另一家旅馆去一趟,问问他的表兄格伦特海姆伯爵到了没有。

真心实意的孩子真是高兴极了,终于可以为他的朋友办点事了。他对自己的使者身份很自豪,立即奔了出去,撒腿猛跑,惹得人们都奇怪地望着他的背影。可是他一心想显示一下把事情交给他办是多么可靠。那家旅馆的人对他说,伯爵还没有到,现在压根儿还没有人来打过招呼。他带着这个消息又狂奔了回来。但是男爵已经不在前厅里了。于是他就去敲男爵的房门——白敲了一阵!他怀着不安的心情跑遍了所有的场所,包括音乐室和咖啡室,然后激动地冲到他妈妈那里去打听个究竟。她也不在。最后他十分失望地去问门房,门房告诉他,几分钟之前他们俩一起出去了!这消息惊得他目瞪口呆。

埃德加耐心地等待着,他天真无邪,根本不往任何坏事上想。他想他们大概只是出去一会儿,对此他是很有把握的,因为男爵还等着他的回话呢。但是好几个小时过去了,不安开始潜入他的心头。真的,打这位陌生的、诱人的人进入了他幼小的、天真无邪的生活那一天起,这孩子整天都处于紧张、激动和纷乱的状态之中。任何热情压在像小孩那么纤细的肌体上,宛如压在柔软的石蜡上一样,都会留下它的痕迹。他的眼皮又神经质地颤抖起来,脸色变得更加苍白。埃德加等啊,等啊,起先是不耐烦,后来就激动不安,末了几乎要哭了。但他一直没有什么怨恨,他盲目地信赖这位出色的朋友。他想可能是个误会。隐隐的恐惧折磨着他,也许是自己把他托付的事理解错了。

他们终于回来了,两人愉快地聊着天,丝毫也没有什么惊讶的表示,这可真令人奇怪极了。看来他们根本就没有把他放在心上。"我们迎你去了,希望在路上碰见你。埃狄。"男爵说,并不问托付他办的事。他们居然没有在路上碰见他,这使孩子大为诧异。他向他们保证说他是从笔直的大马路上跑回来的,并想知道他们是从哪个方向去找他的。刚说到这里,妈妈就打断他的话:"行了,行了!小孩子不要盘根问底,没完没了。"

埃德加脸都气红了,当着他朋友的面这么卑鄙地来贬低他,这已经是第二次了。她为什么要这样做?他确信,他已不是孩子了,而她为什么总要把他当成孩子?显然她忌妒他有个朋友,挖空心思想把他的朋友拉过去。对了,刚才肯定是她故意把男爵领错路的。但是他不愿任她欺侮,这一点她该明白。他要给她点颜色。埃德加决定今天吃饭的时候只同他的朋友说话,跟她一句话也不说。

但是他们根本就没有注意到他的报复,甚至连他这个人也好像没有看见。这使他很难受,这完全出乎他的预料啊!昨天他们在一起的时候,他曾经是轴心啊!现在他们两人谈笑风生,互相调侃,可是没有一句话与他相干,仿佛他掉到桌子底下去了。血涌上他的双颊,喉咙里像是塞了一团东西,卡住了呼吸。他越来越愤慨地意识到自己竟是那样地无足轻重。难道他就老老实实在这儿坐着,看着他母亲把他的朋友抢去,除了沉默之外不能进行什么反抗了吗?他想,他得站起来,用两个拳头出其不意地猛捶桌子。只有这样,才能把他们的注意力引到自己身上。但是他控制住了自己,只是放下了刀叉,一口也不吃了。他们很久也没发现他不吃东西,只是到最后一道菜时,母亲才奇怪地注意到,问他是不是不舒服了。"可恶,"他心里想,"她想的只是我是不是病了,别的事情她都觉得无关紧要。"他冷冷地回答说,他不想吃,这样她也就满意了。没有什么事,什么事也不会促使他们对他加以理睬啊。男爵似乎已经完全把他忘了,至少再没有和他说过一句话。他眼里热乎乎的,泪水涌进了眼眶,他得想个法子,趁人不注意的时候,迅速地拿起餐巾,好使这该死的、幼稚的泪水不至于毫无顾忌地流下双颊。这顿饭结束的时候,他舒了一口气。

吃饭的时候,他母亲建议一起坐马车到玛丽娅·舒茨去玩一次。埃德加听着,用牙齿咬着嘴唇。她一分钟也不让他单独跟他的朋友在一起。现在她边站起来边对他说:"埃德加,你要把功课全忘了,你得留在房里把功课补一补。"听到这话,他对她恨到了极点。他又一次把小拳头攥得紧紧的。她老想在他朋友面前侮辱他,总是当众提醒他,他还是孩子,还得上学,只有得到允许才可以同大人在一起。这回的用意可是一目了然的。他未作回答,立即把身子扭了过去。"噢,又不高兴了。"她笑着说,随后就对男爵说,"要是他做上一小时功课,真会那么影响他的健康吗?"

"嗐,一两个小时对身体绝不会有什么坏处。"男爵说。男爵,一度把自己称为他的好朋友的男爵,曾经嘲笑他是书呆子的男爵,现在居然说这样的话,他感到浑身发凉、血液凝固。

这是默契吗?他们两人真的联合起来对付他了吗?孩子的目光里闪烁着愤怒的火焰。"爸爸不让我在这里学习,爸爸要我在这里休养。"他一下子把这句话甩了出来,带有一种对自己疾病的骄傲,绝望地死死抱住父亲的话、父亲的威望不放。他把这句话当作一种威胁说了出来。真是奇怪之至,看来这句话当真使得他们两人心里都不愉快了。母亲把目光移开,只用手指烦躁不安地敲着桌子。他们之间出现一阵难堪的沉默。"随你吧,埃狄。"末了,男爵强作笑容地说,"我又不用考试,我各门功课早就是不及格的。"

对这个玩笑,埃德加并没有笑,只是用审视的、锐利的目光打量着男爵,仿佛要深入到男爵的灵魂中去似的。发生了什么事呢?他们之间的关系起了变化。为什么?孩子并不清楚。他不安地移动着他的目光,一把小槌在他心里剧烈地敲打着:第一次猜疑。

灼人的秘密

"她怎么变成这样?"在滚动着的马车上孩子坐在他们对面沉思起来。为什么他们不像以前那样关心我了?为什么当我注视妈妈的时候,她总是避开我的目光?为什么他老是在我面前开玩笑，装疯卖傻？他们两人不再像昨天和前天那样跟我说话了，我仿佛觉得他们已经换了一副面孔。妈妈今天的嘴唇那么红，她准擦了口红。我从来没有见她这么打扮过。而他呢，老是蹙着眉头，好像我侮辱了他似的。我确实没有做过对不起他们的事啊，没说过一句让他们生气的话呀！不，不会是我的缘故，因为他们两人之间的关系和在这之前不一样了。他们两人好像干了什么事而又不敢说出来似的。他们不再像昨天那样谈笑风生、兴致勃勃了。他们很拘束、发窘，他们一定瞒着什么事。他们两人之间准有个什么秘密，不想让我知道。这个秘密我无论如何也要把它弄个水落石出，不惜任何代价。我看出来了，就是那种不让我知道的秘密，这种秘密就是演戏时男人和女人伸开胳膊唱歌、互相拥抱又推开的那种秘密。这一定是同我的法语女教师的秘密一样的，爸爸同她相处得很不好，后来就把她辞掉了。所有这些事情都有关联，这我感觉到了，可就是不知道是怎么回事儿。噢，一定要知道这个秘密，彻底知道这个秘密，要抓住这把钥匙，抓住这把能打开所有大门的钥匙，那我就不再是孩子，不让他们再来搪塞和欺骗我了！不只现在，就是永远也不让人搪塞和欺骗！对孩子他们总是把什么事都隐瞒起来。我要揭穿他们的这件事，揭穿这个可怕的秘密。他的额头上起了一道深深的皱纹，他在严肃地苦思冥想，车厢外的景色他连望都不望。这个瘦弱的、十二岁的孩子看起来几乎老了。窗外，四周色彩绚丽，山上的针叶林染着一片明净的绿色，山谷沐浴在暮春的柔和光泽里。他只是不住地盯着坐在他对面马车后座上的两个人，仿佛用一根钓竿一样，用灼热的目光要从他们眼睛的深处把这个秘密钓出来似的。再没有什么比一条模糊不清的踪迹更能使未成熟的智力大显身手的了,有时候只有一扇很薄的门,就把孩子同我们称为现实的世界隔开了,而凑巧一阵风却会把这扇门给孩子们吹开。

埃德加蓦地感到他从来没有像现在这样挨近这个未知的巨大秘密,好像可以抓得着似的。他觉得这个秘密就在面前,虽然现在还是锁着的,谜底尚未揭开,但是很近,非常之近了。这种感觉鼓舞着他,使他显出突然郑重其事的严肃神情。因为他下意识地感到自己已经处在童年时代的边沿。

对面的两个人心里感到某种隐隐约约的障碍,但并没想到这障碍是来自孩子。三人同车使他俩感到处处受碍,很不自在。他们对面那双森然闪着火焰的眼睛打扰着他们。他们几乎不敢说,也不敢看。现在他们之间再也无法回到以前那种轻松的、社交场合的谈话了,而是很深地陷入语调亲昵、用词挑逗的阶段,常为轻佻的、偷偷的触摸而颤抖不已。他们的谈话常常接不下去。谈话中断了,想继续下去,但又不断地在孩子执拗的沉默影响下绊倒。

他那固执的缄口不语,特别对于母亲来说是一大负担。她从侧面小心翼翼地打量着他,当她第一次突然发现这孩子咬着嘴唇的神情和她丈夫激怒或生气时的神情完全一样时,她大吃一惊。恰恰是现在,她有外遇时,想起她丈夫来,心里很不是滋味。她觉得,这孩子像是鬼怪,像是良心的卫士,在这马车里一点大的地方,在她对面只有十英寸的距离,滴溜溜滚动着黑黝黝的眼睛,在苍白的额下窥视着。这使她加倍地忍受不了。埃德加忽然抬头凝视有一秒钟之久。两人立即垂下了目光:他们感到生平第一次受到了窥伺。在此之前,母子两人亲密无间,但是现在两人之间，她和他之间，忽然有了什么东西，关系完全变了样。生平第一次，他们开始察觉到，他们两人的命运彼此分开了，两人已经相互暗暗地仇恨起来了，由于这种仇恨还刚产生，彼此都不敢承认。

当马匹又在旅馆前面停下的时候，三个人都舒了口气。这是一次不愉快的远游，这一点大家都感觉到了，可是谁都不敢说。埃德加第一个跳下马车。他母亲告罪说头痛，急忙上楼去了。她极为疲倦，想独自一人待会儿。埃德加和男爵留了下来。男爵给马车夫付了钱，看了看表，径自往前厅走去，毫不理睬孩子。孩子望着男爵那优雅、修长的背影，男爵正迈着有节奏的、轻快飘逸的步履。这步履曾经使这孩子着迷，昨天他还悄悄对着镜子加以模仿哩。男爵走了，径直走了。显然把这孩子忘了，让他在马车夫旁边、在马旁边站着，仿佛这孩子与自己毫不相干。

埃德加看着男爵这样走掉，心里像有什么东西被撕成了两片。不管怎样他还始终狂热地爱着男爵。男爵就这样走开了，没有用大衣触他一下，没有向他这个知道自己确实毫无过错的孩子说一句话，他心里绝望了。费尽气力保持的镇静崩溃了，人为地加重了尊严的担子从他过于狭窄的肩头滑了下来，他又成了一个孩子，和昨天及以前一样渺小、恭顺。这违反他的本愿，催促他快步向前。他迈着哆嗦的步子，迅速跟着男爵，在男爵正要上楼梯的时候，他在前面拦住了男爵，带着难以忍住的眼泪，压低了声音说：

"我做了什么对不起您的事？您不理我了！为什么您现在老是对我那么疏远？为什么您总想把我支开？是您觉得我碍事，还是我做错了什么事？"

男爵吃了一惊。这声音里有一种东西扰乱了他的方寸,使他的情绪缓和下来。他对这个毫无恶意的孩子产生了同情心。"埃狄,你是个傻瓜!我只是今天情绪不好。你是个可爱的孩子,我真的很喜欢你。"说着他使劲地来回抚弄着他的头发,但只是半转过脸来,以免看到孩子这双湿润的、恳求的大眼睛。他演的这出喜剧开始使他有点痛心了。本来他对自己如此厚颜无耻地玩弄这个孩子的爱已经感到羞愧了,而这软弱无力的、颤动的、如泣如诉的声音更使他感到痛苦。"现在上楼去吧,埃狄,今天晚上我们又会处得很好的,你看吧!"他抚慰地说。

"但您别让我妈妈早早叫我上楼,好吗?"

"行,行,埃狄,我不让她叫你上楼。"男爵笑着说,"现在上楼去吧,我得去换吃晚餐的衣服。"

埃德加走了,他此刻感到十分高兴。但不久他心里的槌子又开始敲动起来。昨天以来他好像大了好几岁,猜疑这位不速之客业已牢牢地盘踞在他的心里了。

他等待着。这是关键性的考验。他们一起围桌而坐。九点钟了,母亲还没叫他去睡觉。他已经感到有些不安了。为什么恰恰今天她让他在这里待那么长时间,而以往她是一到时间就打发他走的呀?难道男爵把他的愿望和谈话告诉给她了?突然间他感到难以名状的后悔,今天真不该以完全信赖的心情去追他啊。到十点钟,他的母亲忽然站了起来,同男爵告别。奇怪的是,男爵对她过早告辞看来一点也没有感到惊奇,也没有像往常那样挽留她。孩子心里的槌子敲得越来越厉害了。

这是个尖锐的考验,他也装出一无所知的样子,二话没说,就跟他母亲朝门口走去。但是走到那里时他突然用眼睛一扫,真的,在这瞬间他截获了一道含笑的目光,它越过他的头顶从她眼里正巧朝男爵送去。这是一道默契的目光,某种秘密的目光。这么说男爵把他出卖了,因此今天的早走是为了要他安静下来,好让他明天不再妨碍他们。

"坏蛋!"他咕哝了一句。"你说什么?"母亲问道。"没什么。"他从牙缝里挤出这几个字。现在他有了自己的秘密,它的名字叫作恨,对他们两人无边无际的恨。

沉默

埃德加内心的骚动业已过去。他终于享有了一种纯粹的、明净的感情:仇恨和公开的敌视。他现在确信自己是他俩的障碍,因此跟他俩待在一起就成了他的一种复杂得出奇的乐趣。他觉得破坏他们,用他积聚起来的全副力量去反对他们,是一件赏心悦目的快事。他先是对男爵表露出他的愤怒。早上男爵下楼遇见他时,亲切地向他打招呼说:"早晨好,埃狄。"埃德加坐在靠背椅上纹丝不动,连眼睛都没抬一下,只是咕哝一下,生硬地回了他一句:"好。""妈妈下来了吗?"埃德加两眼看看报纸说:"我不知道。"

男爵感到惊愕。这一下子怎么啦?"埃狄,怎么啦?没睡好觉?"他本想像往常那样开个玩笑来缓和一下空气,可是埃德加依然轻蔑地冲口回了一个"不"字,随即又埋头看报纸。"蠢孩子。"男爵自言自语地喃喃说,耸耸肩膀,走开了。敌意已经公开了。

埃德加也以冷漠和彬彬有礼的态度对待他妈妈。一次她想打发他去网球场玩,对这样一个拙劣的企图,他平静地拒绝了。由于愤恨而轻轻滑动的冷笑紧贴在他的嘴唇上闪现出来,这表明他不再受骗了。"我宁愿跟你们一块儿去散步,妈妈。"他说这话时带着一种虚假的亲热,并紧紧盯住她的两只眼睛。对她说来,这个回答显然是不受欢迎的。她迟疑了片刻,像是寻找什么东西似的。终于她打定了主意,说:"在这儿等我。"于是就去用早点。

埃德加等待着。不信任感在他脑子里折腾着,他忐忑不安地直感到他们的每句话里都能搜寻出一种秘密的、敌视的意图。现在这种猜疑经常能使他做出一种具有奇异洞察力的决断。妈妈要他在前厅里等,但他不在那里等,而宁愿站在马路上,那里不止能监视大门,而且能监视所有的门道。他心里有某种预感,觉得妈妈耍了个骗局。这下他俩可再也溜不掉了。像在讲印第安人故事的书里学到的那样,他躲在马路旁的一堆木料后面。大约半个小时之后,他看到他妈妈真的从一个侧门出来了,手里拿着一束绚丽的玫瑰花,后面跟着男爵,那个叛徒。这时他满意地笑了。

两个人兴高采烈。他俩避开了他,光是为了自己的秘密,就可以舒口气了吗?他俩谈笑风生,正准备折向通往林中的小径。

现在是时候了,埃德加不慌不忙地,做得像是偶然到这里来似的,从木料后面踱了出来。他非常镇定地向他俩走来,以便有时间,有许多时间来充分欣赏他俩的惊诧表情。两个人一怔,交换一下惊奇的眼光。这孩子慢慢地、带着一种泰然的神情向他们走去,他那嘲弄的目光紧盯着他们。"啊,你在这儿,埃狄,我们在里面找过你了。"母亲终于开口说。"她撒谎撒得多不要脸啊!"孩子心里想,但是他的嘴唇一动不动,把仇恨的秘密掩藏在牙齿的后面。

三个人犹豫不决地站在那儿,一个窥伺着另一个。"那我们走吧。"这个恼火的女人沮丧地说,顺手撕碎了一朵最鲜艳的玫瑰花。她的鼻翼在轻轻地翕动,这就暴露了她的愠怒。埃德加站在那里,仿佛这与他毫无关系。他望着蓝天,等待着。他俩要走的时候,他准备跟随他们。男爵又做了一次努力。他说:"今天有网球联赛,你看过没有?"埃德加轻蔑地望了他一眼,对他根本就不予理睬,只是翘翘嘴唇,像是要吹口哨似的。这就是他的答复,明亮的牙齿显示了他的仇恨。

孩子突如其来的出现,像梦魇似的纠缠着两个人。罪犯跟在看守后面走着,暗暗攥紧了拳头。其实孩子并没有做什么,可是他俩每分钟都无法忍受他那窥视的目光。孩子的眼睛里噙着愤怒的泪水,含着深深的阴郁,它对任何接近的尝试都愤怒地加以摈斥。"离远一点!"突然母亲狂怒地说道。孩子不断地偷听他们的谈话使她烦躁不安。"别老在我跟前跳来跳去,把人烦死了!"埃德加顺从地走开了,但是每走一两步就回过头来,一看到他俩落在后面,他就停在那儿等待着,像条黑狗用他那靡非斯特的目光①纵横上下地织成一个仇恨的火网。他俩感到已被火网套住,无法脱身。

孩子恶狠狠的沉默像一种强酸腐蚀了他俩的兴致,他的目光使他们的谈话一到唇边就变得索然无味。男爵再也不敢说一句挑逗的话了,他愤怒地感觉到这个女人要从手上滑掉,她那好

---

① 见歌德所著《浮士德》第一部。浮士德在复活节同他的学生瓦格纳出城散步时,魔鬼靡非斯特变成一条黑狗跟浮士德回到书斋,他那犀利的目光能洞察一切。

不容易才点燃的热情由于害怕这个令人厌恶的孩子又冷淡下来了。他俩总想设法交谈，却总是谈不下去。末了，他们三人都默不作声、无精打采地走着，只听到树木摇曳碰撞发出的低语和他们自己扫兴的脚步声。这孩子把他俩的谈话窒息了。

现在三个人心里都充满了一触即发的敌意。这个被出卖的孩子快乐地感到，他们的愤怒是完全抵御不住他被蔑视的存在的，但他——咬牙含恨地等着他们发作。他用狡黠的、嘲弄的目光，不时打量着男爵那气冲冲的面孔。他看到男爵在牙缝中滚动着骂人的话，而又不得不抑制自己，以免骂出口来。他同时也怀着一种魔鬼般的乐趣注意到他母亲的怒火正在呼呼上升；他看出他俩在寻找机会，向他扑过来，把他推倒，或者使他不能再妨碍他们。但是他不给他们这样的机会，他对自己的仇恨做了长时间的筹划，使它没有任何破绽可寻，没有任何漏洞可钻。

"我们回去吧！"他母亲突然说道。她觉得无法再控制自己了，她准会做出什么事来，至少会在这种刑罚下喊叫起来。"多可惜，"埃德加平静地说，"这儿多美啊。"

他俩知道孩子在嘲弄他们，但是他俩什么也不敢说。这暴君在两天之内如此出色地学会了控制自己，不动声色，毫不泄露这是恶意的揶揄。他们一声不响地在漫长的路上往回走。当房间里只剩下母亲和孩子两人时，她仍然激怒不已。她悻悻地把阳伞和手套掷在一旁。埃德加立刻注意到她很激动，她的火气需要发泄，但是他希望这次爆发，因此故意留在房间里，以便激怒她。她来回走动，又坐了下来，用手指敲弹着桌子，随后又跳了起来。"看你的头发乱成什么样子！你脏得太不像话了，这样子见人简直是丢脸。这么大了你不知道羞耻？"孩子一句顶撞的话也没说，走到一边去梳头。这种沉默，这固执而冷漠的沉默以及跳动在嘴唇上的嘲弄简直把她气得发狂，她真想狠狠地揍他一顿。"回自己房里去！"她冲着他叫了起来。埃德加微微一笑，随即走了出去。

现在她和男爵，他们两人见到孩子就发抖，在每次会面的时候，对孩子那无情而冷酷的目光都感到恐惧！他俩越是感到不自在，孩子的眼睛里就越是焕发出欢愉的光泽，他的喜悦就越有一种挑衅的味道。埃德加现在几乎在用孩子们野兽般的残忍来折磨这对毫无抵御能力的人。男爵倒还能够压住他的怒火，因为他一直希望这是孩子的恶作剧，他只想着自己的目的。可是她，这个做妈妈的却一再控制不了自己。她觉得冲他大喊大叫一通自己会感到轻松些。"别玩弄叉子！"在餐桌上她朝着他喊叫起来，"你这个没教养的丑八怪，你还不配和大人坐在一起。"埃德加仅是微微一笑，把头稍微歪向一边。他知道这喊叫意味着绝望。看到她如此不加掩饰，他感到骄傲。他现在的目光非常镇定，镇定得像医生的目光。前段时间，为了惹他们生气，或许他是恶狠狠的，但人们在仇恨中学得很多、很快，现在他只是沉默！沉默！沉默！直到她在他沉默的压力下开始长吁短叹。

他母亲再也无法忍受了。现在当他们吃完饭站了起来，埃德加又以这种不言自明的神态准备尾随他们时，她一下子就发作了。她一切都不顾了，吐出了真话。她被他不时的窥视弄得坐卧不安，像一匹被牛虻折磨的马一样暴跳了起来。"你像三岁孩子那样老是跟着我转悠什么？我不要你老待在我跟前。孩子不要老缠着大人。记住！自己一个人去待一小时。看看书，或者随便干点什么。让我安静安静！你老在我身边溜来溜去，那副讨厌的样子,真让人烦死了。"

终于把她的供词逼出来了!男爵和她这时显得十分尴尬,而埃德加却莞尔一笑。她转过身想走了。她对自己感到生气,刚才怎么好对孩子泄露自己不愉快的心情呢?但是埃德加只是冷冷地说:"爸爸不让我一个人在这儿转来转去。我已经答应爸爸了,在这儿处处小心,老跟在您身边。"

他强调"爸爸"两个字,因为他早就注意到这两个字对他们两人有着某种使他们瘫痪的神秘作用。他父亲同这种炽热的秘密也准有某种瓜葛。爸爸一定具有某种支配他俩的、隐秘的、他不知道的力量。因为一提到爸爸,好像就会使他俩感到恐惧和不快,就是这次,他们也未做反抗。他们放下了武器。母亲先走了,男爵也随后离去。在他俩之后是埃德加,但他不像仆人那样畏葸,而像一名看守那样强硬、严峻和无情。他抖动着无形的、锁住他俩的铁链,他们摇晃着,但无法挣脱掉。仇恨锻炼了他那孩子式的力量。他,一个无知的人,却远比那两个被秘密铐住双手的人更为强大。

撒谎者

时间很紧迫了。男爵只剩下很少几天可供利用了。他俩感到,去反抗这被惹火了的孩子的执拗劲是没有用的,于是他俩只好采取最后的也是最卑劣的一招:逃,摆脱开他的专横统治,哪怕是一两个钟头也好。

"把这封信送到邮局去寄挂号。"母亲对埃德加说。母子两人站在前厅里,男爵在外边正和一个驾出租马车的车夫谈话。

埃德加狐疑地拿着这封信。他想起来,过去都是有个仆役给母亲跑腿的。他们是不是在合谋算计他呢?

他犹豫不决。

"你在哪儿等我?"

"在这里。"

"一定?"

"是的。"

"你可不要走开呀!你在前厅这儿一直等到我回来?"由于他感到自己占了上风,所以同母亲说话时带着命令式的口吻。从前天起发生了多大的变化啊!

他拿着两封信走了。在门口他和男爵碰了个照面。埃德加同他搭话了。两天来这是第一次。

"我去发两封信。我妈妈在等着我,等到我回来。你们可不要先走掉啊。"

男爵急忙从旁边挤了过去。"好的,好的,我们等你。"

埃德加向邮局奔去。他得等着。他前面的一位先生提了一大堆无聊的问题。埃德加终于办完了他的事,拿着挂号单跑了回来,回来时正赶上看到他母亲和男爵坐着出租马车走了。

他气得发呆了,几乎想弯腰拾起一块石头向他俩掷去。他俩到底把他摆脱掉了,但是撒了一个多么下流、多么卑鄙的谎啊!他母亲说谎,这他昨天就知道了;但她居然能这样不要脸,说话不算数,这就把他对她的最后一点儿信任也摧毁了。他看到那些言辞只不过是些五色缤纷的水泡,它们膨胀起来,一破就化为乌有,而他从这些言辞后面揣摩到了事实真相。从此,他就不再能理解整个生活了。这会是一个什么可怕的秘密,居然使成年人欺骗他这么一个孩子,像罪犯似的偷偷溜走?在他读过的那些书里,人们为了得到金钱或者为了攫取权力和王国而进行谋杀和欺骗。可这是为了什么?这两个人要干什么?为什么他俩要躲避他?他俩撒了上百个谎究竟想遮掩什么呀?他绞尽脑汁,穷思苦想。他隐约地感觉到,这项秘密就是童年的一把门闩,获得了这项秘密就意味着长成一个大人,长成一个男子汉了。噢,一定得掌握这个秘密!但他没法进一步清晰地思考。他俩摆脱了他,这事燃起了他的愤怒,给他清澈的目光蒙上了一层烟雾。

他跑进树林,恰好来得及躲入暗处,使别人都看不到他。这时他哭了起来,泪如泉涌。"撒谎、狗东西、骗子、流氓!"——他必须大声地把这些话喊出来,否则他会憋死的。愤怒、焦急、恼恨、好奇、一筹莫展和他俩这些天来的背叛都被压制在孩子气的斗争里,被桎梏在他把自己想象成大人的幻觉之中,现在都迸出胸膛,化成了泪水。这是他童年时代的最后一次哭泣,最后一次号啕大哭,他最后一次像女人一样,哭一阵就感到痛快些。他在这不能自制的愤怒时刻,把所有一切都一股脑儿哭了出来:信任、热爱、虔诚、尊敬——他的整个童年。

男孩回到旅馆之后,已经变成另一个人了。他十分冷静,办事谨慎而周密。他先回到自己的房间,把脸和眼睛细心地擦洗干净,不让他俩看到他有泪痕,不让他们享受胜利的喜悦。随后他就准备进行清算。他耐心地等候着,毫无不安的感觉。

当马车载着这两个逃亡者返回旅馆时,前厅里有很多人。有几位先生在下棋,另一些人在看报纸,女人们在闲谈。在这群人中间,孩子一动不动地坐着。他面色显得有些苍白,目光颤抖。现在,他母亲和男爵进门时突然看到了他,感到有些尴尬。男爵正要结结巴巴地讲他事先编好的谎话时,孩子挺直身子安详地朝他俩走去,挑衅地说道:"男爵先生,我有话同您谈。"

这使男爵感到不快。他有一种像被抓住了的感觉。"好的,好的,以后再说,以后吧!"

但是埃德加提高了嗓门儿,声音响亮而严峻,周围的人都听得清:"可是我想现在同您谈。你做得太卑鄙下流了。您骗了我。您是知道的,妈妈在等我,可您……"

"埃德加!"他母亲喊了起来,向他扑过去,所有人的目光都朝她望去。

但是孩子现在突然刺耳地叫了起来,因为他看到她要把他的话压下去:

"我当着大家的面再对您说一遍:你无耻地撒了谎,这是卑鄙的,这是下流的。"

男爵站在那里,面色苍白,人们都望着他,有几个人窃窃地笑了起来。

母亲抓住了激动得发抖的孩子。"马上到你房间里去,要不我就在众人面前揍你一顿。"她声音沙哑、结结巴巴地说道。

但是埃德加站在那里又恢复了平静。刚才这样冲动,他觉得遗憾。他不满意自己,因为本来他是想冷静地向男爵挑战的,只是到最后一刻,愤怒竟比他的意志更为厉害。他安详地、从容不迫地向楼梯走去。

"请您原谅,男爵先生,原谅他的粗野。您知道,他是一个神经质的孩子。"她还在结结巴巴地说,周围的人都盯着她,目光里流露出有点儿幸灾乐祸的神情,这使她惶惑不安。世界上再没有比丑闻更使她感到可怕的了,她知道她必须保持镇定。她不是立刻就溜走,而是先到门房那里问问有没有她的信件以及说几句无关紧要的小事,随后才快步走上楼去,仿佛什么事情都没有发生似的。但是在她身后是一片窃窃私语和压低的笑声。

半路上她放慢了脚步。面对这种严重的处境她一点儿办法也没有,同时对这场争吵她感到恐惧。她无法否认这是自己的过错。还有,她怕孩子的目光,害怕孩子这种新的、陌生和奇怪的目光,这目光使她瘫痪和惶恐不安。由于畏惧,她决定用温柔的办法来试一试。她知道,在这样一场斗争中这个被激怒了的孩子是强者。

她轻轻地拉开门。孩子在那里坐着,平静而冷淡。他望着她,眼里毫无惧色,也没露出任何好奇的神情。他显得泰然自若。

"埃德加,"她尽可能亲昵地开始说,"你怎么啦?我为你感到害臊啊。你怎么这样粗野,还是一个孩子就这样对待大人!你得马上去向男爵先生道歉。"

埃德加望着窗外。这个"不"字,他像是对着树木说的。他那镇定的神情使她感到惊奇、陌生。

"埃德加,你这是怎么啦?你,怎么变得和往常大不一样了?我简直都认不出你来了。往日你是个聪明的乖孩子,人们都喜欢你。可你一下子变成这个样子,像是让魔鬼缠住了似的。你为什么那样恨男爵?以前你是非常喜欢他的。他对你一直是那么好啊。"

"是呀,因为他想认识你。"

她感到很不是味儿。"胡说!你想到哪儿去了,你怎么能这样想呢?"

这下孩子可光火了。"他是撒谎的人,一个伪君子。他所做的都是为了自己,是卑鄙的。他想要认识你,才对我表示亲热,还答应送给我一只狗。我不知道他答应了你什么,为什么对你那么亲热,但是他也要从你身上得点什么,妈妈,这是肯定的。要不他不会这样客气友好的。他是一个坏人。他撒谎。你只要瞧一瞧他那样子,有多虚伪。啊,我恨他,恨这个卑鄙的骗子,这个流氓……"

"埃德加,你怎么能说这话呢?"她不知所措,也不知该怎么回答。她心里激起了一种感情,觉得孩子是对的。

"真的,他是个流氓,这我是不会看错的。你自己一定也会看出来的。他为什么怕我?他为什么躲避我?因为他知道我看透他了,我认识他,这个流氓!"

"你怎么能说这话呢?你怎么能说这话呢?"她脑海里已经枯竭了,只是用毫无血色的嘴唇结结巴巴地一再重复这两句话。现在她蓦地感到害怕了,但是并不知道是怕男爵呢,还是怕孩子。

埃德加看出他的告诫起了作用。把她拉到自己这一边,成为仇恨男爵、反对男爵的一个同志,这个思想在引诱着他。他温和地走到母亲身边,拥抱她。他的声调由于激动变得像在讨好似的。

"妈妈,"他说,"你自己一定会看出来,他不会干什么好事的。他把你都变成另一个人了。不是我,而是你变了。他怂恿你来反对我,只是为了独个儿跟你好。他肯定会欺骗你的。我不知道他答应给你什么,可我知道他不会遵守诺言的。你应当提防他。谁骗了一个人,那他也会骗另一个人。他是一个恶人,你不应该信任他。"

这声音充满感情,几乎是声泪俱下,像是出自她本人的心胸。她心里已经产生了一种不愉快的感觉,这种感觉告诉她的,与孩子所说的一样恳切、中肯。但是她不好意思向自己的孩子承认他是对的。她像许多人一样,出于一种自认为优于他人的情感,在处于狼狈境地时,常用一种粗暴的方式来救助自己。她愠怒地挺了挺身子。

"小孩子懂得什么!这些事不用你来多嘴。你应当有礼貌。就这些。"

埃德加的脸上又泛起一片冷意。"随你好了,"他生硬地说,"反正我警告过你了。"

"那么说你是不准备去道歉了?"

"不。"

他俩面对面站着,满脸怒气。她觉得这关系到她的威望。

"那你就在楼上用餐。一个人。在你没有道歉之前,不准到我们桌上来。我要教你懂得规矩。不得到我的许可,你不准离开房间,听懂了吗?"

埃德加微微一笑。这种不怀好意的微笑,像是与他的嘴唇长在一起的。在内心他却对自己发火。他多愚蠢,竟然又一次泄露了他的衷曲,而且还对她——这个撒谎的女人发出警告呢。

母亲快步走了出去,连一眼也没看他。她惧怕这双犀利的眼睛。自从感觉到孩子已经看出了一切,并告诉她这件她不想知道、也不想听到的事情后,这孩子就使她感到讨厌了。使她感到惊愕的是,她仿佛听到一个声音,她的良知离开了她的躯体,乔装成孩子,乔装成她亲生的孩子在她身旁走来走去,在警告她、嘲弄她。直到现在,这个孩子一直生活在她身边,是一件装饰品、一个玩物,是一种爱和信赖,有时也是一个累赘,但不论是什么,都总是同她生活在同一激流中、合着她生活的节拍。这个孩子今天第一次放肆起来,反抗她的意志。现在,在她对自己孩子的回忆中,总是夹着某种类似仇恨的东西。

不仅如此,现在当她稍感倦意地走下楼梯时,从她自己的心胸中响起了孩子的声音:"你应该提防他。"—— 这个警告总是不肯缄默。这时她从一面闪亮的镜子前面走过,她询问般地向里望去,越望越深,越望越深,直到镜子里的嘴唇泛起一丝微笑,并围成圆形,像是要吐出一个危险的字眼儿似的,从她的内心深处还响着这种声音。但是她高高地耸耸肩膀,犹如要把所有这些看不见的思虑全都抖落下来似的,朝镜子里快乐地看了一眼,扯了扯衣服,带着一个赌棍把最后一枚金币叮当一声抛到赌台上去的那种果断的神态走下楼去。

月光中的踪迹

侍者把晚餐给埃德加送到房间里,随后就锁上了门。门上的锁在他身后嘎嘎地响着。孩子愤怒地跳了起来。很明显,这是受他母亲的指使,把他像一头凶狠的野兽似的关了起来。他心里产生了一个可怕的念头。

"把我关在这里,下面在干什么呢?现在他们俩在商量些什么?如果到头来这个秘密就在那儿,难道我就把它错过?噢,一旦我在大人们中间,我就能到处觉察到这个秘密。在夜里,大人们把门关起来,把这个秘密沉浸在轻言絮语中,要是我能偷偷地进到里面，这巨大的秘密就在面前；几天来我已经接近了它，可就是还一直没有把它抓住！从前，为了捉住它，我什么都干过！那时候我从爸爸的书桌里偷了些书出来，这些奇奇怪怪的事情书里都有，只是我不懂。这个秘密一定贴着个什么封条，要想找到它，得先把封条揭去，这封条也许是在我身上，也许是在别人身上。那时我问过别的女仆，求她把书里这些地方给我讲一讲，但是她把我嘲笑了一顿。做个孩子太可怕了，好奇心重，可是又不许问别人，在大人面前总是显得很可笑，好像是些傻瓜和废物似的。但我会把这个秘密弄清楚的，我感到现在很快就会知道了。我已经掌握了一部分，不把它全部弄到手，决不罢休！"

他谛听是否有人来。外面，微风吹拂着树林，它把枝条之间静如明镜一样的月光碎成无数摇曳不定的小片。

"他们俩想干的一定不会是什么好事，要不他们干吗要编造那么卑劣的谎言来把我支开？他俩现在肯定在嘲笑我。这两个该诅咒的到底把我甩开了，但是最后笑的是我。我真太蠢了，让人关在这里。我不去紧紧盯住他们，窥视他俩的一举一动，倒反让人关在这里。我知道，大人往往都不怎么谨慎，他俩一定会露出马脚的。他们总认为我们孩子还很小，晚上睡得死死的。可他们忘了，我们也会假装睡觉而去偷听，我们也能装傻，而实际上十分聪明。前不久，我的姑姑生了孩子，其实这事大人早就知道了，在我面前却装作惊奇的样子，仿佛感到很意外似的。但我也是知道的，因为我听他们说过，那是几星期前一个晚上，他们以为我睡着了就谈论起来。这次我也要让他们惊讶一下。这两个卑鄙的家伙。噢，现在他俩一定自以为很保险，我要是能穿门而出,前去侦察,暗地里注视他俩,那该多好。现在我也许该按铃吧?这样女仆就会来开门,问我要什么东西。或者我吆喝骂人,摔碎餐具,那他们也会来开门的。这当儿我就可以溜走,去窃听他俩说话。不行,我不这样做。不能让别人看见他们对待我是如何卑鄙。我以此为骄傲。明天我再跟他们算账。"

楼下传来一个女人的笑声。埃德加一怔,这可能是他的母亲。她倒是有理由发笑,有理由嘲弄他,一个小孩,一个走投无路的人,要是他让人觉得累赘的话,就把他锁在房间里,像扔团湿衣服一样,往墙角一甩了事。他小心翼翼地把头探出窗外。不是,不是她,是一个他不认识的、放肆的姑娘在和一个小伙子逗趣。

就在这时,他看到窗户离地面并不很高。不知不觉他起了一个念头:跳出去。现在他俩肯定自以为很保险,我正好去偷听。这个决定使他兴奋得全身发热,仿佛他已经把这个童年时代的、闪闪发光的、显得十分巨大的秘密掌握在手里似的。"跳出去,跳出去!"他颤抖着。毫无危险,没有人从这里过去。于是他就跳了下去。只有鹅卵石发出轻微的声响,没有一个人听到。

这两天,蹑手蹑脚和窥伺已经成了他生活中的一大乐趣。他轻轻地提起脚步绕旅馆走着,小心翼翼地避开灯光的强烈反照。这时他有着一种快感,这快感同因恐惧而引起的轻微战栗混在一起。他先是谨慎地把面颊紧贴在餐厅的玻璃上向里望去。他俩常坐的位置上是空的。随后他逐个窥视各扇窗户。他不敢进旅馆去,因为怕在过道中间凑巧碰上他们。到处都找不到他俩。他感到绝望了。正在这时,他看到两个影子从门里闪了出来——他往回一缩,蹲在暗处——他母亲和那个形影不离的伴侣出来了。来得正是时候。他们在谈些什么?他无法了解。他们说得很轻,风在树林里变得不安起来。忽然飘来一阵十分清晰的笑声,这是他母亲的声音。这笑声他从来没有听见过,笑得少有地刺耳,像是被胳肢、被刺激引起的神经质的笑声。他感到这笑声很陌生,心里大为惊愕。她在笑。那就是说没有什么危险的事了,不是什么要对他隐瞒的大事,不是什么了不起的事。埃德加感到有些失望。

但是他们为什么要离开旅馆?现在夜都深了,他们到哪儿去呢?风在高空中挥动着它巨大的翅膀,夜空刚才还很洁净,充溢着月光的清辉,现在变得昏暗了,无形的手撒开了黑色的幕布,有时把月亮包裹起来,使夜变得漆黑一团,几乎连路都难以辨认。当月亮重又露出来时,一切又都被洒上光辉。银色的月光冷冷地泻在周围的山川树木上。光和影之间进行着神秘莫测的游戏,像是一个女人,时而赤身裸体,时而裹着衣服在嬉戏,是那样地诱人。正在这时,四周的景物又赤裸裸地呈现出明亮的胴体:埃德加从侧面看到路上有两个移动着的黑色身影,或者不如说是一个身影,因为他俩贴得那么紧,仿佛两人心里害怕而紧紧挤在一起似的。可现在他们两个要去哪里?松树在呻吟,林中像是充满了忙碌和喧嚣,宛如在围捕野兽似的。"我跟着他们,"埃德加想,"风刮得这么紧,林中这样响,他俩不会听到我的脚步声。"在他们沿着下面宽广明亮的大路向前走去时,埃德加在上面的林中轻巧地从一棵树跳向另一棵树,从一个树影跃向另一个树影。他无情地紧紧跟踪他们。他感谢风儿,它使别人听不到他的脚步声;他咒骂风儿,它老是把他们说的话刮到远处。要是他能听到他们的谈话就好了,哪怕是只听到一次,那他肯定就可以知道这个秘密。

下面的两个人信步走去，毫无所知。他俩陶醉在这广阔、昏乱的夜色之中，在不断增长的激动中忘却了自己。没有任何预感来警告他们：上面树叶浓密的暗处有人在跟踪着他们的每一个脚步，有两只眼睛死死地盯着他们，充满了仇恨和好奇。

突然他俩停住了。埃德加也立即停住了脚步，紧紧贴在一棵树上。一种剧烈的恐惧在向他袭来。要是他俩现在往回走，比他先回到旅馆，要是他不能及时赶回自己的房间，母亲发现房间是空的，那该怎么办？这样一来一切都完了，他们会知道他暗地里窥视他们来着，他就再没有希望从他们那里索取这个秘密了。但是他们二人在犹豫不决，显然在争论什么。幸好有月亮，他一切都看得清清楚楚。男爵指着一条昏黑狭窄的小路，这条小路通往下面的山谷，在那里月亮不像在这条路上那样倾泻着它的全部光华，而只是透过密林渗出点滴的光亮和稀疏的光线。"他干吗要到下边去？"埃德加抽搐了一下。他母亲好像说"不"，另一个却在说服她。埃德加从他的手势上看得出他是多么紧迫。孩子害怕了。这个人想向他母亲要什么？这个浑蛋为什么要把她领到暗处去？突然他从自己所读过的那些书里——这些书就是他的整个世界——生动地记起了谋杀、拐骗和可怕的犯罪。一定是的，他想谋杀她，正是为此他才摆脱开他，把她单独引到这里。他该呼救吗？杀人犯！呼救声刚要冲出喉咙，但是他嘴角发干，喊不出声来。他的神经由于激动绷得紧紧的，使他几乎站不稳了。由于害怕跌倒，他赶紧伸手去抓一个把手——这时"咔嚓"一声，他双手折断了一根树枝。

那两个人惊愕地转过身来，凝望着暗处。埃德加一声不响地靠在树上，胳膊紧紧贴在一起，矮小的身体深深地埋在树影之中。死一样的寂静。但他俩像是受惊了。"我们回去。"他听到他母亲说，声音显得畏葸胆怯。男爵本人显然也不安起来，他顺从了。两人慢慢地往回走，相互靠得紧紧的。他俩内心的惶恐就是埃德加的幸福。他用四肢在林中爬行，双手都被划出血来。到了森林的尽头，他就全速往回跑，气喘吁吁，到了旅馆，三步两步就蹦上了楼。锁门的钥匙幸好还在门上插着，他开了门，冲进房里，躺到床上。他得休息几分钟，因为心在胸膛里剧烈地跳动着，像是钟舌在敲响的钟壁上那样跳动不已。

随后他胆子大了起来，靠在窗旁，等着他们两人的到来。好长时间过去了。他们一定走得很慢，很慢。他从窗框的暗影里小心地窥视着。现在他们慢慢地走来了，月光照着他们的衣服。在这绿光中他们看起来像幽灵似的。男爵真是杀人凶手吗？他刚才阻止了一件多么可怕的事啊，这个想法使他感到慰藉而又恐怖。他望着他们粉白色的脸，看得清清楚楚。母亲的脸上流露出一种欣喜的表情，这是他从没有见过的，但男爵显得烦恼和不悦。很明显，这是因为他的意图落空了。

他俩紧紧挨在一起，一直到旅馆门前他俩的身体才互相分开。他们是不是会朝楼上看？没有，他俩谁也没有往上看。"他们把我忘记了。"孩子想。他怀着一股狂暴的怒气，同时又感到一种隐隐的、胜利的喜悦。"我可没有忘记你们。你们以为我睡了，或者在这个世界上不存在了，但是你们会看到你们的错误的，我要监视你们的一举一动，直到从他这个浑蛋手中把这个秘密弄出来为止。这可怕的秘密，它使我无法入睡。我一定要粉碎你们的同盟。我不睡。"

那两个人慢慢地进了大门。现在当他俩一前一后往里走去时，两个投在地上的黑影又倏地纠缠在一起，变成了一条黑色的长带消逝在光亮的门内。楼前的空地在月光中洁白明亮，像铺满白雪的辽阔草地。

袭击

埃德加喘着粗气从窗户旁退了回来，恐怖在摇撼着他。在他的生活里，他还从没有这样接近过这样充满神秘莫测的东西。书本中那个激动不安的世界，紧张冒险的世界，充满凶杀和欺骗的世界，他原以为只能在童话中、在梦幻的后面，是不真实的、不可企及的。可现在他就像突然陷进了这个充满恐怖的世界之中，一经同它直接接触，他的整个身心就剧烈地震颤不已。这个男人，这个神秘的人，这个突然闯进他平静生活的男人究竟是谁？他光是一个杀人犯吗？为什么老是找偏僻的地方，要把他的母亲拉往暗处？看来是要发生可怕的事了。他不知道该怎么办。明天他要给爸爸写信或发电报，这是肯定的。可是这坏事，这可怕的事，这谜一样的事会不会现在就发生，今天晚上就发生呢？他的母亲还没有回到自己房间，她还同那个可恨的陌生人在一起呢。

在内层门和外层门之间有可以轻易开启的暗门，里面有一个狭窄的空间，比一个衣柜大不了多少。他紧贴着身体挤进这巴掌大的暗处，以便窥视他们的脚步。他决意不让他俩有瞬间的机会单独在一起。现在是午夜时分，过道上空荡荡的，只有唯一的一盏灯亮着,光线微弱暗淡。

他感到这几分钟的时间长得可怕——终于,他听到了向楼上走来的、轻微的脚步声。他全神贯注地谛听着。这不是像要回到自己房间的那种疾步行走,而是一种拖沓的、犹豫的、非常缓慢的脚步,像是在攀登一条崎岖难行的陡峭山路似的。这中间他们老是一再地耳语和走走停停。埃德加激动得浑身发抖。他俩走到头了?怎么他还和她在一起?耳语声听不见,脚步声尽管还是迟疑不决,但越来越近了。现在他突然听到了男爵那可怕的声音,他嘶哑地、轻轻地在说什么,可埃德加听不懂,随之是他母亲立即表示异议:"不,今天不!不!"

埃德加在发抖,他俩走近了,他什么都可以听清楚了。他们走向他的每一步,尽管是那么轻,仍使他的心胸感到痛苦。那种声音他感到极为可憎,这该死的家伙的声音充满了贪婪,是多么令人厌恶!

"您不要这样残忍。您今天晚上多美啊!"

另一个声音说:"不,我不应当,我不能够,您放开我。"

在他母亲的声音里流露出那么多的恐怖,这使孩子大吃一惊。他还要她什么呢?她为什么害怕呢?他俩越来越近了,大概现在已经到了他的门前。他浑身颤抖,现在他就站在他俩的身后,近在咫尺,只有一层薄布挡着。现在他连他们呼吸的声音都能听到了。

"您来吧,玛蒂尔德,您来吧!"他又听到母亲的喘气声,声音越来越脆弱,抗拒的力量瘫痪了。

这是怎么了?他俩又走到黑暗中去了。他母亲没有回自己的房间,而是过门不入!他要把她拖到哪儿去?她为什么不再说话了? 难道他往她嘴里塞了一团布? 把她的喉咙卡住了?

这个想法使他狂怒了。他用颤抖的手把门开了一半。现在他看到了他俩在昏暗的过道上,男爵用胳膊搂着他母亲的腰,领着她轻轻走去,看来她已经不再抗拒了。现在他在自己的房门前停住了。"他要把她弄走?"孩子惊慌起来,"现在他要下手作恶了。"

他猛地冲了出去,把门一关就向二人奔去。当他母亲看到突然有什么东西向她扑来时,她叫了起来,吓瘫了。男爵费了好大的劲才把她扶住。可就在这一刹那,他觉得一个软弱的小拳头打在自己脸上,打得他的嘴唇狠狠地碰在牙齿上,他周身像被猫抓了一样。他把那个受惊的女人放开,她立即疾步逃之夭夭。在还不知道是谁打他之前,他就胡乱地招架,用拳头回击起来。

孩子虽是个弱者,但他毫不屈服。早就渴望的时刻终于来到了,他可以把被出卖的爱、积聚起的仇恨一股脑儿激烈地发泄出来。他用自己的两只小拳头乱捶一气,紧咬嘴唇,怒火中烧,像发了疯一样。

男爵现在也认出是埃德加来了,他对这个密探满腔仇恨,几天来这个孩子一直在触他的霉头,破坏他的好事,他狠狠地回击,不管打在什么地方。埃德加喘着粗气,但埃德加毫不放松,也不呼救。午夜时分,他俩在过道上默默地、咬牙切齿地搏斗了一分钟之久,男爵才慢慢意识到他同一个尚未发育成熟的孩子打架是多么可笑。他紧紧抓住了埃德加,想把他甩开。

孩子这时感到身不由己,知道一会儿就要输了,就将挨打,暴怒中他朝着那只想来卡他脖子的手就咬。被咬的人下意识地发出一声低沉的叫喊,松了手,孩子就利用这一瞬间逃回自己的房里,把门闩上了。

这场午夜的战斗只持续了一分钟。周围没有任何人听到。一切都寂静无声,仿佛都在沉睡。男爵用手帕擦了擦流血的手,不安地窥视着昏暗的四周。没有人窃听。只有顶棚上一盏电灯在不安地闪烁,他觉得这盏灯也在嘲弄他。

暴风雨

第二天早晨,当埃德加蓬松着头发从昏乱的恐惧中醒过来时,他自问道:"难道这是梦,是一个凶恶的、危险的梦吗?"他的脑袋在嗡嗡作响,关节发木僵硬。现在,他往下一看,才发现自己还穿着衣服。他一跃而起,蹒跚到镜前,一望自己苍白、扭曲的面孔就惊得后退。他的额角上有一条红肿的血痕。他费力地集中思想,恐惧地回忆起一切:夜里过道上的那场战斗。他冲回房间,像发烧似的颤抖着,往床上一倒,还是穿着衣服,以便随时可以逃出去。他在那儿一觉睡了过去,沉入了郁闷的、布满阴云的梦乡,那一切又在梦里再现了一次,所不同的只是更为可怕,还带有一股流着鲜血的潮湿味道。

楼下面行走在鹅卵石上的脚步声沙沙作响,讲话声像看不见的鸟儿一样飘了上来,阳光照进了房间。一定很晚了,他吃惊地向时钟望去,可是时针还指着午夜,昨天激动之中他忘记了上弦。失去了时间的凭依,这使他不安,到底发生了什么事?这种茫然若失的感觉更增强了这种不安。他迅速地振作精神,走下楼去,心中忐忑不安并感到有些内疚。

在餐厅里他母亲一人坐在通常坐的那张桌子旁。埃德加松了一口气,他的敌人不在,他不会看到那张可憎的面孔了,那张面孔昨天他在愤怒中曾用自己的拳头狠揍了一顿。可当他靠近那张桌子时,他感到慌乱了。"早晨好。"他问候母亲。

他母亲没有回答。她眼都没抬一下,而是用异常呆滞的瞳仁望着远处的景色。她显得非常苍白,眼圈留有淡淡的一层红晕,鼻翼神经质地抽搐着,显露出她的激动。埃德加咬紧嘴唇。这种沉默使他不知所措。他不知道昨天是不是把男爵伤得很重,也不清楚她是否知道夜里的这场殴打。这种茫然无知在折磨他。她的面孔仍是那样呆滞,这使他根本不敢望她一眼,害怕她现在低垂的眼睛会骤然从沉重的眼皮后面跳出来把他抓住。他变得安静极了,一点儿声音也不敢弄出来,他小心翼翼地拿起杯子,又把它放了回去,偷偷地望了一下母亲的手指。她非常烦躁地玩着汤匙,扭曲着的手指显露出内心的狂怒。就在这种透不过气的感觉中他坐了一刻钟,期待着什么,但它并没有到来。一句话也没有,没有一句话能使他从窘迫中解脱出来。他母亲站了起来,根本不理睬他。现在埃德加还不知道他该怎么做:独自留在桌旁,还是跟随她去?最后他还是站起身来,低声下气地跟在她的后面。她飞快地扫他一眼,同时感到他的尾随是多么可笑。埃德加把步子放得越来越小,以便跟她拉开一段距离,可她毫不注意他,径直回到自己的房间去了。当埃德加也走到门口时,房门已经紧紧锁上了。

这是怎么啦?他完全不得要领。对昨天发生的事他不再那么自信了。难道他昨天的袭击不对吗?他们是在准备对他进行惩罚还是进行新的侮辱？他感觉到一定要出事，很快就会发生可怕的事。处于他与他们之间的是一场即将到来的暴风雨前的闷热，是带电的两极所产生的电压，只有闪电才能把它释放掉。带着这种预感的重负，他孤独地熬过了四个钟头，在房间里走着，他那细长的颈背被看不见的重量压得抬不起来。中午，当他来到餐厅桌子前时，已完全是一副忍气吞声的样子了。

"你好，妈妈。"他又说道。他得打破这种沉默，打破这种可怕的沉默，像一片阴云那样悬在他头上的沉默。

母亲仍不予回答，仍不理睬他。怀着一种新的惶恐，埃德加觉得她现在对他的怒火是深思熟虑的，是积蓄已久的，这种火气他生平还从没有遇到过。过去她发火总是只爆发一通了事，更多的是神经质的，而不是感情上的，并且一会儿就变成一种抚慰的笑容了。可这次他觉察出这是从她内心最深处迸发出的一种狂暴的感情，他对这个不小心招来的强大压力感到吃惊。他几乎无法进餐，在他的喉咙里翻腾着某种干枯的东西，使他感到窒息。他母亲像什么也没有看到。只是在她起身时，才像是漫不经心地转过身来说："待会儿上楼来，埃德加，我有话同你说。"

这语气没有威胁的味道，却那样冷冰冰的，使埃德加悚然，就像有人突然把一副铁链套在他的脖子上。他的傲气消失了，像一条被痛打的狗一样，默默地随着她上楼，进入房内。

她有几分钟一声不响，用这种办法继续折磨他。这几分钟里，他听到钟的滴答声，他听到外面孩子的笑声，他听到自己的那颗心在胸膛里怦怦跳动。但她也不是那么信心十足的样子，因为她现在对他讲话时，不是看着他而是背着他。

"我不想再谈你昨天的所作所为。这简直是闻所未闻，我一想到它，就感到丢脸。这种后果是你自己造成的。我现在只想告诉你，你单独在大人中间这是最后一次了。我已经给你爸爸写了信，得给你找一个家庭教师或者送你去寄宿学校，好去学一些礼貌。我不想再为你烦恼了。"

埃德加垂着头站在那儿。他觉得这只是一个开场白，一个威吓罢了，正题还在后面，他不安地等待着。

"你现在立即去给男爵赔礼。"

埃德加一怔，但是她不让他打断她的话。

"男爵今天已动身走了，你得给他寄封信，我口授你写。"

埃德加又是一怔，但他母亲的口气是坚定的。

"不许还嘴。那是纸和墨水，坐下。"

埃德加抬头望去，她的眼睛显出果断和坚定。他从没看到过他母亲这样严厉、专横。他害怕起来。他坐到那里，拿起钢笔，但是把脸深深伏在桌上。"上面写上日期。写了吗？称呼之前空一行！这样写：非常尊敬的男爵先生！惊叹号。再空一行。我十分遗憾地获悉——写了吗？——十分遗憾地获悉，您已离开了塞默林——塞默林有两个m——因此我想到只能写信——写快一点儿，字不一定写得很讲究！——来请您原谅我昨天的鲁莽。正如我母亲告诉您的，我尚处在一次重病的康复时期，易受刺激。我经常把看到的事加以夸大，但随即就感到后悔……"

俯在桌上弓着的背脊倏地直了起来。埃德加转过身来，他的悖逆精神又苏醒了。

"这我不写，这不是真的！"

"埃德加！"

她用这种声音来威胁他。

"这不是真的，我没有做什么可后悔的事。我没有做什么坏事，为什么要赔礼？我只是在你喊叫的时候来救你！"

她的嘴唇变得毫无血色，鼻翼在翕动着。

"我呼救了？你疯了！"

埃德加火了。他猛的一下跳了起来。

"是的，你呼救过，在外面的过道上，昨天夜里，当他抓住你的时候。'您放开我，您放开我'，您这样喊的，声音很大，我在房间里都听见了。"

"你撒谎，我从没有同男爵在过道里待过，他只是陪我走到楼梯……"

这种大胆的谎言使埃德加跳动的心为之一停。她的声音并未吓住他，他用晶亮的眼珠凝视着她。

"你……没有……在过道上？他……他没有把你抓住？没有用暴力搂住你？"

她笑了起来。一种冷酷的、干涩的笑。

"你在做梦。"

这对孩子来说太过分了。他现在知道大人会撒谎，会说些卑微的、大胆的遁词，会说狡猾的和模棱两可的话。但是，这种厚着脸皮的、冷冰冰的否认，当面撒谎，可实在把他惹急了。

"那这伤痕也是我在做梦？"

"谁知道你同谁打了架？可我不要和你争论，你必须听话，去把它写完。坐那儿去，写！"

她瘫软无力，在用最后的力量支撑住自己。

但是现在埃德加内心连最后一点儿信任的火花也熄灭了。人们竟然可以像踏灭一根燃着的火柴根那样来践踏真理，这他想不通。他觉得身上冰冷，全身瑟缩。他所说的话都变得尖刻、恶毒和肆无忌惮：

"那么,我是在做梦?在过道里,还有这儿的伤痕都是做梦?你们两人昨天在那儿,在月光中闲逛,还有他要领你往下走,这难道也是做梦?你以为我会像娃娃那样让人锁在房间里?不!不!我才不像你们想的那么傻呢。我知道我所知道的事。"

他放肆地紧盯着她的脸。这下她的力量全垮了,她不敢去看自己孩子的脸,这就在眼前的、被仇恨弄得扭曲了的脸。她的愤怒狂暴地发作起来了。

"去,你必须马上写!要不……"

"要不怎么?"现在他变得十分大胆,声音带着挑衅的味儿。

"要不我就要像打小孩似的打你。"

埃德加走近了一步,只是嘲弄地笑着。这时她伸手就打了他一记耳光。埃德加叫了起来,他像一个淹在水里的人用双手扑打着四周。又是一记,他耳朵里闷响起来,两眼冒金星,他盲目地挥舞起拳头,回击过去。他觉得他打着一块软东西,是打在脸上了,他听见一声叫喊……

这声叫喊使他恢复了常态。突然他看到了自己,他意识到这事不得了了:他打了自己的母亲。羞耻、震惊和剧烈的恐惧袭击着他,他感到非逃不可,钻到地里,逃啊,逃啊,只要不再看到这目光。他跑出门,冲下楼去,穿过房子来到大街上,逃啊,逃啊,像是后面有条疯狗在追他似的。

初步领悟

他跑得很远,后来在路边上停住了。他必须抓住一棵树,由于恐惧和激动,他的四肢还在剧烈地颤抖着,他大口地喘着粗气。他一手酿成的恐怖在后面追赶他,抓住了他的喉咙,把他摇来晃去,让他像发高烧似的。他现在该怎么办?逃到哪里去?这里已经是镇外的森林了,离他住的地方有一刻钟的路程。他有一种被遗弃的感觉。自从他孤立无援以来,这里的一切都好像变了样,显得更加充满敌意、更加令人憎恶。这些树木昨天还友好地对他沙沙作响,现在却突然阴沉地咆哮起来,像是一种威胁。这一切,他眼前的这一切还要变得更加陌生和疏远吗?面对着这广袤而生疏的世界,这种孤独感使孩子感到头晕目眩。不,他还不能承受这一切,他还不能单独承受这一切。可是他该逃到哪里去?回家去?他怕他父亲,因为父亲很容易发火、很严厉,会立即把他送回来的。他不愿意回去,宁愿逃到危险的、没有熟人的陌生地方去;他觉得他永远不能再见他母亲的面了,一见到就会想起他曾用拳头打过她。

这时他想起了祖母,这个和蔼慈祥的老人,从他小时候起就溺爱他,每当他做了错事受到责骂时,她总是他的保护者。他想到巴登去躲在她那里,等到母亲火气消了,再从那里给父母写一封信,向他们赔礼。在这一刻钟的时间里,他是如此沮丧,只身处在这世界上,有的只是一双软弱无力的手。他诅咒他的傲慢——被一个陌生人用谎言激起的、他那愚蠢的傲慢,想重新做一个从前那样的孩子,听话、忍耐、不自负;他现在已经感觉到这种自负夸张到了多么可笑的程度。

可是怎么到巴登去?怎么翻过这山川河谷?他急忙用手掏了掏总是随身带着的钱包。上帝保佑,那个崭新的、二十克朗的金币还在熠熠闪亮,这是他生日的礼物。他一直舍不得把它花掉,几乎每天都要看看它是否还在。望着它,他感到愉快,觉得自己很有钱，随后总是怀着一种温柔的心情用手帕把它擦得亮亮的，像个小太阳在闪光。但是这点儿钱够用吗？这个骤然袭来的念头使他感到惊慌。在他的生活中他经常乘坐火车，可从来没想过坐火车得付钱，也没想过要花多少钱，是一个克朗还是一百个克朗。他初次感受到了，生活里有许多事过去想都没想过，他周围各种各样的事都有一种固有的价值，一种特殊的重量。他在一小时之前还自以为什么都懂，现在却感到，在他不知不觉之中，千百个秘密和问题从他身旁溜了过去。他感到羞愧的是他那贫乏的智慧在他步入生活的第一个台阶时就无能为力了。他越来越胆怯。他往下面的车站走去，步子越来越小，越来越犹豫。他经常梦想过这样的逃遁，想进入生活干番大事业，成为皇帝或国王，英雄或诗人。而现在他畏葸地望着那儿一座明亮的小房子，心里想的只是一件事，那就是到祖母那里去这二十个克朗够不够。路轨闪着光亮通向远处，火车站空空荡荡，冷冷清清。埃德加胆怯地走近售票处，为了不让别人听到他的话，悄声地问，到巴登去的车票要多少钱。一张惊奇的脸从昏暗的隔板后往外望了望，两只眼睛在眼镜后面朝这个怯生生的孩子微笑着。

"一张整票？"

"对。"埃德加结结巴巴地说，一点儿也不傲慢了，只怕钱不够。

"六个克朗！"

"要一张！"

他轻松地把他所钟爱的那枚光滑的金币递了上去，多余的钱找了回来。埃德加一下子觉得自己又十分富有了，他现在手上有了这张能够保证他自由的棕色车票，而他口袋里的银币则在发出沉浊的乐声。

　　从行车时刻表上他知道火车再过二十分钟就到了。埃德加躲到一个角落里。有几个人悠闲自在地站在站台上。可在这个不安的孩子看来，仿佛所有的人都在注视着他，似乎大家都感到奇怪，怎么这么小的一个孩子独自乘火车；他越来越往角落里缩，仿佛他的额头上明显地贴着逃跑和罪行这两条标记似的。他终于听到了火车从远处发出的长鸣声，随后就隆隆地驶近，这时他松了一口气。这列车将把他带入世界。上车时他才发现，他买的是三等车厢的票。过去，他从来都是坐头等车厢的。他又觉得，这里的情形不一样，他遇到了各种各样的事。他周围的乘客都和以前的不一样。他的正对面是几个意大利工人，手很粗糙，声音沙哑，手里拿着铁锤和铲子，他们用迟钝而愁苦的眼睛望着前面。显而易见，他们在路上干了不少累活，因为几个人十分疲倦，在隆隆的列车上睡着了，张着嘴，倚在又脏又硬的靠板上。埃德加想，他们为了挣钱而去做工，但不知他们能挣多少钱。他又一次感到，钱不是一种常有的东西，得想办法去挣来。现在他第一次意识到，他以往理所当然地习惯的是舒适的气氛，而他生活的两旁，左边和右边，却是黑洞洞的、看不到底的深渊。这是他的目光过去从没有觉察到的。他第一次知道了有各种职业，有各种规定，环绕他周围有各种秘密，离他很近，可他就从来没有注意过。自从埃德加单独一个人以来，这一小时他就学到了许多东西，他开始将目光透过这狭窄的车厢的窗户，瞻望外面的大千世界。在他那晦暝的恐惧之中有某种东西正开始悄悄地滋长，这虽然还不是幸福，却是对丰富多彩的生活的一种惊叹。在每一瞬间，他都感觉到，他的出逃是由于恐惧和怯懦，但这是他第一次独立行动,从现实中来体验以往从他身边一掠而过的一切。他也许第一次成了他父母的秘密,正如这个世界从前对他是个秘密一样。他用另一种目光望着窗外。他觉得仿佛第一次看到这现实中的一切,仿佛事物外面罩着的轻纱抖落了,向他展示了一切,展示了事物意向的内涵、它们活动的秘密神经。路旁的房舍像被风刮走似的飞驶而过,他不由得想到了住在里面的那些人,不论他们是穷是富,幸运或是不幸,不论他们是不是像他一样渴望知道一切,也不论那儿有没有像他一样把什么事都当作游戏的孩子。他第一次觉得,站在路旁挥动小旗的护路工人并非是活动木偶和没有生命的玩具,并非是可以任意搁置的物件,而他从前却是这样想的;他懂了,他的命运就是同生活做斗争。车轮滚得越来越快,现在列车沿蛇形线冲下山去,群山变得越来越矮小,越来越遥远,车已进入了平原地带。他再次回头瞭望,群山与蓝天渐渐交融,只是依稀可辨,遥不可及。埃德加觉得,他的童年就要慢慢消散在那雾蒙蒙的天际了。

纷扰的晦暝

列车停了下来,巴登到了,埃德加独自上了站台。这时华灯初上,信号灯向远方闪着绿的、红的光。他看到这色彩缤纷的灯光,不觉想起夜已临近,心里骤然产生一种恐惧。要是白天倒还好,因为四周都是人,他可以休息,坐在椅子上,或者看看商店的橱窗。可是现在人们都回家了,每个人都有一张床,闲谈一番,然后度过一个恬静的夜。而这时他却怀着负疚之感孤单地踯躅街头,孤寂而又生疏,这他怎能忍受得了?啊,要赶快找一个蔽身之处,一分钟也不要待在空旷而陌生的天幕下面,这是他唯一明晰的念头。

他沿着那条熟悉的路匆匆走着,无暇左顾右盼,一直走到他祖母的寓所。这所房子坐落在一条宽阔的大街上,但不是那么显眼,前面是一个拾掇得很好的花园,长着各种蔓生植物和常青藤。在这片绿荫的后面,一座洁白的、令人感到亲切的老式房子在闪着光辉。埃德加像个生人似的从栅栏外往里面窥望。里面什么动静也没有,窗户都关着,显然大家都同客人到后面花园里去了。当他的手刚接触到门铃时,发生了一件奇怪的事情:他突然感到,他两个钟头里一直想得那么容易、那么理所当然的事却是不可能的。他该怎样进去,怎么向他们打招呼,怎样承受那些问题,怎么回答他们?当他不得不说他是从母亲那里偷着逃出来的时候,怎样去忍受他们的第一瞥目光?怎么去解释他闯下的大祸,他自己都无法理解的行动?这当儿里面有一扇门开了,突然,一种愚蠢的恐惧攫住了他:马上要有人出来了。他拔腿就跑,也不辨东南西北。

跑到公园前他停住脚步,因为那儿一片黑暗,他猜想不会有什么人能看见他。也许他可以在那里坐下来,安静地思考思考,好好休息休息,弄清楚他的境遇。他畏葸地走了进去。前面有几盏灯亮着,照得嫩叶闪耀出阴森的水光,呈现出晶莹剔透的碧绿;往后,走下山丘,那儿的一切像一堆郁闷的、黑色的发酵物似的团聚在早春之夜的晦暝里。埃德加怯生生地从一些人身边溜了过去,他们都坐在灯光下聊天或看书。他要独自待着。可是,就是在没有灯光的甬道暗处也不宁静。这里的一切都是怕光的,声音微弱,都在喁喁私语,其中更混杂着风吹树叶的沙沙声、远处脚步的拖沓声、压低嗓门儿的耳语声和某种欢愉的、呻吟的、充满恐惧的喘息声，这些声音是人和动物以及不肯安睡的大自然同时发出来的。这是一种危险的不安，一种压抑的、隐蔽的、令人畏惧的、谜一样的不安。林中地下也有某种声音，这也许是同春天连在一起的蛰动声。这个无依无靠的孩子害怕得要命。

在昏黑的暗处，他蜷缩在一条椅子上，在考虑他到家后该讲些什么。可是，每当他要集中思想时，那种声音就从他身旁滑了过去。他不由自主地老在谛听黑暗中低沉的响动，神秘的声音。这种黑暗是多么可怕呀，可又是多么迷惘的、神秘的美啊！把所有这些窸窣声、沙沙声、嗡嗡声都混在一起的是动物还是人，或者仅仅是风的魔手？他谛听着。是风，它不安静地在林中穿行，但也是人——现在他看清楚了——相互搂抱着的对对情侣，他们从山下灯光通明的城市走上来，他们谜一般地在这里出现，使黑暗也活跃起来。他们要干什么？他无法理解。他们彼此不说话，因为他听不到说话声，只有脚踩在鹅卵石上发出的沙沙声。他时而看到他们的身形在光亮处像影子一样地一掠而过，都是搂得紧紧的，像一个人似的，这和先时他看到他母亲同男爵的情形一样。这个秘密，这个巨大的、闪光的和充满不祥的秘密，这里也有啊。现在他听到越来越近的脚步声和一种压低了的笑声。他感到恐惧，怕走近的人在这儿发现他，于是他又往暗处缩了缩。这时从不辨五指的黑暗中有两个人摸索着往山上走，并没有看见他。他们搂抱着走了过去，埃德加松了一口气，可是他们突然停了下来，就站在他的椅子跟前。他们把脸贴在一起，埃德加什么也看不清楚，他只听到从女人嘴里发出来的喘气声，男的则喃喃着一种火热的、荒唐的话语。他打了个欢愉的寒战，恐惧之中有一种压抑的预感。他俩停了一分钟，随后鹅卵石在他们脚下发出沙沙的声音，脚步不久就在黑暗中消失了。

埃德加一阵颤抖。现在血又在血管里翻腾起来，比以前任何时候都更加炽热。在这纷扰的黑暗之中他突然感到寂寞难忍。不可遏止的需求主宰了他，他需要亲切的声音，需要拥抱，需要明亮的房间和他所爱的人。他觉得，这纷扰的夜晚的全部黑暗仿佛都沉到了他的心灵深处，进入他的胸膛。他跳了起来。回家，回家，回到家里，什么地方都行，在温暖、明亮的房间里，与亲人在一起。他们对他能怎么样呢？打也好，骂也好，自从他感受到了这种黑暗的滋味和寂寞的恐惧以来，他什么都不怕了。

这种想法驱使他往前走，不知不觉他突然站在祖母寓所的门前了，手又重新摸着冰冷的门铃。他看到，现在窗户透过绿荫闪着光亮，在想象中，看到每扇明亮的玻璃后面熟悉的房间里都有人在里面。这种亲昵感使他感到幸福，这种乍到的安适感使他与他所爱的人靠近了。如果说他还在犹豫的话，那只是为了更亲切地享受这种预感。

这时在他身后响起一声刺耳的尖叫：

"埃德加，他在这儿！"

祖母的女仆看见了他，向他扑来，抓住他的手。里面的门开了，一只狗跳到他面前汪汪直叫，屋里的人拿着灯走了出来。他听到欢叫声和惊叹声，呼喊和脚步混成一片的嘈杂声，越来越近。现在他认出来了，最前面的是祖母，她张开了胳膊，在她后面竟是他的母亲，他以为自己是在做梦。他的眼睛哭肿了，他颤抖着，畏葸地处在这激动的感情中间，他手足无措，不知该做什么，该说什么，甚至连他感觉到什么也不清楚：是恐惧还是幸福？

最后的梦

　　事情原来是这样的：他们早就在这儿找他、等他很长时间了。他母亲尽管在气头上，却也对这激动的孩子破门而出感到惊慌，叫人在塞默林到处寻找。正当大家都激动不安，纷纷做出各种危险的猜测时，有位先生带来消息说，他三点钟前后在车站售票处看见过这个孩子。人们很快从车站得知埃德加买了一张去巴登的车票。她毫不迟疑地立即去追赶他，并事先电告巴登和维也纳他父亲处。一片忙乱和激动，两个钟头以来，一切都为寻找这个逃亡者而忙乱着。

　　现在他们牢牢地抓住了他，但并不是用暴力。他怀着一种受到抑制的胜利感被领进房间里。可是使他奇怪的是，他没有受到他们的严厉斥责，他在他们眼里看到的是欢欣和爱抚。就算是斥责吧，这种假装的生气，也只是一转眼的工夫。随后祖母又含泪搂抱着他，没有人再说他的过错了，他感到围绕他的是一种奇怪的关怀。这时女仆脱下他的上衣，给他拿来一件暖和的。祖母问他饿不饿，需要些什么。他们都很关心地挤过来围看他，但是当他们看到他的窘态时，就不再问他什么了。他快意地重新感觉到了那种曾受他藐视却是不可缺少的孩子的感情。他对自己近来的自负傲慢感到羞愧难当，现在他得到的特殊宠爱，是他用自己的孤独所赢得的虚假快乐换来的啊！

隔壁房间里的电话铃响了,他听到他母亲在接电话,听到她说的几个字:"埃德加……回来了……到这儿来……坐末班车。"埃德加感到奇怪的是,她不再对他火冒三丈,只是搂抱着他,用奇怪的、欲言又止的目光望着他。他越来越懊悔,最好能避开这里祖母、姑妈的悉心关怀,进去请她原谅,十分恭顺地、单独一个人对她说,他要重新成为一个听话的孩子。可当他轻轻站起来时,祖母稍感惊慌地问道:

"你要到哪儿去?"

他羞愧地站着。他只要一动,他们就为他感到害怕。他把他们大家都给吓怕了,怕他再度逃走。他们怎么能够理解,对这次逃跑,他自己比任何人都感到后悔呢!

饭桌摆好了,他们给他端来一份赶做的晚饭。祖母坐在他身边,两眼一直不离开他。她和姑妈以及女仆静静地把他围住,他在这种温暖的气氛里感到十分安适。只有母亲没有进来,这使他惶惑。要是她知道他现在是多么低声下气的话,那她准会来的!

这时从外面传来辚辚的车声,随即在门前停了下来。其他人都惊讶起来,埃德加也感到不安。祖母走了出去,在暗中,各种声音传来传去,他突然知道他父亲来了。埃德加羞怯地发觉,他现在又是一个人独自在房间里。即使是这短暂的孤独也使他感到慌乱。他的父亲是严厉的,他是他唯一真正害怕的人。埃德加细心地谛听,他父亲好像很激动,说话声音很高,很恼火。这中间,他听见他祖母和他母亲令人宽慰的声音,显然她俩要他说话温和些。但是父亲的声音一直是生硬的,像他正在走来的脚步声一样。这脚步越来越近,已经到了旁边的一个房间,来到门前,现在门打开了。

他父亲个子很高,埃德加此刻在父亲面前觉得说不出的渺小。他走了进来,满脸火气,看来确实正在气头上。

"这是怎么回事,你这小子竟然逃跑了?你怎么能这样使你母亲担惊受怕?"

他的声音很愤怒,双手急剧地摆动着。现在他母亲轻轻地走了进来,脸上罩了一层暗影。

埃德加没有回答。他想必须为自己辩解,可是他该怎么讲他被骗被打的事呢?父亲会理解吗?

"喏,你不会说话?是怎么回事?你可以慢慢地说!你有什么不对的地方?你逃跑总得有个理由嘛!有人委屈了你?"埃德加在犹豫。回忆使他又愤恨起来,他差点儿要说了。这时他看到他母亲在父亲背后做了个奇怪的动作,他的心静了下来。母亲的这种动作开头他并不理解,可现在她在看着他,眼里流露出乞求的神情。她轻轻地、非常轻轻地把手指放在嘴上,做出一个不要说的动作。

孩子感到,突然间一种温暖的感情,一种巨大的狂喜流过他的全身。他明白了她要他保守秘密,他觉得他那小小的嘴唇可以决定一个人的命运啊。她信赖他,他全身浸透着骄傲。猝然之间,他产生了一种自我牺牲的勇气,他要加重自己的过错,为了表明自己是多么值得信赖,自己是一个好汉。他鼓起勇气说:

"没有,没有……没有什么理由。妈妈对我非常好,可是我淘气,是我自己做错了……我……我逃跑了,因为我害怕。"

他父亲愕然地望着他。他一切都料到了,唯独没有料到这么个供词。他的愤怒无从发作。

"喏,你承认了错误,这很好。那我今天就不再谈这件事了。我想你得找个时间好好想想!不许再发生这样的事情。"

他站在那儿望着他。现在他的声音温和得多了。

"你脸色多么苍白啊。可是我觉得你又长高了一截。我希望你不要再耍小孩脾气了,你已经不是一个毛孩子,该懂得些事体了!"

埃德加一直都在望着他的母亲。他觉得她的眼里闪着亮光,或许这是灯光的反射?不,那是湿润而晶莹的泪花,她的嘴上泛起一丝微笑,表明她对他的感激。他们现在把他带去睡觉,可他不再因为他们让他孤零零一个人在那里而感到悲哀了。他有多少东西,有多少丰富多彩的东西要思索啊。近日来在他生活中初次感受到的巨大痛苦消失得无影无踪,他预感到未来的生活是神秘的,他有点儿陶醉了。在漆黑的夜里,窗外的树木在窸窣作响,但他不再感到恐惧。自从他知道生活是多么丰富以来,他对它就不再感到焦躁不安了。他仿佛觉得今天是头一次看到赤裸裸的现实,这现实不再被童年的千百个谎言所遮蔽,而是呈现出它全部难以想象的、危险的未来。他从来没有想到,多姿多彩的生活中痛苦和欢乐竟然到处可以相互转换。而一想到他面前还有许多这样的时光,生活还深藏小露地等待着他惊喜地去揭开它的面纱时,他就感到快乐。现实生活的绚丽多彩,和对于多姿多彩的现实生活的朦胧预感的突然袭来,使他第一次相信他理解了人的本质,即使他们彼此充满敌意,他们也都相互需求,被他们所爱又是多么甜蜜啊。让他带着仇恨去想某件事、某个人,这是不可能的,他对什么都不悔恨,就是对男爵,那个勾引者、他的势不两立的敌人也不怨恨,他对男爵有了一种新的感激之情,因为男爵给他打开了通向感情世界的大门。

在黑暗中去想这一切是甜蜜的,令人神往。他昏昏欲睡,从迷梦中轻轻浮现出各种模糊不清的景象。这时他觉得门突然开了,好像有人轻轻走了进来。开头他不大相信,他太困了,怎么也睁不开眼睛。这时他觉得有人喘着气,用自己的脸柔和地、温暖地、甜蜜地揉擦着他的脸。他知道这是他的母亲,她现在在吻他,用手在抚摩他的头发。他感到了亲吻,他感觉到她的泪水。他温柔地回答了母亲的爱抚,把这当作是和解,当作是对他沉默的答谢。直到以后,多年以后他才认识到这泪水是一个老之将至的人的誓言。从现在起,她只属于他,属于她的孩子,这意味着她放弃风流生涯,意味着她与自己的欲念诀别。他不知道她也感激他,是他把她从一种无益的艳遇中拯救了出来;她就用这种拥抱把爱那既苦又甜的重负留给了他,像是一笔遗产。此刻,孩子对这一切还不理解,但是他觉得能这样被爱太幸福了,他感到这种爱又把他同世界上最伟大的秘密交织在一起了。

她从他身上松开了手,她的嘴唇离开了他的嘴唇,身影轻轻消失了,却留下了一片温暖,他的嘴唇上还留有一股气息。一种甜蜜的欲望使他渴望温柔嘴唇的再度亲吻和亲切的拥抱,但是这种令人渴求的秘密的遐思美想业已被睡眠的阴影笼罩。几个小时以来的景象又一次五彩缤纷地飞掠而过,他青年时代的书本又一次诱惑地翻了开来。随后孩子沉入梦乡,他生活中更为深沉的梦开始了。

韩耀成　高中甫　译

一个陌生女人的来信

著名小说家R到山上去休息了三天,今天一清早就回到维也纳。他在车站上买了一份报纸,刚刚瞥了一眼报上的日期,就记起今天是他的生日。他马上想到,已经四十一岁了。他对此并不感到高兴,也没觉得难过。他漫不经心地窸窸窣窣翻了一会儿报纸,便叫了一辆小汽车回到住所。仆人告诉他,在他外出期间曾有两个人来访,还有他的几个电话,随后便把积攒的信件用盘子端来交给他。他随随便便地看了看,有几封信的寄信人引起他的兴趣,他就把信封拆开;有一封信的字迹很陌生,写了厚厚一沓,他就先把它推在一边。这时茶端来了,于是他就舒舒服服地往安乐椅上一靠,再次翻了翻报纸和几份印刷品,然后点上一支雪茄,这才拿起方才搁下的那封信。

这封信二十多页,是个陌生女人的笔迹,写得龙飞凤舞,潦潦草草,与其说是封信,还不如说是份手稿。他不由自主地再次把信封捏了捏,看看有什么附件落在里面没有。但是信封里是空的,无论信封上还是信纸上都没有寄信人的地址,也没有签名。"奇怪。"他想,又把信拿在了手里。"你,和我素昧平生的你!"信的上头写了这句话作为称呼,作为标题。他的目光十分惊讶地停住了:这指的是他,还是一位臆想的主人公呢?突然,他的好奇心大发,开始念道:

我的孩子昨天去世了——为挽救这个幼小娇嫩的生命,我同死神足足搏斗了三天三夜。他得了流感,可怜的身子烧得滚烫。我在他床边坐了四十个小时。我在他烧得灼手的额头上敷上用冷水浸过的毛巾,白天黑夜都握着他那双抽搐的小手。第三天晚上我完全垮了。我的眼睛再也抬不起来了,眼皮合上了,连我自己也不知道。我在硬椅子上坐着睡了三四个小时,就在这期间,死神夺去了他的生命。这逗人喜爱的、可怜的孩子,此刻就在那儿躺着,躺在他自己的小床上,就和他死的时候一样;只是他的眼睛,他那聪明的黑眼睛合上了,他的两只手交叉着放在白衬衫上,床的四个角上高高燃点着四支蜡烛。我不敢看一下,也不敢动一动,因为烛光一晃,他脸上和紧闭的嘴上就影影绰绰的,看起来就仿佛他的面颊在蠕动,我就会以为他没有死,以为他还会醒来,还会用他银铃似的声音对我说些甜蜜而稚气的话语。但是我知道,他死了,我不愿意再往床上看,以免再次怀着希望,也免得再次失望。我知道,我知道,我的孩子昨天死了——在这个世界上我现在只有你,只有你了,而你对我却一无所知。此刻你完全感觉不到,正在嬉戏取闹,或者正在跟什么人寻欢作乐、调情狎昵呢。我现在只有你,只有同我素昧平生的你,我始终爱着的你。

我拿了第五支蜡烛放在这里的桌子上,我就在这张桌上给你写信。因为我不能孤零零地一个人守着我那死去的孩子,而不倾诉我的衷肠。在这可怕的时刻要是我不对你诉说,那该对谁去诉说!你过去是我的一切,现在也是我的一切!也许我不能跟你完全讲清楚,也许你不了解我——我的脑袋现在沉甸甸的,太阳穴不停地在抽搐,像有槌子在擂打,四肢感到酸痛。我想我发烧了,说不定也染上了流感。现在流感挨家挨户地在蔓延。这倒好,这下我可以跟我的孩子一起去了,也省得我自己来了结我的残生。有时我眼前一片漆黑,也许这封信我都写不完了——但是我要振作起全部精力,来向你诉说一次,只诉说这一次,你,我亲爱的,同我素昧平生的你。

我想同你单独谈谈,第一次把一切都告诉你,向你倾吐。我的整个一生都要让你知道,我的一生始终都是属于你的,而对我的一生你却从来毫无所知。可是只有当我死了,你再也不用答复我了——现在我的四肢忽冷忽热,如果这病魔真正意味着我生命的终结——这时我才让你知道我的秘密。假如我能活下来,那我就要把这封信撕掉,并且像我过去一直把它埋在心里一样,我将继续保持沉默。但是如果你手里拿到了这封信,那么你就知道,那是一个已经死了的女人在这里向你诉说她的一生,诉说她那属于你的一生,从她开始懂事的时候起,一直到她生命的最后一刻。作为一个死者,她再也别无所求了,她不要求爱情,也不要求怜悯和慰藉。我要求你的只有一件事,那就是请你相信我这颗痛苦的心匆匆向你吐露的一切。请你相信我讲的一切,我要求你的就只有这一件事:一个人在其独生子去世的时刻是不会说谎的。

我要向你吐露我整个的一生,我的一生确实是从我认识你的那一天才开始的。在此之前我的生活郁郁寡欢、杂乱无章。它像一个蒙着灰尘、布满蛛网、散发着霉味的地窖,对它里面的人和事，我的心里早已忘却了。你来的时候，我十三岁，就住在你现在住的那所房子里。现在你就在这所房子里，手里拿着这封信——我生命的最后一丝气息。我也住在那层楼上，正好在你对门。你一定记不得我们了，记不得那个贫苦的会计师的寡妇(她总是穿着孝服)和那个尚未完全发育的、瘦小的孩子了——我们深居简出，不声不响地过着我们小市民的穷酸生活——你或许从来没有听到过我们的名字，因为我们房间的门上没有挂牌子。没有人来，也没有人来打听我们。何况事情已经过去很久了，过了十五六年了。不，你一定什么也不知道，我亲爱的。可是我呢，啊，我激情满怀地想起了每一件事，我第一次听说你，第一次见到你的那一天，不，是那一刻，我现在还记得很清楚，仿佛是今天的事。我怎么会不记得呢，因为对我来说世界从那时才开始。请耐心，亲爱的，我要向你从头诉说这一切，我求你听我谈一刻钟，不要疲倦，我爱了你一辈子也没有感到疲倦啊！

你搬进我们这所房子来以前，你屋子里住的那家人又丑又凶，又爱吵架。他们自己穷愁潦倒，却最恨邻居的贫困，也就是恨我们的穷困，因为我们不愿跟他们那种破落无产阶级的粗野行为沆瀣一气。这家男人是个酒鬼，常打老婆；哐啷哐啷摔椅子、砸盘子的响声常常在半夜里把我们吵醒。有一回那女人被打得头破血流，披头散发地逃到楼梯上，那个喝得酩酊大醉的男人跟在她后面狂呼乱叫，直到大家都从屋里出来，警告那汉子，再这么闹就要去叫警察了，这场戏才算收场。我母亲一开始就避免和这家人有任何交往，也不让我跟他们的孩子说话，为此，这帮孩子一有机会就对我进行报复。要是他们在街上碰见我，就跟在我后边喊脏话，有一回还用硬实的雪球打我，打得我额头上鲜血直流。全楼的人都本能地恨这家人。突然有一次出了事——我想,那汉子因为偷东西给逮走了——那女人不得不收拾起她那点七零八碎的东西搬走了。这下我们大家都松了口气。楼门口的墙上贴出了出租房间的条子,贴了几天就被拿掉了。消息很快从清洁工那儿传开,说是一位作家、一位文静的单身先生租了这套房间。那时我第一次听到你的名字。

这套房间给原住户弄得油腻不堪,几天之后油漆工、粉刷工、清洁工、裱糊匠就来拾掇房间了,敲敲锤锤,又拖地又刮墙,但我母亲对此倒很满意,她说,这下对门又脏又乱的那一家终于走了。而你本人在搬来的时候我还没有见到你的面:全部搬家工作都由你的仆人照料,那个个子矮小、神情严肃、头发灰白的管事仆人。他轻声细语、一板一眼地以居高临下的神气指挥着一切。他使我们大家都很感动,首先,因为一位管事的仆人在我们这所郊区楼房里是件很新奇的事,其次他对所有的人都非常客气,但并不因此而降格把自己等同于一个普通仆人,和他们好朋友似的山南海北地谈天。从第一天起他就把我母亲看作太太,恭恭敬敬地向她打招呼,甚至对我这个丑丫头,也总是既亲切又严肃。每逢他提到你的名字,他总带着某种崇敬,带着一种特殊的尊敬——大家马上就看出,他和你的关系远远超出了普通主仆的程度。为此我多么喜欢他,多么喜欢这个善良的老约翰啊!虽然我忌妒他老是可以在你身边侍候你。

我把一切都告诉你,亲爱的,把所有这些鸡毛蒜皮的、简直是可笑的小事都告诉你,为的是让你了解,从一开始你对我这个又腼腆又胆怯的孩子就具有那样的魔力。在你本人还没有闯入我的生活之前,你身上就围上了一圈灵光,一道富贵、奇特和神秘的光华——我们所有住在这幢郊区小楼里的人(这些生活天地非常狭小的人,对自己门前发生的一切新鲜事总是十分好奇的),都在焦躁地等着你搬进来。一天下午放学回家,看到楼前停着搬家具的车,这时对你的好奇心才在我心里猛增。家具大都是笨重的大件,搬运工已经抬到楼上去了,现在正在把零星小件拿上去。我站在门口望着,对一切都感到很惊奇,因为你所有的东西都那样稀奇,我还从来没有见过;有印度神像、意大利雕塑、色彩鲜艳的巨幅绘画,最后是书。那么多那么好看的书,以前我连想都没有想到过。这些书都堆在门口,仆人在那里一本本拿起来用小棍和掸帚仔仔细细地掸掉书上的灰尘。我好奇地围着那越堆越高的书堆蹑手蹑脚地走着,你的仆人并没有叫我走开,但也没有鼓励我待在那里;所以我一本书也不敢碰,虽然我很想摸一摸有些书的软皮封面。我只好从旁边怯生生地看看书名:有法文书、英文书,还有些书的文字我不认识。我想,我会看上几个小时的。这时我母亲把我叫进去了。

整个晚上我都没法不想你,而这还是在我认识你之前呀。我自己只有十来本便宜的、破硬纸板装订的书,这几本书我爱不释手,一读再读。这时我在冥思苦想:这个人会是什么样子呢?有那么多漂亮的书,而且都看过了,还懂得所有这些文字,他还那么有钱,同时又那么有学问。想到那么多书,我心里就滋生起一种超脱凡俗的敬畏之情。我在心里设想着你的模样:你是个老人,戴了副眼镜,留着长长的白胡子,有点像我们的地理老师,只是善良得多,漂亮得多,温和得多——我不知道为什么我那时就肯定你是漂亮的,因为当时我还把你想象成一个老人呢。就在那天夜里,我还不认识你,我就第一次梦见了你。

第二天你搬来了，但是无论我怎么窥伺，还是没能见着你的面——这又更加激起了我的好奇心。终于在第三天我看见了你，真是万万没有想到，你完全是另一副模样，和我孩子气的想象中的天父般的形象毫无共同之处。我梦见的是一位戴眼镜的慈祥的老人，现在你来了——你，你的样子还是和今天一样，你，岁月不知不觉地在你身上流逝，你却丝毫没有变化！你穿了一件浅灰色的、迷人的运动服，上楼梯的时候总是以你那种无比轻快的、孩子般的姿态，老是一步跨两级。你手里拿着帽子，我以无法描述的惊讶望着你那表情生动的脸。你脸上显得英姿勃发，一头秀美有光泽的头发：真的，我惊讶得吓了一跳，你是多么年轻、多么漂亮、多么修长挺拔、多么标致潇洒。这事不是很奇怪吗？在这第一秒钟里，我就十分清楚地感觉到，你是非常独特的，我和所有别的人都意想不到地在你身上一再感觉到：你是一个具有双重人格的人，是个热情洋溢、逍遥自在、沉湎于玩乐和寻花问柳的年轻人；同时你在事业上又是一个十分严肃、责任心强、学识渊博、修养有素的人。我无意中感觉到后来每个人都在你身上感觉到的印象，那就是你过着一种双重生活，它既有光明的、公开面向世界的一面，也有阴暗的、只有你一人知道的一面——这个最最隐蔽的两面性，你一生的秘密，我，这个着了魔似的被你吸引住的十三岁的姑娘从第一眼就感觉到了。

现在你明白了吧，亲爱的，当时对我这个孩子来说，你是一个多大的奇迹，一个多么诱人的谜呀！一个大家对他怀着敬畏的人，因为他写过书，因为他在那另一个大世界里颇有名气，而现在突然发现他是个英俊潇洒、像孩子一样快乐的、二十五岁的年轻人！我还用对你说吗，从这天起，在我们这幢楼里，在我整个可怜的儿童天地里，没有什么比你更使我感兴趣的了。我把一个十三岁的姑娘的全部犟劲，全部纠缠不放的执拗劲一股脑儿都用来窥视你的生活，窥视你的起居了。我观察你，观察你的习惯，观察到你这儿来的人，这一切非但没有减少反而更增加了我对你本人的好奇心，因为来看望你的客人形形色色，三教九流，这就反映了你性格上的两重性。到你这里来的有年轻人，你的同学，一帮衣衫褴褛的大学生，你跟他们有说有笑，忘乎所以；有时又有一些坐小汽车来的太太，有一回歌剧院的经理，那位伟大的乐队指挥来了，过去我只是怀着崇敬的心情远远地见到过他站在乐谱架前。到你这里来的人再就是些还在商业学校上学的小姑娘，她们扭扭捏捏地倏地一下就溜进了门去。总而言之，来的人里女人很多，很多。这一方面我没有什么特别的想法，就是一天早晨我去上学的时候，看见一位太太头上蒙着面纱从你屋里出来，我也并不觉得这有什么特别——我才十三岁呀，我以狂热的好奇心来探听和窥伺你的行动。在孩子的心目中她还并不知道，这种好奇心已经是爱情了。

但是，我亲爱的，那一天，那一刻，我整个地、永远地爱上你的那一天、那一刻，现在我还记得清清楚楚。我和一个女同学散了一会儿步，就站在大门口闲聊。这时开来一辆小汽车，车一停，你就以你那焦躁、敏捷的姿态——这姿态至今还使我对你倾心——从踏板上跳了下来，要进门去。一种下意识逼着我为你打开了门，这样我就挡了你的道，我们俩人差点撞个满怀。你以那种温暖、柔和、多情的眼光望着我，这眼光就像是脉脉含情的表示，你还向我微微一笑——是的，我不能说是别的，只好说：向我脉脉含情地微微一笑，并用一种极轻的、几乎是亲昵的声音说:"多谢啦,小姐!"

事情的经过就是这样,亲爱的;可是从此刻起,从我感到了那柔和的、脉脉含情的目光以来,我就属于你了。后来不久我就知道,对每个从你身边走过的女人,对每个卖东西给你的女店员,对每个给你开门的侍女,你一概投以你那拥抱式的、具有吸引力的、既脉脉含情又撩人销魂的目光,你那天生的诱惑者的目光。我还知道,在你身上这目光并不是有意识地表示心意和爱慕,而是因为你对女人所表现的脉脉含情,在你看她们的时候,不知不觉之中就使你的眼光变得柔和而温暖了。但是我这个十三岁的孩子对此毫无所感:我心里像有团烈火在燃烧。我以为你的柔情只是给我的,只是给我一人的,在这瞬间,在我这个尚未成年的丫头的心里,已经感到自己是个女人,而这个女人永远属于你了。

"这个人是谁?"我的女友问道。我不能马上回答她。我不能把你的名字说出来:就在这一秒钟里,这唯一的一秒钟里,我觉得你的名字是神圣的,它成了我的秘密。"噢,一位先生,住在我们这座楼里。"我结结巴巴、笨嘴笨舌地说。"那他看你的时候你干吗要脸红啊?"我的女朋友使出了一个爱打听的孩子的全部恶毒劲冷嘲热讽地说。正因为我感到她的嘲讽触到了我的秘密,血就一下子升到我的脸颊,感到更加火烧火辣。我狼狈之至,态度变得甚为粗鲁。"傻丫头!"我气冲冲地说。我真恨不得把她勒死。但是她笑得更响,嘲弄得更加厉害,直到我感到,盛怒之下泪水都流下来了,我就把她甩下,独自跑上楼去。

从这一秒钟起,我就爱上了你。我知道,许多女人对你这个被宠惯了的人常常说这句话。但是我相信,没有一个女人像我这样盲目地、忘我地爱过你。我对你永远忠贞不渝,因为世界上任何东西都比不上孩子暗地里悄悄所怀的爱情,因为这种爱情如此希望渺茫、曲意逢迎、卑躬屈膝、低声下气、热情奔放,它与成年妇女那种欲火中烧的、本能的、挑逗性的爱情并不一样。只有孤独的孩子才能将他们的全部热情集中起来:其余的人则在社交活动中滥用自己的感情,在卿卿我我中把自己的感情消磨殆尽。他们听说过很多关于爱情的事,读过许多关于爱情的书。他们知道,爱情是人们的共同命运。他们玩弄爱情,就像玩弄一个玩具;他们夸耀爱情,就像男孩子夸耀他们抽了第一支香烟。但是我,我没有一个可以向他诉说我的心事的人,没有人开导我,没有人告诫我,我没有人生阅历,什么也不懂:我一下子栽进了我的命运之中,就像跌入万丈深渊。在我心里生长、迸放的就只有你,我在梦里见到你,把你当作知音:我父亲早就故世了,我母亲总是郁郁寡欢、悲悲戚戚,她靠养老金生活,生性怯懦,掉片树叶还生怕砸了脑袋,所以我和她并不十分相投;那些开始沾上了行为不端这坏毛病的女同学又使我感到厌恶,因为她们轻佻地玩弄那在我心目中视为最高的激情的东西——因此我把原先散乱的全部激情,把我那颗压缩在一起而一再急不可待地想喷涌出来的整个心都一股脑儿向你掷去。在我的心里你就是——我该怎么对你说呢?任何比喻都不为过分——你就是一切,是我的整个生命。人间万物所以存在,只是因为都和你有关系,我生活中的一切,只有和你相连才有意义。你使我的整个生活变了个样。原先我在学校里学习并不太认真,成绩也是中等,现在突然成了第一名。我读了上千本书,往往每天读到深夜,因为我知道,你是喜欢书的;突然我以近乎顽固的劲头坚持不懈地练起钢琴来了,使我母亲大为惊讶,因为我想,你是喜欢音乐的。我把自己的衣服刷得干干净净,缝得整整齐齐,好在你面前显得干净利索,让你喜欢;我那条旧学生裙(是我母亲的一件家常便服改的)的左侧打了一个四方的补丁,我感到难看极了。我怕你会看见这个补丁,因而瞧不起我;所以我上楼的时候,总是把书包压在那个补丁上,吓得直哆嗦,生怕被你看出来。但这是多傻啊:你后来再也没有、几乎是再也没有看过我一眼。

再说我,我整天都在等着你,窥伺你的行踪,除此之外可以说是什么也没做。我们家的门上有一个小小的黄铜窥视孔,从这个小圆孔里可以看到对面你的房门。这个窥视孔——不,别笑我,亲爱的,就是今天,就是今天,我对那些时刻也并不感到羞愧!——这个窥视孔是我张望世界的眼睛。那几个月,那几年,我手里拿了本书,整个下午整个下午地坐在那里,坐在前屋里恭候你,生怕妈妈疑心。我的心像琴弦一样绷得紧紧的,你一出现,它就不住地奏鸣。我时刻为了你,时刻处于紧张和激动之中,可是你对此毫无感觉,就像你对口袋里装着的、绷得紧紧的怀表的发条没有一丝感觉一样。怀表的发条耐心地在暗中数着你的钟点,量着你的时间,用听不见的心跳伴着你的行踪,而在它滴答滴答的几百万秒之中,你只有一次向它匆匆瞥了一眼。我知道你的一切,了解你的每一个习惯,认得你的每一条领带、每一件衣服,不久就认识并且能够一个个区分你那些朋友,还把他们分成我喜欢的和我讨厌的两类:我从十三岁到十六岁,每一小时都是生活在你的身上的。啊,我干了多少傻事!我去吻你的手摸过的门把手,捡了一个你进门之前扔掉的雪茄烟头,在我心目中它是神圣的,因为你的嘴唇在上面接触过。晚上我上百次借故跑到下面的胡同里,去看看你哪一间屋子亮着灯。这样虽然看不见你,但是能清清楚楚地感觉到你在那里。你出门的那几个星期——我每次见那善良的约翰把你的黄色旅行袋提下楼去,我的心便吓得停止了跳动——那几个星期我活着像死了一样,毫无意义。我满脸愁云,百无聊赖,茫然若失,不过我得时时小心,别让母亲从我哭肿了的眼睛里看出我心头的绝望。

我知道,我现在告诉你的,全是些怪可笑的感情波澜,孩子气的蠢事。我该为这些事而害臊,但是我并不感到羞愧,因为我对你的爱情从来没有比在这种天真的激情中更为纯洁、更为热烈的了。我可以对你说上几小时,说上好几天,告诉你,我当时是怎么同你一起生活的,而你呢,连我的面貌还不认识,因为每当我在楼梯上碰到你,而又躲不开的时候,由于怕你那灼人的眼光,我就低头打你身边跑走,就像一个人为了不被烈火烧着,而纵身跳进水里一样。我可以对你说上几小时,说上好几天,告诉你那些你早已忘怀的岁月,给你展开你生活的全部日历;但是我不愿使你厌倦,不愿折磨你。我要讲给你听的,只有我童年时期最最美好的那次经历,我请你不要嘲笑我,因为这是一件微乎其微的小事,但是对我这个孩子来说,这可是件天大的大事。那一定是个星期天,你出门去了,你的仆人打开房门,把那几条他已经拍打干净的、沉重的地毯拽进屋去。他,这个好人,干得非常吃力。我一时胆大包天,走到他跟前,问他要不要我帮他一把。他很惊讶,但还是让我帮了他,这样我就看见了你寓所的内部,你的天地,你常常坐的书桌,桌上的一个蓝色水晶花瓶里插着几朵鲜花,看见了你的柜子,你的画,你的书——我只能告诉你,我当时怀着多么大的崇敬甚至虔诚的仰慕之情啊!对你的生活我只是匆匆地偷望了一眼,因为约翰,你那忠实的仆人,是一定不会让我仔细观看的。可就是这么看了一眼,我就把整个气氛吸进了胸里,这就有了人梦的营养,就能无休止地梦见你,无论醒着还是睡着。

这,这飞快的一分钟,它是我童年时代最最幸福的时刻。我要把这时刻讲给你听,好让你这个并不认识我的人终于能开始感觉到有一个生命在依恋着你,并为你而消殒。这个最最幸福的时刻我要告诉你,还有那个时刻,那个最最可怕的时刻我也要告诉你,可惜这两个时刻是互相紧挨着的。为了你的缘故——我刚才已经对你说过——我把一切都忘掉了,我没有注意我的母亲,对任何人都不关心。我没有注意到,一位年纪稍长的先生,一位因斯布鲁克的商人,我母亲的远亲,常常到我们家里来,每回都待得很久。是的,这倒使我感到很高兴,因为他有时带我母亲去看戏,这样我便可以独自待在家里,想着你,守候着你,这可是我最大最大的、我唯一的幸福! 一天,母亲郑重其事地把我叫到她房间里,说要跟我一本正经地谈一谈。我的脸都吓白了,听到自己的心突然怦怦直跳:她会不会感觉到什么,看出了什么苗头? 我马上想到的就是你,就是这个秘密,这个把我和世界联系在一起的秘密。但是妈妈自己感到不好意思,她温柔地吻了我一两下(她平素是从来不吻我的),把我拉到沙发上挨着她坐下,然后吞吞吐吐、羞怯地开始说,她的亲戚是个鳏夫,向她求婚,而她呢,主要是为了我,就决定答应他的要求。一股热血涌到我的心头:我内心里只有一个念头,我的全部心思都在你的身上。"我们还住在这儿吧?"我结结巴巴地勉强说出这句话来。"不,我们要搬到因斯布鲁克去,裴迪南在那里有座漂亮的别墅。"别的话我什么也没有听见。我觉得眼前发黑。后来我知道,当时我晕倒了;我听见母亲对等候在门后的继父悄声说,我突然伸开双手往后一仰,随后就像块铅似的摔倒了。以后这几天里发生的事情,我,一个不能自己做主的孩子,是如何反抗她那说一不二的意志的,这些我都无法向你描述了:就是现在,一想到这件事,我正在写信的手还发抖呢。我真正的秘密是不能泄露的,因此我的反抗就显得纯粹是耍牛脾气,故意作对,成心找别扭。谁也不再跟我说了,一切都在暗地里进行。他们利用我上学的时间搬运行李:等我回到家里,总是不是少了这样,就是卖了那件。我看着我们的屋子,以及我的生活变得零落了。有一次我回家吃午饭的时候,搬家具的人正在包装东西,把什么都搬走了。空空荡荡的屋子里放着收拾好了的箱子,以及母亲和我各自的一张行军床:我们还要在这里睡一夜,最后一夜,明天就动身到因斯布鲁克去。

在这最后的一天,我怀着一种突然的果断心情感觉到,没有你在身边,我是不能活的。除了你,我想不出别的什么解救办法。我当时心里是怎么想的,在那绝望的时刻我究竟能不能头脑清楚地进行思考,这些我永远也说不出来,可是我突然站了起来,身上穿着学生装——我母亲不在家——走到对门你那里去。不,我不是走去的:我两腿发僵,全身哆嗦着,被一种磁石一般的力量吸到你的门口。我已经对你说过,我自己也不知道我想干什么:跪在你的脚下,求你收留我做个女仆,做个奴隶。我怕你会对一个十五岁姑娘的这种纯真无邪的狂热感到好笑的,但是——亲爱的,要是你知道,我当时如何站在冰冷的楼道里,由于恐惧而全身僵硬,可是又被一种捉摸不到的力量推着朝前走；我又是如何把我的胳膊,那颤抖着的胳膊,可以说是硬从自己身上扯开,抬起手来——这场搏斗虽只经历了可怕的几秒钟,却像是永恒的——用手指去按你门铃的电钮。要是你知道了这一切,你就不会再笑了。那刺耳的铃声至今还在我的耳朵里回响,随之而来的是沉寂,之后——这时我的心脏停止了跳动,我全身的血液凝固了——我只是竖起耳朵听着,你是不是来开门。

但是你没有来。谁也没有来。那天下午你显然出去了,约翰可能是为你办事去了;于是我就蹒跚地——单调刺耳的门铃声还在我的耳边震响——回到我们满目凄凉、空空如也的屋子里,精疲力竭地一头倒在一条花呢旅行毯上。这四步路走得我疲乏之至,仿佛在深深的雪地里走了好几个小时似的。虽然疲惫不堪,可是他们把我拉走之前我要见到你、跟你说话的决心依然在燃烧,并未熄灭。我向你发誓,这里面并没有一丝情欲的念头。我当时还不懂,除了你之外,我什么都不想:我只想见到你,只是还想见一次,紧紧地抱着你。于是整整一夜,这漫长的、可怕的整整一夜,亲爱的,我都在等待着你。母亲刚一上床睡着,我就蹑手蹑脚地溜到前屋里,侧耳倾听你什么时候回家。整整一夜我都在等待着,而这可是一个冰冷的一月之夜啊!我疲惫不堪,四肢疼痛,想坐一坐,可是屋里连张椅子都没有了,于是我就平躺在冷冰冰的地板上,从房门底下的缝隙里嗖嗖地吹进股股寒风。我的衣服穿得很单薄,又没有拿毯子,躺在冰冰的地板上,浑身骨节眼里都感到刺痛;我倒是不想要暖和,生怕一暖和就会睡着,就听不到你的脚步声了。这是很难受的,我的两只脚痉挛了,紧紧蜷缩在一起,我的胳膊颤抖着。我只好一次又一次地站起来，在这漆黑的夜里，可真把人冻死了。但是我等待着，等待着，等待着你，宛如等待着我的命运。

终于——大概已经是凌晨两三点钟了吧——我听见下面开大门的声音，接着就有上楼梯的脚步声。顿时我身上的寒意全然消失，一股热流在我心头激荡，我轻轻地开了房门，准备冲到你面前，伏在你的脚下……啊，我真不知道，我这个傻姑娘当时会干出什么事来。脚步声越来越近。烛光忽闪忽闪地照到了楼上。我哆哆嗦嗦地握着房门的把手。来的人果真是你吗？

是，是你，亲爱的——但你不是独自一人。我听到一阵挑逗性的轻笑、绸衣服拖在地上发出的窸窣声和你低声细语的说话声——你是带了一个女人回家来的。

我不知道我是如何挨过这一夜的。第二天早晨八点钟，他们就把我拖往因斯布鲁克；我已经没有一丝力气来反抗了。

我的孩子已在昨天夜里去世了——如果我当真还要继续活下去的话，那我又将是孤苦伶仃的一个人了。明天要来人了，那些陌生的、黑炭似的大个儿笨汉，他们将抬一口棺材来，收殓我那可怜的、我那唯一的孩子。也许朋友们也会来，送来花圈，但是鲜花放在棺材上又顶什么用？他们会来安慰我，对我说几句，说几句话；但是他们又能帮得了我些什么呢？我知道，这以后我又是孤零零一个人了。再也没有什么东西比在人群之中感到孤独更可怕的了。这一点我那时就体会到了，在因斯布鲁克度过的没有尽头的两年岁月里，即从我十六岁到十八岁的时候，像个囚犯，像个被抛弃的人似的生活在家里的两年时间里，就体会到了这一点。继父是个生性平和、寡言少语的人，对我很好；我母亲好像为了弥补她无意之中所犯的过失，所以对我的一切要求总是全部给予满足。年轻人围着我献殷勤,但是我都斩钉截铁地对他们一概加以拒绝。不和你在一起,我就不想幸福地、惬意地生活,我把自己埋进一个晦暗的、寂寞的世界里,自己折磨自己。他们给我买的新花衣服我不穿,我不肯去听音乐会,不肯去看戏或者跟大家一起兴高采烈地去郊游。我几乎连胡同都不出:你会相信吗,亲爱的,我在这座小城里住了两年,认识的街道还不上十条?我悲伤,我要悲伤,看不见你,我就强迫自己过着清淡的生活,并且还以此为乐。再有,我怀着一股热情,只希望生活在你的心里,我不愿让别的事情来转移这种热情。我独自一人坐在家里,一坐就是几小时,就是一整天,什么也不做,只是想着你,一次一次地、反反复复地重温对你的数百件细小的回忆,每次见你啦,每次等你啦,就像在剧院里似的,让这些细小的插曲一幕幕从我的心里闪过。因为我把往日的每一秒钟都回味了无数次,因此我的整个童年时期还都历历在目,那些逝去岁月的每一分钟我都感到如此灼热和新鲜,仿佛是昨天在我身上发生的事。

　　那时我的整个身心全都用在了你的身上。你写的书我全都买了;要是报上登有你的名字,那么这天就像节日一样。你相信吗,你书里的每一行我都能背下来,我一遍又一遍地把你的书读得滚瓜烂熟。要是有人半夜里把我从睡梦中叫醒,从你的书里抽出一行来念给我听,今天,隔了十三年,今天我还能接着念下去,就像在梦里一样:你的每一句话,对我来说都是福音书和祷告文。整个世界,只是和你有关,它才存在;我在维也纳的报纸上翻阅音乐会和首演的广告,心里只有一个想法,那就是哪些演出会使你感兴趣;一到黄昏,我就在远方陪伴着你:现在他进了剧场大厅，现在他坐下来了。这事我梦见过千百次，因为我曾经有一次，唯一的一次，在一次音乐会上见过你。

可是我说这些干什么呢，说一个被遗弃的孩子的这些疯狂的、自己糟蹋自己的，这些如此悲惨、如此绝望的狂热干什么呢？把这些告诉一个对此一无所感、毫无所知的人干什么呢？那时我确实不还是个孩子吗？我长到十七岁，十八岁了——年轻人开始在街上转过头来看我了，可是他们只能使我火冒三丈。因为想着和别人，而不是和你谈恋爱，即使只是拿恋爱开个玩笑，我也觉得简直是闻所未闻、难以理解的，在我看来，受勾引本身就已经犯了罪。我对你的激情始终犹如当年，只是随着我身体的发育和性欲的萌发而变得更加炽烈、更加肉感、更加女性化罢了。当时在那个女孩子，那个去按你的门铃的女孩子朦胧无知的意识中没能预感到的东西，现在成了我唯一的思想：把自己献给你，完全委身于你。

我周围的人认为我腼腆，都说我怕羞(我紧咬牙关，关于我的秘密，一个字也不露出来)。但是在我心里滋长了钢铁般的意志。我的全部心思都集中在一点上：回到维也纳，回到你的身边去。我费了好大的劲，终于实现了自己的愿望。在别人看来，我的这个愿望也许是荒谬的，不可理解的。我的继父颇有资财，他把我当作他的亲生女。我直闹着要自己挣钱来养活自己，后来终于达到了这个目的。我来到维也纳的一个亲戚家，在一家服装店里当职员。

在一个雾蒙蒙的秋日，我终于，终于来到了维也纳！难道还要我告诉你，我到维也纳以后第一趟路是往哪儿去的吗？我把箱子存放在火车站，跳上一辆电车——我觉得电车开得多慢呀，每停一站都使我感到恼火——一直奔到那座楼房前面。你的窗户亮着灯,我的整个心灵发出了动听的声音。这座城市,这座曾经如此陌生、如此毫无意义地在我四周喧嚣嘈杂的城市,现在才有了生气,我现在才重新复活,因为我感觉到你就在近旁,你,我那永恒的梦。我并没有感觉到,无论是隔着多少峡谷、高山、河流,或是在你和我闪着喜悦光芒的目光之间只隔着一层透明的薄玻璃,我对于你的意识来说,实际上都是一样遥远的。我抬头仰望,仰望:这儿有灯光,这儿是楼房,你就在这儿,这儿就是我的世界。对于这一时刻,我已经做了两年的梦了,现在总算赐给了我。这个漫长的、柔和的、云遮雾漫的夜晚,我在你的窗前站了很久,直到你房里的灯熄灭以后,我才去寻找我的住处。

这以后,我每天晚上都这样站在你的房前。我在店里干活一直干到六点钟才结束,活计很重,很累,但我很喜欢,因为工作很杂乱,我对自己内心的不宁也就不那么感到痛楚了。等到卷帘式铁百叶窗在我身后哐当一声落了下来,我就直奔我心爱的目的地。只要看你一眼,只想碰见你一次,只想用我的目光远远地再次抚摩你的脸庞——这就是我唯一的心愿。大约一个星期之后,我终于遇见了你,而且恰恰在我没有预料到的那一瞬间:我正抬头朝你的窗户张望的时候,你横穿马路过来了。突然,我又变成了那个小姑娘,那个十三岁的小姑娘。我感到热血涌上我的面颊;违背我渴望看见你的眼睛的内心冲动,我下意识地低下了头,像是有人在追我似的,从你身边一溜烟似的跑了过去。后来我为自己这种女学生似的胆怯的逃遁而感到羞愧,因为现在我的目的是一清二楚的:我想遇见你,我在找你。过了那么多渴望的、难熬的岁月,我希望你能认出我来,希望你注意到我,希望你爱上我。

但是你好长时间都没有注意到我,虽然每天晚上,无论下起纷飞的大雪,还是刮着维也纳凛冽刺骨的寒风,我都站在你那条胡同里。我往往白等几小时,有时候等了半天以后,你终于在朋友的陪伴下从屋里走了出来,有两次我还看见你和女人在一起。当我看见一位陌生女人同你紧挽胳膊一起走的时候,我感觉到了自己的成人意识,我的心突然颤了一下,把我的灵魂也撕裂了,这时我感觉到对你有一种新的、异样的感情。我并没有吃惊,我在儿童时代就已经知道女人是陪伴你的常客,可是现在这使我突然感到有种肉体上的痛苦,我心里那根感情之弦绷得紧紧的,对你跟另一个女人的这种明显的、这种肉体上的亲昵感到非常敌视,同时自己也很想得到。我当时有种孩子气的自尊心,也许今天也还保留着,所以一整天没有到你的屋子跟前去:但是这个抗拒和愤恨的空虚夜晚是多么可怕呀!第二天晚上,我又低声下气地站在你的房子跟前,等呀等,就像我的整个命运都站在你那关闭的生活之前似的。

一天晚上,你终于注意到我了。我已经看见你远远地过来了,我就振作起自己的意志,别又躲开你。说来也凑巧,有辆货车停在街上要卸货,因而把马路堵得很窄,你就只好紧挨着我的身边走过去。你那心不在焉的目光下意识地扫了我一眼,它刚遇到我全神贯注的目光,就立即变成了——回忆起心里的往事,使我猛然一惊! ——你那种勾引女人的目光,变成了那温存的、既脉脉含情又撩人销魂的、那拥抱式的、盯住不放的目光。这目光从前曾把我这个小姑娘唤醒,使我第一次成了女人,成了正在恋爱的女人。有一两秒钟之久,你的目光就这样凝视着我的目光,而我的目光却不能,也不愿意离开你的目光——随后你就从我身边走了过去。我的心怦怦直跳;我下意识地放慢了脚步,出于一种无法抑制的好奇心,我转过头来,看见你停住了,正在回头看我。从你好奇地、饶有兴趣地注视着我的神态里,我立刻就知道,你没有认出我来。

你没有认出我来,那时候没有,永远,你永远也没有认出我来。亲爱的,我怎么来向你描述我那一瞬间的失望呢——当时我是第一次遭受到没有被你认出来的命运啊,这种命运贯穿在我的一生中,并且我还带着它离开人世;没有被你认出来,一直还没有被你认出来。我怎么来向你描述这种失望呢!因为你看,在因斯布鲁克的两年中,我时刻都想着你,什么也不做,只是想象我们在维也纳的第一次重逢,根据自己的情绪状态,做着最幸福的和最可怕的梦。如果可以这么说的话,一切我都在梦里想过了,在我心情阴郁的时候,我设想过,你会拒我于门外,你会鄙视我,因为我太卑微,太丑陋,太不顾羞耻。你各种各样的怨恨、冷酷、淡漠,这一切我在热烈的幻想中都经历过了——可是这一点,这最最可怕的一点,就是在我心情最阴郁、自卑感最严重的时候,也没有敢去考虑过:你根本丝毫没有注意到我的存在。今天我懂得了——啊,那是你教我懂得的!——少女和女人的脸在男人眼里一定是变化无常的,因为脸通常只是一面镜子,时而是热情的镜子,时而是天真烂漫的镜子,时而又是疲惫的镜子,镜子中的形象极易流逝,所以一个男人也就更加容易忘记一个女人的容貌,因为年龄就在这面镜子里带着光和影逐渐流逝,因为服装会把一个女人的脸一下打扮成这样,等会儿又变成那样。那些听天由命的人,她们才是真正的智者。可是当时我这个少女，我对你的健忘还不能理解，因为由于我自己毫无节制、时刻不停地想着你，所以就产生了一种幻觉，以为你也一定常常想着我，在等着我，如果我知道，你的心里并没有我，压根儿连想都没有想过，那我活着还有什么意思！你的目光使我清醒了，你的目光表示，你一点儿也不认识我了，关于你的生活和我的生活之间，你竟连一根蛛丝那样的些微记忆也没有了。面对这样的目光，我如梦初醒，第一次跌到了现实之中，第一次预感到了自己的命运。

  你那时没有认出我来。两天以后我们又再次相遇，你的目光带着点儿亲昵的神情周身打量着我，这时你依旧没有认出我就是曾经爱过你的、被你唤醒的那个姑娘，你只认出我是那个漂亮的、十八岁的姑娘，两天以前曾在同一地点同你迎面相逢。你亲切而惊讶地看着我，嘴角挂着一丝轻柔的微笑。你又从我的身边走过去，马上又放慢了脚步。我颤抖，我狂喜，我祈祷，但愿你来跟我打招呼。我感到，我第一次为你而充满了活力；我也放慢了脚步，没有躲开你。突然，我没有回头便感觉到你在我的身后，我知道，这回我可以第一次听到你对我说话的、可爱的声音了。这种期待的心情几乎使我瘫软了，我担心自己可能不得不停下来，心里像有十五个吊桶，七上八下——这时你走到我旁边来了。你用你特有的那种轻松愉快的神情跟我攀谈，仿佛我们是早就认识的老朋友了——啊，你没有感觉出我这个人，你也从来没有感觉出我的生活！——你跟我说话的神态是那么富有魅力，那么泰然自若，甚至我也能够跟你答话了。我们一起走了一条胡同，这时你问我，是否愿意一起去吃饭。我说："行。"我怎敢拒绝你呢？

我们一起在一家小饭馆里吃饭——你还记得这家饭馆在哪里吗?

啊,不,你一定跟其他这样的晚餐分不清了,因为在你心目中,我算得了什么?只不过是数万个女人中的一个,许许多多不胜枚举的风流艳遇中的一桩罢了。你有什么好想起我来的呢?我说得很少,因为在你身边,听你跟我说话,我就感到无限幸福了。我不愿意由于一个问题、一句愚蠢的话而白白浪费一秒钟。我永远不会忘记感谢你的这个时刻,你的心里满满地盛着我热情的崇敬,你的举止如此温存风雅、轻松愉快、识体知礼,毫无迫不及待的妄为,没有匆忙的、谄媚讨好的表示,从第一个瞬间起,就亲切自重,如逢知己,即使并没有早就把自己的整个身心都献给你,那么单凭这一点,你也会赢得我的心的。啊,你可不知道,我傻乎乎地等了你五年,你没有使我失望,你简直使我高兴得忘乎所以了!

天已经很晚了,我们起身离去。走到饭馆门口,你问我是否忙着回家,是否还有点儿时间。我怎么能瞒着你,不告诉你我乐意听从你的意愿呢?我说,我还有时间。随后,你稍稍迟疑了一下,就问我是否愿意上你那里去聊一会儿。"好啊!"我自然而然地脱口而出,随后我立即发现,你对我如此迅速的允诺,感到有点儿难堪或者高兴,反正显然感到十分意外。今天我明白了你的这种惊异;我知道,一个女人,即使她心里火烧火辣的,想委身于人,她们通常也总要否认自己有这种打算,还要装出一副惊恐万状或者怒不可遏的样子,非等男人再三恳求,说一通弥天大谎,赌咒发誓和做出种种许诺,这才愿意平息下来。我知道,也许只有那些吃爱情饭的妓女,或是幼稚天真、年未及笄的小姑娘才会兴高采烈地满口答应那样的邀请。但是在我心里,这件事只不过是——你怎么能料想得到呢——化成了语言的心愿,千百个白天黑夜所凝聚而现在突然迸发的相思而已。总之,当时你很吃一惊,我开始使你对我发生兴趣了。我觉察到,我们一起走的时候,你一边说着话,一边带着某种惊异的神情从侧面打量着我。你的感觉,你那对于一切人性的东西具有魔术般的十拿九稳的感觉,在这里立即在这位漂亮的、柔顺的姑娘身上嗅出了一种不同寻常的东西,嗅出了一个秘密。于是,你好奇心大发,我觉察到,你想从一连串拐弯抹角的、试探性的问题着手,来摸清这个秘密。可是我避开了你:我宁可显出傻里傻气的样子,也不愿对你泄露我的秘密。

我们上楼到你屋里。请原谅,亲爱的,要是我对你说,你不可能明白,这楼道,这楼梯对我来说意味着什么。当时我的心里充满了何等的陶醉,何等的迷乱,何等的疯狂、痛苦,几乎是致命的幸福啊!我现在想起这些,还不禁泪湿衣襟,然而我已经没有眼泪了。你想一想吧,那里每一件东西都好像渗透了我的激情,每一样东西都是我童年时代的憧憬的象征:那大门,我在前面等过你千百次的大门;那楼梯,我在那里倾听你的脚步声,并在那儿第一次看见你的楼梯;那窥视孔,通过这个小孔我看得神魂颠倒;你房门口铺的小地毯,有一次我曾在上面跪过;那钥匙的响声,每回一听到这声音,我总是从我潜伏的地方猛地一跃而起。我的整个童年,我的全部激情都寄托在这几米大的空间里了,我的生命就在这里。而现在命运像暴风雨似的降落到我的头上来了,因为一切,一切都如愿以偿了:我和你在一起走,我和你在你的、在我们的房子里走着。你想想吧——这话听起来毫无意思,可我不知道怎么用别的话来说——一直到你房门口为止,一切都是现实,都是一辈子沉闷的、日常的世界,而从那儿起,孩子的仙境、阿拉丁①的王国就开始了;你想一想,这房门我曾急不可待地盯过千百回,如今我飘飘然地走了进去,你将会预料到——但仅仅是预料到,永远也不会完全知道,我亲爱的!——这转瞬即逝的一分钟从我的生活里带走了什么。

那个晚上,我在你身边整整待了一夜。你可没有想到,在这以前还从来没有一个男人触摸过我,没有一个男人紧贴着或者看见过我的身子哩。但是亲爱的,你又怎么会想到呢,因为我对你毫无反抗,我压制了因羞怯而产生的忸怩,只是为了使你无法猜到我对你的爱情的秘密。要是你猜了出来,准会把你吓一大跳的——因为你喜欢的只是轻松自在、嬉戏玩耍、怡然自得,你生怕干预别人的命运。你喜欢对所有的女人,像蜜蜂采花似的对世界滥施爱情,而不愿做出任何牺牲。假如我现在对你说,亲爱的,我对你委身的时候还是个处女,那么我求求你,不要误解我!我不埋怨你,你并没有引诱我,欺骗我,勾引我——是我,是我自己硬凑到你跟前、投入你的怀抱、栽进自己的命运中去的。我永远,永远不会埋怨你,不,我只有永远感谢你,因为对我说来那一夜是至极的欢乐、闪光的喜悦、飘飘欲仙的幸福。那天夜里我一睁开眼,感到你在我的身边,总是感到奇怪,星星怎么没有在我头上闪烁,因为我真觉得自己到了天上了——不,我从来没有后悔,我亲爱的,从来没有因为那一刻而后悔。我还

---

① 阿拉丁:《一千零一夜》中的人物。巫师叫阿拉丁从井里取出一盏神灯,只要把灯一蹭,立即就有一位神灵来到你的眼前,可以满足你的一切要求。阿拉丁发现这个秘密后就拿走了这盏灯,并娶了一个公主为妻,巫师想了各种办法还是没有得到神灯。

记得,你睡着了,我听见你的呼吸,贴着你的身子,感到自己挨你那么近,在黑暗中我流出了幸福的泪水。

第二天一大早我就急着要走。我得到店里去,也想在仆人来到之前就走,可不能让他看见。当我穿好衣服站在你面前,你就把我搂在怀里,久久端视着我,莫非在你心里激荡着某个模糊而遥远的回忆,或者你只是觉得我当时神采飞扬、容貌美丽呢?然后你在我嘴上吻了一下。我轻轻从你手里挣脱,想走掉。这时你问我:"你带几朵花去,好吗?"我说好吧。你就从书桌上的蓝色水晶花瓶(啊,这只花瓶我是认识的,小时候我曾偷看过一眼)里取出四朵洁白的玫瑰给了我。连着几天我还不住地吻着这几朵玫瑰哩。

我们事前约好在另一个晚上见面。我去了,那晚又是那么美妙。你还赐给了我第三夜。后来你就对我说,你要出门了——噢,我从小就恨你的这种旅行!——你答应我,一回来就立即通知我。我给了你一个留局待取的地址——我不愿把我的姓名告诉你。我保守着自己的秘密。你又给了我几朵玫瑰作为临别纪念——作为临别纪念。

这两个月里我每天都去向……唉,算了,向你描述这种期待和绝望的极度痛苦干什么呢!我不埋怨你,我爱你,爱的就是这个你:感情炽烈,生性健忘,一见倾心,爱不忠诚。我爱的你这个人就是这个样,只是这个样,你过去一直是这个样,现在还是这个样。你早就回来了,从你亮着灯的窗户我断定你回来了,你没有给我写信。直到我生命的最后时刻,我也没有收到你的一行字,你的一行字,而我却把自己的生命都给了你。我等着,绝望地等着。你没有叫我,没有给我写一行字……没有写一行字……

我的孩子昨天死去了——他也是你的孩子呀。他也是你的孩子，亲爱的，这是那如胶似漆的三夜所凝结的孩子，这一点我向你发誓。人之将死，其言也真，我快踏上黄泉路了，是不会撒谎的。这是我们的孩子，我向你发誓，因为从我委身于你的那一刻起，到这孩子从我肚子里生出来这一段时间里，没有任何男人接触过我的身子。我的身子任你紧紧贴过之后，我就有了一种神圣的感觉：我怎么能把自己既给你，又给别人呢？你是我的一切，而别人只不过是从我生命边上轻轻擦过的路人。他是我们的孩子，亲爱的，是我那专一不二的爱情和你那漫不经心的、毫不在乎的、几乎是无意识的柔情蜜意所凝成的孩子。他是我的孩子，我的儿子，我唯一的孩子。那么你一定要问——也许吓一大跳，也许只是不胜惊愕——那么你一定要问，我亲爱的，问我这多年的漫长岁月里，为什么不把这个孩子告诉你，一直到今天他躺在这里，躺在这里的黑暗里的时候才谈到他，而此刻他已准备去了，永远不再回来了，永远不再回来了！可是我又怎么能告诉你关于孩子的事呢？

我这个与你素昧平生的女人，我这个心甘情愿地跟你过了销魂荡魄的三夜，而且毫无反抗地甚至是渴求地向你敞开了自己心怀的陌生女人，对她你是永远也不会相信的，你永远不会相信，她这么个跟你短暂地萍水相逢的无名女人，会对你这个不忠诚的男人忠贞不渝，你永远也不会毫无疑虑地承认这孩子是你的亲生骨肉！即使你觉得我的话蛮有道理，真假难分，你也不可能消除这种暗暗的怀疑：我很富有，为此你企图把你在另一次风流欢会时种下的这个孩子硬塞给我。这样你就会对我猜疑，在你和我之间就会产生一片阴影，一片漂浮不定、腼腆的怀疑的阴影。这我不愿意。再说，我了解你，非常了解你，比你对自己了解得还清楚。我知道，你这个人只喜欢爱情中的无忧无虑、轻松自在、游戏玩耍，要是突然间成了父亲，突然间要对一个命运负责，那你一定会感到难堪而棘手的。你一定会觉得，好像我把你拴住了，而你这个人是只有在自由自在的情况下才能呼吸的。因为如果我把你拴住了，你一定会因此而恨我——不错，我知道，你会违背你自己清醒的意志而恨我的。也许只有几小时，也许只有短短的几分钟，你会觉得我是个累赘，会恨我——但是我要保持我的自尊心，我要让你这一辈子想起我的时候没有一丝忧虑。我宁可独自承担一切，也不愿让你背上个包袱，我要使自己成为你所钟情过的女人中独一无二的一个，让你永远怀着爱情和感激来思念她。可是当然，你从来也没有思念过我，你已经把我抛到九霄云外了。

我不埋怨你，我亲爱的，不，我不埋怨你。如果我的笔下偶或流露出几滴苦痛的话，那就请你原谅我，请你原谅我——我的孩子，我们的孩子死了，就躺在这里影影绰绰的烛光下；我冲上帝攥紧拳头，管他叫凶手，我的心绪阴郁，神志紊乱。请原谅我倾吐我的哀怨，原谅我吧！我知道，你是善良的，内心深处是乐于助人的，你帮助每一个人，就是素昧平生的人有求于你，你也会给予帮助。你的恩惠非常奇特，它对每个人都是敞开的，因此谁都可以自取，两只手能抓多少就取多少，你的恩惠是博大的，是博大无际的，你的恩惠，但是，它是——请原谅我——懒散的。你的恩惠要人家提醒，要人自己去拿。你帮助人要人家叫你，求你，你帮助人是出于害羞，出于软弱，而不是出于快乐。容我坦率地对你说吧，你可以和别人共幸福，而不愿和人共患难。

像你这样的人，即使是其中最有良心的人，求你也是很难的。有一次，那时我还是孩子，我从门上的窥视孔里看见有个乞丐按响了你的门铃，你给了他一点儿钱。还没等他开口向你要，你就迅速给了他，甚至给得还不少，可是你给他的时候心里有点儿害怕，是惊慌张张递给他的，好把他立即打发走，仿佛你怕看他的眼睛似的。你帮助人家的时候那种忐忑不安、羞羞答答、怕人感激的神态，我永远忘不了。因此，我从来也不来求你。当然，我知道，那时即使你还拿不稳这是你的孩子，你也会帮助我的，你也一定会安慰我，给我钱，给我一笔数目相当可观的钱，可是你心里总悄悄怀着焦躁的情绪，要把这件煞风景的事从你身上推得一干二净；是的，我相信，你甚至要说服我尽早把胎打掉。这是我顶顶害怕的事，因为你所希望的事，我怎么会不去做呢，我又怎么能拒绝你的要求呢！可是这孩子就是我的一切，他也确实是你的。他就是你，但已经不再是那个我无法驾驭的、幸福无忧的你了，而是那个永远——我这样认为——给了我的、禁锢在我的身体里、连着我生命的你了。现在我终于把你捉住了，我可以在自己的血管里感到你在生长，感到你的生命在生长，只要我心里忍不住了，我就可以用食品喂你，用乳汁哺你，可以轻轻抚摩你，温柔地吻你。你瞧，亲爱的，因此当我知道我怀了你的孩子时，我是多么幸福，因此我就没有把这事对你说：因为这样，你就再也不会从我身边逃走了。

当然，亲爱的，后来的生活也并不全是我原先所想的那种幸福的日子，也有的日子充满了恐惧和烦恼，充满了对人的卑鄙下流的憎恶。我的日子过得很艰难。为了不让我的亲戚发现我怀了孕，并把这事告诉我家里，临产前的几个月我不能再到店里去上班了。我不愿向我母亲要钱——我就把身边有的那点儿首饰卖掉,这样才勉强维持了分娩前那段时间的生活。分娩前一星期,一个洗衣女工从柜子里偷走了我剩下的最后几枚克朗,因此我只得进了一家妇产医院。只有那些身上分文不名的穷人,那些被抛弃、被遗忘的女人,在走投无路的时候才到那里去,置身于贫困的社会渣滓之中。这孩子,你的孩子,就是在那里呱呱坠地的。那儿真是叫人活不下去:陌生,陌生,一切都陌生,我们躺在那儿的人,互相也都是陌生的,大家寂寞孤独,彼此仇视,大家都是被贫困、被同样的痛苦踢进这间沉闷的、充满哥罗仿和血腥气的、充满叫喊和呻吟的产房里来的。穷人不得不忍受的轻薄,精神上和肉体上的羞辱,在那里我全受过了:我得跟那些娼妓、那些病人挤在一起,她们惯于对有同样命运的病人使坏;我忍受了年轻医生玩世不恭的态度,他们脸上挂着一丝嘲讽的微笑,掀开我这个毫无反抗力的女人的被单,在我身上摸来摸去,美其名曰检查;我忍受着女护理人员贪得无厌的私欲——啊,在那里,人的羞耻心被目光钉上了十字架,任凭语言的鞭笞。只有写着你的名字的那块牌子,在那里只有这块东西还是你自己,因为那床上躺着的,只不过是一块抽搐着的、任凭好奇的人东捏西摸的肉,只不过是一个供观赏和研究的对象而已——啊,那些妇女,那些在自己家里为守候着她们的、温存爱抚的丈夫生孩子的妇女,她们不懂得举目无亲、不能防卫,像在实验桌上似的把孩子生下来是个什么滋味!要是我今天在哪本书里看到"地狱"这个词,我就仍然会不由自主地突然想到那间塞得满满的、水汽腾腾的,充满了呻吟、狂笑和惨叫的产房,那间宰割羞耻心的屠场,我就是在那儿遭的罪。

请原谅,请原谅我说了这些事。可是我就谈这一次,以后永远、永远不再说了。这些事十一年来我一句也没说过,不久我就将闭口不语,直到无垠的永恒,但是我得叫喊一次,嚷一次:为了这个孩子,我付出了多么昂贵的代价啊!这孩子就是我的幸福,如今他躺在那里,已经停止了呼吸。我已经抛到了那些时刻,在孩子的笑容和声音里,在他的幸福中早就把它们抛到九霄云外了;但是现在孩子死了,痛苦又潜入了我的心头,这一次,就这一次,我得把它从心里倾吐出来。但我并不是埋怨你,我只是埋怨上帝,是他让这些痛苦到处狂奔乱闯的。我不埋怨你,我向你发誓;我从来没有对你发过脾气。即使我腹痛得蜷缩起来的时候,即使在大学生触触摸摸般的目光下我羞愧得无地自容的时候,即使在痛苦撕裂我的灵魂的时候,我都没有在上帝面前控告过你,对于那几夜,我从来都没有后悔过,从来没有责骂过我对你的爱情,我始终都爱着你,一直为你所给我的那个时刻而祝福。假如由于那些时刻我还得再进一次地狱,而且事先知道我将受的苦,那么我还愿意再进一次,我亲爱的,我愿意再进一次,再进一千次!

我们的孩子昨天死去了——你从来没有见过他。这个活泼可爱的小人儿,你的骨肉,从来没有、就连偶然匆匆相遇也没有、就是擦身走过时也没有被你的目光扫视过。有了这个孩子,我就躲了起来,不见你的面;我对你的相思也不那么痛苦了,自从赐给我这个孩子以后,我觉得我爱你爱得没有先前那么狂热了,至少不像先前那样受爱情的煎熬了。我不愿把自己分开来,分给你和他两个人,所以我就没有把自己的感情倾注给你,而是一股脑儿全部给了这个孩子,因为你是个幸运儿,你的生活和我不沾边,而这孩子却需要我,我得抚养他,我可以吻他,可以搂着他。看样子我从由于想你——我的厄运——而陷入的神思恍惚的状态中解脱出来了,我是由于这个另外的你,真正属于我的这个你而得救的——只有在很少很少的时候,我才会低三下四地再到你的房前去。我只做一件事:在你生日的时候,我每次都送你一束白玫瑰,和当年我们一起过了第一个恩爱之夜以后,你送给我的一模一样。这十来年当中,你心里是否问过自己,这些鲜花是谁送来的?也许你也想到过你从前送过她这样的玫瑰的那个女人?我不知道,我也不想知道你的回答。我只是暗中把玫瑰给你送过去,一年一次,为了唤醒你对那一时刻的回忆——对我来说,这已经足够了。你从来没有见过他,没有见过我们可怜的孩子—— 今天我责备自己,我一直把他对你隐瞒了,因为你会爱他的。你从来没有见过他,没有见过这个可怜的男孩,从来没有见过他的微笑,每当他轻轻抬起眼睑,然后用他那聪明的黑眼睛—— 你的眼睛!——向我,向全世界投来一道明亮而欢快的光芒的时候,你从来没有见过他的微笑!啊,他是多么快活,多么可爱呀:在他身上天真地再现了你的全部轻快的性格,在他身上重演了你那敏捷的、驰骋的想象力:他可以接连几小时沉迷在他的玩意儿里,就像你游戏人生一样,然后他就竖着眉毛,一本正经地坐着看书。他越来越像你了,你所特有的那种既有严肃又有戏谑的性格上的双重性,已经明显地在他身上滋长起来了。他越是像你,我就越发爱他。他学习成绩很好,说起法文来真像只小喜鹊,他的作业本是全班最干净的,再说他的模样多好看,穿身黑天鹅绒衣服或是穿件白海员衫是多么帅气。无论走到哪里,他都是最雅致漂亮的;在格拉多①海滨,我跟他一起散步的

---

① 格拉多(Grado):位于亚得里亚海滨,是意大利著名的海滨浴场。

时候,女人们都停下来,抚摩他那金色的长发;在塞默林①,他滑雪橇的时候,大家都朝他转过头来啧啧称羡。他是这么漂亮,这么娇嫩,这么惹人爱。去年他进了德莱茜寄宿中学②,穿上制服,身佩短剑,活像个十八世纪的王室侍从——可是他现在除了身上的一件衬衫之外,别无他物了。这可怜的孩子,他躺在这里,嘴唇苍白,双手交叉叠在一起。

也许你要问我,我怎么能够让孩子在奢华的环境中受教育的呢,怎么能够让他享受到上流社会光明、快活的生活的呢?亲爱的,我在黑暗中跟你说话;我没有廉耻了,我要告诉你,但你别吓坏了,亲爱的——我卖淫了。我倒不是那种街头野鸡,不是娼妓,但是我卖淫了。我有很阔的朋友,很阔的情人:先是我去找他们的,后来他们就来找我了,因为我非常之美——不知你注意到没有?每一个我向他委身的男人都喜欢我,他们大家都感谢我,都依恋我,都爱我——只有你不是,只有你不是,我亲爱的!

我对你吐露了我卖淫的真情,你会看不起我,我知道,你理解这一切,你也将会理解,我只是为了你,为了你的另一个"我",为了你的孩子才走这一步的。在妇产医院的那间病房里,我就曾经领略过穷困的可怕。我知道,在这个世界上,穷人总是被践踏、被凌辱的,总是牺牲品。我不愿意,无论如何都不愿意让你的孩子,让你的这个开朗、美丽的孩子在社会深深的底层,在小胡同的垃圾堆里,在霉气熏天、卑鄙下流的环境中,在

---

① 《灼人的秘密》中注。
② 德莱茜寄宿中学:原为奥地利女王马利亚·德莱茜(Maria Theresia)于一七四六年创办的德莱茜贵族学院,一八四九年以后改为普通文科中学,一直是维也纳的一所有名的中学。

一间陋室的污浊的空气中长大成人。不能让他稚嫩的小嘴去说些俚言俗语，不能让他那雪白的身体去穿霉气熏人的、皱皱巴巴的寒酸衣裳——你的孩子应该享有一切，享有世上的一切财富，享有人间的一切快乐，他应该重新升到你的地位，升到你的生活范围里去。由于这个原因，只是因为这个原因，我亲爱的，我卖淫了。对我来说，这不是什么牺牲，因为大家通常称之为名誉、耻辱的东西，对我来说全是空的：你不爱我，而我的身子又只属于你一个人，既然这样，那么我的身子不管做出什么事来，我也觉得是无所谓的了。男人的爱抚，甚至于他们内心深处的激情，都不能丝毫打动我的心灵，虽然我对他们之中的有些人也很敬重，由于他们的爱情得不到回报而对他们深表同情，这使我想起自己的命运，而内心常常感到深受震动。我所认识的那些男人，他们大家都对我很好，大家都很宠爱我，尊敬我。尤其是有位年纪较大的、丧了妻的帝国伯爵，就是他为我四方奔走，八方说情，好让德莱茜中学录取这个没有父亲的孩子、你的孩子——他像爱女儿那么爱我。他向我求过三四次婚——要是我答应了这门亲事，今天就是伯爵夫人了，就是蒂罗尔①某座迷人王宫的女主人了，我就可以过着无忧无虑的生活，因为孩子有了一个慈祥的父亲，把他当作宝贝，而我身边就有了个文静、显贵和善良的丈夫——我没有答应，无论他催得多么急迫、频繁，也不论我的拒绝是多么伤他的心。也许我做了件蠢事，因为要不现在我便在什么地方过着安静、悠闲的生活了，而把这孩子，这可爱的孩子，带在我的身边，但是——我干吗不向你承认呢？——我不愿

---

① 蒂罗尔(Tirol)：奥地利的一个州，首府在因斯布鲁克。

自己为婚姻所羁绊,为了你,我任何时候都要使自己是自由的。在我内心深处,在我的潜意识里,我一直还在做着那个陈旧的孩子梦:也许你会再次把我召唤到你的身边,哪怕只叫我去一小时。为了这可能的一小时,我把一切都推开了,只是为你而保持自己的自由,一听召唤,就扑到你的怀里。自从童年时代之后青春萌发以来,我的整整一生不外乎就是等待,等待你的意志!

这个时刻果真来到了。可是你并不知道,你没有觉察到,我亲爱的!就在那个时刻你也没有认出我——永远,永远,你永远认不出我!以前我常常遇见你,在剧院里,在音乐会上,在普拉特公园①里,在大街上——每次我的心都猛地一抽,但是你的眼光只在我身边一晃而过;当然,外表上我已经完全变成另外一个人了,我从一个腼腆的小姑娘变成了一位妇人,像他们所说的,长得漂亮,衣着十分名贵考究,身边围了一帮仰慕者;你怎么会想到,我就是在你卧室里昏暗灯光下的那个羞答答的姑娘呢!有时候跟我一起走的先生中有一位向你打招呼;你向他答谢,并对我表示敬意;可是你的目光是客气而生疏的,是赞赏的,但从来没有认出我。生疏,可怕的生疏。我还记得,有一次你那认不出我来的目光——虽然我对此几乎已经习以为常了——使我像被火灼了一样痛苦不堪:我跟一位朋友一起坐在歌剧院的一个包厢里,而隔壁的包厢里就是你。序曲开始的时候,灯光熄灭了,你的面容我看不到了,只感到你的呼吸挨我很近,就像当年那个夜晚那样近,你的手,你那纤细、娇嫩的手,支撑在我们这两个包厢铺着天鹅绒的栏杆上。一种强烈的欲望不断向我袭来,我

---

① 普拉特(Prater):维也纳的一座规模很大的自然公园,以其游乐场而著称,地处多瑙河和多瑙运河之间。

想俯下身去卑躬屈膝地吻一吻这只陌生的、如此可爱的手,过去我曾经领受过这只手温存多情的拥抱的呀!我耳边音乐声浪起伏越厉害,我的欲望也越狂热,我不得不攥紧拳头,使劲控制住自己,我不得不强打精神,正襟危坐,一股巨大的魔力把我的嘴唇往你那只可爱的手上吸引过去。第一幕一完,我就求我的朋友跟我一起走。在黑暗中你如此生疏、如此贴近地挨着我,我再也忍受不住了。

但是这时刻来到了,又一次来到了,最后一次闯进了我这无声无息的生活之中。那差不多是正好一年以前,你生日的第二天。奇怪,我时时刻刻都在想着你,你的生日我每年都是过节一样来庆祝。一大早我就出门去买了这些年年都派人给你送去的白玫瑰,作为对那个你已经忘却了的时刻的纪念。下午我带着孩子一起乘车出去,把他带到戴默尔点心铺①,晚上带他去看戏。我想让他从少年时代起就感觉到,他也应该感觉到,这一天是个神秘的节日,虽然他对这个日子的意义并不了解。第二天我就和我当时的朋友,布吕恩的一位年轻、有钱的工厂主待在一起。我已经和他同居两年了,是他的掌上明珠。他娇宠我,也同别人一样要跟我结婚,而我也像对别人一样,好像莫名其妙地拒绝了他,尽管他馈赠厚礼给我和孩子。尽管他本人有点儿呆板,有点儿谦卑的样子,但心地善良,人还是很可爱的。我们一起去听音乐会,在那里碰到一帮兴高采烈的朋友,随后大家便到环城马路的一家饭馆去共进晚餐,在欢声笑语之中,我提议再到塔巴林舞厅去跳舞。本来我对这种灯红酒绿、醉生梦死的舞厅,以及夜

---

① 戴默尔(Demel)点心铺:维也纳的一家高级点心铺。

间东游西逛的行为一向都很反感,平素别人提议到那儿去,我总是竭力反对的,但是这一次——我心里像有一种莫名的神奇力量,使我突如其来地、本能地做出了这个提议,这在在座的人当中引起一阵激动,大家都兴高采烈地表示赞同——我却突然产生了一个无法解释的愿望,仿佛那里有什么特别的东西在等着我似的。他们大家都习惯于迎合奉承我,便迅速站起身来。我们大家一起来到舞厅,喝着香槟酒,突然我心里产生了一种从未有过的疯狂的然而又差不多是痛苦的兴致。我喝酒,跟着唱一些拙劣的、多情善感的歌曲,心里产生了一种想要跳舞、想要欢呼的欲望,几乎无法把它摆脱开。可是突然——我觉得仿佛有种什么冷冷的或者灼热的东西猛地放到了我的心上——我竭力振作精神,正襟危坐:你和几个朋友坐在邻桌,用欣赏的、色迷迷的目光看着我,用那种每每把我撩拨得心旌飘摇的目光看着我。十年来你第一次又以你气质中所具有的全部本能的、沸腾的激情盯着我。我颤抖了。我举着的酒杯差一点儿从手中掉落下来。幸好同桌的人没有注意到我心慌意乱的神态,它在音乐和欢笑的喧嚣中消失了。

你的目光越来越灼人,使我浑身灼烫如焚。我不知道,你到底是,到底是认出我来了呢,还是把我当作另外一个女人,一个陌生女人,而想把我弄到手?热血涌上了我的双颊,我心不在焉地和同桌的人答着话:你一定注意到了,我被你的目光弄得多么心慌意乱。你脑袋一甩,向我示意,别人根本没有觉察到,你示意我到前厅去一会儿。接着你就十分张扬地去付账,告别了你的朋友,走了出去,临走前又再次向我暗示,你在外面等着我。我浑身直哆嗦,像是发冷,又像发烧,我答不出话来,也控制不

住冲动起来的热血。在这一瞬间正好有一对黑人,用鞋后跟踩得啪啪直响,嘴里发出尖声怪叫,开始跳一个奇奇怪怪的新舞蹈,所有的眼睛都注视着他们,而我正好利用这一瞬间。我站起身来,对我的朋友说,我马上就回来,说着就跟着你出来了。

你站在外面前厅里的衣帽间前面等着我。我一来,你的目光就亮了起来。你微笑着快步朝我迎来;我马上看出,你没有认出我来,没有认出从前的那个孩子,没有认出那个少女来,你又一次把我当成一个新欢,当成一个素不相识的人,想把我弄到手。"您也给我一小时行吗?"你亲切地问道——你那副十拿九稳的样子使我感觉到,你把我当作做夜间生意的野鸡了。"行。"我说。这是同样的一个颤抖的但不言而喻地表示同意的"行"字,十多年前在灯光昏暗的马路上那位少女曾经对你说过这个字。"那么我们什么时候可以见面?"你问道。"您什么时候愿意就什么时候见。"我回答说——在你面前我不感到羞耻。你略微有点儿惊讶地望着我,眼睛里带着和当年完全一样的那种狐疑、好奇的惊讶,那时我十分迅速的允诺也曾同样使你感到惊异。"您现在行吗?"你略为有些迟疑地问道。"行,"我说,"我们走吧。"

我想到衣帽间去取我的大衣。

这时我想起,存衣单还在我朋友那里呢,因为我们的大衣是存放在一起的。转去问他要吧,没有一大堆理由是不行的,另一方面,要我放弃同你在一起的时刻,放弃这个多年来我朝思暮想的时刻,我又不愿意。于是,我一秒钟也没迟疑:我只拿条围巾披在晚礼服上,就走到外面湿雾弥漫的夜色中去了,根本没去管那件大衣,也没有去理会那个情意绵绵的好人,多年来我是靠他生活的,而我却当着他朋友的面使他成了个可笑的傻瓜,出他的洋相:他结识多年的情妇,一个陌生男人打了个口哨,她就跑掉了。啊,我内心深处意识到,我对一位诚实的朋友所做的事是多么低贱下流、忘恩负义、卑鄙无耻啊,我感到,我做的事很可笑,我以自己的疯狂行为使一个善良的人受到了永久的、致命的精神创伤,我感到,我把自己的生活从正中间撕成了两半——同我急于再一次吻你的嘴唇,再一次听你温柔地对我说话相比,友谊对我来说算得了什么,我的存在又算得了什么!我就是如此地爱你。现在一切都过去了,都消逝了,此刻我可以告诉你了,我相信,哪怕我已经死在床上,假如你呼唤我,我就会立即获得一种力量,站起身来,跟着你走。

　　门口停了一辆车,我们把车开到你的寓所。我又听到了你的声音,感到你情意绵绵地就在我的身边,我感到如此陶醉,如此孩子气的幸福,简直不知所措,和当年完全一样。事隔十多年以后,我第一次重又登上了这楼梯——不,不说了,我无法向你描述,在那些瞬间,我对一切总是有着双重的感觉,既感觉到流去的岁月,又感觉到现时的光阴,而在这一切之中,只感觉到你。你的房间变化不大,多了几幅画,添了几本书,有几处地方添了几件以前没有见过的家具,不过我对一切都感到十分亲切。书桌上放着花瓶,瓶里插着玫瑰,插着我的玫瑰,这是前一天你过生日的时候我送你的,以纪念一个女人。对于她你已经记不起来,也认不出来了,即使现在她正在你的身边,和你手拉着手,嘴唇贴着嘴唇,你也认不出她了。不管怎么说,这些鲜花你供养着,这使我心里高兴:这样总还有我心底的一片情分,还有我的一缕呼吸萦绕着你。

你把我搂在你的怀里。我又在你那里过了一个风流夜晚。不过我赤裸着身子的时候,你也没有认出我来。我幸福地承受着你娴熟的温存和情意,并且看到,你的激情对一个情人和一个妓女是没有区别的。你纵情恣欲,毫不在乎消耗掉自己大量的元气。你对我这个从夜总会叫来的女人是如此温柔,如此多情,如此风雅和如此亲切敬重,而同时在消受女人的时候又是如此激情奔放。我陶醉在往日的幸福之中,我又感觉到了你这种独一无二的、心灵上的双重性,在肉欲的激情之中含着意识的亦即精神的激情,这种激情当年就已经使我这个女孩子对你俯首听命,难舍难分了。我从来没有见过一个男人在柔情蜜意之中,在那片刻之际是如此不要命,如此一览无余地暴露自己的灵魂——当然,时过境迁,此事也就被无情无义地掷进无边无际的遗忘的汪洋大海里去了。不过我自己也忘了自己:此时在黑暗中挨着你的我到底是谁?我就是往昔那个感情炽烈的姑娘吗,就是你的孩子的母亲,就是这个陌生女人吗?啊,在这个销魂之夜,这一切是多么亲切,多么熟悉,又是多么新鲜。我祈祷,但愿这一夜永无尽头。

但是黎明来临了,我们起得很迟,你请我跟你一起去吃早餐。侍者老早就谨慎地摆好了茶,我们一起喝着,聊着。你又用那种非常坦率、亲切的知心人的态度跟我说话,又是不谈任何不得体的问题,对我这个人的情况一句也不打听。你没有问我的姓名,没有问我的住处;对你来说,这只不过又是春风一度,是件无名的东西,是一刻火热的时光,在忘却的烟雾中消散得无影无踪。你说,你现在要出远门了,要到北非去两三个月;我在幸福之中颤抖起来了,因为这时我的耳边响起了一个声音:完了,完了,已经完了! 我真恨不得扑到你的膝下,大声呼喊:"带着我去,你终究会认出我来的,终究,终究,过了这么多年之后,你终究会认出我来的!"但是在你面前我是如此腼腆,如此胆怯,如此奴性十足,如此软弱。我只能说:"多遗憾啊。"你笑嘻嘻地看着我,说:"你真觉得遗憾吗?"

这时我野性突发。我站起来,盯着你,长时间地、紧紧地盯着你。接着我说:"我过去爱过一个人,他也老是出门旅行。"我盯着你,目光直刺你眼睛里的瞳仁。"现在,现在他会认出我来了!"我浑身战栗,心都快要跳出来了。可是你对我微笑着,安慰我说:"会回来的。""是的,"我回答说,"会回来的,不过到那时也就忘掉了。"

我跟你说话的样子,一定有点儿特别,一定很有激情。因为你站了起来,凝视着我,十分诧异,充满爱怜。你抓着我的肩膀。"美好的东西是忘不了的,我永远也忘不了你。"你说,同时低下头来,目光直射进我的心里,仿佛要把我的形象深深印在你的脑海里似的。我感到这目光透进了我的心灵,在探索、追踪,在吮吸我的整个生命,这时我以为,盲人终于、终于复明了。他要认出我了,他要认出我了! 我的整个灵魂都沉浸在这个想法之中,颤抖了。

可是你并没有认出我。没有,你没有认出我,在你的心目中,我此刻比以往任何时候都更为陌生,因为否则—— 否则你就绝对不可能干出你几分钟以后所干的事来。你吻了我,又一次热烈地吻了我。我的头发乱了,我得把它重新整理好。我站在镜子前面,这时从镜子里看到—— 我羞惊难言,几乎摔倒在地——我看到,你正小心翼翼地把几张大钞票塞进我的暖手筒里去。

这一瞬间,我怎么会没有叫起来,没有给你一个耳光呢!——我,我从童年时代起就爱了你,我是你的孩子的母亲,而你却付给我钱,为了这一夜!在你的心目中我是一个塔巴林的妓女,只不过如此而已——你就付钱给我!被你忘了,这还不够,我还得受凌辱!

我迅速收拾我的东西。我要离去,马上离去。我的心都碎了。我伸手去拿我的帽子,帽子就搁在书桌上那只插着白玫瑰、插着我的白玫瑰的花瓶旁边。这时我心里又产生了一个强烈的、不可抗拒的希望:我要再来试一试,提醒你想起往事:"你愿意给我一朵你的那些白玫瑰吗?""好啊。"说着,你立即取了一朵。"可是这些玫瑰也许是一个女人、一个爱你的女人给你的吧?"我说。"也许是,"你说,"我不知道。花是别人送的,我不知道是谁送的;正因为这样,我才如此喜欢这些花。"我凝视着你。"说不定也是一个已经被你忘却的女人送的呢!"

你不胜惊讶地望着。我死死地盯着你。"认出我吧,最后认出我来吧!"我的目光在呼喊。但是你的眼睛亲切地、莫名其妙地微笑着。你又再一次吻我。可是你并没有认出我来。

我快步走到门口,因为我感觉到眼泪要涌出来了,可不能让你看见。我急忙奔了出去,跑得太急,在前屋差点儿同你的仆人约翰撞个满怀。他怯生生地忙不迭闪到一边,打开房门让我出去,就在这时——就在这一秒钟,你听见了吗?就在我眼噙泪水看着他、看着这位面容衰老的仆人的一秒钟里,他的眼里突然一亮。在这一秒钟,你听见了吗?在这一秒钟,这位从我童年时代过后就一直没有见过我的老人认出了我。为了这个,我真要跪倒在他面前,吻他的手。我迅速从暖手筒里把钞票,把你用来鞭笞我的钞票扯出来,塞给了他。他哆嗦着,不胜惊讶地注视着我——在这一瞬间他比你在一生中对我的了解还多。所有的人都很娇惯我,大家都对我很好——只有你,只有你,只有你把我忘掉了,只有你,只有你从来没有认出我!

我的孩子死去了,我们的孩子——现在这个世界上,我除你之外再没有一个好爱的人了。但是对我来说你又是谁?你,你从来都没有认出过我,你从我身边走过像是从一条河边走过,你踩在我身上如同踩着一块石头,你总是走啊,不停地走,却让我在等待中消磨一生。我曾经以为在这孩子身上可把你这个逃亡者抓住了,但这毕竟是你的孩子:一夜之间他就残酷地离开我旅行去了,把我忘掉了,永远不回来了。我又是孤单单的一个人了,比以往任何时候都孤单。我什么都没有,你的东西什么都没有了——再没有孩子了,没有一句话,没有一行字,没有一点儿回忆。假若有人在你面前提起我的名字,对你来说是生疏的,你也就这只耳朵进,那只耳朵出。我为什么不乐意死去,因为对你来说我已经死了?我为什么不走开,因为你已经离开了我?不,亲爱的,我不是埋怨你,我不愿把我的哀愁掷进你快乐的屋子里去。请不用担心我会继续来逼你——请原谅我,此刻孩子已经死了,孤零零地躺在那里,此刻我得让我的灵魂呼喊一次。只有这一次我必须得跟你说——说完我就默默地重新回到我的晦暗中去,就像我一直默默地在你身边一样。但是只要我活着,你就不会听到我这呼喊——只有我死了,你才会收到一个女人的这份遗嘱,这个女人在她生前爱你胜过所有的人,而你始终没有认出她,她曾经一直等你,而你从来没有召唤过她。也许,也许将来你会召唤我,而我将第一次没有忠实于你,那是因为我死了,再也不会听到你的召唤了:我没有留给你一张照片,没有留给你一件信物,就像你什么也没有留给我一样;你永远、永远也不会认出我了。我活着命运如此,死后命运也依然如此。在我生命的最后一刻,我不想叫你了,我去了,你连我的名字、我的面容都不知道。我死得很轻松,因为你在远处是不会感觉到的。倘若我的死会使你感到痛苦,那我就不会死了。

我写不下去了……我的脑袋里在嗡嗡直响……我四肢疼痛,我在发烧……我想,我得马上躺下。也许很快就过去了,也许命运会对我大发慈悲,我不必看着他们把孩子抬走……我写不下去。永别了,亲爱的,永别了,我感谢你……不管怎么,事情这样还是好的……我要感谢你,直到我最后一口气。我感到很痛快:我把一切全对你讲了,现在你就知道,不,你只会感觉到,我曾经多么爱你,而你在这爱情上却没有一丝累赘。我不会让你痛苦地怀念的——这使我感到安慰。在你美好、光明的生活里不会发生些微变化……我并不拿我的死来做任何有损于你的事……这使我感到安慰,你,我亲爱的。

可是谁……现在谁会在你的生日老送你白玫瑰呢?啊,花瓶也将是空的了,我的一缕呼吸,我的心底的一片情分,往昔一年一度萦绕在你的身边,从此也即烟消云散了!亲爱的,听着,我求你……这是我对你的第一个,也是最后一个请求……请你做件让我高兴的事,你每逢生日——生日是一个想起自己的日子——都买些玫瑰来供在花瓶里。请你这样做,亲爱的,请你这样做吧,像别人一年一度为亲爱的亡灵做次弥撒一样。我可不再相信上帝了,所以不要别人给我做弥撒,我只相信你,我只爱你,我只想继续活在你的心里……啊,一年只要一天,悄悄地、悄悄地继续活在你的心里,就像过去我曾经活在你身边一样……我求你这样去做,亲爱的,这是我对你的第一个请求,也是最后一个……我感谢你……我爱你,我爱你……永别了……

他从颤抖着的手里把信放下,然后就久久地沉思。某种回忆浮现在他的心头,他想起了一个邻居的小孩,想起一位姑娘,想起夜总会的一个女人,但是这些回忆模模糊糊,朦胧不清,宛如一块石头,在流水底下闪烁不定,飘忽无形。影子涌过来,退出去,可是总构不成画面。他感觉到了一些藕断丝连的感情,却又想不起来。他觉得,所有这些形象仿佛都梦见过,常常在深沉的梦里见到过,然而仅仅是梦见而已。

他的目光落到了他面前书桌上的那只蓝花瓶上。花瓶是空的,多年来在他过生日的时候第一次是空的。他全身觳觫一怔:他觉得,仿佛一扇看不见的门突然打开了,股股穿堂冷风从另一世界嗖嗖吹进他安静的屋子。他感觉到一次死亡,感觉到不朽的爱情:一时间他的心里百感交集,他思念起那个看不见的女人,没有实体,充满激情,犹如远方的音乐。

韩耀成 译

一颗心的沦亡

　　为了给一颗心以致命的打击,命运并不是总需要聚积力量,猛烈地扑上去;从微不足道的原因去促成毁灭,这才激起生性乖张的命运的乐趣。用人类模糊不清的语言,我们称这最初的、不足以介意的行为为诱因,并且令人吃惊地把它那无足轻重的分量与经常是强烈地起持续作用的力量相比。正如一种疾病很少在它发作之前被人发觉一样,一个人的命运在它变得明显可见和已成为事实之前也很少被察觉。在它从外部触及人们的灵魂之前,它早已一直在内部,从精神到血液中主宰一切了。人的自我认识同时也是一种自我抗拒,而且多半是无济于事的。

　　索罗门松老人,当他在国内时,自称为枢密顾问。最近,他携同全家在复活节期间来到了意大利,住在加尔达湖畔的一家旅馆里。这天夜里,老人突然被心头的一阵剧痛惊醒;仿佛有什么东西重压在他的身上,胸口闷得厉害,几乎无法呼吸。老人感到恐惧,因为他一直为胆痉挛所折磨。医生曾建议他到卡尔斯巴德进行疗养。可是,他没有听从医生的嘱咐,却为着全家的缘故来到了南方。此时,他真担心,害怕疼劲儿会愈加厉害,于是畏惧地用手去抚摩他那肥胖的腹部。过了一会儿,尽管疼劲儿并未减轻,但他确信不像刚才那么紧张了。他感到只是胃部难受,这很可能是由于吃了不洁的食品而引起的轻度食物中毒所致。因为在意大利,对于一个旅游者来说,这乃是司空见惯、不足为奇的常事了。他轻轻吸了口气,抽回了那只颤抖着的手。可那股难受劲儿使他喘不过气来。老人呻吟着走下床来,想活动一下。他站起身来,尤其是走了几步以后,真觉得舒服多了。可是,房间又黑又窄,他更怕吵醒睡在旁边床上的妻子,引起她不必要的惊慌。于是他披上睡衣,赤着脚穿上了拖鞋,蹑手蹑脚地溜到了走廊上,以便在那里活动活动,好减缓痛苦。

他推开正对着昏暗走廊的房门,这当儿从敞开的窗口处,传来了教堂塔楼上的钟声。震颤的钟声响了四下,这声音在湖面上先是响亮,随即渐渐地消失了。已是清晨四点钟。

长长的走廊上一片漆黑。可老人还是清楚地记得:这是一条笔直而宽敞的走廊。不需照明,他在走廊上从一端走到另一端,喘着粗气,来回地走着,感到疼劲儿慢慢地过去了,心中暗喜,这种踱步已使疼痛几乎完全消失了,他准备返回房间。突然,一种声音把他吓住了。这是从近旁暗处传来的窃窃私语声;声音细微,但很清晰。吱的一响,紧接着一阵喃喃低语,走动的声音;随即一道狭长的光柱,从半掩的门缝中透出,划破了混沌一片的黑暗。是什么?老人不由自主地一闪身,躲进了角落里。他并非好奇,完全是屈服于一种可以理解的惭愧心理:害怕别人在这种奇怪的夜游场合看到他。可是,就在这一瞬间,借助一闪的灯光,他清楚地看到了溜出来一个白衣女人的身影,随即消失在走廊另一端的尽头。就在这时,从走廊尽头的最后一个房间那儿又传来了轻轻地扭动门把的声音。之后，一切又都归于一片黑暗和寂静。

老人突然踉跄了几步，仿佛心脏受了一击似的。刚才在走廊尽头再次响起令人不安的扭动门把声的地方，那儿，那儿就是他自己的房间；他为全家租了一套三间的公寓。莫非是他的妻子？不，仅仅在几分钟之前，他才离开她；那时她还在酣睡中。那么，这个女子——绝对没错——这个刚从别人房里溜出来的女子，不会是别人，只能是他那将满十九岁的女儿，艾琳娜。

这惊愕使得老人一阵发冷，全身抖个不停。他的女儿艾琳娜，是个开朗又任性的孩子。"不，这不可能是真的，一定是我看错了！她到别人的房里去干什么，如果不是为了……"此刻他像要摆脱猛兽的追逐一样，拼命想摆脱自己的念头。可是，这溜走的女人的幽灵般的形象，却牢牢地占据了他的脑海，使他再也无法摆脱。无论如何要把这件事弄清楚。他喘息着，手扶着墙壁，慢慢地摸到了女儿的房门口。她的房间刚好和他的紧连在一起。太可怕了。恰恰是在这里，恰恰在过道头上他女儿的房间，唯独从这房间的门上，从门缝里，从钥匙孔里透出了一丝细微的灯光。清晨四点钟，女儿房间里却亮着灯！还有新的证据：房内电灯开关发出咔嗒一响之后，这一缕白光立即了无痕迹地消失在黑暗之中。——不，不，不要再欺骗自己了——就是她，我的女儿艾琳娜，在这夜阑人静的时分，悄悄地从别人的床上溜回了自己的房间。

老人由于恐怖和寒冷抖个不停，浑身直冒冷汗，毛孔里浸透了汗水。他的第一个念头就是一脚把门踢开，几拳打死这个不知羞耻的东西。但是他的两腿发软，在他硕大的身躯下摇晃不定。

甚至连蹒跚地走回自己的房间，挪到床头的气力都没有了。有如一头垂死的野兽，他一头栽倒在枕头上。

老人一动不动地躺在床上，瞪着双眼，在黑暗中凝视着。身边传来妻子均匀的呼吸声。这时，他的第一个念头是叫醒妻子，告诉她刚才自己见到的痛心情景，喊叫一阵，发泄出内心的痛苦。但是，如何开口呢？用什么样的语言来向她叙述这令人惊骇的一切？不，不，这种话我说不出口。可是，我该怎么办呢？怎么办呢？

他想集中思想好好考虑考虑，可是思绪像蝙蝠一样，盲目地飞来撞去。这一切实在太令人难以置信了。艾琳娜长着一对讨人喜爱的眼睛，是个温顺、有教养的孩子。曾几何时，他看到女儿俯在桌上做功课时，常常用那粉红色的小指头，费力地描画着粗大的字母……曾几何时，他把她从学校领到糕点铺，她穿着淡蓝色的小衣服，用温柔的小嘴吻着他的额头……难道这一切不就仿佛发生在昨天吗？……不，这是过去年代的事了……可是，就是昨天，真正就是昨天，她还稚气十足地撒娇，央求他给她买橱窗里的那件颜色绚丽的天蓝色加金线的高领衫。"好爸爸！给我买了吧！"看到她绞起双手面带笑容的乞求，他又怎能不去顺从女儿的心意呢……可是现在，现在她竟然从距离他的房间只有两步远的地方，深夜溜了出去，跑到一个陌生男人的床上，在那里赤裸着身体，淫荡地同别人扭在一起……

"我的上帝！我的上帝！"老人不由自主地呻吟起来，"耻辱！耻辱啊！……我的孩子，我那温柔可爱的女儿，怎么能随便和一个男人……这人究竟是谁？能是什么人呢？我们来到戈东这地方才不过三天。在这以前，她从来没有结识过这类油头粉面的花花公子——不论是长着细长脑袋的乌巴尔基伯爵,还是那个意大利军官,或是那个麦克伦堡的骑师……艾琳娜是在到这里第二天的舞会上才和他们相识的。难道她已和他们之中的一个有了……不,这不可能是初次,或许以前在家里时就早已有过了……我什么都不知道,什么也没有察觉,我是个傻瓜,被蒙在鼓里的傻子……可是,我又怎么会知道她的这些事呢?……我终日不顾一切地为了她们奔波操劳。每天要在办公室里坐上十四个小时,再确切些说,就是整日里带着满箱的货样,待在火车里……为了她去赚钱,钱,钱。为的是让她们母女两人有漂亮的衣饰,让她们富有……晚上,当我拖着疲惫虚弱的身子回到家中时,家里已是空无一人:她们上剧场看戏,参加舞会,去做客……我又如何能知道她们整天做些什么呢?现在我知道了:每天夜晚,我的女儿将她那纯洁而富有青春魅力的肉体献给了男人们。她像一个妓女……啊!奇耻大辱啊!"

老人一再呻吟不止,每一个新的思绪都加深了他的痛苦:他觉得自己的头颅被打开了,脑浆外溢,一群红色的小虫在血泊中蠕动。

"为什么我要忍受这一切?……为什么我现在还躺在这里,折磨自己?而她,这个小淫妇,却安然自得地呼呼大睡?为什么我现在不马上冲进她的房里去,让她明白,她干的这种不要脸的勾当我全都知道?为什么我不去打断她的骨头?就是因为我太无能……太怯弱……过去,我在她俩面前一向是个弱者……在任何事情上,我总是让步……过去,我还以此为荣,能让她们过上轻松愉快和无忧无虑的日子,哪怕我再吃苦受累也成……我节衣缩食,省吃俭用,一个铜板一个铜板地为她们攒钱……只要能使她们满足,我甚至宁愿揭掉身上的一层皮……可是,我刚使她们有了钱,在她们眼里,我却已成了个厌物。在她们看来,我既不时髦,又无教养……可从前,我到哪儿去受教育?我十二岁那年,就得离开学校,去为生活奔波,拼命……带着货样走村串乡。随后又是从一个城市到另一个城市,直到有了自己的店铺……可是,她俩刚刚一改变地位,有了自己的住宅,就不肯再用我这古老而诚实的名字。参议,枢密顾问,这是我不得已用钱买的啊,免得人们再叫她索罗门松太太……这样好使她显得高贵……高贵!高贵!……要是我反对她们的这种虚荣,反对她们的'上流'社交,向她们叙述我的母亲——愿上帝保佑她——当时是怎样理家,是如何稳重和谦让,一切只是为了我父亲和孩子们,那她们就嘲笑我。她们笑我保守,笑我落伍……艾琳娜总是用讥讽的口气对我说:'好爸爸,你这些都早已过时了。'……是啊!我是过时了……可是,她,现在竟然睡在别人的床上,躺在陌生男人的怀里……这是我的孩子,我那唯一的孩子啊……噢,奇耻大辱,奇耻大辱啊!"

这痛苦可怕地折磨着他,使他辗转反侧,久不成眠,终于惊醒了身边的妻子。"怎么了?"妻子睡眼蒙眬地问道。老人屏住气,一动不动。他就是这样纹丝不动地躺在他痛苦的棺柩里直到天明,思绪像小虫一样在吞噬着他。

早餐时,他第一个来到了餐厅。他长嘘了一口气,坐了下来,可是一点儿胃口也没有,什么也不想吃。

"又是我一个人,"他在想,"老是一个人!……每天清晨,当我去办公室时,她们由于头天晚上的聚会或是看戏的劳累,仍在甜蜜的梦乡里。可等到晚上我回来时,她们早已不知去向,在外面寻欢作乐。在这类交际场合,她们从来不要我同去……啊!金钱,这该死的钱把她俩全毁了。是金钱把我们彼此变成了陌生人……可我,这个傻瓜,还老想为她们去攒更多的钱;其实,我这是洗劫自己呀,把自己变成个穷光蛋,把她们也毁了……五十年来,我不知疲劳地辛勤苦干……可现在,却只落得我孤身一人……"

老人慢慢变得不耐烦了。"她为什么还不来……我有话要对她说……我必须告诉她……我们必须离开这里,马上就得离开这儿……为什么她还不来?大概她还乏得很,正睡得香甜呢?可我的心都快撕碎了……她妈妈每天要花上好几个小时来打扮自己:洗澡、擦鞋、修指甲、理头发,不到十一点钟,是不会下楼的……如此说来,女儿出了问题,倒也不足为怪。啊,钱,这该死的钱!"

从老人身后传来了一阵轻轻的脚步声。"早晨好,爸爸,睡得好吗?"一个女子从他的肩头俯下身来,轻轻地把一个吻印在老人发烫的额头上。他本能地把头扭了过去。他讨厌克吉牌香水的那股甜腻腻的气味。更何况……

"爸爸,你怎么了?又不高兴了?侍者,来一杯咖啡和一份火腿蛋……没有睡好?还是听了什么不愉快的消息?"

老人压住了火气。他不敢向女儿望去,低低地垂下了头,一言不发。他刚好看到女儿那双娇嫩的小手,正在懒洋洋而又娇里娇气地在雪白的台布上胡乱地画着。他全身在颤抖。他用目光悄悄地溜在女儿那双尚未成年的少女的手臂上……不久前,女儿每天晚上临睡前总是用这双手臂来拥抱他……老人的目光又落在女儿那隆起的胸部上,它在那件新买来的高领衫下均匀地起伏着。"赤裸裸一丝不挂……和一个陌生的男人扭在一起,"老人在愤懑地想,"是他搂抱过、抚摩过、吸吮过、占有了……我的亲骨肉……我的孩子……啊!这个坏蛋!"

老人不由自主地呻吟起来。"爸爸,你怎么了?"女儿温存又有些吃惊地问道。"我这是怎么啦?"他脑子轰的一下,"我的女儿成了个娼妓,可我没有勇气当面对她说出来。"

可他只是讷讷不清地说:"没什么!没什么!"然后很快拿起一份报纸,将它打开,好挡住女儿那惶惑不解的目光。他越来越感到没有勇气去面对女儿的视线。他的双手又抖了起来:"我现在必须跟她讲,就是现在,趁着这里只有我们两个人。"这种思想在折磨着他,可是他说不出话来,连看女儿一眼的勇气都没有了。

突然间,他猛地将桌子一推,迅即吃力地向花园走去;他感觉到两行热泪不由自主地流下双颊。他不愿让女儿看见这一切。

这位身材矮小而结实的老人在园中胡乱地走着,呆呆地凝视着湖面。泪水模糊了视线,但他还是被这眼前的迷人景色吸引住了:在银白色的薄雾后面,黯淡的丘陵上点缀着由柏树勾勒出来的黑色线条,闪现出绿色的波浪。丘陵后面是陡直的山峦,它严峻但并非傲慢地眺望着惹人爱怜的湖水,像是严肃的长者在观看一群可爱的孩童在无忧无虑地嬉戏。这胸襟开阔、繁花似锦、殷勤好客的大自然是多么令人神往!上帝在南国所露出的轻松、善良和幸福的微笑是多么甜蜜!"幸福啊!"老人迷惘地摇晃着那沉重的脑袋。

"到这里来,是能够幸福的。我也该自己享受一次这样的幸福，来亲自领略一下，那些从不知为生活而发愁的人所过的那种惬意生活……写呀，算呀，讨价还价，经营盘算，五十多年了，也该享受几天悠闲自在的日子……在黄土埋身之前，也该有这么一次……六十五岁了，我的上帝，死神的手已触到了我的身体，钱不能救我，医生也救不了我……在这之前，我只想轻松地活着，舒舒服服地喘口气……可我那过世的父亲以前曾说过：'欢乐从不属于我们，只有当你走进坟墓时，才算最终卸去了肩头的重担。'昨天我还在想，自己或许可以休息一下了……昨天，我还觉得是个很幸福的人，为我有这样一个美丽、活泼的女儿而欣慰……可是上帝今天惩罚了我，夺走了这一切……现在一切都完了……我再也无法和自己亲生的女儿对话……我再也不能去看她一眼，我为她而感到羞耻……这种思想将时刻伴随着我。不论是回到家中，还是在办公室里，甚至夜晚睡在床上，我都会无时无刻不在想：她现在在哪里？她刚才又到过哪里？她干了些什么？……我再也不能平平静静地走在回家的路上了……过去，每当她跑来迎接我时，看到她是那样年轻、漂亮，我的心就高兴得跳了起来。如今，当她再过来吻我时，我就会想：昨天，谁吻过这双嘴唇……当她在我身边时，我又不敢去看她一眼……不行，这样没法活下去，没法子活下去啊！"

老人像个醉汉一样一边蹒跚地走，一边喃喃自语。他一次又一次呆呆地望着湖面，泪水止不住地流进胡须。他伫立在狭长的小路上，取下夹鼻眼镜，揩抹那双噙满泪水的近视眼；他的那副愚蠢的可怜相，一位过路的青年园丁见了，诧异地停了下来，最终还笑出了声音，随后用意大利语朝他不知喊了句什么，就跑开了。这下可把老人从眩晕中惊醒了。他急忙戴上眼镜，趔往花园的另一侧,想在那里随便找个凳子,避开人们。

可是,就在他刚刚靠近一处偏僻的地方时,从左面什么地方传来的一阵笑声惊动了他……这笑声是那样熟悉,又是那样令人心碎。如同银铃般的声音,在他的耳边整整回荡了十九年。这清脆的笑声……他就是为了这笑声,不知曾经在火车的三等车厢内,度过了多少个夜晚,奔波在波兹南和匈牙利之间,为的是给它加上金黄色的养料,好在这块土地上开出鲜艳夺目的花朵。他生活的唯一目的就是为了这笑声。他积劳成疾,患上了胆病……他就是为了使这甜蜜的嘴唇能永远迸出银铃般的笑声。可是,现在,这令人诅咒的笑声像一把锋利的尖刀,直插入了老人的心窝。

可老人还是经不住这笑声的诱惑。他看到女儿站在网球场上,球拍在她那光洁白皙的手中随意挥动着。她那娴熟的动作,任意地操纵着球拍的方向,忽起忽落。与此同时,随着球拍的挥动,她那爽朗的笑声一同升上了蔚蓝的天空。三个男人赞不绝口地望着她:身穿敞领运动衫的乌巴尔基伯爵,穿紧身军装的军官和衣着考究的骑师。三个健壮而匀称的男人,有如一组环绕在飞舞的蝴蝶身旁的塑像。就连老人自己也像着迷似的目不转睛地望着。我的上帝!她穿上这雪白的短裙衫实在太美了!阳光在她的金丝秀发上闪闪发亮!她那充满了青春活力的胴体在跑跳中是如此轻盈和敏捷,她完全陶醉在自己那灵活而富有节奏感的动作之中。现在,她欢快地将白色网球击向了高空。一下,两下,三下。她弯下纤细的少女的腰肢,腾空一跃,接住了最后一个险球。这一切都是老人从来没有见到过的:她犹如被一团恣情的火焰燃烧着,白炽而飘逸不定的火团围绕着烈火熊熊的胴体,笼罩着一层夹杂着笑声的、银白色的烟雾,一尊从南国花园里长春藤中显现出来的青春女神,一位从水平如镜的湖面上泛起的柔软的碧波中走出的仙女。这苗条娉婷的胴体,在家中从来没有像现在这样忘情于嬉戏,这样恣意地跳跃。没有过,他从来没有见到女儿这样过。在郁闷的牢笼般的城市里没有过,在自己的家园中,在街道上,他从来没有听到过她迸发出这云雀般的笑声。这笑声,它摆脱了尘世间的污秽,几乎成了一阕欢快的歌曲。没有过,她从来没有像现在这样美丽。老人目不转睛地盯着女儿不放。他忘却了一切。这白炽飘逸的火焰令他心倾神往。他真愿意总是这样站着,一个劲儿地死死地盯着女儿,用热烈的、无休止的目光把女儿的形象印进脑海。这时,她敏捷地一转身,喘着气跃起身来击回了最后一个险球。她呼出一口气,娇喘吁吁,面孔绯红,闪现出骄矜的目光,笑着将球拍紧紧地抱在怀里。"好极了!好极了!"像是刚刚听完一曲咏叹调,三个男人为她的精湛球艺欢叫起来。老人被这几声怪叫惊醒,他满心不悦地瞪了他们一眼。

"就是他们,这帮坏蛋!"老人的心怦怦直跳,"就是他们……可到底是哪一个呢?究竟是他们之中的哪一个人占有了她?看,他们看上去倒是衣冠楚楚,风流倜傥。这些白昼行劫的强盗……我们像他们这样年纪,正穿着补丁裤子,坐在店铺里,破衣烂衫,在顾客面前低声下气……他们的父辈们,也许至今还在用自己的血汗为他们挣钱……可他们倒好,整日里东游西逛,到处寻欢作乐,无忧无虑的面孔,放荡不羁的目光……他们怎么会不感到快乐和满足呢?只消说几句甜言蜜语,就会使这样一个爱慕虚荣的女孩子爬到他们的床上去……可这个人究竟是谁呢？肯定是他们之中的一个，我知道，是他透过衣服看到她那赤裸的身体，用舌头咂咂亲吻，并在想，去解开她的衣扣，用自己的感官来享受她的肉体……他对女儿的一切已是那样熟悉，并在思忖，'我占有了她'……他对她是那样热烈，毫无顾忌，在想，今天晚上再来，看，他在向她使眼色呢——这条狗……我真想一棍子打死他，这条狗！"

  人们从那边发现了老人。女儿挥动着手中的球拍，在向他打招呼，笑着跑了过来。男人们向老人致意。老人没有答礼，依然用满布血丝的眼睛，死死地盯着女儿那充溢笑意的嘴唇。"你这不知羞耻的东西，还有脸笑呢！……哦！那个流氓也许暗中在笑我，在想，他站在这儿，这个蠢犹太佬，夜里在自己床上睡得像个死猪……要是他知道了，这个老傻瓜！是啊，我知道你们在笑我，你们嫌弃我就像嫌弃一堆吐出的污物一样……可是我的女儿，她是那样可爱、顺从，像娼妓一样跑到你们的床上……至于她妈妈，实在是太胖了，再加修饰打扮，也不过如此，即或有人对她说几句殷勤话，倒也无关紧要……是的，简直是禽兽。当然你们会理直气壮，因为是她们自己在追逐你们……别人那种揪心的痛楚与你们又有何相干……只要你们自己得到了满足，只要你们得到了欢乐，这些下流胚……我真恨不能一枪打死你们……用鞭子抽死你们！……可是，到头来，还是你们有理，因为没有人这样来对待你们……因为他只能把心中的愤怒强咽下去，像狗在吃自己的屎一样……还是你们有理。因为他是这样胆小、可怜……他不敢冲上去，把这不要脸的女人从你们身旁揪回来……他只能站在一旁，一声不响地折磨着自己……懦夫……胆小鬼……胆小鬼……"

老头用手抓住了栏杆,绝望的愤怒使他摇晃不定。蓦然间,他朝着脚下啐了一口,然后踉跄地走出了花园。

老人蹒跚地走到市区,突然在一家商店的橱窗前停下了脚步。橱窗内琳琅满目,五光十色的商品堆成宝塔形和锥形图案,布置得很是精美诱人。这里专门为旅游者准备了各类商品:从衬衫、渔网、渔具和连衣裙到领带、书籍和食品。可是,老人只是在凝视着一件物品。它被冷落地置于这些时髦的商品中间。这是一根头上包着铁皮、质地粗糙、难看的手杖。就用它,握在手里沉甸甸的,打起人来可够厉害了。"打死他!打死他这条狗!"这个念头使老人感到一阵头晕目眩,慌乱,但又带有几分快感。他走进了店铺,只花了很少的钱,就买了这根节疤累累的手杖。他一把这沉甸甸的手杖拿到手中,就感到力量倍增:对于一个弱者来讲,一种武器确实能给他增添不少的勇气。老人感到手臂上的肌肉顿时有了力量。"打死他……打死这条狗!"他喃喃自语,不知不觉之中,他刚才那沉重和吃力的步履变得坚定、平稳和轻快起来。他沿着湖边走去,简直是在小跑;他喘息着,满身汗水。这更多的是由于他那狂暴的激情,而不是由于急速的步伐所致。那只握着手杖的手,由于过分用力而痉挛得越来越厉害。

他就这样,手执武器向绿荫深处走去,同时用不安的目光四处搜索他那不相识的敌人。果真,在那个角落里,他的妻子、女儿正和那三个男人在一起,坐在舒适的、藤制的安乐椅上,一边用麦管吸着苏打威士忌,一边谈笑风生,好不惬意。"是哪一个呢?是哪一个呢?"老人闷闷地思忖,手里紧紧地握住那根沉甸甸的手杖,"该去砸碎谁的脑袋?……谁的?……谁的?"就在这时，艾琳娜跑了过来，她误解了老人目光中的含意。"爸爸，刚才你在哪儿？我们到处找你，麦德维兹先生邀请咱们全家乘他的菲亚特汽车去兜风。沿着湖边一直到德森札诺去。"女儿温存地把老人扶到了桌前，显然，她在期望着父亲对客人的邀请表示谢意。

三位先生彬彬有礼地立起身来，把手伸向老人。老人又哆嗦起来。女儿热烈地勾住他的胳膊，使他感到一阵温暖和令人眩晕的慰藉。他勉强地依次握了向他伸来的手，然后默默地坐下，取出了一支香烟，咬紧牙齿，咀嚼着自己的愤怒。席间的法语对话，不时地被放肆的笑声打断，断断续续地传进他的耳鼓。

老人蜷曲着身体，坐在一旁，一言不发。从他那衔着雪茄的嘴角边，流下了棕色的唾液。"他们是对的……他们是对的……"老人在想着，"我该遭到唾弃……我还向他伸过手去！三个人，可我知道，这个坏蛋肯定就在他们之中……而我现在竟安然地和他坐在一张桌子前面……我没有把他打倒在地，没有，我没有把他打倒在地，相反，我倒客客气气地和他握手……他们是对的，他们笑我，那完全对。看他们在我面前谈话时的神气，就好像我根本不存在似的，仿佛我早已离开了人世！但是艾琳娜和她母亲总该知道，我是根本不懂法语的……她俩是知道的，可是没有一个人理睬我，连做个样子也没有，好不至于使我像现在这样尴尬地坐在这里，这样狼狈地坐在这里……对于她俩来说，我根本不存在，不存在……我是她们的累赘，是负担，是厌物……我使她们感到羞愧，她们不甩掉我，只因为我可以给她们金钱……金钱，金钱，这个该诅咒的脏东西。我给她们钱，可把她们毁掉了。金钱，这该诅咒的金钱……我的老婆，我自己的女儿，除了眼睛死死盯住发亮的金钱，连一句话都不愿意和我讲。她们朝那三个男人笑得多开心啊，就像用手搔她们的痒似的……可是我，我在忍受这一切……坐在这里，听他们的笑声，而不是让他们饱尝一顿老拳……用棍子抽打他们，在他们当着我的面捉对地胡闹之前，把他们驱散，赶开……可是我默许这一切……坐在这里，是个哑巴，是个傻瓜，胆小鬼，胆小鬼……胆小鬼！"

"可以吗？"在这当儿那位意大利军官，操着不很流利的德语向老人问道，然后就拿起了打火机。

这使老人一下子从沉思中猛地惊醒，他茫然无措地瞪了军官一眼，十分恼火。顿时，一股怒火涌上心头。紧握手杖的手哆嗦了一下。他把嘴巴扭曲得都歪了，不经意地泛出一丝冷笑："哦，请便吧！"他用严厉的语调重复着说，"当然可以！嘿！嘿，什么都可以！您尽可以随便好了……嘿，嘿，什么都可以！只要是我有的，您都可以随便占有……随便怎么做都可以……"

军官发怔地望着老人。大概是语言不通，他没有完全听懂。但是，老人扭曲的嘴巴和一丝冷笑，倒使这个人不安起来。德国人不情愿地站起身来。两位女士脸色煞白，空气顿时凝固起来，声息全无，仿佛那种介乎闪电和滚雷之间的短暂间歇似的。

可是，随后老人脸上狂暴的扭曲松弛下来，手杖从痉挛的手中滑落到地上。他蜷曲着身体，活像一条挨了打的狗，不安地咳嗽起来，对自己刚才那股子勇气感到吃惊。艾琳娜急忙寻找轻松话题，缓和一下使人尴尬的紧张局面。德国男爵说着极为风趣的笑话，几分钟过后，空气又重新活跃起来。

老人静坐在这些饶舌家中间，却把头扭了过去，人们都会以为他在睡觉。从他手中滑下的手杖,在两腿中间晃来晃去。他手捧着脑袋,越垂越低。可是,不再有人留意他了。喋喋不休的说笑,像波浪一样淹没了他的沉默,恣肆的浪言、谑语,喷吐出嬉笑的泡沫在熠熠发光,但他沉沦在这下面的无底深渊里,一动不动,被耻辱与痛苦所淹没。

三个男人站了起来。艾琳娜紧随着他们。她的母亲慢慢吞吞地跟在后面。他们走了,其中有人提议,于是他们来到了近旁的音乐室。他们认为根本没有必要对那个在他们面前发呆的老人做任何特殊的邀请;待到老人骤然间发觉周围的人全已走光时,他像个酣睡中被冻醒过来的人一样,犹如夜间睡觉时被子滑落,寒风砭骨一般。他下意识地向空荡荡的座位看了一眼。这时,从邻近的琴室里传来了叮叮当当的爵士乐曲,他听到欢笑声、兴奋的叫喊声。他们贴在一起在跳舞啊!是的,在跳舞,跳个不停。他们会这样子的。他们的血在沸腾:相互撩人地偎依在一起,直跳到连脸都不要了。这些懒虫,这些浪荡子,晚上跳,夜里跳,大白天也跳,来引诱女人。

他愤恨地重新抓起了坚硬的手杖,拖着脚步。走到门厅前,他停了下来。那个德国骑术师坐在钢琴前,抚弄着琴键,半侧着身子,看人跳舞,弹奏一首美国流行的粗俗乐曲。艾琳娜和那位军官翩翩起舞;高个子乌巴尔基伯爵则搂着老头那肥胖笨重的妻子,吃力地随着节奏跳着。可是,老人的目光,依然盯在女儿艾琳娜和她的那位舞伴身上。他像个花花公子那样温存而多情地用双手搂住女儿圆润的双肩,就像她已全部属于他似的。她随着他的步子顺从地扭动着腰肢,完全委身于他。他俩在他眼前费力地按撩住一再迸发出的情欲!对,是他,就是他,因为他们汗津津的身体之间是那样地彼此熟悉,他们血液之中渗进了一种合欢的欲念。对,就是他,只能是他。他在欣赏她那微闭的但秋波荡漾的双眼,在她飘忽的眼神里闪烁出她对炽烈快感的回忆。就是他,这个盗贼,在夜间恣肆地享用了他的女儿,现在用眼死盯着那裹在轻轻的薄纱里面的肉体。老人情不自禁地走向前去,似乎想从这个人的手中,夺回他的女儿。可是,女儿根本没有看到父亲。她顺从地按照那个诱惑者的引导和音乐的节拍扭动着,仰着头,半张着嘴,全然陶醉在那欢快的乐曲声中,忘却了自己,忘却了时间,忘却了周围的一切,忘却了父亲。老人喘息着颤抖个不停,用充血的双眼怒不可遏地盯着她。可她却只感到自己的存在,感觉到她那充满青春活力的身体,正随着激烈的乐曲的旋律在扭动,她现在只感到自己的存在,感觉到一个男人的贪婪的呼吸;他正用有力的臂膀在搂着她。在这温柔的、飘飘欲仙的情思中,她尽力不使自己同自己那充溢着欲念的双唇一道倾倒在他的身上,不使自己在热烈诱人的空气中任人摆布。奇怪的是,这一切老人都察觉到了,他的血在跳动。每当女儿和这个男人旋转起舞时,老人就觉得,完了,她永远完了。

乐声戛然而止,德国男爵跳了起来:"Asses joué pont vous,"他笑了起来,"main tenant je veux danser moi même。"①正在跳舞的人们停下了,散开来,大家都开心地表示赞同。一些人三五成群地聚拢在一起。

老人又恢复了常态,他想,现在该干点儿什么,该说点儿什么了!不能像个傻瓜,像个可怜虫,像块废料站在这里!正巧他

---

① 法语:好了,我弹够了,该我跳会儿了。

妻子从身边旋转过去，感到吃力地微微喘着气，但是十分惬意。愤怒使他突然果断起来，他走上前去，拦住了妻子，不耐烦地说道："走，我有话跟你说。"

妻子惊讶地望着丈夫。豆大的汗珠正沿着老人苍白的双颊流下。他目光呆滞、茫然。他要干什么？为什么偏偏在这个时候来打扰她？她想找些搪塞的话，刚要出口，可他的异常举动中有某种令人惊诧和畏惧的东西，这使她霎时想起了不久前丈夫发过的脾气，于是，她只好勉强随着丈夫走去。

"先生们，对不起，我去去就来。"——她转过身表示歉意地向他们打了个招呼。老人恼火地在想："她竟向他们表示歉意，可是，当他们离开我走掉时，却根本不对我表示歉意。在他们眼里，我好比一条狗，是一双任他们踢来踢去的破鞋。他们是对的，他们是对的，我竟然容忍这一切啊！"

妻子凝重地皱起眉头，他像个小学生站在老师面前一样，站在她的面前，嘴唇在哆嗦着。"喏！怎么回事？"她终于催问他说。

老头儿嗫嚅地小声说："我不愿意……我不愿意……我不愿意你们和这些人混在一起……"

"和哪些人混在一起？"妻子故意装作不解的样子，用不满的目光向他投了一瞥，好像丈夫刚才的话侮辱了她似的。

"就是这儿这种人，"老人发怒地用头向音乐室的方向歪了一下，"我不喜欢他们……我不愿意……"

"那为什么？"

"老是用这种质问的口气，"老人愤愤地在想，"仿佛我是她的奴仆。"随后，他激动地、结结巴巴地说："我说的话是有理由的……我讨厌……我不愿意艾琳娜和这些人在一起谈笑……但我不能做更多的解释。"

"我觉得非常遗憾,"妻子傲慢地回答说,"我认为这三位先生都是受过良好教育的人,都出身于上流社会,比我们在家中所接触的人要高贵得多。"

"上流社会!强盗……骗子……"一股怒火涌上心头。突然老人跺着脚喊道:"我不愿意……我不允许……你懂了吗?"

"不懂,"妻子冷冰冰地说,"我一点儿也不懂。我不明白,你为什么偏要破坏孩子的乐趣?"

"乐趣!乐趣!"老人像挨了一击,脸一下变得通红,额头冒出汗水。他一只手去抓手杖,不知是想靠它来支撑自己,还是想用它去打人。可是抓空了,他刚才忘记把手杖随身带来,这使他重新清醒过来。他控制住自己,刹那间一股暖流涌上心头。他走到妻子面前,像是要握住她的手。他的声音完全软了下来,几乎是祈求地说:"你……你不了解我的……我这不是为了自己……我只是请求你……这是我多年来对你的头一次请求。我们离开这里吧!离开,到佛罗伦萨,到罗马,随你们的便,我都依着你……随你们到哪儿去,由你们自己决定,只要离开这里就行。我求求你……离开!今天就走……今天……我无法再忍受了……我无法……"

"今天就走?"妻子吃惊地皱起眉头反对说,"今天就走?你哪儿来的这种可笑念头……难道就因为你不喜欢看这几个人?那你就不要和他们交往嘛!"

老人还在那里祈求地举起双手说:"我实在受不了,我跟你说……我不能,我不能。别再问我为什么,我求求你……可你相信我,我实在不能再忍受下去……我不能。听我的话,就这一次,为了我,就这一次……"

这时,那边又响起了叮叮当当的琴声。妻子望着丈夫,不由自主地被他的乞求所打动,向他瞥了一眼。可是,她看到的却是丈夫那副十分令人发笑的样子。这个矮小的胖子,脸红得像中风一样,目光浑浊,双眼红肿,从那过短的衣袖里伸出的双手抖个不停。看到他的这副可怜相,真够叫人难受的。她怜悯然而冷冷地说:

"这可不行。"她果断地回答,"今天我们已经答应他们去远游……而明天走,可我们租了三个星期的房间……这也太可笑了……我看没必要离开这里……我留在这里,艾琳娜也……"

"那么说我可以走了,是吗?我在这里妨碍你们……妨碍你们……妨碍你们尽兴。"

老人怒不可遏地打断她的话。猛然间他把佝偻起的身子一挺,双手握成拳头,额上绷起了一道道青筋。看样子,他要说什么或是要挥拳打人。可蓦地,他一个大转身,吃力地拖着沉重的脚步,越来越快地走上楼去,像是有人在后面追赶他似的。

老人气喘吁吁地快步上了楼。他现在跑回到自己的房间,单独一个人,压住火气,免得由于过分的激动而干出蠢事!当他刚一走到最顶层时,只觉得像有一只利爪在他的五脏六腑里扯动,突然他面色死灰,手扶着墙壁,踉跄起来。噢!这剧烈的、灼热的痛苦啊!他咬紧牙关不使自己喊叫出来,弯曲着身体,不停地呻吟着。

他很快明白这是怎么一回事:胆痉挛。类似这样的情况,在最近一段时间内虽曾多次折磨过他,但都没有像今天这样厉害。

在这瞬间，他突然在疼痛中记起了医生的叮嘱："切勿激动。"于是，他在痛苦中愤懑地、嘲弄地在想："说得倒轻松，避免激动……医生大人！您倒做给我看看，要是您遇上了这种事，能不激动吗？噢……噢……"

老人扭动着身体，一只看不见的利爪在他的体内折磨着他。他步履艰难地慢慢挪到了自己房门口，撞开了门，一头栽倒在床上，牙齿紧紧地咬着枕头。一躺下，疼痛立刻减轻了，体内也不再像刚才那样火烧火燎地疼了。这时他又想起医生的另一句话："应当热敷，再服用滴剂，那就会很快地好起来。"可是，这里一个人也没有，没有人能帮助他，没有一个人。他自己又没有一点儿气力走到隔壁房间，甚至连走到电铃那儿都不能。

"这儿一个人也没有，"老人悲痛地在想，"不定哪一天，我会像条狗一样地死去……我知道，这不是什么胆疼……这是死亡，它在我身上滋长……我明白，快完了。什么医生、疗养，都救不了我的命……六十五年，完了，身体全垮了……我知道，是什么在蹂躏我，在折磨我，是死亡。要是再活上一两年，其实那已不再是生命，而只是在等死，在等待死亡……可我什么时候……什么时候生活过？为了自己，为了自己？光是为了捞钱，捞钱，捞钱，这算是什么生活，光是为了别人，可现在谁来帮我？我有过一个妻子：她是一个姑娘时，我娶了她，我接触了她的肉体，她给了我一个女儿。多少年来，我俩同床共枕……可如今呢？她现在在哪儿？我甚至连她的面孔都认不出来了……她和我讲话时，是那样生分；她不再想到我，不再和我同甘共苦……她对我来说是那样陌生，一年甚于一年……过去的一切都不见了，现在的又在哪儿？生了一个孩子……把她用手捧着养大，我相信过，可以再一次生活，活得更光明，更幸福，生命在她身上继续下去，那就不会完全死亡……可现在，她却在午夜里，委身于那些男人……只有我一个人会死，就我一个人……对于他们来说，我早已死了……我的上帝，我的上帝，我从来没有这样感到孤单……"

钻心的疼痛有时加剧，可随后又缓和下来。但是另外一种疼痛越来越剧烈地锥刺他的太阳穴，盘踞在头脑中的这些念头，这些坚固犀利、炙热得无情的念头，像楔子一样牢牢地打进了他的头脑中。现在不去想它就好了，不要去想！老人扯下了上衣和背心，虚胖的身体在浆洗过的衬衫里笨拙地、难看地抖动着。他小心翼翼地用手按住疼处。"只有这疼痛才使我感觉到我活着，"他暗自思忖着，"只有这块疼得发烧的皮肤……只有这才是我的；只有这在里面折磨我的才属于我，这就是我的疾病，我的死亡，这才是我自己……我不再是枢密顾问，我没有老婆，没有女儿；没有金钱，没有家庭，没有公司……所剩下的，只有手指下面所感觉到的：我的身体和里面那种肝胆欲裂的痛苦……其他的一切都是虚无，没有任何意义……痛苦的只是我一个人，关心我的也只有我自己……她们不理解我，我也不理解她们……我竟是这样孤苦伶仃，过去还从来没有过。现在，我明白了，我躺在这里，等待着死亡，可太迟了，在我六十五岁就要了结我的一生的时候才明白过来。现在，在他们跳舞、游逛、寻欢作乐的时候，我才明白过来，这些不知羞耻的女人……现在我才明白，我是为她们活了一辈子，可她们并不感谢我；我从来没有一个小时是为了自己……可现在，她们和我有什么相干？和我又有何关系？我为什么还想那些根本就没有想过我的人？我宁愿像畜生一样死去,也决不接受她们的怜悯……她们与我还有什么相干……"

疼痛慢慢地、逐渐地减轻了,不再像刚才那样钻心了,也不再需要用手去抚摩它了。但是一块郁结却留在里面,这不像是疼痛,而像是一种异物在向他的体内挤迫、钻刺。他闭上双眼,直挺挺地躺在床上,屏住呼吸,细心地谛听体内的撕扯、揪动。他觉得,仿佛一种陌生的、未知的力量,先是用尖尖的,现在又是用钝钝的工具在他体内转动,在他密封的身体里,有东西被旋成一片一片,被撕成一条一条。动作不再那么剧烈,他也不再痛苦。但是里面的东西在慢慢地焦化、腐烂,在开始死去。他终生为之奋斗的一切,他过去所爱过的一切统统在慢慢吞噬一切的火焰中化为乌有。在它变软和炭化、被烧成废渣之前,还冒着黑烟,燃烧着。他模糊地感觉到所发生的这一切,这一切就在他躺在这张床上自怨自艾、沉思的时刻完结了,是什么完结了?他谛听着,谛听着。这是他的心在开始慢慢地沦亡。

老人紧闭双眼,躺在幽暗的房间里,半睡半醒。在微寐和清醒之间,他昏昏然、茫茫然地觉得有种湿乎乎的、炽热的东西从伤口(这伤口不痛,他也感觉不到)在向里面轻轻地渗透,仿佛他在流血,可是这血是在往里流。血流得并不快,也不使他感到痛苦,它像一滴滴的泪水,缓缓地流着,轻轻地洒落下来,可是每一颗泪珠都在击打着他的心。这昏沉沉的心没有发出任何声音,它默默地吮吸着这些陌生的液体,像海绵一样地吮吸着,变得越来越多,渗了出来,它在胸部狭窄的敏感区膨胀起来,翻涌起伏,开始轻轻地向旁边伸展开去,像一条带子,越来越紧地挤迫着、压抑着僵硬的、脆弱的肌肉;挤迫着、压抑着疼痛的心脏。

最后由于自身的重量而急剧地落了下来。现在(多么痛苦啊),现在这沉重的东西,慢慢地,既不像一块石头,也不像坠落的果实,脱离了肌肉。不,它像一块浸满液体的海绵,越来越低地坠入一种混沌、一种空虚之中,坠入一种完全没有实体的虚无之中。除了他之外,这是一个广袤无垠的黑夜。

突然间,刚刚还是温暖、起伏的心房,一下变得死一般地平静、冰冷,空荡荡的,阴森森的,不再听到心房的颤动声和血的流动声,一点儿声音都没有了,一切都死亡了。在缄默、不可理解的虚无中,他的胸膛像一具棺材一样,空荡荡,黑洞洞。

这种梦幻是如此强烈,这种迷惘又是如此强烈,当他渐渐清醒过来时,他不由自主地去抚摩自己的左胸,看看他的心是不是已经没有了。啊,谢天谢地。在他的手指下摸到的地方还有东西在跳动,发出低沉而有节奏的声响,不过好像在击打空气一样,空洞洞,他的心不在了。奇怪的是,他仿佛感觉到自己的身体同他本人分离开来。再没有钻心的疼痛了,再没有回忆来折磨他的神经了。这里面的一切都是沉默的、凝固的、僵化的。"这是怎么啦?"老人在想,"刚才还折磨我那么厉害,刚才里面还热得难忍,刚才每条神经还在痉挛。我这到底是怎么了?"像在一个石窟里一样,他仔细地谛听着体内的动静,是不是里面原有的东西不再动了?潺潺声、窸窣声、响动声、跳动声,是那么遥远,完了,全完了——他谛听,谛听——什么声音也没有了,什么也没有了,没有了。再也感觉不到折磨,也没有什么在翻涌起伏,也不再痛苦。这里面像一棵被烧焦的枯树的树洞,黑乎乎的,空荡荡的。这时,他突然觉得,自己好像已经死去,或是什么东西正在他的体内死去。血在体内可怕地凝固了。他自己的身体在他下面像一具尸体一样冰冷,他害怕用自己的热手去触摸它。

老人仔细地倾听着。可是,他听不到从湖面上传进房间来的教堂的钟声,他也没有发觉暮色临近,夜已降临,昏暗已涂抹掉房间里家具的轮廓,就是通过窗户的四角,隐约可见的天际,也完全消逝在黑暗之中了。老人并没有感觉到,他凝视着的只是黑暗,他内心深处的黑暗;他谛听的只是虚无,他内心中的虚无,犹如他凝视、谛听自己的死亡一样。

这时从隔壁房间传来了笑声和欢叫声,灯亮了,从门缝里射出了一缕白光。老人吃了一惊,这是他的妻子和女儿!可不要让她们发现我躺在这里,盘问我。于是,他急急忙忙穿上衣服。干吗让她们知道我在发病,这与她们有何相干?

其实,这母女二人根本就没来找他。她们显得匆匆忙忙,晚饭的锣声已敲过第三遍了。她们正在换装,从敞开的门里听得到她们的每一个动作:现在她们在开抽屉;现在她们把戒指轻轻地放在桌子上;现在听到皮鞋在地板上的走动声。与此同时,她们谈笑风生,一字一句都十分清楚地传进了老人的耳鼓。起初,两人在谈论和讥笑这三个男人和她们在这次郊游中的趣事。一面忙着梳洗,整理妆容,一面你一言我一语地互相插话,闲聊。后来,话题突然转向了他。

"爸爸哪儿去了?"艾琳娜问道,感到诧异的是直到现在这样晚,才想起了他。

"我怎么知道?"这是母亲的声音,提起这件事,立刻惹得她满心的不高兴,"可能在楼下等着呢,还不是又在那里没完没了地看他那份法兰克福报纸上的股票行情表,别的事情他都不感兴趣。你以为他会在这里观赏湖光山色?他今天中午已经说过了,他不喜欢这里。他要我们今天就动身。"

"今天就走?那为什么?"这又是艾琳娜的声音。

"我不知道,谁知道他这是怎么回事。这里的社交活动他没法适应,他不愿意和这几位先生交往,也许他自己觉得跟人家不配。成天穿着皱巴巴的衣服,敞着领口,真丢人……你应当说说他,注重点儿仪表,他还是听你的话的。今天上午……你看见他对上尉的那副样子了吗?当时,我真恨不得钻到地缝里去……"

"是啊!妈妈……可这到底是怎么回事?我正想问你……爸爸是怎么了?我还从来没有见过他这副模样呢……真把我吓坏了。"

"哼,有什么,还不是坏脾气……也许是因为股票行情下跌了……要不就是因为咱们老是讲法语……反正,别人高兴,他就看不惯。你真的没注意到:咱们跳舞的时候,他站在门旁就像个躲在树后面的杀人凶手一样……要走!马上就得离开这里!他想怎么就怎么……要是他不喜欢这里,那就不要扫我们的兴……我才不去理他这种脾气呢。随他便好了,他想说什么就说什么,想干什么就干什么吧!"

谈话中断了。大概是母女两人在谈话中已经收拾完毕。是这样,门打开了,她们走出了房间,关上开关,灯光熄了。

老人一动不动地坐在床上。每一个字他都听得清清楚楚。说也奇怪:他不再感到痛苦,一点儿也不痛苦。前不久那颗在胸内冲击和撕扯的心一动不动了,它一定是坏了,没有什么会使它颤动了。没有愤怒,没有仇恨……什么都没有了……没有了……老人平静地穿好衣服,小心翼翼地下了楼,坐在妻子和女儿中间,像个陌生人一样。

那个晚上老人一言未发。她们两人也没有觉察到这种紧张的沉默,饭后他不辞而别,径自回到自己房里,把灯关掉就躺下了。过了很长时间,他的妻子兴尽归来。她以为丈夫早已熟睡,于是她在暗中脱去衣服睡下。过了不一会儿,老人已听到睡在他身边的妻子发出了深沉的、无忧无虑的酣睡声。

老人直瞪着双眼,独自一人凝视着夜的无边无际的虚无。在他身旁,像是有个什么东西躺着,在暗中发出深沉的呼吸声。他费力地在回忆:这个肉体曾与他呼吸过同一个房间里的空气,这个肉体,它曾是那样熟悉,年轻、热情,这个肉体给他带来了一个新的生命,这个肉体用血的秘密同他紧紧地连在一起。他还一再地迫使自己去想,躺在他身边的这个温暖而柔软的身体,他伸手就可摸到,它曾是他生命中的生命。但是,说也奇怪,这些回忆竟然激不起老人的任何感情。他现在听到的呼吸声,有如从敞开的窗口传来湖水拍打湖岸溅起的浪花声。一切都是那样遥远,遥远,消逝得无影无踪。剩下的只是身边躺着的一个人,一个偶然相遇的人,一个陌生的路人。一切都完了,完了,永远完了。

他又一次颤抖了。他听到女儿房间的门轻轻的、悄悄的转动声。"今天晚上,又是这样。"老人又觉得那他认为已经死去了的心脏产生一阵轻微的刺痛;这是他在完全死去之前,一种像神经的东西在瞬间发出的痉挛。不过,这一切很快也过去了。

"随她便吧!她与我有什么相干!"

老人重新将头埋在枕头里。黑暗更柔和地抚摩着他那疼痛的额头,一股宜人的凉爽渗入他的血液里。很快,失去了力量的知觉沉入轻度的睡梦之中。

清晨,当妻子醒来时,发现丈夫已穿戴整齐。"你这是上哪儿去?"妻子略带睡意地问。

老人没有理睬,冷漠地把睡衣胡乱地塞进手提包里。"你不是知道我要回去吗?我只把随身所需的东西带走,其他的你们可以给我寄回去。"

妻子发怔了。这是怎么了?她还从来没有听到过丈夫用今天这样的口气说话:从他牙缝中迸出的每个字是那样冷漠,那样僵硬。她赶忙从床上起来。"你真的要走吗……等一等……我们也走,我已经和艾琳娜讲过了……"

老人只是猛烈地摇了摇头。"不必了……不必了……不打搅你们了。"他头也不回,一直向门口走去。为了要拧门把,他只得暂时把手中的箱子放下。

就在这短暂的瞬间,他想起了:他不知曾有过几千次,也是这样地把装满货样的皮包放在陌生人的门前,在离开时,毕恭毕敬地向主顾低头弯腰地致意,希望今后能多加关照。如今,这儿他再没有事可做,他不必注意礼貌了。他重新提起皮包,没说一句话,没看一眼,把这扇门,这扇将他的现在与过去的生活隔开的门关上了。

母女二人对刚才所发生的事,感到迷惑不解,但老人这次令人诧异的率直和果断的出走倒使她俩极为不安。她们马上给南德家中的老人去信。信中不厌其烦地反复解释,猜测是发生了什么误会,极其温柔又十分关切地询问老人旅途是否平安;随后她们突然恭顺地表示,她们准备随时离开这里。他没有复信,于是她们信写得更为紧迫,她们还打电报。可是,消息依旧杳然,只是从邮局收到公司的一笔汇款,信中简要地提及上面盖有公司印鉴的汇款单,除此以外,连一个亲笔字和一句问候的话都没有。

这样一种无从捉摸和令人不安的事态加速了她们的归期。尽管她们已电告抵达日期,但是没有一个人来车站迎接,家中的一切都使她们感到意外。仆人说,老人看完了电报,往桌子上一丢,没作任何吩咐就出去了。晚间,当他们坐下等候就餐时,终于听到门的转动声,她们急忙起身,迎上去。而老人却惊愕地望着她们发呆。看来,他早已把电报的事忘了个干干净净——他没有任何特殊感情的流露,冷漠地忍受了女儿的拥抱,然后被引入餐室。他一声不响地听她们谈话,闷闷地抽着烟,不提任何问题,有时只作极简单的回答,有时他对问话和谈论充耳不闻,不知她们在问什么,在说什么,仿佛他在睁着眼睛睡觉。之后,他艰难地站起身来,回房去了。

一连数日就这样过去了。深感不安的妻子很想找机会和他谈谈,可是毫无结果。她愈是急于想和他接触,他就愈加退让规避。某种东西被禁锢在他的内心深处,通路被阻塞,变得无法接近。不过,老人还和家人同桌共餐,若是有人来访,他在旁也是一言不发,完全沉浸在自己的思绪之中。他对一切都漠不关心,如果在谈话中,有人偶尔遇上了老人的目光,定会感到很不舒服,因为这是一对死一样的眼睛,空虚而呆钝地发直。

不久,就连最疏远的人也对老人这愈益乖张的性格感到吃惊。熟人在街上遇到他时,都暗地里互相示意:这位全城最富有的人之一像个乞丐,沿着城墙,到处溜边,他歪戴着一顶旧帽子,裤子上满是烟灰,每走一步都是跟跟跄跄,大半时间口中念

念有词，自言自语。有人跟他打招呼，他就会惊恐地抬起双眼；若是有人过来和他搭话，他就会瞪着两只茫然无神的眼睛，望着对方发呆，连和人家握手都会忘记。起初，人们以为他耳聋，于是，提高嗓门儿把话一再重复。其实，他并不聋，他需要的是时间，好使自己从心底的梦中清醒过来。而在谈话中间，他又会重新陷入一种奇怪的茫然状态。于是他的目光一下子变得呆滞起来，说话结结巴巴，前言不搭后语。别人对此的诧异表情，他也毫无察觉。看样子，他总是像徘徊在一种昏沉沉的梦境里，徜徉在一种浑浑噩噩的自我忙乱之中。目睹此情此景，人们对他亦不闻不问了。他不过问别人的事，在自己家中，对妻子的沮丧和女儿的慌乱迷惘熟视无睹。他不看报纸，不听别人谈话；任何人，任何问题都不能够——哪怕是在一瞬间——冲破他那道阴沉的、冷漠的屏障。甚至连他经营多年的商行——他最熟稔的世界，对于他也已变得陌生了。有时他还木然地坐在办公室里签署信件，可是，当秘书一个钟点以后进来取签署好的函件时，发现老人用空荡荡的目光望着那些信件发呆，和他刚才离开此处时的情景一样。最后，他自己也意识到继续留在这里已经是多余的了。于是，他干脆离开这里。

更使全城人感到奇怪和惊异的是：从来不是教徒的老人，现在突然变得十分虔诚。他对一切事都冷淡，吃饭和约会越来越不守时，可是没有一次在规定时间里错过去教堂的机会。他戴着一顶丝制的小圆帽，披着法衣，总是站在教堂里的一个固定位置上。这恰好是从前老人父亲做礼拜时站的地方。他晃动着倦怠的脑袋，唱着赞美诗。这里，在半空着的教堂里，他周围响起的声音使他感到生疏和含混不清，可是他在这里十分安静。

这里的安宁抑制了他内心的纷扰;他可以在内心里向黑暗倾诉心声。每当在教堂里为一个死者做安魂祷告之后,他看到死者的亲人、子女和朋友极度悲伤地用虔诚和恳求的态度向上帝为死者祝福时,他的两眼便蒙上了一层泪水,因为他明白,他将是孤零零的一个人。等到他死去的时候,将不会有人为他做安魂祷告。于是,他虔诚地为自己祈祷,就像为一名死者那样为自己祈福。

一日,天色已晚,他刚从这样一次喧嚣纷扰的活动中返家,途中遇上了大雨。老人一向是忘记带雨伞的。只需几个小钱就可以叫到马车,高大建筑物的门洞和商店的玻璃檐也都可以避雨。可是,独有这位老人毫不在意地在大雨滂沱中踉跄行走。破旧的帽子灌满了雨水,像个小水洼,雨水像小溪一样顺着衣袖流向脚面。但他满不在乎地在那几乎空无一人的街道上踯躅。全身淋得精湿,简直像个流浪汉。有谁会想到,他竟是一位拥有豪华住宅的富人?当他来到自己的家门口时,正巧一辆小轿车在他身边骤然停下。车前射出耀眼的灯光,车轮甩出的泥水溅了这个漫不经心的老人一身。车门一开,他的妻子从车里走了下来,身后伴着一位显贵,手中撑着一把雨伞;随后又下来了另一位绅士。他们正好在门口相遇。妻子认出了他,吃了一惊,看到老人这副落汤鸡似的狼狈相,妻子不由自主地移开了目光。老人立刻领悟了:在客人面前,见到丈夫这般模样,她感到羞愧。于是,他毫无所动、毫无痛苦地径直走开,免去介绍的麻烦。他像个外人一样,几步走到仆人使用的楼梯前,屈辱地从那里走了上去。

自此以后,老人在自己家中,只走仆人用的楼梯,从这里走,肯定不会遇上任何人。他在这里不会妨碍别人,别人在这里也不会妨碍他。他也不再和家人一起用餐了——一位年老的女仆每餐将饭菜送到他的房里。有时妻子或女儿想见他时,他窘迫地却坚决地从速把她们打发出去。久而久之,她们也就让他一人独处了。人们不再想起他,而他自己对任何事也不再过问。从他业已感到陌生的邻近房间里,透过墙壁他经常听到一阵阵的笑声和音乐声,听到外边汽车的行驶声,听到一直响到深夜的脚步声。但是这一切,现在对他来说,已经无所谓了,他甚至从不向窗外多望一眼,因为这些都与他毫不相关。只有家中的那条狗,有时还溜进来,卧在它那被人遗忘的老主人的床前。

　　老人那颗业已死去的心不再疼痛了,但是在体内有一只田鼠在继续不停地挖掘着,撕扯那颤动着的、血淋淋的肌肉。病痛的发作日趋频繁。被折磨的老人,最终不得不屈服于医生的强烈要求,进行一次详细而周密的检查。医生皱着眉头表示,需要立即进行一次手术。老人听后,并不吃惊,他只是忧郁地苦笑着说,上帝保佑,总算熬到头了!总算盼来了死亡,现在,愉快的死就要来到了。他连一个字也不让医生通知家属,自己规定手术日期,自己进行准备。他最后一次来到了公司(这里已没有人再等他了,所有的人看见他都像见到生人一样),再一次坐在那张老式黑皮安乐椅中,三十年来,他整个一生中,在这把椅子上坐过成千上万个小时。他要来了支票本,填了一张。他把支票交给教区执事,上面的巨额数字,竟使得执事大吃一惊。这笔款子是用于慈善事业和自己丧事的。他拒绝所有的感谢,然后蹒跚地匆忙走了出去。由于匆忙,那顶破帽子也掉了下来,可是他懒得弯腰去拾起它来。于是,他就光着脑袋,满脸皱纹,面色蜡黄,慢吞吞地向公墓走去,去看望他双亲的坟墓(过路人都惊异地望着他)。

在那里,有两个闲散人观察着老人,十分惊奇地看到,他对着上面长满青苔的墓碑久久不停地、大声地说着话,就好像在和活人讲话一样。他是在向死去的父母报到或者在为他们祈福?人们听不清他说些什么,只看到他的嘴唇在无声地动着,在祈祷中,他把不断摇晃着的头低得不能再低,在公墓的出口处,乞丐们都认识他,拥上来乞讨,他匆忙地从衣袋里掏出所有的硬币和纸币,统统散给了他们。一个衣着褴褛的老妇人,一瘸一拐地走了过来,她来晚了,向他伸出了乞求的双手。他忙乱地浑身搜索,可是找不到一点儿钱了。这时,他感到手指上还有个陌生的、沉甸甸的东西,这是他的结婚戒指。它不由得勾起了老人对往事的回忆。于是,他急忙从手上脱下戒指,把它送给了那个残疾女人。

  于是,这位身无分文、囊空如洗的孤独老人,躺在了手术台上。

  手术做完之后,老人又醒了过来,鉴于病人的情况十分危急,在此期间,医生把他的妻子和女儿叫了进来。老人吃力地抬起那蒙上了一层淡蓝色的眼皮,睁开双眼,望着这陌生而洁白的、从来没有见到过的房间发呆。"我这是在哪儿呀?"

  女儿亲切而温柔地俯下身去,凑近老人那苍白的、毫无血色的脸。突然在他那濒于死亡的眸子里,有个熟悉的影子一闪。他的瞳仁显出了一缕微光。啊!是她,我的孩子,可爱的孩子,是她,艾琳娜,我那温柔美丽的孩子!他那痛苦的嘴唇慢慢地松弛了下来,露出一丝微笑,一丝勉强能看得出的微笑。早已习惯紧闭的嘴巴,开始小心翼翼地张了开来。女儿被这费力的、闪着一丝欢欣的微笑深深地感动,她弯下身去,亲吻父亲那毫无血色的面颊。

但是，就在这一瞬间，甜腻腻的香水味道使老人想起了，或者说，这半是麻痹的头脑想起了那业已忘却的时刻。——病人刚刚露出的一点儿幸福的表情，顷刻间黯然失色。他那毫无血色的双唇顿时愤怒地紧闭起来。被子里的一只手拼命地抖动着，要抬起来，像是要挥去什么令人厌恶的东西似的。全身由于激动而颤动起来。"滚开！滚开！"声音滞重、含混，但还是从那苍白的双唇间清楚地吐出了这个字眼儿。弥留中的病人在抽搐中流露出的这种深恶痛绝的表情，使得医生只好把女人们推到一边。"他在说胡话，"他悄声地说，"你们现在让他一个人安静一下，这样更好些。"

妻子和女儿刚一退出房间，老人脸上的那扭曲难看的表情便松弛下来，又恢复到疲惫和昏睡状态。呼吸变得浊重——为了吸进维持生命的空气，他的胸部起伏得愈来愈快。现在胸部已变得疲劳不堪，它无法再吸进生命所必需的养分。当医生再去听老人的心脏时，它已经不会再给老人增添任何痛苦了。

高中甫　程蜀生　译

一个女人一生中的
二十四小时

  战争①爆发前十年,当时我住在里维埃拉②的一座小公寓里。有次在饭桌上发生了一场激烈的讨论,想不到竟演变成粗野的争执,甚至差点儿闹到彼此恶语相加、互相侮辱的地步。当今大多数人的想象力都很迟钝,不管什么事,只要它与自己无关,只要它没有像一个尖利的楔子打进脑袋,他们就不会大动肝火,可是事情一旦发生在他们眼前,直接触动到他们的感情,那么,即使是一件微不足道的小事,也会立即在他们心里引起过分的激动。于是他们便一反往日少管闲事的常态,显出蛮不讲理、气势汹汹的样子。
  这次,在我们同桌吃饭的这些十足的平民百姓身上所表现

---

① 指第一次世界大战。
② 指地中海沿岸地区,包括法国东南部的兰岸地区以及意大利北部的波嫩泰和勒万特,风光绚丽,气候宜人,是著名的旅游胜地。沿海地区有戛纳、昂蒂布、尼斯、芒通、圣雷莫、圣马格丽塔、拉巴洛和莱万托等城市。

出来的就是这种情景。平日这帮人在一起心平气和地small talk①，互相开点儿无伤大雅的小玩笑，通常吃完饭大家马上就分散了：那对德国夫妇外出观光游览，拍照留影；胖子丹麦人不嫌单调乏味，独自去钓鱼；举止文雅的英国太太接着看她的书；那对意大利夫妇则到蒙特卡洛②去豪赌；我呢，不是偷闲在花园里的椅子上一躺，就是工作。可是这次，那场激烈的讨论把我们大家互相完全纠缠在一起了，吃完饭大家都坐着，谁也没有走；我们中要是有人突然一跃而起，那绝不似平日那样站起来彬彬有礼地向大家告退，而是在脑袋发热、心中愤怒的状态下——这我在前面已经说过——所采取的不加掩饰的激愤形式。

把我们桌上这一小拨人拴在一起的那件事，确实够奇怪的。我们七个人下榻的那个公寓从外表看虽然好似独幢别墅——啊，从窗口眺望悬岩峥嵘的海滨真是妙不可言！——但实际上它只不过是皇宫大饭店的附属建筑，收费较低廉，通过花园同大饭店相连，所以我们这些住公寓的客人同住大饭店的客人常有来往。前天，饭店里发生了一件确凿无疑的桃色事件：一位年轻的法国人乘中午十二点二十分的火车——我不得不准确地把时间交代清楚，因为它无论对这段插曲还是对那场激动的谈话的题目都是非常重要的——来到这里，租了一间滨海房间，可以眺览大海，视野非常好，这本身就说明他相当富裕。使其引人注目、给人以好感的，不仅是他谨慎的优雅风度，更主要的是他那超群绝伦、人见人爱的俊美：一张修长的姑娘般的脸

---

① 英语：闲聊。
② 世界著名的赌城，在摩纳哥公国境内。

庞，热情而性感的嘴唇上长着一圈轻柔、金黄的短髭，柔软的褐发卷曲在白净的额头上，温柔的眸子投给你的每一瞥都是一次爱抚——他身上的一切都显得柔情绰态，依阿取容，风致韵绝，而毫不扭捏作态，矫揉造作。如果说远远见到他首先会使人觉得有点像陈列在大时装店橱窗里的那些表现男性美理想的、拿着精美的手杖、风度翩翩的肉色蜡人的话，那么走近一看却全然没有一丝纨绔之气，因为他身上的俊秀纯属是天然，与生俱来，宛如从肌肤里长出来的，实属罕见。他从旁边走过时，总要以同样谦恭和亲切的方式向每个人打招呼，见他在各种场合无拘无束地展现的那份时时做好外出准备的潇洒劲儿，真让人赏心悦目。若是有位女士往存衣处走去，他总要赶忙迎上前去，帮她脱下大衣，对于每个孩子他都亲切地看上一眼或是说句逗乐的话，显得既平易近人，又不张扬惹眼——总之，看来他就是那种幸运儿，他们凭借得到验证的感觉，深信能以自己俊美的面庞和青春的魅力使别人满面春风，并将这种自信变成新的优雅风度。只要有他在场，对饭店里大多数年老或者有病的客人来说不啻是一种恩惠，他以那种青春的胜利步伐，以那种逍遥自在、清新潇洒的生命的风暴赋予许多人以优美的享受，使得每个挤到前面来看他的人都无可抗拒地对他产生好感。他来了两个小时就已经在同里昂来的两位姑娘打网球了。她们是那位身宽体胖的富有的工厂主的女儿，十二岁的安内特和十三岁的勃朗希。女孩儿的母亲，那位秀美、窈窕、性格内向的亨丽埃特夫人脸露微笑，在一旁看着两位羽毛未丰的女儿在下意识地卖弄风情，同那位陌生的年轻人调情。晚上，他在我们的棋桌旁观看了一小时，这中间随便讲了几个有趣的奇闻逸事，随后又陪亨丽埃特夫人在饭店的屋顶平台上长时间地踱来踱去,而她丈夫则像往常一样,同一位生意上的朋友玩多米诺骨牌;夜里我注意到,他还在办公室的暗影里同饭店的女秘书促膝谈心,神态之亲密简直令人生疑。第二天早晨,他陪我的丹麦同伴出去钓鱼,他在这方面所显示的知识实在令人惊讶;后来又同里昂来的那位工厂主聊了很久的政治,在这方面他也证明自己同样很精通,因为别人听到这位胖胖先生开怀的笑声竟盖过了海浪的轰鸣。午饭后,他再次单独陪亨丽埃特夫人坐在花园里喝了一小时黑咖啡,又同她的女儿打了网球,同那对德国夫妇在大厅里闲聊了一阵。我之所以那么详尽地记下他在各个时间段的安排,那是因为这对了解这里的情况是完全必要的。下午六点钟我去寄信,又在火车站遇见了他。他急忙朝我走来,仿佛他要向我告辞似的。他说,他突然接到来信,叫他回去,两天后他仍将回来。晚上,他果然没在餐厅里出现,但这只是他的人不在,因为每张桌上还都在谈他,大家交口赞赏他那种舒适、快活的生活方式。

夜里,将近十一点钟的时候,我坐在屋里,想把一本书看完。这时,从打开的窗户里突然听到花园里有不安的叫喊声,又看到那边饭店里的一片忙乱景象。我觉得好奇,但更感到不安,于是马上过去,跑了五十步就到了那边。我发现所有的客人和饭店职工个个张皇失措,乱作一团。原来亨丽埃特夫人每天晚上都要到海滨台地上去散步,今天,在她丈夫照例准时同那慕尔①来的朋友玩多米诺骨牌的时候,她就去那儿散步,此时尚未回来,大家担心她会遭到什么不测。她那位身宽体胖、平时行动迟

---

① 比利时的一个城市。

钝的丈夫现在像头公牛似的一再向海滩奔去,并朝黑夜高声呼喊:"亨丽埃特!亨丽埃特!"由于紧张,声音都变了,这呼唤听起来像是一只受到致命伤害的巨兽发出的原始而可怕的悲号。茶房和侍役惊恐不安地从楼梯上跑上跑下,所有客人都被叫醒,并打电话报告了警察局。这时候,那位胖丈夫敞着坎肩,一面不停地跟跟跄跄、磕磕绊绊地奔来奔去,一面抽抽噎噎,徒劳地朝黑夜呼唤"亨丽埃特!亨丽埃特!"。这时楼上的两个女儿也醒了,穿着睡衣,从窗口朝楼下呼喊她们的母亲;于是父亲又急忙跑上楼去宽她们的心。

　　随后发生了一件骇人听闻的事,简直难以复述,因为人在遭受巨大打击的瞬间,精神极其紧张,他的举止往往表现出一种悲剧色彩,无论用图画还是文字都无法以同样的雷霆之力将其再现。突然,那位笨重、肥胖的丈夫从嘎吱作响的楼梯上下来,脸色也变了,显得十分疲倦,但却十分愤怒。他手里拿了一封信。他以刚好还能听得清的声音对人事部主任说:"请您叫大家都回来,不用再找了。我夫人抛弃了我。"

　　这就是这位受到致命打击的男人的态度,是他在周围这些人面前所表现的超乎常人的态度。这些人本来都是怀着好奇心争先恐后地来看他的,现在突然大吃一惊,个个感到很难为情,人人不知所措,便纷纷离他而去。他剩下的力气正好还够摇摇晃晃地从我们身边走过,朝谁都没看一眼,他还走进阅览室去关掉电灯;随后就听见他沉甸甸的庞大身躯砰的一声跌落在靠背椅里,并听到一阵呜呜的啜泣,像野兽的嗷嗷声,只有还从来没有哭过的男人才会这么个哭法。这种刻骨铭心的痛苦对我们每个人,即使是最卑鄙的人,都具有一种麻醉力。无论是茶房还是怀着好奇心悄悄走来的客人,谁都不敢发出一丝笑声,或者说一句惋惜的话。我们大家都默默无言,对这场可以击碎一切的感情爆炸好像感到羞愧似的,一个接一个溜回各自的房间,只有那位被击倒的人独自在黑暗的房间里啜泣,后来大厦的灯光慢慢熄灭了,但人们还在交头接耳,嘀嘀咕咕,窃窃私语。

  人们将会理解,拿这么一桩雷击般落在我们眼前的事件来狠狠地刺激一下那些平时只习惯于悠闲自在、无忧无虑地消磨时间的人大概是非常合适的。但是,随后我们餐桌上爆发的那场讨论,那场如此激烈、差点儿激化为拳脚相加的讨论,虽然是这桩令人惊异的事件引起的,然而从实质上来说,它更是对相互对立的人生观所做的一次原则性的阐述和大动干戈的冲突。这位精神彻底崩溃的丈夫一时气昏了头,将手里的信揉成一团,随手往地上一扔。一个侍女捡起信来看了,但不慎泄露了秘密,因而大家很快都知道,亨丽埃特夫人不是独个儿,而是同那位年轻的法国人串通一气才出走的。这样一来,大多数人原来对年轻的法国人所抱的好感,瞬息之间就烟消云散了。现在,一眼就看得明明白白:这位瘦小的包法利夫人将她肥胖的、土里土气的丈夫换成了一位风流倜傥、年轻潇洒的美男子。然而,使得饭店里所有的人激动不已的,却是以下这一情况:无论是这位工厂主还是他的两个女儿,或者亨丽埃特夫人先前都从未见过这位 Lovelace[①],那么,使得一位大约三十三岁、品德无可指责的女人一夜之间就把自己的丈夫和两个孩子抛弃,随随便便跟一位素不相识的纨绔子弟远走高飞的,有傍晚时分在平台上

[①] 花花公子。

的两小时谈话和在花园里喝一小时黑咖啡这两件事大概就足够了。对于这个表面上显而易见的事实,我们桌上的人却一致不予苟同,大家认为,那是这对情人施放的刁钻烟幕和耍的狡猾花招:不言而喻,亨丽埃特夫人同这位年轻人一定早就有了秘密来往,这位情郎这次是专为商定私奔的最后细节而来这儿的,因为——大家这样推断——一位正派夫人同一个男子结识仅两个小时,听到一声吆喝就随他私奔,这是完全不可能的。我觉得,提出一个不同看法倒是蛮有趣的,我竭力为这样一种可能性辩护:我认为,一个多年来对婚后生活感到失望和无聊的女人,心里早已做了坚决的准备,一旦有人追她,就随他而去,这种情况是极有可能的。由于我出其不意地提出了异议,讨论立刻就吸引了每个人,尤其因为德国和意大利这两对夫妇的论点而变得颇为激烈:他们带着毫不掩饰的侮辱和轻蔑的神情否定有coup de foudre①的情况存在,若是有,那也只是愚蠢的行为,是无聊小说里的想入非非。

好了,这场争吵从喝汤开始一直进行到吃完布丁为止,这里再来把狂风暴雨般的争论的各个细节咀嚼一遍,确实没有必要:只有对那些Professionals der Table d'hote②这种争论才是司空见惯的,餐桌上偶然发生一次争论,情绪都很激动,但所持的论点往往很平庸,因为那只是匆忙之中随便捡起来的。我们的讨论何以会急速发展到恶语中伤的程度,这也很难说得清楚。我觉得,由于德国和意大利这两位丈夫下意识地想要将他们各

---

① 法语:本意"电击",意为"一见倾心"。
② 法语:在公寓里吃饭的人。

自的夫人排除在有堕入深渊的极其危险的可能性之外,从这时起争论就开始动了肝火。可惜这两位找不到有力的论据来反驳我,他们说,只有那种只根据偶然的、单身男子廉价地征服女人的例证来判断女人心理的人,才会持那种观点。这话已经使我有几分来气了,而那位德国夫人还拿一大堆废话来教训人,说什么世上一方面有真正的女人,另一方面也有"天生的娼妓",照她的看法,亨丽埃特夫人准保就是其中之一。这话更是火上浇油,我再也忍耐不住了,于是便立即采取进攻姿态。我说,一个女人在其一生的某些时刻处于神秘莫测的力量的控制之下,只好任凭摆布,这既非她的意愿,她自己也不知晓,这是明摆着的事实,否认这个事实,只不过是为了掩盖对自己的本能,对我们天性中的恶魔成分的恐惧罢了。看来,这样做许多人可以自得其乐,并觉得自己比那些"容易上钩"的人更坚强、更纯洁、更高尚。我个人还觉得,一个女人如果不是像常见的那样,躺在丈夫怀里闭着眼睛欺骗丈夫,而是无拘无束、热情奔放地听从她自己的本能,这样倒是更为诚实。我大致就说了这些话,在这火药味十足的谈话中,别人对可怜的亨丽埃特夫人攻击得越厉害,我为她的辩护也就越发激昂慷慨,这实际上已经远远超出了我内心的感情。我的这种热情,用大学生的话来说,是对这两对夫妇的挑战,他们像是不很和谐的四重奏,恶狠狠地一齐向我反扑过来。上了年纪的丹麦人表情和蔼地坐在这里,宛如足球比赛时手握跑表的裁判,不得不时时用指骨敲敲桌子,以示警告:

"Gentlemen, please."① 不过,每次只能起一会儿作用。一位

---

① 英语:先生们,请注意。

先生满脸涨得通红,已经三次从桌旁跳了起来,他夫人费了好大劲儿才把他按下去。——总而言之,要不是突然C夫人出来调解,把这场火药味很浓的谈话平息下去,那么过不了十几分钟,我们这次讨论就会以拳脚相加来结束的。

C夫人,这位满头银发、气宇不凡的英国老太太,是我们这桌非选举的名誉主席。她坐在座位上,腰板挺直,对每个人的态度总是同样的和蔼可亲,自己不多说话,但却总是兴致勃勃地倾听别人的意见,单就她的体态风度就给人一个赏心悦目的印象:收心养性的奇妙神态和温文尔雅的风采显露出她雍容高贵的气质。虽然她善于用巧妙的手腕对每个人都表示特殊的亲切姿态,但仍对每个人都保持一定的距离:通常她总是坐在花园里看书,有时弹弹钢琴,很少见她同别人待在一起或者加入热烈的谈话。大家不太注意她,然而她对我们大家却拥有一种特殊的力量,她第一次参与我们的谈话,我们大家就都为自己说话声音太大,未加克制而感到很不好意思。

就在这位德国先生粗暴地跳起来,随即又被轻轻按住,重新在桌旁坐下的时候,C夫人就乘这个令人不快的间歇,出乎意料地抬起她那亮晶晶的灰色眼睛,犹犹豫豫地对我凝视了一会儿,接着便以几乎是客观明确的语气按她自己的理解提起了这个话题:

"这么说,如果我没理解错的话,您相信亨丽埃特夫人,相信一个女人会无辜地被卷进一桩突如其来的绯闻,相信确有一些这样的女人,会做出一小时之前她们自己都认为不可能,而且几乎也不能由她们来负责的行动?"

"我绝对相信,夫人。"

"这样说来,任何道德评判都毫无意义,任何有伤风化的行为都是合理的了。您要是真的认为,法国人所说的crime passionnel①不成其为crime②,那么还要国家司法机关干吗?什么事不是都得靠并不很多的良好愿望了吗?——想不到您的良好愿望有那么多,"她轻轻一笑,补充说,"在每个罪行中都可找出一种热情来,有了这种热情,罪行也就可以加以宽恕了。"

她说话的声调清晰而快乐,我听了感到分外舒坦,我下意识地模仿她的客观态度,同样以半开玩笑半认真的方式回答道:"国家司法机关对这类事情的裁决肯定比我严厉;它们的职责是毫不留情地维护共同的风俗习惯:它们必须做出裁决,而不是给予宽恕。作为一个人,我看不出我为什么要主动担当起检察官的角色:我宁愿当辩护人。就我个人来说,理解人所得到的乐趣要比审判人所得到的大得多。"

C夫人睁着亮晶晶的灰色眼睛从上到下将我端详了一番,显出犹犹豫豫的样子。我担心她没有正确理解我的意思,准备把刚才的话再用英语向她重复一次。可是她却像在主考一样,以一种严肃得有点儿奇怪的神情继续提问。

"一个女人扔下丈夫和两个女儿,随便跟人跑了,而她压根儿还不知道这人是否值得她爱,您不觉得这事很可鄙,很丑恶吗?这女人毕竟不算很年轻了,为自己的孩子着想,她也必须学会自尊,可是她却如此不知检点,如此轻率,对于这样的女人您真能原谅她吗?"

"我再说一遍,尊敬的夫人,"我重申自己的看法,"在这种情

---

① 法语:热情导致的罪行。
② 法语:罪行。

况下，我不愿做出判断，也不愿去谴责。在您面前，我可以坦率地承认，先前我说的话有点儿过火——可怜的亨丽埃特夫人肯定不是女英雄，连风流女子都不是，更够不上是个grande amoureuse①。就我所了解的，我觉得她只不过是一位平凡而软弱的女人，我对她怀有一些敬意，因为她勇敢地顺应了自己的意愿，然而我却更多地为她感到遗憾，因为要不是今天，那明天她一定会很不幸的。她的做法也许很愚蠢，肯定过于轻率，但绝不是卑鄙下流的。我始终认为，谁也没有权利鄙视这个可怜的、不幸的女人。"

"那么您自己呢，您还对她怀有同样的尊重和敬意吗？在那位您前天曾同她在一起待过的尊敬的女人和这位昨天跟一个素不相识的人私奔的女人之间，您觉得没有一点儿区别吗？"

"没有一点儿区别。没有一丝一毫区别。"

"Is that so?"②她下意识地说起了英语：很奇怪，她似乎老是在思考整个谈话。她思索了片刻之后，又抬起她那清澈的目光，询问式地望着我。

"倘若您明天，我们假定说在尼查，遇到亨丽埃特夫人，见她挽着那位年轻男子的胳膊，您还会向她打招呼吗？"

"当然。"

"会跟她说话？"

"当然。"

"您是否会——假如您……假如您结了婚，会把这么一个女人介绍给您夫人，就像什么事也没有发生过？"

---

① 法语：伟大的情人。
② 英语：是真的？

"当然。"

"Would you really?"①她又说起了英语，显出难以置信的、十分惊异的样子。

"Surely I would."②我不觉也用英语回答。

C夫人沉默了。她似乎还一直在认真思考着。突然，她一面注视着我，一面说，好像对自己的勇气感到很惊讶："I don't know, if I would. Perhaps I might do it also."③说完，她已胸有成竹，便站起身来，亲切地把手伸给我，这就结束了谈话，又不显得唐突，只有英国人最善于用这种方式。在她的影响下，我们桌上又恢复了平静，我们大家心里都很感激她，我们这些人，方才还是对立的，现在都心有歉意、客客气气地互相打着招呼，几句轻松的玩笑话就缓和了刚才火药味很浓的气氛。

我们的讨论虽然最后似乎是以骑士风度结束的，可是被激发起来的恼怒情绪却使我的对手和我之间的关系有些疏远了。那对德国夫妇态度审慎，而意大利夫妇在随后的几天里则老是喜欢带着讥讽的意味问我，听到关于那位"cara signora Henrietta"④的什么消息没有。尽管在形式上似乎我们大家都彬彬有礼，可是以前我们桌上彼此以诚相待、并非刻意追求的那种快乐气氛却已被破坏，再也回不来了。

那次讨论以后，C夫人对我表示出特殊的亲切，因此我当时的那些反对者现在对我的讥讽和冷淡就显得更为突出。C夫人

---

① 英语：您当真？
② 英语：我确实会这样做的。
③ 英语：我不知道自己会不会那样。说不定我也会那样做的。
④ 意大利语：尊敬的亨丽埃特夫人。

一向极其矜持,在用餐时间以外几乎不与同桌的人聊天,现在却多次找机会在花园里同我攀谈。我几乎想说,她这是对我另眼相看,因为她的举止高雅而矜持,能单独同你交谈一次,就好似对你格外的恩宠了。是的,要是说实话,那么我不得不说,她简直是主动找我的,而且借种种因由来跟我说话,她的这种做法明眼人一看便明白,她若不是满头白发的老太太,那真会让我生出许多胡思乱想来哩。但是,我们一起一聊,话题就不可避免和不可控制地又回到了原来的出发点,回到了亨丽埃特夫人身上:看来她对指责那位没有责任心的女人,谴责她的见异思迁、水性杨花感到暗自欣喜。可同时,见我不改初衷,仍旧坚定不移地同情那位娇柔文雅的夫人,而且怎么也不能使我的态度有丝毫改变,她似乎又很高兴。她一再把我们的谈话往这个方向拉,对于她的这种异乎寻常、锲而不舍的执拗劲儿,事后我真不知道该怎么去想才对。

这么着又过了几天,大约五六天吧,她一个字都没有透露,为什么这样的谈话对她那么重要。有次散步时我才明白无误地意识到其中必有隐情。那时我偶然提到,我在这儿的度假快结束了,我想后天就离开。这时,她那平素泰然自若、毫不动容的脸上突然现出奇怪的紧张神色,好似一片阴云飘过她碧如海水的眸子:"多遗憾!本来我还有许多问题要跟你讨论呢。"从这一刻起她就显得魂不守舍的样子,说着这事,心里却想着另一件事,另一桩紧紧纠缠她、驾驭她的事。到后来,似乎她自己都对这种心不在焉的状态感到不满了,因为她摆脱了突然出现的沉默,突如其来地向我伸出手来,说:"我看,我没法把原来要对您说的话表达清楚。我还是给您写信吧。"说着,便朝饭店的大楼走去，步履匆匆，完全不像平日闲适的样子。

傍晚，快要开饭之前，我果真在房间里发现一封信，是她刚劲而洒脱的笔迹。只可惜，我年轻时候对于信件很不经意，因此无法引证原信，只能记叙信中问我的大致内容。她在信里问，是否允许她向我讲讲她自己的生活。她说，那个插曲已是很久以前的事了，本来跟她现在的生活几乎毫不相干，又说，我后天就要走了，她把二十多年来一直在内心折磨和纠缠着她的事说出来，就会感到好受些。她说，要是我对这样一次谈话不感到唐突的话，她很想请我给她这个时间。

这里我只是记叙了信的内容，原信对我有着极大的吸引力：信是用英文写的，单就这一点就使这封信表达得十分清楚和果断。可是我的回信并不容易，我撕掉三次草稿，最后才给她回了这样一封信：

"您那么信任我，这对我是个莫大荣幸。如果您要我说实话，那我答应，我心里是怎么想的，就怎么答复您。除了您心里愿意讲的，我当然不会要求您对我吐露更多的东西。不过您讲的事情，请您对自己和对我完全说真话，请您相信，我是把您的信看作一个殊荣的。"

晚上，这张纸条到了她的房间，第二天早晨，我发现了她的回信：

"您说得完全正确：一半真实是毫无价值的，只有全部真实才有价值。我将竭尽全力，不对我自己或者不对您做任何隐瞒。请您饭后到我房间里来——我已六十七岁，不必担心会招来什么流言蜚语。因为在花园里或挨着很多人的地方我说不出来。您一定会相信，我下此决心，是绝非轻而易举的。"

中午我们还在餐桌上碰过面,彬彬有礼地说了些无关紧要的话。可是,饭后在花园里遇到我,她显然很慌乱,就避开了,这位满头银发的老太太在我面前竟好似一个羞怯的少女,迅速逃往一条松林道上。见此情景,我心里觉得既歉疚又感动。

晚上,在约定的时间,我就去敲她的房门,门立即就为我打开了:室内光线黯淡,只有一盏小台灯在这平时朦胧昏暗的房间里投下一圈黄色的光影。C夫人毫不拘束地朝我迎来,请我在圈椅上坐下,她自己坐在我对面:我觉得,她的每个动作都是精心准备的,然而还是出现了冷场,显然并非她所愿望的冷场,难于做出决断的冷场。冷场的时间很久,而且越来越久,可我又不敢出声来打破它,因为我感觉到,这冷场意味着一个坚强的意志在同顽强的反抗意识进行激烈的搏斗。楼下客厅里不时断断续续地传来华尔兹的微弱乐声,我聚精会神地听着,似乎想以此来消除这沉默造成的让人喘不过气来的重压。对于沉默所造成的不自然的紧张似乎她也感到有点儿尴尬,因为她突然一跃而起,说道:

"最难说的是第一句话。这两天我已经做好准备,要十分明白和真实地讲这件事:我希望能够做到。也许您现在还不理解,我为什么要对您这个陌生人讲这些事,可是我几乎无时无刻不在想着这件事,您可以相信我这个老太婆,她要将整个一生都凝视着生命中唯一的一点,凝视着唯一的一天,这是无法忍受的。因为我要对您讲的事,在我六十七年的生活时间里只仅仅占二十四小时,我常对自己说,一个人如果曾一时干过一次荒唐事,那又有什么大不了的。我常常这么说,说得都快成神经病了。然而,人们还是摆脱不了我们很没有把握地称为良心的东西,当时,在听您如此客观地谈论亨丽埃特夫人事件时,我就想,若是一旦我能下定决心,对某个人痛痛快快地说出我生活中的那一天,那么也许就可以结束这毫无意义的追忆和没完没了的自我谴责了。我要不是信奉英国圣公会①,而是天主教,那我早就有机会忏悔,说出那件我一直守口如瓶的事,以求解脱了。——可是这种安慰与我们无缘,因此我今天就要奇怪地试一试,原原本本地向您叙述这件事,以此来宣判自己无罪。我知道,这一切都极为奇怪,可是您毫不犹豫地接受了我的建议,为此我很感谢您。

"好吧,我们言归正传。我已经说过,我要对您说的只是我一生中唯一的一天——在我看来其余的一切都是无关紧要的,别人也会感到枯燥无味。直到四十二岁,我在人生道路上一步也未曾越出常规。我的父母亲是富有的苏格兰乡村勋爵,我们拥有几座大工厂和许多出租的田地,我们依照乡村贵族通常的方式,一年中的大部分时间都生活在自己的庄园里,夏天则住在伦敦。我十八岁那年在一次社交聚会上认识了我的丈夫,他出身于名门望族,是R家的第二个儿子,从军十年一直被派驻印度。我们很快就结了婚,在我们的社交圈里过着无忧无虑的生活,每年三个月住在伦敦,三个月住在庄园里,其余的时间则去意大利、西班牙和法国等地旅游,在饭店下榻。我们的婚姻从未出现过一缕阴影,我们的两个儿子如今已经长大成人。我四十岁那年,我丈夫突然去世了。他在热带生活期间得了肝病:真是可怕,他发病只有两星期,我就永远失去了他。我的大儿子当时正在军队

---

① 圣公会是英国的国教会。1534年英国国会通过法案,规定英国教会不再受制于教皇,而以英王为最高元首,圣公会遂成为英国国教。

服役，小儿子在上大学——所以，一夜之间我就形单影只，独守空房了。我这人已经习惯了温馨的家庭生活，现在的孤单和寂寞对我来说真是一种可怕的折磨。家里的每件东西都让我触景生情，让我想起我亲爱的丈夫，他的去世令我黯然神伤。我觉得再也不能在这凄凉的屋子里待下去了，哪怕多待一天也受不了：于是我就决定，在我两个儿子结婚以前到各地去旅游，以消磨岁月。

"其实，从此以后我把自己的生活看作毫无意义、纯属多余的了。二十三年来与我形影不离、意气相投的人已经故世，孩子们并不需要我，我担心自己的郁悒沮丧、黯然神伤的心绪会破坏他们青春的欢乐——就我自己来说，任何东西都不值得去企望、去眷恋了。起初我迁居巴黎，烦闷乏味时就去逛逛商店和博物馆；可是那座城市和我周围的事物显得格格不入，那里的人都用眼睛盯着我的丧服，我受不了他们彬彬有礼的惋惜的目光，所以我总是设法躲开他们，我像吉卜赛人默默地东游西荡。这几个月的时间是怎么过的，我自己也不知道从何说起：我只知道，我老是想死，只是没有力量来促成这个痛苦地期盼的意愿。

"在丧夫的第二年，也就是在我四十二岁那年，自己虽不承认，实际上是为了逃避毫无价值，可又不能马上就死的时间，我于三月末来到蒙特卡洛。坦率地说，我是因为单调无聊，是因为至少要找些外部小刺激来填补一下那折磨人的、像从胃里泛上来的恶心似的内心空虚才到蒙特卡洛去的。我自己心里越是郁郁寡欢，就越发想到生活的陀螺转得最快的地方去：对于没有生活体验的人来说，别人的激情骚动倒犹如戏剧和音乐一样，也是一种精神体验。

"因此我也常常光顾赌场。看到别人脸上惴惴不安、波涛翻涌地变化着喜出望外或惊恐万状的表情可以激起我的兴趣,同时我自己的心潮也吓人地涨涌和退落。再说我丈夫从前偶尔也爱逛逛赌馆,但从不轻率从事,我怀着某种下意识的虔敬,忠实地继续着他昔日的那些习惯。在蒙特卡洛的一家赌馆里,我开始了那个二十四小时,它比一切赌博更加激动人心,从此,年年岁岁长久地使我心意迷惘,怅然若失。

"中午,我是同我家的亲戚封·M公爵夫人一起进的餐。晚餐以后我觉得还不疲倦,还不想就寝。于是我就进了赌厅,在赌台之间来回溜达,我自己并没有赌,而是以特殊的方式观察一拨拨聚集在一起的赌客。我说的'特殊方式'那是我丈夫在世时有次教给我的。那次我看累了,所以抱怨说,老是盯着同样的面孔,真令人厌倦:在椅子上坐了几个小时才敢押上一枚筹码的干瘪老太婆,老奸巨猾的赌棍和玩纸牌的娼妓——这帮麇集在一起的臭味相投的无耻之尤,您知道,他们远不像蹩脚小说里所描绘的那样充满诗情画意和罗曼蒂克,也不像小说中所写的那些fleur d'élégance①和欧洲的贵族。再说,二十年前赌钱时台上滚动着的是看得见摸得着的现金——沙沙响的钞票、拿破仑金币、厚实的五法郎硬币一起回旋飞舞。那时的赌场魅力无穷,不像今天,在新建的式样时新的豪华赌宫里尽是些透着小市民气的观光客在无精打采地耗费他们手里那些平淡无奇的筹码。那时我觉得这些千篇一律的冷漠的脸孔实在没有什么吸引力,我丈夫对手相术非常热衷,后来他就教给我一种特殊的观察方法,那确实比懒洋洋地东站站西伫伫有趣得多,心情也

---

① 法语:"优雅的花朵",意为"头面人物"。

更为激动和紧张。这种方法是：绝不要看脸，而要专门瞅着桌子的四边，在那儿再专门盯住赌徒的手，只注视这些手的特殊举止。我不知道，您自己是否曾经偶然单单注视过绿色赌桌，专门注视那绿色的菱形桌面，桌面中央那圆球像醉汉似的蹒跚着一个号码一个号码地滚过去。这时候飞舞的钞票、圆圆的银币金币等等赌注纷纷落入各个方格里，宛如种下的禾苗，随后掌盘人的笆子就像锋利的镰刀，一家伙就把这些禾苗割掉，将其笆拢并收拾起来，成了自己的进账，或者将它们作为礼品，推到赢家面前。你只要调准观察的焦距，就会发现，这时唯有那些手才是变幻莫测的——绿色赌台四周的这些手，色泽鲜明，异常激动，都在伺机而伸，都从各自的袖筒里往外窥视着，每只手都像一只猛兽，随时准备蹿将出来；手的形状不一，颜色各异，有裸露的，没戴任何饰物，有的戴着戒指和叮当作响的手镯，有的毛茸茸的像野兽，有的卷曲着，湿漉漉的像鳗鱼，但是所有的手都极其紧张，战战兢兢地显得极其焦灼不安。此情此景常常使我下意识地想到赛马场：开赛前得使劲勒住亢奋的赛马，不让它抢跑。那些马也是这样，浑身打战，仰首向上，高抬前足，直立而起。根据手的各种状态，如伺机而动，迅速攫取或戛然而止，对赌徒的状况就会一目了然：贪得无厌者的手握得很紧，挥金如土者的手放得很松，工于心计者的手关节平稳安静，举棋不定者的手关节战栗不已。从抓钱的瞬间姿态上，对人生百态可以一览无余：这一位把钞票抓成一团，那一位神经质地把钞票揉成碎纸，或者精疲力竭地微屈着有气无力的手指，在整个一局中没下一处赌注。俗语说赌博见人品，但是我说：赌博的时候手将人展露得更加清楚。因为所有的，或者说几乎是所有的赌徒一下就学会了驾驭自己面部表情的本领——在衬衣领子上部戴着一副impassibilité①的冷漠的面具——他们能抑制嘴角的皱纹,咬紧牙齿,压住内心的激动,不让眼睛里露出一丝不安的神色,他们能抚平脸上暴凸的青筋,不动声色,装出一副优哉游哉的样子。然而,正因为大家都拼命集中注意力,脸上不露声色,却忘了自己的一双手,忘了有专门观察手的人。尽管赌徒们微笑着噘起的嘴唇和故作冷淡的目光竭力想掩饰自己的心曲,可是别人从他们手上已对他们的一切了如指掌。在他泄露秘密这一点上,这种时候手是最直截了当的。因为总有那么一瞬间,稍一疏忽,那些拼命抑制住的、看似毫无动静的手指就会一齐张开:在转盘里的小球落进小格子里,大声报着赢家们号码时紧张到空气都要爆裂的一刻,这一百只或五百只手就会情不自禁地做出各具个性的、具有原始本能特征的动作来。要是有人像我这样——我丈夫将他的此种癖好教给了我——养成在这手的竞技场上进行观察的习惯,那么就会觉得这些性格各异的赌徒的手一下子做出的各不相同、出乎意料的动作,远比戏剧和音乐更为扣人心弦。手的姿态何止千百种,我简直无法向您描述:有的像野兽伸出毛茸茸的、曲卷的手指忘乎所以地在搂钱,有的手指甲苍白、神经质地哆嗦着,几乎不敢去抓钱,有高贵的和卑贱的,残暴的和畏葸的,诡计多端的和老实巴交的——这些手给人的印象各不相同,因为每一双手表达的都是一种特殊的人生,只有那四五双掌盘人的手是个例外。这几双手完全像机器,运作起来就事论事,有板有眼,不偏不倚,极其精确,跟那些生气勃勃的手比

---

① 法语:无动于衷。

起来,它们简直就像是计算器上咯咯作响的钢扣。然而,即使是这几双冷静的手,由于它们在猎人似的亢奋的手之间忙个不停,两相对照又会留下令人吃惊的印象:我要说,这些手单调划一,犹如群众暴动时处于汹涌澎湃、激昂慷慨的人潮中的警察。此外,对我来说还有一种诱惑,那就是要在几天之后熟悉各种手的种种习惯和癖好;数日之后我在众多的手中总会发现一些熟悉的手,并将它们当作人一样分为喜爱的和讨厌的两类:有的厚颜无耻,贪得无厌,令我恶心,所以我总是像是见到下流事一样,赶紧把目光移开。赌台上出现的每一只新手对我来说都是一件大事,都会引起我的好奇:我往往忘了抬头看看那脸,反正这张脸也不外乎是一副冷冰冰的毫无表情的社交面具而已,它是从高领中伸出来插在礼服或者熠熠闪光的胸饰之上的。

"那天晚上我走进赌馆,绕过两张已经挤满了人的台子,向第三张走去,并且准备了几枚下注的金币。这时大厅里寂然无声,紧张的沉默像要炸裂似的,这种时刻每逢圆球在轮盘上转得有气无力、只在两个号码之间晃来晃去的时候,总是会出现的。就在这一瞬间我听到正对面传来咔嚓一声,像是折断了手关节,这令我大为惊讶。我不由自主地吃惊地朝对面望去。这时我看见——真的,我吓坏了——两只手,我从未见过的两只手,一只右手和一只左手,像两只横眉竖目的猛兽交织在一起在那里厮拼,互相伸出爪子,朝对方身上狠抓,于是指关节便发出砸干核桃时的那种咔嚓声。这两只手美得简直不可思议,长得出奇,又细得卓绝,绷得紧紧的肌肉宛如凝脂,指甲白皙,指甲尖修得圆圆的好似珍珠轮叶。一晚上我一直盯着这双手,对这双出类拔萃的、简直是绝无仅有的手惊讶不已。然而最先令我惊愕不已的是这双手的热情,它所表现出来的狂热的激情,是两只手的手指互相交织在一起痉挛地拧扭而又相互支撑的情景。我马上便知道,这是个精力过剩的人,他正把自己的激情集中在手指尖上,免得自己被它炸成两半。而现在……这瞬间圆球啪嗒一声落进码格,掌盘人高喊彩门……这瞬间,两只手突然互相松开,就像两只同时被一颗子弹击中的猛兽。两只手一起瘫落下来,确实是死了。这不仅仅是精疲力竭,瘫落的时候清楚地现出一副憔悴、失望、遭了电击、彻底完蛋的样子,这情景我实在无法用语言来表达。我还从未见过,从此以后再也没有见到过表情那么丰富的两只手,它们每块肌肉都是一张倾诉心曲的嘴,可以感到几乎每个毛孔都在泄发激情。随后这两只手在绿色赌台上摊放了一会儿,就像被波涛冲上海滩的水母,扁平,并且没有一点儿生气。稍后,一只手,是右手,又从指尖上艰难地开始动起来了,它颤抖着,缩了回去,自己转动着,颤颤悠悠,旋转起来,突然神经质地抓起一枚筹码,捏在拇指和食指的指尖中犹豫不决地捏滚着,像在玩一个小轮子。突然手背像一头豹,弓了起来,把一百法郎的筹码快如闪电似的掷进,不,简直就是一口吐到了黑格中。这时那只一动不动的左手像是接到了信号,也立刻激动起来了:它抬了起来,悄悄滑向,是爬向那只索索发抖、仿佛刚才的一掷耗尽了精力的右手。现在这两只手胆战心惊地挨在一起,用腕肘不出声地碰击台面,就像牙齿上下咯咯地打着寒战——没有,我还从来没有见过表情如此丰富、简直像是会说话似的手,从来未曾见过激动和紧张到这副痉挛的样子。我盯着这双索索发抖、呼吸急促、喘息不停、伺机而动、哆哆嗦嗦、胆战心惊的手,简直像着了魔似的,除此之外,我觉得这拱形大厅里的其他一切，无论是各个房间里嗡嗡的喧嚷声，掌盘人那商贩似的叫喊声，还是熙来攘往的人群或者现在高高地弹起又跳进轮盘上圆格之中的小球——所有这些嘤嘤嗡嗡、刺耳地袭击神经的种种飞速变换的印象，突然之间仿佛全都寂静无声，全不存在了。

"不过，这种情景我没有坚持多久，无论如何我要看看这个人，无论如何要看看那拥有这双神奇之手的脸。我怯生生的——是的，真是怯生生的，因为我怕这双手！——让目光循着衣袖慢慢往上移动，到了两只瘦削的肩膀那儿。这时我又吓了一跳，因为这张脸同那双手一样，说着同样毫无节制、想入非非的语言，以同样娇柔的、几乎是女性之美极其顽强地抑制住自己的表情，使之不露声色。我从未见过这样的脸，这样神情专注、沉湎于自我的脸。我有着充分的机会，把这张脸当作一副面具，当作一尊没有眼睛的雕像来从容不迫地加以观赏。这对着了魔的眸子一动不动，既不左顾也不右盼：在睁得大大的眼睑下，那乌黑的瞳仁直勾勾地凝视着，像是没有生命的玻璃珠，映出另一个桃花心木色的、在转轮圆盘里呆头呆脑、左冲右突地滚动和跳跃的圆球。我不得不再说一遍，我从来未曾见过如此紧张、如此令人神往的脸。那是一位大约二十四岁的年轻人的脸，窄窄的，很秀气，略长，表情非常丰富。同那双手一样，这张脸也不是十足的男子气的，它更像一个玩得忘形的男孩子的脸——可是所有这些我是后来才注意到的，因为现在这张脸上完全现着贪婪和暴怒的神情。窄窄的嘴馋涎欲滴地张启着，露了多半的牙齿：在十步的距离就可以看到牙齿在上下打着寒战，嘴唇则一直呆呆地张开着。一绺浅黄色的头发湿漉漉地贴在额头上，往前耷拉着,像正在摔下来似的,鼻翼在不停地翕动抽搐,仿佛有一阵看不见的小浪涛在皮肤底下汹涌翻腾。探着的脑袋下意识地越来越往前伸,让人觉得,这脑袋也要卷进转盘,随着圆球一起旋转。这时我才明白,那两只手为什么要使劲地按着,因为只有按着,只有使劲按着,才能使将要从中间摔倒的身体保持平衡。我不得不再三说,我从来未曾见过这样的脸,会把其激情赤裸裸地流露得如此明目张胆,如此兽性,如此恬不知耻。我紧紧盯着这张脸……它是那么魅力无穷,他那狂迷状态令人如此着魔,就像看到那个旋转的圆球的跳跃和颤动一样。从这一刻起,大厅里其余的一切我全然不再注意了,同这张喷着火焰的脸相比,我觉得大厅里的一切都显得黯淡、迟钝和模糊不清,也许有一小时之久,我谁也没看,单单注视着这一个人,注视着他的每一个姿态:当掌盘人把二十个金币推到他贪婪的手里时,他眼睛里闪着晶亮晶亮的光,本来紧紧抱合着的两只手现在也像是被炸散,手指头也抖抖索索地全都张开了。在这瞬间,他的脸上突然容光焕发,显得非常年轻、滋润,没有了皱纹,眼睛开始炯炯有神,前倾的身体也轻快利索地伸直了——他坐在这里,一下子宛如潇洒的骑手,沾沾自喜和爱不释手地用手指捏着圆圆的金币加以拨弄,将它们彼此弹击,让其戏耍跳动,发出叮当的声响。随后他又心神不定地转过脑袋,朝绿色赌台飞快地巡视一遍,就像一只年轻的猎狗用鼻子东闻闻西嗅嗅,要找出正确的踪迹一样。接着,他突然抓起一把金币,朝轮盘的一角扔去。于是那焦急的期盼和紧张的神态又立即开始了。那电控似的波浪起伏式的抽搐又爬上了他的嘴唇,两只手又互相痉挛般地紧紧抓住,孩子脸消失了,换成了贪婪的期待,直到这抽搐着的紧张突然被炸散,化为失望:刚才还孩子气地兴奋不已的脸憔悴了,变得苍白而衰老,目光呆滞,失去了光泽,而这一切都是在一秒钟之内发生的,是圆球落入他未曾猜中的号码时发生的。他输了:他的眼睛愣愣地瞪了几秒钟,目光几乎是痴呆的,仿佛他对所发生的事全然不解似的;可是一听到掌盘人第一声刺激性的吆喝,他的手指又立即掏出几个金币。然而他已没有了把握,他先将金币押在一个格里,随后想了想,又押到另一个格里,圆球已经在滚动了,他突然身子往前一俯,用颤抖的手又将两张捏成一团的钞票飞快地扔进同一个方格中。

"这样惴惴不安地来来回回,有输有赢,从不停顿,大约持续了一小时。在这一小时里,我一直目不转睛地盯着那张不时变化着的脸,种种激情时而波浪翻滚涌到脸上,时而又像潮水一样退得无影无踪,我着了魔的目光始终紧紧凝视着,连喘息时都没有移开;我的眼睛也没有放过那双魅力无穷的手,手上的每块肌肉像喷泉一样生动地反映出他感情上的起伏跌宕。在剧院里我都从来没有如此神魂颠倒地注视过一位演员的脸,像注视这张脸那样,这张脸上不停地突然变幻着各种色彩和感觉,犹如自然景色的光和影。我从来没有如此以全身心来关注过赌局,把别人的喜怒哀乐反映在我自己心里。要是有人此刻注意我,见我呆呆地发愣的样子,准会以为我是受了人家催眠术的戏弄,而我当时正处于十足的迷迷糊糊的状态,也真的同受了催眠差不多——我实在无法把目光从这张不断变幻着表情的脸上移开,其他一切,大厅里交织着灯光、笑声、人群和目光的一切,只像一片黄色的烟雾围在我的四周,而在黄色烟雾中心的就是那张脸,它是火焰中的火焰。我什么也听不见,什么也感觉不到,我注意不到身边往前挤的人,也注意不到其他像触角似的突然伸到前面来扔钱或者把钱归拾到自己面前去的手;我看不见转轮里的圆球,听不见掌盘人的声音,可是台面上所发生的一切我确实就像在梦里一样在这双手上全都看到了,这双手犹如凹镜,把巨大的激动和亢奋映照得一览无余。因为要知道圆球落入红门还是黑门,是在滚动还是已经停下,这些我都不用看转轮:这张洋溢着激情的脸,脸上的神经和表情就像熊熊烈焰,会把输和赢、期待和失望等变化一一映照出来。

"但是接着就出现了一个可怕的瞬间——整个时间里我心里一直隐隐约约地在为这一瞬间的出现而担心,它像暴风雨一样高悬于我忐忑不安的神经之上,并且突然之间将我的神经从中间扯断。转轮里的小球带着轻微的噼啪声在倒着滚来,那一秒钟又闪烁起来了,二百张嘴唇一齐屏住呼吸,直到响起掌盘人的宣布声,这次他唱出的是'零位格'①,同时他急忙伸出箆子,从四面八方将叮当作响的金币银币和簌簌作响的钞票全部扒拢在一起,就在这一瞬间这双紧紧抓着的手做了一个特别吓人的动作,它们好似突然往上一伸,要去抓住某样并不存在的东西,接着就死一般地疲乏地重新跌落在桌上,但用的并不是自身的力气,而只是凭借退回来的重力。可是随后这双手突然又一次活了起来,狂热地从桌上缩回到自己身上,像野猫似的顺着躯干爬上爬下,一会儿左,一会儿右,神经质地伸进每只口袋,看看能不能在某只口袋里再找出一个被遗忘的金币来。然而每次总是空手而回,但两只手还在不断重复这种毫无意义、毫无用处的寻

---

① 即"空门",是轮盘赌场主所得格。

找，这时轮盘又已经开始重新旋转，别人的赌博在继续进行，硬币叮当作响，椅子在挪动，由数百种低声细语组成的一片嘈杂声充满大厅。我不得不如此清楚地亲身来体会这一切，仿佛是我自己的手指在口袋里和在皱皱巴巴的衣服的褶子里拼命寻找一块钱币。突然，我对面的那个人猛的一下站了起来——就像有人突如其来地感到不舒服，便猛地站了起来，以免窒息；他背后的椅子咔嗒一声倒在地上。他连看都没看一眼，也没去理会旁边的人又胆怯又惊讶地避开这位摇摇晃晃的人，自己拖着笨重的脚步离开了赌台。这可怕的一幕使我战栗，我不禁浑身直哆嗦。

"目睹这一情景，我完全惊呆了。因为我立即就明白了，这个人要上哪儿去：去死。这副样子站起来的人是不会回旅馆，不会去喝酒，不会去找女人，不会去乘火车，也不会去过另一种生活，而是径直去跃入无底深渊。在这地狱般的大厅里就连最最冷漠的人也准会看出，这个人不会再在家里、在银行里，或者在亲戚那里得到援助了，他方才坐在这里是拿他最后的钱，拿自己的生命来孤注一掷，现在他跟跟跄跄地走了，到别处去了，但肯定是不想活了。我曾一直担着心，从第一个瞬间起我就神奇地感觉到，这里是一场比输赢更高的赌博。这时，当我看到，生活突然从他眼睛里消失，死亡在这张方才还是活生生的脸上蒙上了一层阴影时，一阵黑黑的闪电猛烈地击在了我的身上。此人生动的姿态深深地印在了我心里，所以当他离开座位，蹒跚地走出去的时候，我也不由自主地要用手抵着桌子，因为那种蹒跚的样子现在也从他的神态中传到了我自己身上，正如先前他的紧张心情进入了我的血管和神经一样。我被吸引住了，不得不跟着他：我还没有想好，我的脚已经开始移动了。我谁也没去理会，也没有感觉到自己,就跑到通往大门的走廊上去了。这完全是下意识地发生的,并非是我自己所为,而只是发生在我身上罢了。

"他站在存衣处,侍役替他取来了大衣。可是他自己的胳膊不听使唤了:殷勤的侍役像帮一个手臂麻痹的人似的费了好大的劲儿,才帮他套上袖子。我看到他机械地将手伸进坎肩的口袋,想给侍役一点儿小费,但是抽出来的手里仍是空的。这时,他好像突然间又想起了一切,狼狈不堪地对侍役结结巴巴说了一句什么话,便完全像先前一样,突然猛地朝前走去,接着完全像醉汉似的跟跟跄跄走下赌馆的台阶,侍役先是带着轻蔑的,随后便是理解的微笑,还朝他背后望了一会儿。

"他的姿态感人至深,我为自己在一旁观看而感到不好意思。我不由自主地走到一边,心里感到害羞,因为我像在剧场的舞台前那样观看了陌生人走投无路的绝望神情——但是后来那种难以理解的恐惧突然又推了我一把,我赶忙叫侍役把我的衣服取来,未去想什么具体的事情,完全机械地,完全是本能地,急忙跟着这个陌生人往黑暗中走去。"

C夫人把这件事讲到这里便停了一会儿。她坐在我对面,脸上毫无表情,以其特有的冷静和客观态度娓娓道来,几乎没有停顿,只有心里早有准备,对发生的事情进行了精心组织和整理的人才会如此侃侃而谈。现在她第一次打顿,显得有些迟疑不决,随后她脱离开刚才所叙述的事,突然直接对我说:

"我曾向您和我自己答应过,"她开始显得有点儿不安,"保证极其坦诚地把所有的事实讲出来。可是,我现在必须要求您也要完全相信我的坦诚,不要把我的行为理解成有什么隐蔽的动机,认为也许我今天讲出这个动机不会感到害羞了。在这件事情上，这种猜测是完全错误的。所以我必须强调，我在街上尾随这位身心已经崩溃的赌客，绝不是因为我爱上了这个年轻人——我根本没有去想他是个男人，事实上我这个当时已经四十多岁的女人，丈夫去世以后从来未曾正眼注视过任何男人。谈情说爱的事对我来说已经彻底结束了：我要对您强调这一点，而且非对您说不可，否则对于后来所发生的事情的可怕性您就难以理解了。当然，另一方面就我来说，当时我非要去跟随那个不幸的人不可，要把这种感情说清楚也是很难的：这里面有好奇心的成分，但是最主要的还是一种可怕的恐惧，或者确切地说是担心发生什么可怕的事，从第一秒钟起我就隐隐约约地感觉到，那件可怕的事像阴云似的正笼罩在这个年轻人身上。但是又不能把这些感觉加以分解和拆散，这种做法所以不行，尤其是因为这些感觉过于强制性、过于迅速、过于自发，种种因素错综复杂地交织在一起——很可能我所做的完全是救人的本能行为，正如有人在街上看到一个小孩朝汽车跑去，就会马上去把他拉回来一样。或者也许可以这样来解释：自己不会游泳的人在桥上看见一个快要淹死的落水人，就会跟着跳进河里去。他们还没有来得及对自己无谓的冒险壮举做出决定，就受到神奇力量的牵引，一股意志力将他们推了下去，我当时的情况也正是这样，没有思考，没有清醒的考虑，我当时就跟着这个不幸的人出了大厅走到大门口，又从大门口跟下台阶。

"我敢肯定，无论是您或者任何一个能用清醒的眼睛来感觉的人当时都不能摆脱这种充满了恐惧的好奇心；那位顶多二十四岁的年轻人走起路来十分吃力，就像老人一样，摇摇晃晃地又好似醉汉，他四肢的关节像是脱了臼、散了架一样，拖着沉

重的脚步从赌馆的台阶上下来朝街头绿地走去。见到这幅可怕的景象,也就不会有思考的余地了。到了那里,他的身体像一只麻袋似的笨重地跌落在一张长椅上。对于这个动作我再一次感到不寒而栗,我想:这人完了。只有死人,或者全身肌肉没有一点儿生气的人才会这样跌落下去。他的脑袋斜倚着,往后垂靠在长椅的靠背上,两条胳膊软绵绵地垂下来,在路灯闪烁的昏暗的微光中,每个过路人准会以为这是个自杀者。以为这是个自杀者——我无法解释,怎么我心里突然会出现这种幻象,可是这幻象突然站在这里了,看得见摸得着,非常真切,令人毛骨悚然,胆战心惊——以为这是个自杀者,这一瞬间,我望着面前的这个人,我心里绝对确信,他口袋里有支手枪,明天别人就会发现在这长椅上或是另一张椅子上躺着这具气息已绝、鲜血淋漓的躯体,因为他跌落下来的情景完全像一块坠入深谷的石头,中间没有停住,一直摔到谷底。这躯体所表现出来的那种疲惫和绝望的样子,我还从来未曾见到过。

"现在请您想一想我的处境:我站在长椅后面二三十步远的地方,椅子上躺着个一动不动、身心全都崩溃的人。我真不知道该怎么办,一方面意志驱使我走上前去帮助他,但是学到的和因袭的羞怯心理又在将我往后推,不好意思去主动跟大街上的一个陌生男人说话。街灯黯淡地闪烁着,天空布满阴云,只有屈指可数的行人打这儿匆匆走过,因为将近子夜了,我几乎是独自一人在街头花园里同这个颇像自杀的人在一起。五次、十次,我鼓起勇气朝他走去,每次都被羞涩心理给拉了回去,或者说也许是被内心深处的这种本能的预感拉回去的:正从高处摔下去的人总喜欢拽住救助者一起同归于尽——我这样再三斟酌,反复考虑,自己都清楚地感觉到这种处境既无意义,又可笑。尽管这样,我还是既不能说话,又不能走开,既不能做些什么,又不能离开他。我希望,您相信我,我要告诉您,我在那片绿地上犹豫不决地徘徊了也许有一小时之久,那是无穷无尽的一小时;这时间是在看不见的海洋的波浪千万次撞击下一点点扯掉的。这个人彻底毁灭的形象竟是如此使我震撼,使我无法离去。

"可是,我始终没有说一句话、做一件事的勇气,后半夜我真该也这样站着等下去的,或者也许最后真该让聪明的自私心理说服自己回家去的。是的,我甚至以为自己已经下了决心,让这个晕厥的可怜家伙就这样躺在这里——然而这时一股强大的力量在我进退两难的时候为我做出了抉择。这时下起雨来了。整个晚上海风呼啸,把沉甸甸的乌黑的春云刮到一起,让人从肺里、心里感觉到,天空整个儿低低地压了下来——突然掉下一滴雨点,接着风助雨势,密密的大雨哗哗而下,竟成瓢泼之势。我不由自主地逃到一座商亭的前檐下,虽然撑开了伞,但是这时从坚实的土地激起的一束束泥水,仍是溅在我衣服上。噼噼啪啪打在地上的雨点弹起带泥的水,溅在我脸上和手上,感到凉丝丝的。

"可是在这瓢泼大雨中,那不幸的怪人仍旧坐在长椅上一动不动,这一可怕的景象,二十年后的今天回想起来喉咙里还感到哽塞。雨水从所有的屋檐上哗哗地流下来,我听到市内隆隆的车轮声,左边和右边都有人撩起大衣在奔跑;一切有生命的东西都怯生生地蜷缩着,都在躲避、逃跑,都在寻找栖身之所,任何地方,无论是人还是动物,都可以感到他们对这场倾盆大雨的恐惧——唯独长椅上那个黑黑的、像团东西的人却纹丝不动。我先前对您说过,这个人具有神奇的法力,能将他的各种感情通过动作和表情生动地表现出来;在滂沱大雨中他纹丝不动,全无感觉地坐着,连站起来几步走到雨水哗哗泼下的屋檐下的力气都没有的那精疲力竭的状态,万念俱灰的心境——世上任何东西也不会像这种情景那样将槁木死灰、彻底自弃以及活人死态表现得如此惊心动魄。这个人活活地任凭大雨浇淋,他精疲力竭,竟懒得动一下来避一避雨。任何雕塑家、诗人,无论是米开朗琪罗还是但丁都不能像这个人那样把万念俱灰的心境,把人间的惨状为我刻画得如此感人肺腑、荡气回肠。

"这一景象把我拉了过去,我也没有别的办法。我猛地穿过密集的大雨,用手去摇长椅上的那个淋得落汤鸡似的人。'来!'我抓住他的胳膊。他的眼睛吃力地朝上瞪着。他身上似乎想慢慢地动一下,但是他没懂我的话。'来!'我再次拽着那只湿漉漉的衣袖,这次我几乎要发火了。他慢慢地站了起来,摇摇晃晃地没有一点儿意志。'您要干吗?'他问道,我没有回答他,因为我自己也不知道要带他到哪儿去:只要不受冷雨浇淋,只要不再毫无意义地、自杀般地坐在这里万念俱灰的样子。我抓着他的胳膊不放,拉着这个全无意志的人往前走,一直将他拉到商亭那儿。商亭有一个向前伸出的窄窄的屋檐,多少可以为他遮挡一下驾着风势的滂沱大雨。下一步怎么办,我不知道,也不想有下一步。只要把这个人拉到干的地方,只要把他拉到屋檐下就行了:以后的事起先我并没有考虑。

"我们两人就这么并肩站在狭窄的、淋不着雨的屋檐下,我们后面的商亭的门锁着,我们头上只有一片小屋檐,雨还在没完没了地下,只要突然一阵狂风刮来,冷飕飕的雨水就会不断狠狠地朝我们衣服上、脸上猛袭过来。这种情况真是无法忍受。我可不能老是挨着这个水淋淋的陌生人站着。另一方面,既然我把他拉到这儿来了,总不能一句话都不说就将他撂在这儿。总得想个什么办法呀;我慢慢强迫自己坦率地做一次冷静的考虑。我想,最好是雇辆车先把他送回家,然后我自己再回家:明天他就会知道有人救了他。于是我就问一动不动地站在我旁边愣愣地凝视乌云飞驰的夜空的人:'您住在哪儿?'

"'我没有住处……我傍晚时候才从尼查来……要上我那儿去是不成的。'

"最后这句话我没有立即听懂。后来我才明白,他把我当作……当作娼妓,当作拉客女了——每天晚上赌馆周围都有成群拉客女出没,她们希望能从赢了钱的赌客或醉汉身上得些好处。不论他后来是怎么想的,直到现在我讲给你听的时候,才感觉到我当时的处境有点儿邪乎,有点儿离奇——我把他从长椅上拉走,当然是把他拽去的,这真的不是正派女人的行径,叫他怎能不以为我是娼妓呢。但是当时我没有立即意识到这一点。后来我才开始意识到他对我这个人做出了错误的判断,但是发现这个可怕的误解时已经太晚了。要是早些发现的话,我就绝不会说出下面这句越发增强他的误解的话来了:'那么,就到旅馆里去要个房间吧。您不该待在这里。您现在必须找个地方安顿下来。'

"这句话一出口,我就立即明白了他的那个令人难堪的误解,因为他并没有朝我转过头来,而只是以一种讥讽的言辞加以拒绝:'不用,我不要房间,我什么都不需要了。请你别费劲儿,从我身上是什么都捞不着的。你找错人了,我已身无分文。'

"这句话说得好可怕,心灰意冷的神态真令人胆战心惊。一个全身水淋淋的、心力衰竭的人在这儿站着,垂头丧气地靠在墙上,这情景使我如此震撼,以致根本无暇顾及自己所受的那点儿愚蠢的屈辱。我这时感觉到的,同我见到他蹒跚地走出大厅时第一眼的感觉,以及在这难以想象的一小时里不断得到的感觉是一样的:这里的这个人,这个年轻的、活着的、在呼吸的人正处于死亡的边缘,我一定得救他。于是我便走近他。

"'钱您不用担心,来吧!您不能待在这儿,我来给您找个地方安顿下来。您什么都不用顾虑,现在您就来吧!'

"他转过头来。我们四周雨声噼噼啪啪一阵紧似一阵,檐水哗哗地朝我们的脚倾泻下来,这时我感觉到,在黑暗中他第一次竭力想看一看我的面貌。他的身体似乎也正从昏睡中慢慢地苏醒过来。

"'好吧,随你的便,'他让步了,'对我来说反正都一样……毕竟嘛,干吗不去?我们走吧。'我撑开伞,他走到我身边,挽着我的手臂。这突如其来的亲昵姿态使我感到很别扭,令我惊慌失措,吓得我直发凉,一直凉到心底。但是,我没有勇气拒绝他;因为,要是我现在把他推开,他就会坠入无底深渊,直到现在我所做的一切努力和尝试,就全都白费了。我们往回朝赌馆走了几步。现在我才想起,我还不知道拿他怎么办呢。我很快地思忖,最好是把他领到一家旅馆去,到那儿以后把钱塞在他手里,好让他在那儿过夜,明天乘车回家,其他的事情我没有去想。现在正好有几辆马车从赌馆门前匆匆驶过,我叫了一辆,我们上了车。马车夫问我到哪儿去,一开始我竟答不出来。不过我突然想起,我身边这位全身湿透、水淋淋的人,好饭店是没有一

家肯接待他的——另一方面我真是个未谙世事的女人,压根儿未往不正经的事上去想,于是我大声对车夫说:'随便找家普通旅馆!'

"马车夫淋着雨,但镇定自若,他把马匹赶得飞快,我身边的这个陌生人一句话都不说,车轮轧轧,雨势急猛,打在车厢的玻璃上噼啪作响;坐在黑暗的、没有灯光的、棺材般的四角形车厢里,我的心绪很不好,仿佛我是带了具尸体似的。我极力思索,想找出一句话,好把因默不作声地坐在一起而引起的离奇而恐怖的气氛冲淡一些,但是我什么话也没有想出来。几分钟以后马车停住了,我先下车,付了车费,这时候那人也恍惚蒙眬地下了车,砰的一声关上了车门。我们现在站在一家陌生的小旅馆门前,我们头上是一个玻璃遮阳,下面的空间由拱形檐盖挡住下雨。这时四周都是单调的雨声,雨水不停地洒向难以捉摸的黑夜。

"那个陌生人支撑不住自己身躯的重量,所以便不由自主地靠在了墙上,水从他湿透的帽子和皱皱巴巴的衣服上滴滴答答地流下来,他站在那儿,像刚被人从河里救起来的溺水者,神志还是迷迷糊糊的,墙上他靠的那小块地方淋下来的水形成了一条小溪。可是他却不拿出一星点儿力气来,把身上抖一抖,把帽子甩一甩,而是让水滴不断从额头和脸上流下来。他站在那儿,对一切全然漠不关心,我无法告诉您,他那副颓丧的神情使我多么震惊。

"不过,这时我得有点儿什么表示了。我把手伸进口袋:'给您一百法郎,'我说,'拿去要个房间,明天乘车回尼查。'

"他抬起头来吃惊地望着我。

"'我在赌厅里注意到了您,'我见他迟疑不决,便催促他,'我知道,您把钱输光了,我担心您会因一念之差而做出蠢事来。接受人家的帮助并不丢脸……嗯,拿着吧!'

"然而,他却推开了我的手,我还真没料到他还有这样的劲儿。'你是个好人,'他说,'但是,别浪费你的钱了。我这个人已是无可救药了。这一夜我睡不睡,都无所谓。明天反正一切都完了。我已经无可救药了。'

"'不,您一定得拿着,'我逼着他说,'明天您的想法会不同的。现在您先上去,睡上一觉再说。白天万物会有另一种面貌的。'

"我再次将钱硬塞给他,可是他却几乎很猛地推开了我的手。'算了吧,'他再次低沉地重复道,'这是毫无意义的。我还是在外面了结好,免得在这里把人家的房间弄得血迹斑斑的。一百法郎救不了我,就是一千法郎也不顶用。只要身上还有几个法郎,明天我又会进赌场的,不把它全部输光,是不会罢手的。何必再重新来一次呢,我已经够了。'

"您一定估量不出,这低沉的声音是怎样深深地震撼着我的灵魂;可是,请您设想一下:离您两寸的地方,站着一个年轻、聪明、有生命、有呼吸的人,您知道,如果不用一切力量让他振作起来,那么两小时之内这个有思想、能说话、会呼吸的青春生命就将变成一具死尸。而要战胜他那毫无意义的抗拒,对我来说不啻发一次大火,激起一阵愤怒。我抓住他的胳膊,说:'别说蠢话!您现在一定得上去。要一个房间,明天早晨我来把您送上火车。您必须离开这里,明天必须回家,我不看见您手持车票坐上火车决不罢休。年纪轻轻的,决不能因为输了几百或几千法

郎就自己轻生。那是懦弱,是气愤和懊丧之下的歇斯底里大发作。明天您就会觉得我的话是对的!'

"'明天!'他加重了语气重复地说,声调显得阴郁而带点儿嘲讽,'明天!要是你知道明天我在哪儿就好了!要是我自己能知道,那也不错,本来我对此就有点儿好奇呢。不,你回家去吧,我的孩子,别费劲了,不要浪费你的钱了。'

"但是,我不肯让步。我心里像发了疯,发了狂似的。我使劲抓住他的手,把钞票硬塞在他手里。'您拿着钱马上上去!'同时我十分果断地走去拉响了门铃,'得,我已经拉了铃,门房马上就来了,您上去吧,倒在床上就睡。明天早上九点我在门口等您,马上就带您去火车站。其余的一切您都不用担心,我会做出必要的安排,让您能回到家里。可是现在,快上床吧,好好睡一觉,别再胡思乱想了!'

"就在这一瞬间,门上的锁从里面咔嗒一响,门房打开了大门。

"'进来!'他突然说道,声音又硬又坚决,并带着恼怒。我感到,我的手腕被他牢牢攥住了。我大吃一惊……吓得魂飞魄散,全身酥瘫,如遭电击,失去了知觉……我想抵抗,想把手挣脱出来……但是,我的意志好似麻木了……我……您是会理解的……我……我羞愧难当,门房在那儿等着,已经显得不耐烦了,我却在门房面前跟一个陌生人扯个不停。于是……于是,我一下子到旅馆里去了;我想说话,想把情况说清楚,可是我的喉咙塞住了……他的手沉重而蛮横地按着我的胳膊……我模模糊糊地感觉到,我不自觉地被拉着上了楼梯……门锁咔嚓一声……突然之间我在一家旅馆里——旅馆的名字到今天我还不知道——在一个陌生房间里同一个陌生人单独待在了一起。"

讲到这儿C夫人又停住了，并且突然站了起来。她的声音似乎不听使唤了。她走到窗口，默默地往外望了几分钟，只是把额头贴在冰凉的玻璃上：我没有勇气仔细朝她看，因为去观察一位情绪激动的老太太，我觉得很尴尬。因此我就静静地坐着，不提问，不出声，只是等待着，直到她以克制的步子重新走回来，在我对面坐下。

"好了——最难的部分现在已经讲了。我希望您相信我，现在我要再次向您保证，我可以用一切在我来说是神圣的东西——我的名誉和我的孩子来起誓，直到那一秒钟我脑子里并没想同这个陌生人发生一种……一种关系，我确实没有任何清醒的意志，完全没有一点儿知觉，好似一脚踩上活动暗门，从平坦的生活道路上突然摔进这个境地。我曾发过誓，对您和对我自己都要说真话，所以我要向您再重复一次，我陷入这次悲剧性的难以启齿的经历，仅仅是由于我救人之心过于急切，不是因为其他的个人感情，因此完全不带个人的愿望，也未曾有过一点儿预感。

"在那个房间里，在那天夜里所发生的事，请容我略去不讲吧；那天夜里的每一分钟我自己从未忘怀，而且永远也不愿忘记。因为那天夜里我在同一个人搏斗，目的是为了挽救他的生命，我要再说一遍：那是一场关系到生与死的斗争。我的每根神经都千真万确地感觉到，这个陌生人，这个一半已经沉沦的人，拿出一个垂死者的全部眷恋和激情紧紧抓住最后一线生的希望。他像一个意识到自己已经身悬深渊的人，将我牢牢抓住。我振作起全部力量，拿出自己所有的一切去挽救他。这样的时刻一个人一生中或许只能经历一次，而能经历这一次的，千百万人中又只有一个人——要是没有这次可怕的意外遭遇，我自己恐怕永远也不会想到一个心如死灰、穷途末路之人竟会如此热切，如此忘我，以一种无法遏制的贪婪再次畅饮生命的红色甘醇，我远离生活中的邪魔力量已经二十年之久了，要是没有那次可怕的意外遭遇，我恐怕永远也不会理解大自然有时竟会在瞬息之间如此绝妙，如此神奇地将冷和热、生和死、心醉神迷和悲观绝望聚集和压缩在一起。这一次就是这样充满斗争和对话，充满激情、愤怒和憎恨，充满恳求和陶醉的泪水，我觉得这一夜像是过了一千年，我们两人紧紧缠绕在一起，心醉神迷地一起堕入深渊，一个兴奋得死去活来，另一个极乐之中没有了感知，俩人从这场致命的狂风暴雨中解脱出来以后都变了，完全变了，思想、感情都不一样了。

"不过，这些我不愿讲了。我不能够，也不愿意来描述这一切。只有早晨我醒来时极其可怕的第一分钟我必须简略地向你提一提。我从未曾有过的疲惫不堪的沉睡中，从深沉的黑夜中醒来，过了很久我才睁开眼。睁眼看到的第一件东西，就是我顶上的一片陌生的屋顶，眼睛继续一点一点地看下去，又发现一个完全陌生、从未见过、令人生厌的房间，我压根儿不知道，自己是怎么进到这个房间里来的。起初我竭力说服自己，说这还是一个梦，一个相当清醒而透明的梦，我是从蒙眬的沉睡中进入梦境的——然而灿烂的、确确实实的阳光已经刺眼地照到了窗前，这是早晨的阳光，楼下不断传来辘辘的马车声、叮当的电车声和嘈杂的人声——现在我明白了，我不是在做梦，而是醒了。我不由自主地坐了起来，想好好思索一下，就在这时……我目光往旁边一转……就看见——我永远无法对您描述出我的惊骇——这张宽床上有个陌生人睡在我身边……是陌生的,陌生的,陌生的,是个半裸的、不相识的人……

"不,我知道,这种惊骇是无法描述的:我一下吓得魂不附体,浑身无力地倒了下去。但是这不是真正的晕厥,没有不省人事,正相反:在闪电般的瞬息之间我一切都明白了,既清清楚楚,又无法解释。我突然发现自己同一个完全陌生的人睡在一个极有可能是下流场所的一张陌生的床上,心里的厌恶和羞愧真是难以言说,当时我只有一个愿望:去死。我还清楚地记得,当时我的心跳停止了,我屏住呼吸,仿佛这样就可以扼杀自己的生命,尤其是自己的意识,那清晰的、清晰得令人胆怯的意识,那一切都知道,但又什么都不懂的意识。

"我永远不会知道,我这样四肢冰凉地躺了多久:死人大概也是这样僵直地躺在棺材里的。我只知道,我双眼紧闭,默默向上帝,向天上的神灵祈祷,但愿这一切都不是真的,全不是真的。但是我敏锐的知觉现在再也不容欺骗,我听见隔壁房间里有人说话,听见有人用水时的哗哗声,外面走廊里有走动的脚步声,每一种声音都无情地证明了一个残酷的事实:我的知觉是清醒的。

"这可怕的状态究竟持续了多久,我说不清楚:那时候每一秒钟都与从容不迫的生活时间不同,那一秒秒钟都另有自己的计时标准。这时另一种恐惧,那突如其来的、令人魂飞魄散的恐惧袭上我的心头:这个陌生人,这个我不知道名字的陌生人现在大概要醒了,大概要跟我说话。我立刻明白我只有一条路可走:在他醒来之前穿好衣服逃走。永远不再让他看见我,永远不再跟他说话。及时拯救自己,走,走,走,回到自己的生活中去,回到我的旅馆去,马上乘下一班火车离开这个可耻的地方,离开这个国家,永远不再碰上他,永远不再看见他,没有证人,没有起诉人,也没有知情人。这个想法使我慢慢从晕厥中清醒过来:我极其小心翼翼地、用小偷常用的蹑手蹑脚的动作,一寸一寸地挪动身体(只是为了不弄出响声来),下得床来,摸到我的衣服。我小心翼翼地穿上衣服,因为怕他醒来,我每秒钟都在发抖。现在我已经穿好衣服,这件事算成了。只是我的帽子在另一边的床脚下,现在我踮着足尖轻轻走去拾起帽子——可是在这一秒钟里我却无法把持自己:我一定还要朝这个陌生人的脸瞥上一眼,朝这个像陨石似的坠入我的生活中来的陌生人看上一眼。我只要看上一眼就行了,但是……很奇怪,因为这个躺在那儿酣睡的陌生的年轻人——对我来说确实是陌生的:我第一眼所见的竟不是昨天那张脸了。这个情绪激动到极点的人,由于受激情的折磨,脸上呈现的那种恍惚迷离、痉挛抽搐和紧张不安的表情现在好似全都抹掉了——这儿的这个人他的容貌则完全不一样,他的脸显得天真和孩子气,焕发着纯洁和快乐。这两片嘴唇,昨天是用牙齿紧紧咬住的,这时在梦里温柔地微微张启,而且挂着一缕微笑;一丝皱纹也没有的额上柔软地垂下松散的金发,安详的呼吸似轻波细纹从胸部散扩到全身。

"您也许会记得,我先前对您说过,我还从来没有如此强烈、如此毫无顾忌地像盯着观察赌台上的那个陌生人那样观察过一个人所表现出来的贪婪和激情。我要告诉您,我从来没有,就是在孩子身上——褓褓中的婴儿有时身上有一种天使般快乐的光泽——也没有见到过他在真正幸福的酣睡中所呈现的这种焕发着纯洁光辉的表情。这张脸宛如精妙绝伦的雕像,将他所有的情感表现得淋漓尽致：摆脱了内心重压的那种幸福快乐的舒坦感，一种解脱感，一种得救感。看到这副令人惊异的神态，我的全部惊吓和恐惧就像一件沉重的黑大衣，从我身上掉了下来——我不再感到羞愧，不，非但不再感到羞愧，反而几乎感到喜上心头了。原来那种恐怖的、不可捉摸的东西，对我来说突然之间有了意义，一想到这个柔嫩、漂亮的年轻人，这个像鲜花一样快乐而沉静地躺在这里的年轻人，要是没有我的奉献，他将摔得粉身碎骨，血迹斑斑，鼻青脸肿，眼珠暴凸，面目全非，气断命绝，躺在悬崖脚下：我救了他，他得救了，一想到这些我就心里乐滋滋的，感到骄傲。现在我带着母爱的目光——我无法用别的说法——朝这个躺着的人望去，我再次把他生了出来，给他以生命——我生他的时候比生自己的孩子痛苦要大得多。在这间陈旧的、污秽不堪的屋子里，在这家令人恶心的、油腻腻的临时旅馆里，我有一种宛如在教堂里的感觉——您听了这话会觉得很可笑的——一种奇异和神圣之感。现在在我心里生出了姐弟之情，我一生中最最可怕的一秒钟，变成了令人惊异、令人倾倒的第二个一秒钟。

"我动作的声音太大了？我情不自禁地说了什么话？我不知道。然而，突然之间那个酣睡的人睁开了眼睛。我吓得连忙后退。他诧异地环顾四周——同我自己先前一模一样，仿佛他是从无底深渊和杂乱的迷惘中费尽力气爬上来的。他的目光吃力地扫视这间陌生的、未曾见过的屋子，随后惊讶地落在我身上。但是没等他说话，没等他完全回忆起来，我就镇定自若了。不能让他说话，不能让他提问，不能让他有亲昵的表示，昨天和昨天夜里的事不该重演，不做解释，也不去谈。

"'我现在得走了,'我立即向他表示,'您留在这儿,穿上衣服。十二点钟我在赌馆门口等您:在那儿我会把其余一切事情都安排好的。'

"没等他回答,我就逃了出去,不愿再看到那间屋子,我头也没回,就奔出旅馆。旅馆的名字我不知道,正如不知道那个我同他在这里过了一夜的陌生男人的名字一样。"

C夫人停下来歇了口气。但是所有的紧张和痛苦都从她声音里消失了:就像一辆马车,费尽力气艰难地爬上山顶,然后就从山顶轻轻松松地飞速驰向山腰,现在她就是这样以轻松的语调继续说下去:

"就这样,我急忙跑回自己住的旅馆。街上晨光明亮,夜里的暴风雨已将沉闷阴郁的天空荡涤得一干二净,就好似令我受尽煎熬的感情现在已从我心里冲刷干净。您一定记得我先前对您说过的话:自从丈夫故世以后,我对自己的生活已经完全不抱奢望,孩子们不需要我,我自己也觉得活着没有意思,活着不能达到某个目的,生活本身就是一个谬误。真是意想不到,现在居然第一次有个任务落在了我身上:我救了一个人,竭尽全力把他从毁灭的边缘拉了回来。现在还有一件小事要做,这件事得把它做完。所以我就跑回我的旅馆:门房见我现在早晨九点钟才回来,所以用惊讶的目光打量着我——对于已经发生的这件事,我思想上已经不再感到羞愧和恼怒的重压了,生的愿望突然重新复苏,出乎意外地获得一种必须活下去的新的感受。这些新的感觉融进了我的血液里,温暖地流遍全身。我在房间里匆匆换了衣服,下意识地脱下身上的丧服(这事我后来才注意到),换上一件色彩明快的衣服,到银行去取了钱,风风火火地赶到车站,问明了列车行车时间；此外我还办了几件别的事，赴了几处约会，我行动之果断连我自己都感到吃惊。现在没有别的事要办了，只等将命运扔给我的那个人送上火车，把他最终挽救过来。

"当然，要直接面对他，这需要力量。因为昨天的一切都是在黑暗中，在感情的旋涡里发生的，就像被山洪冲下来的两块石头，突然撞击在一起；我们彼此几乎没有面对面地认识过，那个陌生人是否还会认得我，对此我没有一点儿把握。昨天——那是事出偶然，是心醉神迷，是两个糊涂人的走火入魔，但是今天我非得比昨天更为公开地在他面前暴露自己了，因为我现在不得不在无情的光天化日之下以我本人，以我的本来面目作为一个活生生的人走到他面前去了。

"不过，一切都比我想的要容易得多。在约定的时间，我还没有到赌馆门口，一位年轻人就从长椅上一跃而起，急忙朝我走来。他那惊异的神情，他那每一个胜过语言的动作完全出自本能，显得多么稚气，多么率真和喜悦：他简直是飞奔过来的，眼睛里流露出既感激又崇敬的快乐之光，但是他的眼睛一觉察到我的眼睛在他面前不知所措的样子，便立即谦恭地垂了下来。这种感激之情在一般人身上很难感觉得到，而且心怀最最感激之情的人往往无法表达出来，他们总是尴尬地沉默不语，羞愧不已，为了掩饰他们的感情，往往欲言又止。上帝好似一位神秘的雕塑家，将这个人的感情姿态表现得极为性感、优美、生动，在他身上感激之情的流露十分炽烈，他的体内像是有一股激情在迸发出来。他朝我的手弯下腰，谦恭地垂下轮廓清瘦的孩子式的脑袋，十分尊敬地吻了一分钟，但是嘴唇仅仅触到我的手指，接着便退后一步，问我身体怎么样，亲切地望着我，他的每一句话都很有礼貌,又极为得体,因此几分钟之后我心里最后的一点惶恐不安也消失得无影无踪了。四周的景物全都着了魔,好似镜子一样映照出我开朗的心情:昨天还是怒涛汹涌的大海,现在明澈而平静,细浪之下每粒沙石都在朝我们闪烁着白灿灿的光辉;那家赌馆,那恶魔聚集之所,在清扫得干干净净的、锦缎似的天空下色彩明朗;那个亭子,昨天下着瓢泼大雨的时候我们曾在其屋檐下躲避,现在已经开启,是一家花店,那里摆放着一束束、一簇簇鲜花,白的、红的、绿的,色彩缤纷,斑斓杂陈,卖花的是位年轻姑娘,她身上的衬衣色彩极为鲜艳。

"我请他到一家小餐馆去吃午饭;在那里这位陌生的年轻人对我讲了他悲剧性的冒险史。他的冒险史完全证实了我在绿色赌台上看到他那双神经质地索索发抖的手时所作的第一个揣测。他出身于奥地利波兰贵族家庭,这确定他将来要在外交界求个锦绣前程,一直在维也纳上学,一个月前他以优异的成绩通过了初考。学习期间他住在叔叔家。他叔叔是总参谋部的高级军官,为了庆祝考试成功,并作为对他的奖励,叔叔叫了一辆马车,把他带到普拉特①,俩人一起来到赛马场。叔叔赌运亨通,接连赢了三次。随后他们拿着厚厚一叠白赚的钞票,到一家豪华饭店去大吃了一顿。第二天,这位未来的外交官就收到为奖励他这次考试胜利而寄来的一笔钱,数额相当于他一个月的生活费;要是在两天前,对他来说这笔钱还是个相当可观的数目,可是现在,在那次轻而易举就赢了这么多钱之后,这点儿钱他就看不起了,觉得它微不足道。这样,吃过饭他又坐马车去赛马

---

① 普拉特是维也纳著名的公园,内有规模巨大的游乐场。

场，兴头十足地放手大赌一场。他居然福星高照——或者更应该说是厄运临头——到最后一场赛马结束，离开普拉特公园时，他的钱数已经增加了三倍。从此以后他赌兴大发，时而赛马场，时而咖啡馆，或者俱乐部，耗费了自己的时间，荒废了学业，损坏了神经，尤其是耗掉了金钱。他再也不能思考，夜里也不能安眠，他甚至无法控制自己；有天夜里，他在俱乐部里输光了钱回到家里脱衣服时发现背心口袋里还有一张忘记的、已经揉成一团的钞票，他忍不住，便又穿上衣服，到外面东转西晃，最后在一家咖啡馆里找到几个玩多米诺骨牌的人，便坐下来同他们一直赌到天明。他的一位已经出嫁的姐姐接济过他一回，替他偿还了高利贷借款；高利贷者见他是名门贵族的继承人，所以都乐意把钱贷给他。有一阵子他曾赌运亨通，可是后来手气又不好，连连输钱，颓势怎么也阻挡不住，而且输得越多，就越是渴望大赢一次，好支付尚未偿还的债务和以名誉担保一定按时还清的借款。他早就把钟和衣服当掉了，最后竟发生了这么件令人惊骇之事：他偷了老婶婶的两枚花骨朵状的钻石大耳环。这两枚耳环他婶婶很少戴，是一直放在柜子里的。其中的一枚他以高价当了出去，当天晚上拿这笔钱去赌就赢了四倍。但是他没有去赎回耳环，而是将所有的钱拿去孤注一掷，结果输得一干二净。直到他离开维也纳的时候，他的偷窃行为尚未被发现，于是他又把第二枚耳环当掉，这时突然心血来潮，便坐上一列火车来到蒙特卡洛，想在轮盘赌上发一笔他梦寐以求的大财。在这里他卖掉了皮箱、衣服、雨伞，现在他身边只有一支装了四发子弹的手枪和一个镶嵌着宝石的小十字架，这是他的教母X侯爵夫人送他的，他一直舍不得出手，除此之外，他已别无他物。但是，就连这个十字架他也在下午以五十法郎卖掉了，只是为了晚上最后一次去寻求那令人震颤的欢乐，再去做一次生死搏斗。

"他把这一切讲给我听的时候，神态优美，极具魅力，他的气质活泼生动，灵气十足。我听着，心里感到震撼，着迷，激动；然而我并没有因为与我同桌的人本是小偷而愤怒，不，这个想法我片刻都没有出现过。作为女人，我的一生从未有过些微污点，在社交场合总是要求保持最严格的传统尊严，倘若昨天有人即使只是对我暗示，说我将会跟一个完全陌生的年轻人，一个比我儿子大不了多少而且偷过珠宝耳环的人亲密地坐在一起，那我定会把他看作疯子的。可是听着他的叙述，我一点儿没有惊骇之感，这一切他说得那么自然，而且带着那么一种激情，使人觉得他讲的是一个高烧病人的行为，而不是什么令人气愤之事。再有：谁像我一样昨天夜里亲身经历了那种激流飞泻似的出人意料的事，那么'不可能'这个词就突然失去了它的意义。在那十个小时里，我对现实的了解比先前以市民方式度过的四十年要多得不知多少。

"可是，在他对自己做的那些事进行坦白的时候，却有另一种东西令我惊慌不安，那就是他眼睛里火一般的光亮，他一谈到自己对赌钱的热衷，他眼里便熠熠生辉，脸上的所有神经像通了电一样颤动不已。他在讲这些事的时候，自己还异常激动，他表情丰富的脸上极其清晰地再现了当时欢喜或痛苦的种种紧张神态。他的两只手，那两只奇妙的、细长而灵活的、神经质的手同在赌台上一样，又不由自主地开始变得像或追逐或逃遁的猛兽：我看见他说着说着，两只手就突然从指关节往上剧烈地颤抖，拼命卷曲起来，紧攥拳头，接着手指又突然重新弹开，随后又互相交叉，紧紧抱成一个拳头。他在坦白出偷耳环这件事的时候，两只手闪电般地向前伸去(我不禁吓了一跳)，飞快地做了一个偷东西的动作：手指十分利索地朝耳饰张开，将东西匆匆一把攥在拳头窝里，这一切我都看得真真切切。我感到一种无名的震惊，看出这个人身上的每一滴血都中了他自己激情的毒。

"一个年轻、爽朗、生来就是无忧无虑的人竟会可悲地屈从于一股迷糊滑稽的热情，他的叙述中令我如此震撼和吃惊的仅仅就是这一点。因此，我认为自己首要的职责就是友好地规劝我这位不期而遇的被保护人，劝他必须立刻离开蒙特卡洛，离开这个具有最危险的诱惑的地方，趁现在丢失耳环之事尚未被发现，自己的前程尚未永远断送之时，今天就回家去。我答应给他回家的路费和赎回耳饰的钱，当然有一个条件，只有一个条件，他今天就要走，并且要以他的名誉向我起誓，永远不再碰纸牌，也不进行其他赌博活动。

"我永远不会忘记，这位落魄的陌生人听着我说，起初情绪何等沮丧，随后心情逐渐开朗，满怀着热烈的感激之情，当我答应帮助他的时候，他像是要把我的话吮进肚里似的；突然，他的两只手从桌面上伸了过来，抓住我的双手，姿势像是在礼拜和神圣地许愿，令我难以忘怀。他明亮的、通常有些许迷惘的眼睛里含着泪水，快乐和兴奋使他全身激动得直打哆嗦。我常常试图向您描画他独一无二的表现姿态的能力，但是我无法将这种姿态描述出来，因为它表现的是一种极度兴奋的、超越尘世的幸福境界，我们几乎不可能在一般人的脸上见到，只有当我们从梦中醒来，以为在自己面前见到了已经消失的天使的面庞，这时，唯有天使的那片白影才可与他的姿态相比。

"何必隐瞒呢：我经受不住他的目光，他的感激令我高兴，因为这样的感激我们很难见到，温柔的感情让人感到愉悦和舒适，对我这个沉稳、冷静的人来说，那种洋溢的感情确实是一种惬意的、简直是令人喜悦的新感受。再有：自然景物经过昨夜那场大雨，也随着这个身心憔悴的人一起神奇般地苏醒了。我们从餐馆出来时，平静安谧的大海璀璨地闪闪发光，蔚蓝的海水连接天际，在高空的蓝天上只有海鸥在展翅翱翔，点点白影映衬在天际的蔚蓝之中。里维埃拉的风光您是熟悉的。那里的景色永远是美丽的，但却显得平淡，像风景画片一样，映入我们眼帘的是永远浓重的色彩，是一个慵倦的睡美人。她镇定自如地任人浏览欣赏，永远是一副东方式的百依百顺的样子。但有时候——那是极少的——这里也有那么几天，这时美人站起来了，露出了尊容，她色彩鲜艳，熠熠闪光；这几天她使劲向人高声呼唤，并怀着胜利的心情把五彩缤纷的鲜花抛向人们；这几天她热情炽烈，欲火如焚。在经历了那个风雨交加的黑夜和惊涛骇浪的混沌之后，那天也正是这么一个令人振奋的日子，街道被冲洗得干干净净，天空湛蓝高远，树木经雨苍翠欲滴，<u>丛丛灌木</u>到处鲜花怒放，宛如万绿丛中点燃的簇簇火把。空气清凉，阳光灿烂，群山显得清新明亮，好似突然向前走来了，纷纷好奇地挨近这座闪光发亮的小城。放眼四望，突出地感到大自然的挑战和激励，觉得自己的心也不由自主地被大自然夺去了。于是我就说：'我们雇辆马车，到海边去兜兜风吧。'

"他兴奋地点点头：这个年轻人好像到这儿以后还是第一次观赏自然风光。在此之前，他只知道那潮湿而带霉味的赌厅，那儿散发着一股恶浊的汗酸气，拥挤着丑恶而扭曲的人群；他知道的再就是乖戾、灰暗、喧嚣的大海。现在，洒满阳光的海滩像一把打开的巨扇展现在我们面前，遥望远处，顿觉赏心悦目。我们坐在缓缓行驶的马车上(那时还没有汽车)，欣赏沿途绮丽的风光，经过许多别墅，碰到不少人的目光。每次驶过一幢房子，经过一座掩映在意大利五针松的绿荫下的别墅，我会千百次地在心里浮现一个秘密的愿望：但愿能生活在这儿，宁静、平和、远离尘嚣！

"我一生中曾经有过比那个时候更幸福的时刻吗？我不知道。在马车里，这个年轻人坐在我身边，昨天他还处在死亡和厄运的魔爪里，奇怪的是，现在倾泻下来的金色阳光洒满了他的全身：似乎好些岁月从他身上消失了。他好像完全成了一个孩子，成了一个漂亮的、在戏耍的孩子，有一双纵情的、同时又是心怀敬畏的眼睛。他身上最使我着迷的要数他那灵活敏感、善解人意的柔情了：车子爬的坡太陡，马很吃力，他便敏捷地跳下去，在一侧帮着推车。我提到一种花，或指了指路边的某种花，他就急忙跑去摘了来。见到一只被昨夜的雨引诱出来的小蟾蜍在路上艰辛地爬着，他就去将它捧起来，小心地送到青草丛中，以免他身后驶来的马车将它碾碎。这期间他还兴致勃勃地讲了一些令人捧腹大笑而又很雅致的奇闻逸事：我相信，这笑声是对他的一种拯救，因为他突然感情充溢，欣喜若狂，如痴如醉，要不大笑一阵，他必定会唱歌、蹦跳或干出什么傻事来的。

"后来，我们的马车爬上一个高坡，缓缓驶过一个很小的村子。经过村子的时候，他突然很有礼貌地摘下帽子。我感到有点儿惊讶：这位外国人当中的外国人，在这里他在向谁致敬呢？得知我的疑问，他的脸微微有点儿红，几乎像道歉似的向我解释说,我们刚才经过一座教堂,同所有教规严格的天主教国家一样,在波兰从小就培养他们,见到任何教堂和圣殿都要行脱帽礼。对宗教的这种美好的崇敬态度令我深为感动,同时我也想起了他说到过的那个小十字架,所以就问他是否信教。他略现羞赧的样子谦逊地说,他信教,并希望得到上帝的宽宥。听了他的话,我突然心生一念:'停车!'我朝马车夫喊道,并且急忙下了车。他跟着我,感到很诧异:'我们到哪儿去?'我只是回答:'您一起来。'

"他陪我走回教堂。这是一个砖砌的乡村小圣堂。内墙四壁刷着石灰,颜色发灰,墙上是空的,圣堂的大门开着,一束黄色的光锥射进昏暗的圣堂,四周的暗影凸现出蓝色的祭台。圣堂里香烟缭绕,祭台上点着两支蜡烛,朦胧中烛光闪动,犹如两只蒙着面纱的眼睛。我们走进圣堂,他脱下帽子,把手伸进涤罪缸的水里去浸了浸,拿出来划了个十字,随后便屈膝跪下。他一站起身,我就将他抓住。'您过去,'我催促他说,'到祭坛前或者到您所敬仰的神像前去,在那里起个誓,誓言我马上就说给您听。'他诧异地、几乎是吃惊地望着我。但他很快就明白了我的意思,就走到一座神龛前,画了十字,顺从地跪了下去。'您跟着我说,'我说,自己都激动得颤抖了,'您跟着我说:我起誓。''我起誓。'他重复着说。我继续说下去:'我永远不再参加任何形式的赌博,永远不再把自己的生命和名誉断送在这种嗜好之中。'

"他颤抖着重复了这些话,清晰而响亮的声音回响在空空荡荡的圣堂里。接着便是片刻的寂静,静得连外面微风吹过、树叶发出的簌簌声都能听得见。突然,他像个忏悔者似的扑倒在地，以一种我从未听到过的狂热的声音说了一番我听不懂的波兰话，他的话说得极快，快得连前后的字句都混在一起了。这一定是狂热的祷告，是感激和悔恨的祷告，因为他忏悔时感情非常激昂，一再谦恭地低下头，低得都触到圣案了，他越来越狂热地重复着那外国话语，越来越激越地重复着同样的、以无法形容的热情说出来的话。在这以前和以后，我从未在世界上任何一座教堂里听见过这样的祷告。他的双手紧紧抓住木质的祷告桌，显得有点儿局促，他内心的风暴刮得他全身不住地晃动，使他时而抬起头来，时而又伏倒在地。他什么也看不见，也感觉不到：他好似在另一个世界，在炼狱里转化，或者在朝神圣的境域飞升。最后，他慢慢站立起来，画了十字，吃力地转过身来。他的两膝还在发抖，面容苍白，像虚脱一样。可是，他一见到我，两眼便炯炯有神，一丝纯真的、真正虔诚的微笑使他阴郁的脸庞也开朗了；他走过来，深深地鞠了一个俄国式的躬，抓着我的两只手，十分崇敬地用嘴唇贴了贴：'是上帝派您到我这里来的。为此，我已经谢过了上帝。'我不知说什么好。我真希望，这时圣堂里的矮椅子上空会突然响起管风琴奏出的音乐，因为我觉得，我一切都成功了：我已经永远挽救了这个人。

"我们从教堂出来，回到五月天灿烂的阳光下，我觉得世界从来都没有这般美丽过。我们的马车继续沿着丘陵起伏的路缓缓驶了两个小时，我们坐在车里俯览全景，尽情观赏绮丽的风光，每转一个弯都别有洞天，就是另一番景色。然而，我们不再交谈了。在付出了那么多感情之后，现在似乎想减少每一句话。每当我与他的目光偶然相遇时，我总不得不难为情地避开他的目光：看到我自己出现的奇迹，对我的心灵震撼太大。

"下午五点左右,我们回到了蒙特卡洛。我同亲戚有个约会,现在要取消已不可能了,我还得去赴约。本来,我心里很想歇一会儿,舒释一下绷得太紧的感情,因为幸福来得太多了。我觉得,这种过分狂热的状态,这种心醉神迷的状态,类似的情况我一生中还从未经历过,我必须得歇一会儿。所以,我就请这位被我保护的人跟我到我的旅馆去一趟,只要一会儿就行;到了旅馆,我就在我的房间里把路费以及赎耳环的钱交给他。我们商定,我去赴约,他去买车票;晚上七点钟我们在车站大厅里会面,就是说在开车前半小时,随后火车将把他经由日内瓦送回家。当我把五张钞票递给他时,他的嘴唇突然奇怪地发白了:'不……不要钱……我请您别给我钱!'他的手指神经质地哆嗦着,慌慌张张地缩了回去,从牙缝里挤出这两句话来,'不要钱……不要钱……不能见到钱。'他又重复了一次,显出极其厌恶和恐惧的神情。见他这副羞愧的样子,我就安慰他说,这些钱就算是借的吧,要是他觉得拿了钱心里过意不去,他可以写张借条给我。'好的……好的……写张借条。'他把目光移开,嘴里喃喃自语,并将钞票折叠在一起,看都不看一眼就塞进了口袋,仿佛那是什么黏黏糊糊的东西,会弄脏他的手似的,随后就在一张纸上潦潦草草地写了几句话。他写好借条,抬起头来,额头上大汗淋漓,仿佛体内有什么东西在冲上来扼住他的脖子似的。他把那张借条往我手里一塞,全身一阵哆嗦,突然——吓得我不由自主地往后退了一步——他跪了下去,捧起我的裙子,连连吻着裙上的镶边,那样子真是难以描述。我受到强烈的震撼,全身不住地战栗起来。这时我心里升起一阵奇怪的惊恐,心乱如麻,只能结结巴巴地说:'您这么感激,我倒要谢谢您。不过,请您现

在就走吧！晚上七点我们在车站大厅里再告别。'

"他望着我，感动得眼里噙着晶莹的泪水；有一瞬间我以为他要说些什么，有一瞬间他仿佛要靠近我。然而，随后他却突然再次深深地、深深地鞠了一躬，便离开了我的房间。"

C夫人又中断了叙述。她站起来，走到窗前，眼望窗外，纹丝不动地站了很久：从她剪影似的、轮廓清晰的背上我看到些微轻轻的战栗和晃动。突然，她果断地转过身来，一直静静的、没有什么表示的两只手突然做了个剧烈的切割动作，像是要把什么东西撕碎似的。接着，她坚定地、几乎是勇敢地望着我，突然又开始了她的叙述。

"我曾向您许诺，保证做到绝对坦率的。现在我看出，这个诺言是多么必要。因为只有现在，我逼着自己第一次按照事情的前后联系来描述那一时刻的全部经过，并且找出明晰的词句来表述当时那种错综复杂、紊乱不堪的感情，只有现在我才清楚地认识到许多我当时不知道，或者是也许当时我不想知道的事。因此，我要坚定、果断地向自己，也是向您吐露真情：当时，在那个年轻人离开房间、只剩下我只身一人的一秒钟里，我感到心上受到了猛烈的撞击，好似突然晕厥过去一般。有什么东西使我痛不欲生，可是我不知道，或者说我不想知道：受我保护的人他那毕恭毕敬的态度本来是感人至深的，何以对我的伤害会那么深，令我痛苦万分。

"可是现在，因为我逼着自己坚定地、有条有理地把过去的一切当作别人的事一样统统从我心里掏出来，也因为您这位见证人不容许我有丝毫隐瞒，不容许令人羞愧的感情有藏身之所，今天我这才明白，当时我所以会如此痛苦，其实是因为失望……使我感到失望的……是这位年轻人竟如此顺从地走了……并没有想抓住我，留在我身边……他竟恭顺而敬重地服从了我要他坐车回家的初愿，而没有……没有企图把我拉到他身边……我感到失望的是，他只是把我敬为出现在他生活道路上的圣女……而没有……没有感觉到我是个女人。

"这就是我当时的失望……是我不肯承认的失望，当时不承认，后来也不承认，然而，一个女人的感觉是无所不知的，不需要语言和意识。因为……现在我不再继续欺骗自己了——如果这个人当时把我搂着，当时要求我，我定会跟他走到海角天涯，定会玷污我和孩子的姓氏……我定会不顾人们的非议和自己内心的理智，跟他远走高飞，就像那位亨丽埃特夫人跟着一位她一天前还不认识的法国青年一起私奔一样……我一定不会问，到哪儿去，去多久，对于自己以前的生活我也不会回头去看一眼……为了这个人，我一定会把我的钱，我的姓氏，我的财产，我的名誉全都牺牲掉……我一定会去乞讨，或许世界上任何低下的地方他都会把我领了去。我定会将人们称为羞耻和顾虑的一切统统抛弃，他只要说一句话，朝我走近一步，他只要试图抓着我，那么，在这一秒钟里我整个儿就是他的了。可是……我向您说过……此人举止异常，他望着我，不再用看女人的目光来看我了……我对他的热情燃得多么炽烈，多么渴望委身于他啊！可是，只是在我只身一人时，只是在那股被他开朗的、简直是天使般的脸掀得高高的激情在我心里退落下来，并在空虚寂寞的胸中不住起伏的时候，我才感觉到这一点。我费劲地振作起精神，那个约会成了我的负担，令我倍觉反感。我觉得，我头上仿佛扣了一顶又重又紧的钢盔，压得我直摇晃：当我终于走到另一家旅馆我亲戚那儿时,我的思绪松散凌乱,就像我的脚步一样。在亲戚那里我沉闷地坐着,别人都在进行热烈的谈话,我却心里不断地在担惊受怕,我偶尔抬起眼睛,注视他们毫无表情的脸,比起那张像天上的云层忽亮忽暗变幻莫测、生动无比的脸来,我觉得这些人的脸就像戴了面具或冻僵了似的。我仿佛坐在死人当中,这次聚会竟是如此恐怖,毫无生气,我一边往咖啡杯里放糖,一边心不在焉地同别人应酬,而那张脸却像被我熊熊灼燃的热血涌了上来,时时浮现在我心头。观看这张脸就成了我最大的快乐;想想实在可怕,一两小时之后该是我最后一次见到他了。我不由得下意识地轻轻叹息,或许还发出了呻吟声,因为我丈夫的表姐突然弯下腰来问我,怎么样,是不是不太舒服,说我的脸色苍白,呼吸局促。她这一问倒使我立刻毫不费劲儿地找到了一个借口,我说,折磨我的实际上是偏头痛,所以请她允许我悄悄地先行离开。

"我这样一脱身,就刻不容缓地奔回我住的旅馆。一进屋子只有自己独自一人,空虚、寂寞的感觉就又袭上我的心头。我心里急不可待,渴望马上见到那位年轻人,今天我就将永远失去他了。我在房间里面踱来踱去,毫无必要地拉起百叶窗,换了衣服和腰带,照着镜子以审视的眼光打量一番,看看自己这身打扮是否会引起他的注意。忽然间,我明白了自己的心愿:只要把他留住,一切都在所不惜!这个心愿在残酷的一秒钟之内变成了决心。我跑到楼下去告诉门房说,我今天要乘夜班火车离开这儿。现在时间已经很紧了,我按铃把侍女叫来帮我收拾东西。我们俩人一个比一个着急,手忙脚乱地将衣服和小件生活用品装进几只箱子里,我心里则梦想着即将出现的惊喜:我送他上火车,等到最后一刻,到最后的瞬间,当他伸出手来同我握手告别的时候,我就出其不意地登上列车,走到这位惊诧万状的人跟前,同他共度今宵、明夜——只要他要我,就每夜都同他厮守在一起。我感到一阵狂喜,一阵陶醉,全身血液在翻腾、涌流,有时,我一边往箱子里扔衣服,一边哈哈大笑,有时突如其来的一声大笑,弄得侍女莫名其妙。这时候,我感觉到我的神志混乱了。挑夫来取箱子时,起初我直愣愣地瞪着他,完全不解其意:内心激动,犹如阵阵波浪翻滚,这个时候就很难客观地来思考了。

"时间紧迫,这时大概快七点了,离开车时间顶多二十分钟。——当然,我安慰自己说,我现在不再是去同他告别了,我已决定陪他出走,无论他的旅程多久多远,我都与他相守,形影不离。仆人先把几只箱子拿了出去,我匆匆到旅馆账房结了账。经理已经把钱找给了我,我正要走了,这时有只手温柔地拍了拍我的肩头。我吓了一跳。那是我表姐,因为我佯称身体不适,她放心不下,所以特来探望。我觉得眼前一阵发黑。现在这个时候我可不需要她,每一秒钟的延误都意味着厄运降临,意味着将痛失这次机会,可是我又必须顾及礼貌,至少得站着同她搭会儿话呀。'你得上床去躺着,'她催促着我,'你一定发烧了。'这话大概倒也不错,因为我两边太阳穴上脉搏跳得很急,像擂鼓似的,有时我还感到眼前蓝影直晃,快要晕倒了。但是我支撑着,竭力做出一副感激的样子,其实每一句话都使我心急如焚,真想干脆一脚将她那不合时宜的关切踢到一边去。然而,这位不受欢迎的、担心我的人却待着不走,她待着,待着,并拿出科隆香水给我,而且非让我自己将这清凉的液体抹在太阳穴上:这时候我却一分钟一分钟地数着,同时还想着他,并琢磨着能找个什么借口来摆脱这种折磨人的关切。我越是焦急不安,她对我就越是怀疑;后来,她几乎想强行把我弄到房间里去,让我躺下。她还在一个劲儿地劝我,这时我突然朝大厅中央的钟看了一眼:差两分七点半,而七点三十五分火车就开了。绝望中我对什么都不在乎了,粗暴地径直将我表姐的手狠狠一甩,动作之快,宛如子弹出膛:'再见,我得走了!'说罢,根本不去顾及表姐惊得发呆的目光,也不四下看看落下什么东西没有,便从那些诧异得目瞪口呆的旅馆侍役身边冲出大门,来到街上,径直朝车站奔去。挑夫在车站上守着行李等我,我老远就从他激动的手势上得知,时间一定万分紧迫了。我就盲目地拼命冲到横杆那儿,结果被检票员拦住了:我忘了买票。于是我便软硬兼施,几乎说动了检票员,破例让我到站台上去,可是就在这时,火车开动了:我浑身发抖,目不转睛地望着徐徐开动的列车,希望至少能从某个车厢的窗口一瞥他的容貌,见到他的挥手,他的致意。但是火车加快了速度,我再也无法认出他的面容了。一节节车厢呼啸而过,一分钟以后,在我模糊的眼前留下的只有一片冉冉升腾的浓烟。

"我站在那儿准似泥塑木雕一般,上帝知道究竟站了多久,因为挑夫大概叫了我几次我都未答应,他这才大着胆子碰了碰我的胳膊。我猛地吓了一跳。他问,要不要把行李重新搬回旅馆。我考虑了一两分钟;不,这不可能,我走得那么仓促,那么可笑,我不能再回去,也不愿回去,永远不回去。这时我形单影只,心烦意乱,就叫他把行李搬到寄存处去。稍后,车站大厅里旅客熙来攘往,人声鼎沸,在阵阵喧嚣声中,我才设法进行思考,清晰地思考,想甩掉那些令人灰心丧气、痛苦不堪的纠葛,把自己从愤怒、悔恨和绝望中解救出来。因为——为什么不承认呢？——由于自己的过错，失去了与他最后会面的机会，这个想法像把烧红的尖刀无情地在我心里乱搅，那燃红的刀刃越来越无情地往我心灵深处捅，痛得我真想大声叫唤。只有完全没有遭遇过激情的人，在其一生中出现的唯一瞬间，他们的激情也许才会像雪崩似的、像狂飙骤起似的突然爆发出来：于是闲置多年未用的生命力就像碎石倾泻，一齐坠落在自己胸中。在这一秒钟里我已做了最最鲁莽的准备，将自己长期积聚起来、紧紧裹在一起的整个生命猛的一下抛将出去，却突然发现面前有一堵毫无意义的墙，我的激情一头撞了上去，只撞得晕晕乎乎，蒙头转向。像在这一秒钟里所碰到的那种意想不到、令人愤怒而又对它无能为力的事，我在此前从未经历过，以后也未曾经历过。

"我下一步所做的尽是些毫无意义的事，除此之外还能做些什么呢！我做的事很笨，简直愚蠢透顶，讲出来自己都感到羞愧。但是，我曾对自己、对您许下诺言，什么都不隐瞒。——那我就接着说吧。我……我要为自己找回他……就是说，我要为自己找回同他一起度过的每个瞬间……有股强大的力量把我拉向我们昨天一起到过的每个地方：花园里的那张我把他从上面拉走的椅子，我第一次看见他的那个赌厅，甚至那个下等旅馆。这样做的目的，仅仅是为了再一次、再一次重温往事。明天我还打算坐马车沿滨海再循旧路，在心里再次重温每一句话、每一个姿态和表情——这种做法多没意思，多幼稚，我真是糊涂透顶了。可是，请您想一想，那些事来得快如闪电，一下都落在了我身上，一下就把我击晕了，岂容我做别的考虑。现在从心醉神迷的状态中猛地醒来，借助于我们称为记忆的那种神奇的自我欺骗，我要将这些正在流逝的经历——重新追忆，再来品味一次，过把瘾——当然，这些事，有的别人理解，有的别人不理解，要完全理解，恐怕需要有一颗火热的心。

"这样，我便先到赌厅，去寻找他坐过的那张赌台，并在那里的许多双手里设想他的那双手。我走了进去。我还记得，我最先看见他的时候，他坐在第二间屋子左边的那张赌台上。他的每个动作姿态还清晰地浮现在我眼前：我就是闭上眼睛，伸出双手，梦游似的都可以把他的座位找到。于是我就走了进去，立即横穿屋子。这时……我在门口朝熙熙攘攘的人群一望……我眼前出现了一件奇怪的事……他正好坐在我梦见他的那个位置，他在那里坐着——这准是狂热引起的幻觉！……真是他……他……他……正是我刚才幻觉中见到的他……同昨天一模一样，两眼直愣愣地盯着转盘里的锥形球，脸色苍白，犹如幽灵……但是，那是他……是他……绝对不会错，那是他……

"这下吓得我非同小可，我差点儿叫喊起来。但是我控制住对这荒唐的幻象的惊吓，并且闭上眼睛。'你神经错乱了……你在做梦……你发烧了，'我对自己说，'这不可能，你眼里出现了幻影……半小时前他就从这里坐火车走了。'后来我重新睁开眼睛。啊，可怕极了：他坐在那里，同方才一模一样，有血有肉，绝对不会错……在千百万双手当中我也能认出他的手来……不，我不是在做梦，那人确确实实是他。他没有走，没有如他向我起誓所保证的那样，这神经错乱的人坐在那里，他有了钱，这钱是我给他回家的路费，他把它拿到这张绿色赌台上，又忘情地沉醉在他的癖好中，大赌起来，而我呢，却绝望地为他把心都掏了出来。

"我猛的一下冲上前去。我泪水模糊,眼里燃烧着愤怒的烈火,这背弃誓言之徒,竟这么无耻地欺骗我的信任、我的感情、我的委身,我真想掐住他的脖子。然而,我还是抑制住了自己。我故意慢慢(我费了多大力气啊)走到赌台的另一边,正好面对他,一位先生很有礼貌地给我腾出个位置。我们俩人中间隔着一张两米宽的绿色赌台,我可以像在楼座上看戏一样盯着他的脸。两小时前这张脸上还容光焕发,充满感激之情,闪烁着上帝宽宥的灵光,现在他的激情正在经受炼狱之火的煎熬,这张脸又抽搐得扭曲了。他的这双手,今天下午他在立下神圣誓言的时候还紧紧抓着教堂椅子的这双手,同是这双手,现在手指微曲,在钱堆里扒来扒去,犹如两个嗜血的魑魅。他赢了,他准赢了很多钱,很多很多钱:他面前随意拢了一堆筹码,金币和钞票,亮闪闪的,但横七竖八,凌乱不堪,战栗着的、神经质的手指乐滋滋地伸进钱堆里随便把玩。我见他将纸币一张张抚得平平整整,叠在一起,那些金币他则转动着,抚摩着,后来他突然一下子抓起一大把,抛在一个方格当中。他的鼻翼又立即开始快速翕动,掌盘人的叫喊声使他将眼睛,那炯炯有神的贪婪的眼睛从钱堆上移开,注视着蹦跳的圆球,他的身体仿佛自动地要往前冲,而两只胳膊肘却好似用钉子钉在了绿色台面上。他那迷狂的样子表现得比昨天晚上还可怕,还恐怖,他的每个动作都在毁掉我心中那另一个凸现在金色背景上闪闪发光的形象,那是我由于轻信而将它珍藏在自己心里的。

"我们俩人相距两米,呼吸着;我目不转睛地盯着他,他却没有发现我。他没有朝我看,他任何人都不看;他的目光只盯着钱,随着往后倒滚的球不安地颤动着:他的全部感官都禁锢在这个疯狂的绿色圆盘中了,并随着滚动的圆球而来回奔跑。在这个赌徒眼里,整个世界、整个人类都融化在这张蒙着绿呢的四角台面上了。我知道,即使我在这儿站上几个小时,他也不会感觉到我的存在的。

"可是,我无法继续忍受下去了。我突然横下一条心,绕过赌台走到他背后,用手紧紧抓住他的肩膀。他晕晕乎乎地抬起头来望着我——他瞪着呆滞的眼珠陌生地盯着我,看了一秒钟,像一个被人从沉睡中摇醒的醉汉,他灰暗的目光透着蒙眬的睡意,还刚开始从弥漫的烟雾中亮起来。后来,他似乎认出了我,抖抖索索地张着嘴,喜出望外地抬头望着我,结结巴巴地轻声说了一番知心话,令人丈二和尚摸不着头脑:'很好……我一进来,见他在这里,便立即知道运气来了……'我不懂他的话。我只看出,他已经赌得如痴如醉了,这个神经错乱的家伙已经把一切都忘了,把他的誓言,他约好的事情,把我、把世界统统都忘掉了。然而,即便是在这种如痴如癫的状态中,他那极度兴奋的神情仍然令我如此着迷,使我不由自主地信了他的话,并且吃惊地问,究竟谁在这里。

"'那儿,就是那个俄国独臂老将军,'为了不让别人偷听到这个神奇的秘密,他紧贴着我,悄声对我说,'那儿,蓄着连鬓白胡须的那个,背后有个侍从。他总是赢家,昨天我就注意他了,他准有一套诀窍,现在我一直望着他下注……昨天他也一直赢……只不过我犯了错误,他走了我还在继续赌……这是我的错……昨天他大概赢了两万法郎……今天他也是每盘都赢……现在我每回都跟着他下注……现在……'

"正说着,他突然停了下来,因为掌盘人响亮地喊了句

'Faites votre jeu!'①一听到叫喊声,他的目光便一路巡视过去,最后落在白胡子俄国人的位置上,贪婪地巡视着。这位俄国将军从容不迫地坐在那儿,神气十足,他先是不慌不忙地拿出一枚金币,稍作犹豫,随即又摸出第二枚,一齐押在第四格上。我面前那双容易激动的手便立即伸进钱堆里,抓起一把金币,扔在同一个位置上。一分钟后,掌盘人发出一声'空门!'的喊声,接着将笆竿一拐,便把桌上的钱全都收了去。他的眼睛盯住被横扫而去的金钱,好似观看一件稀奇古怪的事一般。您一定以为这下他会朝我转过身来了吧。没有,他没有转过身来,他把我完全忘了,我已经沉没了,完了,从他生活中消失了,他绷得紧紧的全部感官都集中在俄国将军身上,而这位将军却满不在乎,手里又拿了两枚金币掂了掂,一时举棋不定,不知押在哪个数字上好。

"我无法向您描述我当时的愤怒和绝望。但是,请您想想我的心情:我把自己整个一生都抛给了这个人,到头来在他眼里我却连一只苍蝇都不如,对于苍蝇还得用手去随便驱赶一下呢。愤怒的狂涛再次涌上我的心头。我使劲一把抓住他的胳臂,令他大吃一惊。

"'您必须马上站起来!'我轻声对他说,但语气是命令式的,'想想您今天在教堂里立下的誓言,您这背弃誓言的人,真可悲!'

"他愣愣地望着我,神情慌张,脸色惨白。他的眼里突然现出惊恐和颓丧的表情,活像一条挨了打的狗露出的那副样子,他的嘴唇战栗着。他似乎一下想起了先前的一切,似乎对自己感到

---

① 法语:"诸位请下注!"

害怕了。

"'好……好……'他结结巴巴地说,'噢,我的上帝,我的上帝……好……我就来……请您原谅……'

"说着,他的手便开始把钱归拾起来,起先动作很快,而且显得精神振奋,态度坚决,可是随后就慢慢变得越来越迟钝,像是被一股反作用力给冲了回来。他的目光又重新落在那位正在下注的俄国将军身上。

"'再等会儿……'他迅速将五枚金币扔在俄国将军下了注的格子里,'……就再赌这一盘……我向您起誓,我马上就来……就再赌这一盘……就再……'

"他的声音又消失了。圆球已经开始滚动,并且也将他拽着一起滚动。这着了魔的人,他的心已经从我身边,也从他自己身边滑出去了,连同陀螺一起摔进光滑的凹格里,它里面的小球还在不住地滚跳。掌盘人又在吆喝了,耙子又扒走了他的五枚金币;他输了。但是,他并没有转过身来。他把我忘了,把誓言以及一分钟前对我说的话统统都忘了。他的手又哆嗦着去抓那堆渐渐变少的钱,他迷醉的目光不安地颤动着,专门盯住他意愿中的那块磁石,对面那位会给他带来好运的人。

"我再也无法忍耐了。我再次将他摇了摇,但这次摇得很重。'您现在立即站起来!立刻!……您说过,就赌这一盘的……'

"可是,这时意想不到的事发生了。他突然转过身来瞪着我,脸上已经不再是恭顺和迷惘的表情,而是一脸雷霆大作的神色,愤怒使得他眼睛冒火,嘴唇发抖。'别缠着我!'他大声向我叱责,'给我滚开!您给我带来了晦气。只要您在这儿,我就

老输。昨天您就让我倒了霉,今天您又来了。快给我滚开!'

"刹那间我僵住了。见他这么疯狂,我的愤怒也像一匹脱缰的野马。

"'我给您带来了晦气?'我大声谴责他,'您这个骗子,您这个小偷,您曾对我发誓……'我说不下去了,因为这中了邪的人从座位上跳起来,毫不在乎周围喧嚷的人群,把我直往后推。'让我安静点。'他无所顾忌地大声喊道,'我又不受您的监护……拿去……拿去……把您的钱拿去,'说着,他便扔给我几张一百法郎的钞票……'现在您总可以让我安静了吧!'

"他非常大声地嚷着,喊着,完全像中了邪一般,对上百个围观者熟视无睹。所有的人都瞪大眼睛,都在喊喊喳喳,指指点点,放声大笑,就连隔壁大厅里也挤过许多人来看热闹。我觉得,我仿佛被人把身上的衣服剥了下来,让我赤身裸体地站在这帮看热闹的人面前……'Silence, Madame, s'il vous plait!'①掌盘人盛气凌人地大声喊道,并用箆竿敲着赌台。这可怜的家伙,他这句话是冲着我说的。受到这般侮辱,我被羞得无地自容,站在这帮喊喊喳喳、交头接耳的看热闹的人面前,好似一个妓女,一个别人扔钱给她的妓女。二三百只厚颜无耻的眼睛一齐盯着我的脸,这时……侮辱的污水泼得我羞愧难当,我深深埋下头,把目光躲开,转向一侧,这时正巧遇到两只眼睛,一双惊骇万状地瞪着我的眼睛,真像两把锋利的尖刀——那是我表姐,她望着我,惊得张口结舌,呆若木鸡,还举着一只手。

---

① 法语:"夫人,请安静!"

"我好似挨了当头一棒,直吓得魂飞魄散:还没等她动弹,没等她从惊吓中恢复过来,我便立即冲出大厅,一口气跑到那张长椅跟前,就是昨天那个着了魔的人倒在上面的那张长椅。我也同样精疲力竭,身心交瘁地倒在这张无情的硬木椅上。

"这已是二十四年前的事了,可是,每当我回想起那一瞬间,被他嘲讽得低下头来,站在千百个陌生人面前的那一瞬间,我血管里的血就会变得冰凉。我又惊诧地感觉到,我们一直自鸣得意地称为灵魂、精神、感情的东西,称为痛苦的东西,其实质又是多么的虚弱、可怜和没有骨气,因为这些东西即使再多,也不能把受痛苦煎熬的肉体和被压坏的身躯完全毁灭——因为人会经受住那样的时刻,血脉还会照样搏动,而不会像遭了雷击的大树那样死掉或者翻倒在地。这样的痛苦仅仅是突然一下,只有一瞬间,好像扯断了我的关节一样,使我倒在了长椅上,上气不接下气,脑袋迟钝麻木,简直领略到必定要死亡的快乐预感。然而,我刚才说过,一切痛苦都是懦弱的,而生的欲望却异乎寻常地强烈,在它面前,痛苦自会消退,而生之欲望似乎是植根于我们肉体之中的,它比我们精神上的一切死亡激情更为强大。在感情上经历那样的打击之后,我竟重新站了起来,这一点我自己也无法解释,当然,站起来之后该做些什么,对此我并不知道。我突然想到,我的几只箱子还寄存在车站上。刚一想到,心里便有种东西在催促我:走,走,走,离开这儿,离开这座该诅咒的地狱。我对谁都未加留意,便径直奔到车站,询问去巴黎的下班火车几点开,售票员告诉我是晚上十点开,于是我便立即将行李托运。十点——自那次可怕的邂逅以来正好过了二十四小时,这二十四小时里充满了种种荒谬感情的骤变,以致我的内心世界永远破碎了。可是眼前,在心里持续不变的怦怦锤击的节奏中我只感觉到一个字:走!走!走!我头上的脉搏扑扑直跳,好似楔子不停地打进我的太阳穴里:走!走!走!离开这座城市,离开我自己,回家去,回到亲人身边去,回到我先前的、回到我自己的生活中去!我连夜乘火车到巴黎,从巴黎又几经转车才到了布隆,从布隆再到多佛,从多佛到伦敦,从伦敦到我儿子那里——这趟狂奔疾飞似的旅程整整四十八小时,一路上我不思,不想,不睡,不说,不吃,在这四十八小时中所有的车轮都咔嗒咔嗒地只奏着一个字:走!走!走!走!最后,我走进我儿子的乡村别墅时,大家都感到意外,人人都大吃一惊:我的神态和目光里一定有点儿什么泄露了我的隐秘。我儿子要来拥抱我,吻我。我赶忙把头往后一别:他要接触我的嘴唇,而我的嘴唇已被玷污,想到这点我就无法忍受。我拒绝回答任何问题,只要洗个澡,需要从自己身上洗掉旅途的尘土和其他一切污秽,因为我身上似乎还粘着那个着了魔的人、那个毫无尊严的人的激情。随后我拖着脚步上楼,进了自己的房间,睡了十二小时或十四小时,直睡得昏昏沉沉,不知白天黑夜,在此之前和此后我都未曾睡过这样的觉,后来我才体会到,这一觉睡得真像是躺在棺材里死了一样。我的亲人像照看病人似的照看我,但是他们的温存体贴只能使我感到痛苦,他们对我的爱护和尊敬使我觉得内心有愧,我得时时留意,生怕自己突然大声吐露出真情:由于一次疯狂而荒唐的激情,我曾背叛过、忘掉过、抛弃过他们。

"后来,我又毫无目的地来到一座法国小城,谁也不认识,因为有个妄念我怎么也摆脱不了,总觉得人人第一眼就会从外表上看出我的耻辱,我的变化,我深深感到自己已经露出马脚,觉得自己直到灵魂深处都很肮脏。有时我早晨在床上醒来，感到非常害怕，眼睛都不敢睁开。我又想到那天夜里，我醒来突然发现自己身边躺着个半裸的陌生人，我像当时一样只有一个愿望：立即去死。

"但是，毕竟时间拥有最深远的威力，而年龄则具有一种能使各种感情贬值的特殊力量。人老了，就会感到死期渐渐临近，死神的黑影已经罩在了生命的旅途上，这时一切东西都显得不那么耀眼了，不再会强烈地影响一个人的内心感受，而且还减少了许多危险力量。我渐渐摆脱了那次打击的阴影；多年以后，我在一次社交场合遇到奥地利公使馆的专员，一个年轻的波兰人。我问起那个家族的情况，他告诉我，他表兄就是这个家族的，他表兄的一个儿子十年前在蒙特卡洛开枪自杀了——听到这个消息我都没有战栗一下。我已不再感到痛苦，也许——何必否认人的自私心理呢？——甚至还暗自欣喜呢，因为我以前一直担心说不定什么时候会碰见他，现在这个最后的恐惧也消失了。现在除了我自己的回忆，再也没有会对我构成威胁的见证人了。从此我心里就平静多了。人一老就不再害怕过去，除此一端便别无他长了。

"现在您就了解了，我怎么突然会同您谈我自己的遭遇，您为亨丽埃特夫人辩护时热情地说过，二十四小时完全可能决定一个女人的命运。我觉得这也是我自己的看法。我非常感激您，因为我的观点似乎第一次得到了确认。那时我就思忖：把心里的话统统说出来，这也许可以解除压在我心上的惩罚，以及回顾往事时所感到的惊吓；这样一来，也许我明天就可以去蒙特卡洛，走进那个使我遭遇这番命运的赌厅，既不恨他，也不恨自己。这样,我心上的巨石就落下去了,以它千钧之力沉沉地将过去压在底下,并且使它不能复苏。我能把这一切都讲给您听,于我很有好处:我现在心情轻松,几乎感到很快乐……为此我要感谢您。"

说到这里她突然站了起来,我感觉到,她已经讲完了。我有点儿发窘,想找句话来说。但是,她一定觉察到了我内心的感动,所以马上就加以阻拦。

"不,请您不要说……我不要您回答我或是对我说什么……感谢您听我讲了自己的遭遇,祝您旅途愉快。"

她站在我对面,伸出手来同我握手告别。我不由自主地抬头望着她的脸,站在我面前的这位慈祥而又略有羞赧的老太太。她的脸色令我感到非常惊异。不知是往日激情的反照,还是由于心慌意乱,这时她脸上突然泛起一层红晕,将她从脸颊到白发根都染成一片丹霞。她站在那里,活脱脱像个少女,对往事的回忆使她像新娘似的有点儿不知所措,而对自己的坦率陈述又感到有点儿羞涩。我不由得深受感动,很想用一句话来表示对她的崇敬。可是,我感到喉头太紧,说不出话来。于是我便弯下腰,满怀敬意地吻了她枯萎的、像秋叶般微微颤抖的手。

韩耀成　译

看不见的收藏
——德国通货膨胀时期中的一段插曲

列车过了德累斯顿两站,一位上了年纪的先生登上了我们这小节车厢,他彬彬有礼地打了招呼,向我颔首致意,再次富有表情地望了我一眼,像是遇见一位故人。乍一看我想不起来,可当他面带微笑刚一说出他的名字时,我马上就想起来了:他是柏林最有声望的艺术古玩商人之一,和平时期我经常在他那里浏览和购买旧书以及作家手稿。我们先是随便地聊了一会儿,突然间他径直说道:

"我得告诉您,我这是从哪来的。作为一个艺术商人,这是我三十七年来遇见的一桩奇怪至极的插曲。您大概知道,自从货币的价值像空气一样不值钱,现在我们这一行的行情是什么样子:一批暴发户骤然间都对哥特式的圣母像、古版书以及古老的铜版雕刻画和古画感兴趣了。根本就无法满足他们的奢望,您甚至不得不防范他们把你的整个家底搜净刮光呢。他们恨不能把衣袖上的纽扣和写字台上的桌灯都买了去。于是收进新的货物就越来越困难了——请您原谅,我突然把这些东西说成是货物,往常这可是令我们感到多少有些敬畏的呢——可是这群坏家伙就是习惯于把一本杰出的威尼斯古版书看作一大堆美元,把一张古尔希诺①的素描当成几张一百法郎钞票的化身。这股突然涌来的抢购浪潮,其势头锐不可当。于是隔夜之间我就被搜刮得一干二净。我真想把店门一关了事。在我们这样一家老字号里——这还是我父亲从我祖父手里接过来的——竟然只有一些可怜巴巴的劣等货色,过去,在北方这都是些连走街串巷的小贩也不愿放到车上的东西,我为此羞愧至极。

"在这种狼狈的境地里,我想出了个主意,去翻阅我们的老账本,搜索一下我们的老顾客,或许可能从他们手中重新买回几件复制品,这样一本陈旧的顾客名单一直都是某种类型的坟墓,特别是在眼下这年代,它对我的用处根本不大。我们早先的那些买主大多数不是早就把他们的收藏送进了拍卖行,就是已不在人世了,对极个别的人也不能抱什么希望。突然间翻出我们的一个老顾客的一整捆来信,我一下子就想起他来,因为从一九一四年世界大战爆发以来,他就再也没有写信向我们订过货和询问过情况了。这些信件大约都是六十年代②以前的,这绝不是夸张!他从我祖父和父亲手里买过东西,可我记不起来,在我经营的三十七年中他进过我们的商店。一切都表明,他一定是一个古怪的、老式的、滑稽可笑的人。这样的德国人已经变得罕见了,只有在偏远的小镇里还有个把这样的人一直活到我们的时

---

① 意大利画家乔万尼·弗兰西斯科·巴比埃利·达·秦托(1590—1666)的绰号。
② 指十九世纪六十年代。

代。他写的字都是一种书法艺术,写得十分工整,钱数总额都用尺和红笔画上直道,而在数字下面都是再画上一道,以免出错。这一点以及他所用的简陋的信封和很不起眼的信纸都说明了这个无可救药的外省人的琐细和吝啬。落款处除了签上他的名字之外,他还经常带上一大串烦琐的头衔:退休的林务官,农业学家,退休上尉,一级铁十字奖章获得者。这个七十年代的老兵,要是还活着的话,那至少年过八十了。但是,这个滑稽可笑的节俭人,作为一个古老的绘画艺术的收藏家却表现出一种非凡的聪颖、杰出的知识和出色的鉴赏力。我慢慢地整理他大约六十年之内的订单——最早的一批订货还只是几枚银币的事情——这时我发现,这个卑微的外省人在当时人们用一个塔勒①可以买一大堆精美的德国木刻画的年代里,不声不响地搜集到一批铜版雕刻画,这笔收藏与那些暴发户借以炫耀自己的东西相比,毫不逊色。在半个世纪里,光是他在我们这里仅用极少马克和芬尼成交的,今天的价值就会令人咂舌,除此,可以想象得出,他一定也从拍卖行和其他商人手中弄到不少名贵的东西呢。从一九一四年起我们再也没有从他那里收到过订单了,但我对艺术商界里的事情十分熟悉,这样一批收藏如果进行拍卖或者私下里出售那是瞒不过我的。因此,这个古怪的人现在一定还活着,要不这批收藏就在他的继承人手里。

"这件事引起了我的兴趣,于是我在第二天,即昨天晚上立刻动身,直奔萨克森的一座十分破旧的小镇。当我从简陋的车站穿越城镇的那条主要街道时,我简直不能相信,在这些平庸

---

① 德国旧时的一种银币。

的、市民气的简陋房屋里,其中某间陋室竟住着一个拥有伦勃朗的最杰出的绘画、丢勒和蒙台纳的木刻人像的人。使我惊讶的是,我在邮局询问这里是否住有叫这个名字的林务官和农业学家时,得知这位老先生确实还健在,于是我就在上午前去拜访,应当承认,我的心当时跳个不停呢。

"我没费什么力气就找到了他的住处。他住在那种租费低廉的、土里土气的楼房里,这种建筑物都是在六十年代草率匆忙修建起来的,他住在三楼,二楼住着一位老实的裁缝,在三楼的左边挂着一位邮政局长的牌子,闪闪发光;而在右边挂着一个小型的珐琅牌子,上面有林务官和农业学家的字样。我胆怯地拉动了门铃,随即出来了一个年迈的白发女人,她头戴一顶整洁的黑色小帽。我把我的名片递给了她,问是否可以同林务官先生面谈。她感到惊讶,先是怀有某种疑惑似的打量我,随即看了看我的名片。在这远离世界的小镇里,在这老式的房子里,出现了一个从外地来的客人,这可是一件大事。但是她和气地请我稍候,拿着名片,走进房间,我听到她轻轻地说话,随即突然响起了一个男人的洪亮声音:'啊,R先生,柏林来的,一家大古玩店的老板……请进来,请进来……我太高兴了!'那个老妇人快步重新走了出来,把我让进屋内。

"我脱掉大衣,进了房间。在简朴的房间正中,笔直地站着一个健壮的老人,浓髭密髯,身上穿着一件半军用的便服,亲切地向我伸出双手。但他站在那里的这种奇怪的、僵直的姿态与他那外表上不容置疑的高兴非凡和喜出望外的欢迎姿态毫无共同之处。他一步也不朝我走来,我感到一丝愕然,只得走到他跟前,以便和他握手。可当我正要握他的手时,我发现他的那双手仍一动不动保持着水平姿势,不是来握我的手,而是在那儿等我去握。随即我全明白了,这个人是个盲人。

"早从孩提时代起,在一个盲人面前,我总是觉得不舒服;我明知他是一个活生生的人,可同时又知道,他不能像我看到他那样看到我,这总免不了使我感到某种羞赧和窘迫。当我现在看到白色浓眉下的一双业已死亡了的、僵直的、空无所视的眼睛时,我不得不克制我的愕然。但是这个盲人却不让我有更多时间发怔,我刚一握住他的手,他就使劲地摇动起来,急促地、高兴得粗声粗气地再度表示欢迎。'稀客啊,'他满脸堆笑地对我说,'这真是奇迹呀,柏林的一位大老板竟然光临寒舍……可一当某个生意人上路,那就要当心啊……在我们这里,人们常说:要是吉卜赛人来了,那就要紧锁房门,看好钱包……是的,我想得出您为什么来找我……眼下,在我们这个可怜的、走下坡路的德国,生意不好做啊。没有买主了,于是大老板们就又想起了他们的旧主顾,寻找他们走失了的羔羊……但在我这里,恐怕您交不上运气啦,我们这些穷苦人,靠养老金过活的老人,饭桌上有块面包,就够高兴的了。你们现在要的令人发疯的价格,我们再也付不起了……我们这样的人永远也没有份了。'

"我立即解释说,他误解了我的来意。我来这儿不是向他出售什么,我只是偶然来到这一带,有了机会,也不想错过这个机会来拜访我们的一位多年的老主顾和德国最大的收藏家之一,我刚一说完'最大的收藏家之一'这句话,这老人的脸上便起了一种奇怪的变化。虽说他还是笔直地、僵硬地站在房子中央,可是现在他的态度突然显出欢快明亮和扬扬得意的神情。他把身子转向估计是他妻子的方向,说道:'你听听。'声音里充满了快乐，没有一丝那种在军队里养成的粗鲁语气，而是和气地甚至是温柔地对我说：'您这真是太好、太好了……您确是不虚此行啊。您可以看到您不是每天都能看得到的东西，即使是在你们豪华的柏林……有几幅画，在阿尔帕梯纳①，在该死的巴黎都找不出比它们更美的了……真的，收藏了六十年，什么样的东西能没有啊，这可不是在马路上随便看得到的。露易丝，把柜子的钥匙给我！'

"这时候却发生了有些意想不到的事情。那个一直站在他身边、面带微笑客气地静听我们谈话的老妇人，突然向我恳求地举起双手，与此同时猛烈地摇头表示不同意，这个暗示一开头我没有理解。这时她走到丈夫跟前，把两只手放到他的双肩上。'海瓦特，'她提醒说，'你还根本没问这位先生现在是不是有时间来看你的收藏呢，现在已经中午了。而饭后你得休息一个钟头，这是医生明确嘱咐了的。饭后你让这位先生看你的东西，然后我们一同喝杯咖啡，不是更好吗？那时安娜玛丽也在这儿了，她对这些东西很熟悉，可以帮你的忙！'

"这番话她刚一说完，就立即再次背着什么也察觉不到的老人重复那种迫切乞求的手势。我现在懂得了她的意思。我知道，她希望我现在拒绝观看他的收藏，我很快找到一个遁词，说中午有一个约会。如果能够欣赏他的收藏，我当然感到高兴和光荣，但是在三点钟之前几乎不可能了，在此之后我十分愿意。

"他像一个孩子被人夺去了心爱的玩具那样恼火起来，老人转过身来。'当然，'他嘟囔说，'柏林的先生们从来都没有时

---

① 阿尔柏梯纳：维也纳著名的艺术陈列馆。

间的,可这次您一定得花点儿时间的,这可不是三五幅画,这是整整二十七本画册,每本是一个大师的作品,而且没有一本里是有空页的。那就说好三点;可要准时,否则我们是看不完的。'

"他又空无所视地把手伸给我。'您注意,您会高兴——或者恼火。而您越是恼火,我就越是高兴。我们收藏家一向就是这样:一切都弄来给自己,而没有我们给别人的!'他再次有力地摇动我的手。

"老妇人陪我出门。整个时间里我已觉察到她闷闷不乐、畏葸不安和不知所措的表情。刚一走出门口,她完全压低了声音、结结巴巴地对我说:'在您来我们这里之前,是否请您允许……请您允许……我的女儿安娜玛丽去领您前来?这更好些……更妥当些……您大概是在旅馆用饭吧?'

"'当然,我为此感到非常高兴,乐于从命。'我说。

"真的,就在一个小时之后,我在市集广场旁边旅馆的小饭堂里刚吃完中饭,就走进来一个老气的姑娘,她衣着简朴,用目光在搜寻。我向她走去,介绍我自己,说明我已准备停当,可以立即动身去欣赏她父亲的收藏。可她突然脸红了起来,像她母亲一样慌乱窘迫,她问我在去之前可否同我谈几句话。我立刻看出来她很为难。每当她要开口说话时,总是十分羞赧,面泛红晕,不安地用手抚弄衣服。最后她总算开始说了,结结巴巴,并且一再地慌乱无措:

"'母亲叫我到您这儿来……她把一切都讲给我听了……我们对您有一个请求……在您去我父亲那儿之前,我们是想告诉您,我父亲当然想把他的收藏拿给您看……可是这批收藏……这批收藏……不再是完整无缺的了……其中少了一些……

不幸的是,甚至可以说少了很多……'

"她不得不又停下来喘口气,随即突然望着我,匆忙地说下去:

"'我必须完全坦率地对您讲……您清楚眼下的时代,您会了解这一切的……战争爆发后父亲的双目就完全失明了。早在这之前他的眼睛就经常犯病,而由于激动终于完全失明——战争开始那年,他虽然已七十六岁了,可还是要到法国去打仗,当军队没有像一八七〇年那样长驱直入,他就可怕地激动起来,于是他的视力就急剧减退,要没有这场变故,他一直还完全是健壮的,在这之前不久他还能整小时走动,甚至外出打猎,这是他最喜爱的一种运动。可现在他不能出外散步,他剩下的唯一乐趣就是这批收藏,每天他都得看上一遍……说实在的,他根本不是在看,他根本也看不见了,但他每天下午把画册都拿出来,为的是至少可以用手去摸摸它们,一张接着一张,总是按着固定的次序,这是数十年来他熟记好了的……今天没有什么再引起他的兴致了,我总是给他念报纸上的拍卖价格,他听到价格越高,就越是高兴……可是……可这太可怕了,我父亲对物价、对时代是一窍不通啊……他不知道我们失去了一切,他不知道他一个月的养老金只够两天的生活用……此外还得加上我妹妹和她的四个孩子,她的丈夫战死了……可我父亲对我们经济上的困难一无所知。开头我们节俭地过,省吃俭用,可这无济于事。于是,我们开始卖东西——我们当时不动他心爱的收藏——卖我们有的零星首饰,可是,我的上帝,六十年来我父亲把他省下来的每个芬尼都用在买画上了,我们能有什么值钱的东西呢。山穷水尽,我们不知该怎么办……于是,于是母亲和我卖了一张画。父亲要知道的话,是不会允许的,他不知道境况多么坏,他想象不出在黑市里买一口吃的是多么困难,他也不知道我们被打败了,阿尔萨斯和洛林被割让出去了,我们不再给他念报纸上这一类的事情,免得他激动起来。

"'我们卖了一幅非常珍贵的画,那是伦勃朗的一张铜版蚀刻画。买主给了我们好几千马克,我们希望用这笔钱能过上一年。可是您知道,这钱也太不值钱了……我们把余款存放在银行里,可是两个月后就变得一文不值了。这样我们只得又卖一张,接着再卖一张,而买主汇来的钱老是很迟,等钱到手又不值钱了。随后我们去拍卖行,可在那儿他们也欺骗我们,出的价格是上百万……可是等这几百万马克到我们手就又变成一堆废纸。慢慢地就这样把他那批收藏中的最珍贵的卖得一张不剩,用来维持起码的、最可怜不过的生活,而我父亲对此一无所知。

"'因此,当您今天前来,我母亲十分惊慌……要是他给您打开他的画册,那一切就隐瞒不住了……我们把复制品或类似的画塞到画册里的旧框里去代替我们卖出的画,这样,他抚摩的时候就不会发觉。当他抚摩和数这些画(每一张的次序他记得非常清楚)的时候,那种喜悦劲和他过去眼睛能看得见的时候一样。在这座小城镇里,父亲认为,没有一个人配看他的宝贝……他怀有一种狂热爱着每一张画,我相信,要是他知道了他手里的这批画都早已无影无踪的话,那他会心碎的。这么多年来,您是第一个他要把他的画册给您看的人。为此我请求您……'

"突然这个女人举起双手,眼睛含着泪水,闪闪发光。

"'……我们恳求您……您不要使他不幸……您不要使我们不幸……您不要毁掉他这最后的幻想,请您帮助我们,使他相信他要对您讲述的这些画都还在……要是他猜出了都是假的,那他肯定会死去的。或许我们这样对待他是不对的,但是我们没有别的办法。人总得活下去……人的生命,我妹妹的四个孤儿,这总比画要重要啊……直到今天,我们确也没有剥夺掉他的快乐;每天下午有三个钟点他翻阅他的画册,同每张画说话,像同一个活人一样。而今天……今天也许是他最幸福的日子,多年以来,他一直等待这么一天,好向一个行家展示他这些心爱之物;我请求您……用举起的双手恳求您,不要毁掉他的幸福!'

"她说的这一切是那样感人,我的复述根本无法表达出万一。我的上帝,作为一个生意人,我看到过许多人被无耻地掠夺得一干二净,被通货膨胀弄得倾家荡产,他们宝贵的家私为了换口奶油面包而被骗去。但是这儿,命运创造了另外一番奇特的情景,它使我极为感动。不言而喻,我答应她一定保守秘密,并尽我最大的努力去做。

"我们一道前往。在半路上我又愤慨地得知,别人用区区小数的钱欺骗了这两个穷苦的、无知的女人,这更坚定了我去帮助她们的决心。我们上了楼,还没等我们拉门铃,我就听见从房间里面传出来老人高兴的叫喊声:'进来!进来!'盲人的灵敏听觉使他在我刚一上楼时就听到了我们的脚步声。

"'海瓦特今天等着您看他的宝贝,急得连觉都没睡着。'老妇人微笑着说。她女儿的一个眼色就使她安下心来,知道已经取得了我的同意。在桌面上早就摆满了画册,这位双目失明的老人刚一握到我的手,来不及说其他的欢迎词儿,就抓住我的胳膊把我按在扶手椅上。

"'好了,现在我们马上开始——有好多东西要看呢,从柏林来的先生们没有时间哪。第一本画册是丢勒大师的,您可以看得出来,是相当完整的,一张比一张好,喏,这您自己能判断出来的,您看这一张!'他翻开画册的第一张,'这是《大马》。'

"于是他十分谨慎地,就像是接触一件易碎的物件似的,用指尖小心翼翼地从画册的纸框里取下一张上面什么也没有的、发黄的纸张,兴高采烈地把这张废纸头摆在自己的面前。他看着它,有好几分钟,实际上他什么也看不见,但他兴奋地用手把这张白纸举到眼前,脸上奇妙地呈现出一个明目人那样的聚精会神的表情。在他那双瞳仁业已僵死的眼睛里霎时间闪出一种明镜般的光亮,一种智慧的光华。这是由于纸张的反射还是内心光辉的映照?

"'喏,您什么时候看到过这样一张极为漂亮的画呢?'他骄傲地说,'每一个细部都多么清晰,多么细腻——我把这一张同德累斯顿的那一张做过比较,比起来那一张显得呆板,毫无生气。这儿还有收藏家的一些落款!'说着他把这张纸翻了过来,用指甲准确地指着这张白纸背面的一个地方,这使我不由自主地看过去,看那儿是否真的有什么标记。'这是拿格勒收藏的图章,这儿是雪米和艾斯达依勒的图章;他们,这些著名的收藏家绝不会想到,他们的画有一天竟落到了这间陋室里。'

"当这个一无所知的盲人那样赞赏一张废纸时,我脊背上不禁感到一阵发冷;看到他用指甲尖一丝不苟地指着那些只存在于他幻想中而实际上看不到的收藏者的标志,真使人难过。我觉得嗓子眼儿发堵,不知回答什么好;但当我不知所措地向两个女人望去时,看到了那个颤抖的、激动的老妇人乞求地举起双手,于是我镇定下来,开始扮演我的角色。

"'真是罕见!'我终于讷讷说道,'一张美极了的画。'他的脸立刻由于骄矜而泛出光泽。'这远不算什么,'他得意地说,'您得先看看那张《忧郁》或者《基督受难》,一张着色的珍品,这样的质量再找不出第二份来,您看看吧。'他的手指又轻轻地在一张他想象中的画上比画着。'多么鲜艳,色调多么细腻,多么温暖。柏林的古玩商和博物馆的专家们都会目瞪口呆的。'

"这种狂喜入迷的、喋喋不休的赞赏足足有两个钟头。不,我无法向您描述,看到这一二百张白纸或粗劣的复制品是多么令人难过,但这些白纸和复制品在这个悲惨的、一无所知的盲人的记忆里却是那么真实,他能丝毫不爽地顺着次序赞美着、描绘着每一个细部,十分精确;这看不见的收藏,虽说早已失散得一干二净,可对于这个盲人,对于这个令人感动的、受骗的老人,却依然是完整无缺啊,他幻觉中的激情是那样强烈,几乎使我都开始相信他的幻觉是真实的了。只是有一次他几乎从这种夜游式的状态中被惊醒过来:在他夸奖伦勃朗的《阿齐奥帕》(这一定是一幅珍贵无比的样本)印得多么精致时,同时就用他那神经质的有视觉的手指,顺着印路在描画着,可他那敏感的触觉神经在这张白纸上却感受不到那种纹路。刹那间,他的额头笼罩上一层黑影,声音慌乱起来。'这真的……真的是《阿齐奥帕》?'他嘀咕起来,显得有些困惑。于是我灵机一动,马上从他手里把这张纸拿了过来,并兴致勃勃地对这幅我也熟悉的铜板蚀刻画中每一个细节加以描述。盲目老人业已变得困惑的面孔又恢复了常态。我越是赞赏,这个身材魁梧然而老态龙钟的盲人便越是心花怒放,一种宽厚的慈祥,一种憨直的喜悦。'这才真是一个行家,'他欢叫起来,得意地把身子转向家人,'终于有一个懂行的人了,你们也会知道,我的画是多么宝贵了。你们总是怀疑我,责备我把钱都花在我的收藏上,是啊,六十年来,我不喝啤酒,什么酒也不喝,不吸烟,不外出旅行,不上剧场,不买书,我节衣缩食,省吃俭用,就是为了这些画。你们会看到的,等我离开人世时,那你们就会有钱,比这个城镇的任何人都有钱,和德累斯顿最有钱的人一样富有,那时你们就会对我的这股傻劲儿再次感到高兴呢。但是只要我还活着,哪一幅画也不许离开我的家。得先把我抬去埋掉,才能动我的收藏。'

"他的手温柔地抚摩着早已空空如也的画册,像抚摩一个活物似的。这使我感到惊悸,但同时也深受感动,在战争的年代里我还从没有在一个德国人的脸上看到这样完美、这样纯真的幸福表情,站在他身边的是他的妻女,她们与德国大师的那幅蚀刻画上的女性形象那样神奇地相似,她们来到这儿是为了瞻仰她们的救世主的坟墓,站在被挖掘一空的墓穴之前,她们面带一种惊骇至极的表情,而同时又怀有一种虔诚的、奇妙的狂喜。像那幅画上的女人在听耶稣基督的上天预言那样,这两个上了年纪的、面容憔悴的、穷苦的小资产阶级女人被老人的孩子般的喜悦所感染,半是欢笑,半是泪水,这种景象我从未经历过,它是那样动人。但是老人仍嫌我的赞赏不够似的,他一直不断地翻动画册,如饥似渴地吞饮下我的每一句话。当这些骗人的画册终于被推到一旁,他不情愿地把桌子腾出来供喝咖啡用时,这对我来说如释重负。但我的这种轻松之感,却是针对他那极度兴奋、极为狂乱的快乐的,针对这像是年轻了三十岁的老人的自豪而言,这使我感到内疚。他讲了许许多多他搜集这些画的趣闻;他拒绝他人的帮忙,不断地站起身来,一再地抽出一幅又一幅的画来,宛如喝醉了酒那样不能自主。最后,当我告诉他我得告辞时,他蓦地一怔,像一个固执的孩子那样满心不悦,气得直跺脚。这不行,我还一半都没看完呢。两个女人极力使这执拗的老人理解,他不应该再挽留我了,要不我就要误火车了。

"经过无望的挽留,他最后听从了劝告;在告别的时候,他的声音变得完全温和了。他抓住我的双手,面带一个盲人所能表现出来的全部感情,用手指爱抚地一直摸到手腕,像是要更多地了解我,或者是要给予我远非言辞所能表达出的、更多的爱。'您的访问使我高兴极了,高兴极了,'他开始激动地说,这激动出自他内心深处,是我永远不能忘怀的,'您对我真的做了一件大好事,使我终于、终于、终于能同一个行家一道欣赏我这些心爱的画册。您会看到,您到一个老瞎子这儿来,并没有白来一趟。这儿,在我的妻子面前,她可以做证,我答应,在我的遗嘱上再加上一个条款,把我的这批收藏委托给您这家老字号负责拍卖。您应该有这份荣誉,支配这批不被人知晓的宝贝,'说到这里他把手轻轻地放在已被洗劫一空的画册上面,'直到它们流散在世上的那一天为止。但您要答应我,印一份精美的目录:这将是我的墓碑,我不需要其他更好的了。'

"我向他的妻子和女儿望去,她俩聚靠在一起,战栗不时从一个人传向另一个人,仿佛她俩成为一体,协调一致地在抖动。可我有着一种庄重的情感,因为这个令人感动的、一无所知的盲人把他那看不见的、早已无影无踪的收藏当作一批珍贵的财富委托给我支配。我激动地应允了他,可是这允诺是永远不会兑现的。在他那对业已死亡的瞳仁中重又泛出光辉。我觉察到,他有着一种出自心底的渴望,要和我亲近;我感到他的手指是那么温柔、那么亲切地紧握住我的手指,满怀着感激和庄严的情感。

"两个女人陪我向门口走去。她俩不敢讲话,因为怕他灵敏的听觉会听到每一个字;她们望着我,两眼饱含热泪,目光里充满了感激之情。我迷迷瞪瞪地摸着下了楼梯。我真应该感到羞愧,看起来我像一个天使降临到一个穷人之家,由于我参与了一场虔诚的骗局并进行了善意的欺骗,从而使一个盲人复明了一个小时,我实际上却是一个卑劣的商贩,来到这里是想从别人手中搞去一两张珍贵的作品。但我从这里带走的远比这要珍贵得多:在这个阴郁的、没有欢乐的时代里,我又一次活生生地感受到了纯真的热情,一种照透灵魂、完全倾注于艺术的狂热,而这种狂热我们的人早就没有了。我怀有一种敬畏的感情——我不能说出别的什么来——尽管我还一直有着一种我说不出为什么的羞愧之情。

"我已走到了街上,上面的窗户咯吱地响动起来,我听到有人喊我的名字。真的,老人用盲无所见的眼睛在望着估计是我走去的方向,他连这个机会都不放过。他把身子从窗户里探出很远,两个女人不得不费心地扶住他。他挥动手帕,用孩子似的欢快声音喊道:'一路平安!'我永远不会忘记这个景象:窗口上面白发老人的一张快乐的面孔,高高地漂浮在马路上愁容满面、熙来攘往、行色匆忙的众生之上,乘着一朵幻觉的白云冉冉上升,离开了我们这个令人厌恶的世界。我不由得忆起了那句古老的至理名言——我想那是歌德说的——'收藏家是幸福的人。'"

高中甫　译

日内瓦湖畔的插曲

在日内瓦湖畔,靠近小小瑞士的维诺弗的地方,一九一八年夏天的一个傍晚,一个渔夫把船向岸边划来。他在湖面上发现了一件奇怪的东西,划近一看,原来是一只用几根木棍松垮地捆在一起的简单木筏,上面有一个赤身裸体的男人用一块木板当桨在笨拙地划着。渔夫惊骇地划到跟前,把这个精疲力竭的人拖到自己的船上,用渔网盖住他的下身,随后他试着同这个蜷缩在船上一角冷得浑身发颤的、畏怯的男人攀谈。可是这个人用一种陌生的语言答话,这种语言和渔夫说的没有一个字相同。不久,这个热心肠的渔夫只好作罢,他收起渔网,快速地向岸边驶去。

岸边华灯初上。这个赤身裸体的人的面孔慢慢清晰可见。他那宽大的嘴边满是胡髭,脸上泛起孩子似的笑容,举起一只手向对面指着,结结巴巴地说着一个词,听起来像是"露西亚"①,小舟离岸越来越近,这个词说得越来越热烈。渔船终于靠岸,渔

---

① 俄语的音译,意为俄罗斯。

夫们的家室都在岸边守望自己的男人。她们观望渔夫的湿漉漉的捕获物，可她们一看出在渔网里的竟是一个一丝不挂的男人时，便慌乱地四下逃散，就像瑙西卡①的侍女发现裸体的俄底修斯的情景一样。慢慢地，村里的一些男人向这稀有的"人鱼"聚拢来，他们随即负责尽职地把他送到村长那里。出于战争期间的直觉和丰富的经验，他立刻就觉察出这个人一定是个逃兵，从湖岸法国那边游到这里来的。于是他公事公办地进行审问，可是这种一本正经的做法很快就失去了严肃的意义和应有的价值，这个一丝不挂的男人(在此期间有几个居民掷给他一件上衣和一条粗布裤子)对任何问题只是重复地、疑问似的说："露西亚？露西亚？"声音越来越畏葸，越来越含混不清。村长对此感到有些恼火，于是以不容误解的手势让这个陌生人跟他走。身边围着一群吵吵嚷嚷的年轻人，这个湿漉漉的、光着大腿的男人，穿着一件上衣和一条短裤，被带到村公所去，好在那里把事情弄清楚。这个人顺从地一声不响，只是他那对明亮的眼睛由于失望而变得黯淡无光，他那高耸的肩膀像是在重压之下垂了下来。

这条被捕捞上来的"人鱼"被安置在就近的一座旅馆里。在单调的日子里，这个令人开心的插曲给人们带来了乐趣，一些女人和男人都来这里参观这个野人。一个女人带给他糖果，可是他像个猴子似的多疑，动也不动；一个男人给他照相，所有的人都谈论他，高兴地在他周围七嘴八舌说个不停。终于，有一个曾在外国待过并能说多种语言的饭店老板来到这个惶恐不安的人身

---

① 古希腊神话中阿尔刻诺国王的女儿。由于雅典娜的指使，瑙西卡和她的侍女们在河边嬉戏时发现了漂流到该岛的俄底修斯。当时俄底修斯一丝不挂地出现在她们面前，侍女吓得四下逃散。

边,轮换用德语、意大利语、英语,而最终用俄语问话。刚一听到家乡话,这个惶恐不安的人就抽搐了一下,他那善良的面孔上堆起一片宽厚的笑容,突然间他镇静而直率地谈起他的全部经历。这个故事很长,也很杂乱,一些个别地方连这个临时翻译也搞不懂,但是这个人的遭遇总的说来还是清楚的:

他在俄国打仗,可有一天,他同成千上万的士兵被装进军车,走了好远好远,随后又被装上船,船走了更长时间,经过一个非常炎热的地区,用他的话来说,热得肉里的骨头都软了。最后他们在一个地方登陆,又被塞进军车,然后向一个山丘冲了上去,随后他什么都不知道了,因为冲锋一开始他的腿上就中了一弹。通过翻译,听众马上就知道了,这个逃兵是属于那个穿过西伯利亚和经过海参崴,越过大半个地球来到法国前线的俄国军团的士兵。这马上激起了人们怀有怜悯心的一种好奇,是什么促使他能够进行这次稀奇的逃亡。这个性情随和的俄国人,面带半是宽厚半是狡黠的微笑叙述说,他的伤还没有好,就问护士,俄国在什么地方,护士把方向指点给他,他通过太阳和星星的位置大体确定了方向,于是就偷偷地溜了出来,夜间走路,白天躲在干草堆里逃避巡逻兵。吃的是采到的浆果和讨来的面包,走了十天,最终他到了湖边。现在他叙述就有些不清不楚了;好像是这个来自贝加尔湖畔的人以为,在晚霞中他眺望到日内瓦湖另一岸的摇曳不定的轮廓,认定那就是俄国。他想方设法从一家农舍里偷了两根木梁,他躺卧在上面,用一条木板做桨,划到湖中间,在那里那个渔夫发现了他。在他结束他的这段糊里糊涂的故事时,他胆怯地提出了个问题,是不是他明天就可以到家,还没等翻译出来,这个愚昧无知的问题先是唤起了一阵哄堂大笑,可随即这笑声变成了一种深切的同情。每个人都塞给这个东张西望、显得手足无措、可怜巴巴的人一两个铜板或几张纸币。

在此期间,一个较高级的警官从电话中得悉此事,由蒙特沃来到这里,他费了不少气力才就此事写出了一份记录。这不仅是由于这临时的译员无能为力,也是由于这个人的无知无识,西方人对此是难以想象的,可现在总算是清楚了。他对自己的身世,除了知道他名字叫鲍里斯之外,几乎毫无所知;而对自己的家乡,他只能极为混乱地描画个大概,他是麦舍尔斯基公爵的农奴(虽然农奴制早已废除好几十年了,可他还是说农奴这个词),他同他的妻子和三个孩子住在离大湖有五十俄里的地方等。现在谈到下一步该如何办的问题了,一些人开始争论起来,而他目光呆滞地蹲在这群人中间。有些人认为应当把他送交给伯尔尼的俄国领事馆,可另一些人怕这样做他会被重新送回法国;警官在权衡这个问题的严重性,是该把他当作逃兵还是当作一个无证件的外国人来对待;村秘书立刻排除上面提到的后一种可能性,这要地方上养活一个外来人,还要为他准备住处。一个法国人叫了起来,人们对这个可怜的俄国兵不该这样顾虑重重,他可以劳动或者被遣送回去;两个妇女激烈地反对说,他的不幸不是由于自己的过错,让人背井离乡到外国打仗,这才是一种犯罪。这个偶然的事件几乎要引起一场政治上的争吵。这时突然一位老先生、丹麦人——在此期间他来到此地——断然表示,他愿为这个人付八天的生活费用,这期间行政当局应同领事馆进行交涉达成协议。这个意想不到的解决办法,使官方之间和持不同意见的个人之间都避免了争吵。

在越来越激烈的争辩中间,这个逃兵慢慢地抬起畏怯的目光,老是望着饭店老板的嘴唇,他知道,在这场争论中,这是唯一能告诉他该怎么办的人。他对由于他的出现而引起的这场争吵显得毫无所谓,现在当争吵声平静下来时,他不由自主地在寂静中间向老板抬起乞求的双手,就像女人在圣像面前祈祷那样。那令人感动的姿势深深地打动了在场的每一个人。老板亲切地走上前去安慰他,告诉他不要怕,他可以住在这里,在旅馆会有人照料他的。这个俄国人要吻他的手,可老板迅速把手抽了回去。随后老板把邻近的一座小旅馆指点给他,他可以住在那里,有吃的东西,又再次说了几句亲切的话,安慰他;之后他顺着马路走回自己的饭店,临行时还再次和蔼地同他示意作别。

这个逃亡者动也不动地凝视着老板的背影,在人群中间,只有这个人懂得他的语言。他畏葸地躲在一边,一度明亮的脸色又阴沉下来。他眷恋的目光直到老板的背影消逝在位于高处的饭店才垂了下来,对其他人则望也不望。那些人对他的这番举止感到惊奇,笑了起来。其中一个人同情地动了动他,让他进旅馆去,他垂下沉重的双肩,耷拉着脑袋走进门去。有人给他打开睡房的房门。他蜷缩在桌旁,女仆把一杯烧酒放在桌子上表示欢迎。他整个上午动也不动地、茫然地坐在那里。村里的孩子们不时地从窗外窥视,大声笑着,朝他喊叫,他连头都不抬,一些人走进房来,好奇地观察着他,他目光不动地盯着桌子,弯着腰坐在那里,畏葸、羞赧。中午吃饭的时候,饭堂里聚集着一大群人,笑语喧哗,他周围的人都在高谈阔论,在喧嚣嘈杂的人群中间他又聋又哑地坐在这里时,他的双手哆嗦起来,几乎连用勺子舀汤都舀不出来。蓦地,两行粗大的泪水顺颊滚下,沉重地落在桌上。他畏怯地环望一下四周。其他人看到他流泪,一下子就静了下来。他感到羞愧,把沉重、蓬乱的脑袋越来越低地垂向黑色的桌面。

直到傍晚,他一直这样坐着。人们来来往往,他对此毫无感觉,而那些人也不再理会他了。他坐在火炉的阴影里,本身就像一截阴影,双手沉重地摊放在桌子上。所有的人都把他忘了,没有一个人注意到他在朦胧中突然立起身来,像只野兽似的、闷闷地顺着路向那座饭店走去。走到门前,他手中托着帽子,站在那里,一个钟点、两个钟点动也不动,对谁都不看一眼。在饭店的入口处,光线暗淡,他犹如半截枯树,僵直、黑黝黝地竖在那里,像生了根似的,终于这个奇怪的景象引起了饭店的一个小伙计的注意,他把老板叫了来。当老板用俄语向他打招呼时,他那阴沉沉的脸上又泛起少许的光泽。

"你要做什么,鲍里斯?"老板亲切地问道。

"请您原谅,"这个逃亡者讷讷地说,"我想知道……我是不是可以回家。"

"当然啰,鲍里斯,你可以回家。"被问者微笑着回答说。

"明天行吗?"

这下子老板也变得认真起来。当他听到这乞求的话时,笑容从他脸上消失了。"不行,鲍里斯,现在还不行。得战争结束才可以哪。"

"那什么时候?什么时候战争结束?"

"上帝才知道。我们这些人是不知道的。"

"不能早一些?我不能早一些走?"

"不能,鲍里斯。"

"很远吗?"

"很远。"

"得走许多天?"

"许多天。"

"先生,我还是要走!我身强力壮。我不会累的。"

"你没法走的,鲍里斯。这中间还有国境。"

"国境?"他呆钝地望着。这个词他太陌生了。随后他固执地一再说:"我会游过去的。"

老板几乎要笑起来,但这使他感到难过啊,于是他和蔼地解释说:"不行,鲍里斯,这不行啊。国境,就是另一个国家。他们不会让你过去的。"

"可我并没有得罪他们呵!我早就把我的枪扔了。我哀求他们,看在基督的分上,为什么不能让我去我老婆那里?"

老板的心情变得越来越沉重。他感到一阵揪心的痛苦。"不行啊,"他说,"他们不会放你过去的,鲍里斯。现在人都不再听基督的话了。"

"那我该怎么办,先生?我总不能待在这里呵!这里的人不懂得我,我也不懂得他们。"

"这你可以学会的,鲍里斯。"

"不,先生",俄国人垂下了头,"我学不会。我只能在地里干活,除了这我什么也不会。我在这儿能做什么?我要回家!您指给我路好了!"

"现在没有路,鲍里斯。"

"可是,先生,他们总不能禁止我回家,回到我老婆、回到孩子跟前去呀!我现在再不是个大兵了!"

"他们还会要你当兵的,鲍里斯。"

"是沙皇?"他蓦地问道,由于期待和敬畏而浑身颤抖。

"没有沙皇了,鲍里斯。人们把他推翻了。"

"没有沙皇了?"他愁眉不展地望着老板,目光中的最后一丝光泽消逝了,最后他疲惫不堪地说,"那么我是不能回家了?"

"现在还不能。你必须等着,鲍里斯。"

"等多久?"

"我不知道。"

在暗中,他的面色越来越阴沉灰暗:"我已经等了好长时间了!我不能再等下去。告诉我路!我要自己试着回去!"

"没有路,鲍里斯。在国境上他们会抓住你的。留在这儿,我们会给你找到活干!"

"这儿的人不懂得我,我也不懂得他们,"他固执地重复说,"我在这儿不能过活!帮帮我,先生!"

"我无法帮你,鲍里斯。"

"看在基督的面上,帮帮我,先生!我实在受不了啦!"

"我无法帮你,鲍里斯。现在没有人能帮助别人。"

他俩站在那里,面面相觑。鲍里斯转动手上的帽子。"那他们为什么把我从家里弄出来?他们说,我得保卫俄国,保卫沙皇。可是俄国离这儿那么远,你刚才说,他们把沙皇……您怎么说的了?"

"推翻了。"

"推翻了。"他懂也不懂地重复了这个词,"我现在怎么办,先生?我得回家!我的孩子在喊我。在这儿我没法活下去!帮帮我,先生!帮帮我!"

"我无法帮助你,鲍里斯。"

"没有人能帮助我吗?"

"现在没有人。"

俄国人把头垂得越来越低,突然间他闷声闷气地说:"谢谢你,先生。"随后转身走开了。

他慢步顺路而下。老板长时间地望着他的背影,看到他没有回到旅馆,而是向湖边走去,感到十分奇怪。他深深地叹了口气,回到自己饭店里去。

事也凑巧,翌日清晨还是那个渔夫找到了一具溺死者的赤裸裸的尸体。死者生前一丝不苟地把送给他的裤子、帽子和外套摆在岸边,然后走进水里。关于这件事做了一份记录;由于不清楚这个陌生人的姓名,只在他的坟墓上竖了一个简陋的十字架,这是那许许多多小型十字架中的一个,它象征着无名者的命运。现在整个欧洲,从东到西、从南到北到处都插满了这样的十字架。

高中甫 译

·一个陌生女人的来信·

拍卖行里的奇遇

　　1931年4月,一个奇妙的清晨,天气好极了,空气潮湿,但却又充满了阳光。它像一块软糖那样,好吃得很,香甜、凉爽,湿润和光亮,过滤了的春天,纯净的臭氧。在斯特拉斯堡林荫大道的中心,人们惊喜地呼吸着从草原和大海飘来的芬芳。一阵暴雨,那种任性的四月阵雨创造出了这种喜人的奇迹,春天经常是与它们一道以一种极为顽皮的方式宣告它的来临。
　　我们的火车在半路上朝着昏暗的地平线驶去,它从天空黑乎乎地直切入旷野;车临摩乌城郊的房屋像积木般地散落在四周,涂着令人郁闷的绿色广告不断地跃入眼帘,坐在我对面的那位上了年纪的英国女人开始整理她的有十四件之多的提包、瓶子和旅行用具。就在此际,那种海绵般的,翻滚着的乌云终于爆发了,从埃佩纳起,那铅色的和凶暴的彩云就与我们的火车头在进行一场竞赛。一道小而苍白的闪电是一个信号,随即暴雨好斗般地带着擂鼓似的声音倾泄而下,用潮湿的机枪的火花扫向我们正在行驶的列车。受到沉重的攻击,在嘎嘎作响的声中,窗户上的玻璃在哭泣,火车头屈服了,它那灰色的烟旗垂向了地面。除了扑向钢铁和玻璃的噼里啪啦的敲打,再也听不到什么,再也看不到什么,列车就像一只受折磨的野兽逃避暴风疾雨,在光亮的路轨上行驶。顺利地到了车站,我们站在有顶篷的站台上,等候行李搬运工,这时在灰白的雨棚后面,林荫大道的景色又突然变得明亮起来;一束尖利的阳光用它的三叉戟刺破了正在消逝的彩云,随即照亮了千家万户的房顶,像涂上一层黄铜一般,天空在海洋的蔚蓝色中闪闪发亮。像阿芙洛迪特从波浪中闪着光泽裸身而出一样,这座城市从雨的罩袍中现身出来。一幅神圣的景象。随即,人们从前后左右躲雨和藏身之地涌向街头,抖落掉身上的雨滴,欢笑着各奔前程。堵塞的交通缓解了,各式各样的老式交通工具都活跃起来,车轮在滚动,嘎嘎声、隆隆声、嘟嘟声,都混成一片;万物都在呼吸着和享受着重现的阳光。就连林荫大道上深深被桎梏在坚硬的柏油路上发蔫的树木,经过这场大雨的滋养和湿润,在清新和碧蓝的天空中绽开了细小尖尖的蓓蕾,并试着散发出少许的芬芳,确也是真的做到了。奇迹上的奇迹:有几分钟人们明显地感觉到了在巴黎心脏中,在斯特拉斯堡林荫大道上,栗子树开花的微弱而畏葸的呼吸。

值得赞美的四月里这一天中的第二件赏心乐事:我一到了巴黎,直到下午都没有约会。在这座拥有四百五十万人口的巴黎,没有一个人知道我,没有一个人在等待我。这就是说,我完完全全的自由,能做任何我想做的事。我能随心所欲,去散步,去闲逛,或者坐在一家咖啡馆读读报纸,或者去就餐,或者去参观博物馆,或者去浏览橱窗,或者去翻阅沿河岸旧书摊上的图书。我可以给朋友打电话,或者我就呆呆地凝视那温煦甜蜜的空气。

但幸运的是,我出于博识的本能做了最理性的事:我什么也不做。我没有做任何安排,给自己自由。摆脱掉任何接触的愿望和目的,把我的路放到随意滚动的轮子上,任它滑动到任何地方,这就是说,我随人摆布,随路驱使,我在五光十色岸边的商店徜徉,我疾步穿过步行道上人的洪流。到最后人群的波浪把我掷到宽大的林荫道[①]上;我惬意而疲惫地坐在位于豪斯曼林荫路和德洛斯大街街角的一家咖啡馆外的座位上。

我舒适地倚在松软的靠背椅上,点上了一支香烟,我在想,我又来到了这里,这就是你啊,巴黎!有整整两年之久了,我没有见到我的这位老朋友了,现在我要仔细地看看你,巴黎,开始吧,展示一下从那以后你学到了什么,前进,开始吧,让你的那部出色的有声电影"巴黎的林荫大道",在我眼前映出吧,这是一部光和颜色的活动,连同成千上万难以数计和不计报酬的道具演员的杰作;还有那不可仿效的,叮叮当当、轰轰隆隆、尖厉呼啸的马路音乐!不要吝惜你的速度,展示出来,你的所能,展现出来,你是何人;奏起你那巨型的奥开斯特里翁琴[②],与无调性的、泛调性马路音乐一道。让你的汽车开动起来,让你的摊贩吆喝起来,让那些广告喊叫起来,让你的喇叭轰鸣起来,让你的商店闪闪发光,让你的人跑动起来——而我则坐在这里,睁大了眼睛,有时间也有乐趣,去凝视你,去倾听你,直到我眼花缭乱,直到我的心怦怦跳动。继续下去,继续下去,你不要吝啬,

---

[①] 此处的林荫大道特指巴士底和玛德莱娜广场之间的林荫大道,时为巴黎著名商业区。——译者注

[②] 一种能模仿各种乐队音色的机械乐器。——译者注

你不要停下来,再来,一直这样,狂放,永远狂放下去,变出花样,越来越多,越来越有新的喊叫,新的呼唤,新的喇叭声和扩散开来的声音,它们不使我疲惫,因为我所有的器官都向你敞开,前进,前进,你把一切都献给了我,正如我已准备把一切都献给你一样,你这座无法仿效的、永远新奇和迷人的城市!

随后呢,这个非凡清晨的第三件赏心乐事,因为我业已感觉到神经受到了一种刺激,我又一次产生了好奇心,如通常在一次旅行之后或在一次通宵不眠的夜里那样。在这样一类的好奇心盛的日子里,我就像似多了另一个我,甚至是多了多个的我:我不满我被桎梏的生活,它令我感到压力,从内心感到某种张力,有些像蝴蝶要从蛹中挣脱出来那样。每一个毛孔都伸张开来,每一束神经都弯曲成一个精致的、灼热的小钩,令我变得神奇般的耳聪目明;这种耳聪目明在主宰我,这几乎是一种不祥的清醒,它使我的瞳仁和鼓膜变得格外的锐敏,凡是我目光能及的一切,对我而言都充满了神秘。我能够整小时地观察一个马路工人,看他如何用风镐掘起沥青,仅从这样的观察我就能强烈地感受到他的劳动。他那颤动的双肩所做出的每一个动作都不由自主传到我的身上。我可以无休止地站在一扇陌生的窗户前面,在设想那个我不认识的人的命运,他也许住在里面,我能整小时地注视某一个行人,并出于毫无意义而又吸引人的好奇心跟在他身后,这同时我完全清楚,在别人看来,我的这种举止完全无法理解,愚蠢至极。而他不过是我偶尔看到的一个人罢了。可这种幻想和乐趣比任何一部上演的戏剧或一本书的惊险篇章都更令我心醉神迷。很可能,这种超等的刺激,这种神经质般的耳聪目明当然是与突然的环境变化有关,只是气压的改变和因此引起的血液的化学变化的一个后果而已——我从来不想去解释清楚这种十分神秘的亢奋从何而来,但每当我感觉到,我往常的生活就像一抹苍白的晚霞,所有平庸无奇的日子百无聊赖、空洞乏味时,只有在这样的时刻我才能完全感受到我的存在和生活的多姿多彩。

也就在值得赞美的四月里的这一天,我坐在扶手椅上,那样精神贯注地、那样兴趣盎然地和焦急不耐地望着河岸边的人的洪流,我在等待着,可我不知道,我在等待什么。我怀着垂钓者那种轻微的,透着寒意的颤抖,等待着鱼漂的抖动;我本能地知道,我一定会遇到某种事情,我一定会碰上某一个人,因为我是那样渴求和神往,去交换一下位置,使自己好奇的乐趣变成一种游戏。但是马路没有向我提供任何东西,我身边熙往攘来的人群半个小时之后就使我的双眼变得疲惫不堪,没有任何一样东西我能看得清楚了,在林荫道上摩肩接踵的人群,我开始看不见他们的面孔了,他们成了戴着黄色的、褐色的、黑色的和灰色的礼帽、风帽、鸭舌帽的一股混混沌沌的洪流;那些未施粉黛和浓装艳抹的蛋形面孔,一股令人恶心的发亮污水,在蠕动,它的颜色变得单调和灰白。

我的目光疲倦了,有如看一部模糊不清、抖动不止的拷贝已坏的影片一样。我想站起来,继续走动。就在这时,我终于,我终于发现了他。

这个陌生人首先引起我的注意,很简单,就是因为他一再出现在我的视野。在这半个小时里,数以千计的人在我的面前熙来攘往,匆匆而过,就像被看不见的绳索拽走,他们只是匆忙地显露侧面、阴影、轮廓,随后就被洪流裹挟而去。可这个人却一再地，总是在同一个地点出现，因此我就注意上他了。犹如激浪以一种不可理喻的执拗把一片脏兮兮的海藻推向岸边并随即用湿乎乎的舌头又把它舔了回去一样，而这是为了再一次掷去和再一次拽回，这个人就是如此一再地在这个湍流中游来游去。而且每次都在几乎是有规律的时间间隔里和总是在同一个地点出现，并且总是同样地把他的目光垂向地面和遮掩起来。除此之外，出现的这个人没有什么值得注意的了；一个饿得干瘦的身体，裹在一件草黄色的夏季大衣里，显然不合身，因为衣袖过长，双手完全露不出来，它过于宽松，尺寸太大，这件草黄色的小大衣式样早已过时。一个张削瘦的尖尖的老鼠般的脸上，两片几乎是惨白的嘴唇，上面的一撮黄色小胡子像受了惊吓似的在发抖。在这个可怜虫身上一切都不得体，邋里邋遢，肩膀倾斜，瘦长的小丑般的双腿，苦丧的脸。他时左时右从人的旋涡中浮现出来，随之像似不知所措地停下脚步，像只小兔子畏怯地从燕麦地爬了出来窥伺、嗅闻、躬起身来，又在人群中消失不见了。除此——这是第二件引起我注意的事情——这个衣衫褴褛的人使我想起了果戈理小说中的那位小吏，高度的近视或者出奇的拙笨。我一而再，再而三地注意到，他这个马路上的小可怜虫被那些行色匆匆的人群推来搡去，几乎被撞翻。但他对此毫不在意，他会卑躬地退让，飞快地躲避到一旁，随后钻了出来，他一而再，再而三出现在这儿，或在这仅仅半小时就有十次或十二次之多。是啊，这使我感兴趣，或者更应当说，我先是感到恼火，当然这首先是对自己，我今天在这儿虽然好奇心盛，却不能立刻猜出这个人在这儿要干什么。越是白费力气，我的好奇心就越是恼火。活见鬼了，你这个家伙究竟在寻找什么？你是在这儿等人？你是个乞丐？你并不像，乞丐并不傻里傻气地待在熙熙攘攘的人群中，他们可没有工夫从口袋掏钱给你。你也不是一个工人，因为他在上午十一点时没有机会在这儿懒散地逛来逛去。你更不会是在等一个姑娘，我亲爱的，哪怕是一个老掉牙的婆娘，一个毫无姿色的女人也不会看上一个穷酸相的可怜虫。说到底，你在这儿要找什么呢？也许你是那些黑色导游中的一个，悄悄地从侧面出现，从衣袖里掏出一些淫秽的色情图片，答应外省来的游人，花上一笔费用就能得到索多姆和葛莫拉①中各式各样的快乐？不，这也不对，因为你不和任何一个人交谈，正相反，你面带低垂的目光畏葸地规避每一个人。真是见鬼了，你这个胆小鬼，究竟是什么人？你在我的这块地段里在搞什么？我把他盯得紧紧的，紧紧的，在五分钟之内，这已变成了我的激情，我的乐趣，想探究出这个身穿草黄色大衣的人在林荫道上要干什么。突然间我知道了，他是一个侦探。

  一个侦探，一个穿着平民衣服的侦探，我本能地在一个完全微不足道的人身上就认出来了；那种对每一个从身边而过的人疾速扫上一眼、斜视的目光，那种一望就看出来的审视眼神，这是警察在受训的头一年就必须立刻学会的呀。这种目光不是简单的，因为第一，它必须像一把刀子那样划开一条缝迅疾地从下到上、从头到脚扫视一番，一方面用这灼亮的眼睛之火捕捉住此人的音容笑貌；另一方面在内心里要与寻常的罪犯表征进行比对。第二点，这也许还是最重要的：这种观察要完全装作是漫不经心的，因为跟踪者不能被他人猜到他是密探。

---

① 此系圣经中两座著名的淫荡城市。——译者注

看吧，我的这个人他学的这门课程可以说是出色极了。他像一个梦游者那样恍恍惚惚漫不经心地在人的洪流中穿行，被推来推去。但在这期间他总是陡然间张开迟钝的目光，像投出一支标枪，有如按动了一部相机的快门一样。周围好像没有一个人观察到这个在履行公务的人。若是这个值得祝福的四月天不是幸运地成为我好奇心盛地，并且长时间和恼火地进行窥视的话，那我本人也什么都观察不到的。但不管怎么说，这个秘密警察一定是他的行业里的一位别具一格的高手，因为他懂得极为精致的化装技术：举止、走路、衣着，一身地道的街头流浪汉的破衣烂衫，这些方面都模仿得酷似、逼真，这对他的跟踪追捕可是不可缺少的啊。通常对于那些身着平民服装的警察，人们从一百步远的距离就能毫不费力地认出来，因为这些先生无论装扮成什么样，都无法掩盖他们的职业尊严、露出的一些破绽；他们永远不能惟妙惟肖地装出那种胆怯和惶恐的卑贱猥琐。人在举止上的这种猥琐卑贱那完全是一种本性，是多年来的贫穷造成的。但是这个令人敬佩的是，他这种穷酸相，却是味道十足，神似乱真，活灵活现，对街头流浪汉的面具研究得透透的。那件草黄色的大衣，少许倾斜的那顶帽子，保持某种高贵所做的最大努力，破旧的裤子，磨损的上衣。这一切都显示出他穷困潦倒。作为一位受到训练的捕人的猎手，他必然是观察到了，贫穷——贪食的老鼠一样——它首先是啮咬每一件衣服的衣边的。这样一类的寒酸衣着也十分出色地、形象地与饥饿的外貌相一致：稀疏的小胡子(可能是贴上去的)，刮得乱七八糟，有意弄得凌乱不堪的头发，这使任何一个没有偏见的人都会发誓赌咒说，这个可怜的家伙昨天夜里一定是在公园的凳子上或在警察局的拘留所里度过的。除此还有他那病态性的，用手捂着嘴的咳嗽，冷得龟缩在夏季大衣里的身体，拖着脚步，蹒跚而行，四肢像是灌了铅似的；天神做证：这是一位化妆师艺术家创造出的一幅晚期肺痨的完美肖像画。

我毫不羞愧地承认：我为自己有这样一个出色的机会，在这儿观察一个官方的警探感到高兴；尽管在我情感的另一个层面上，我同时感到自己的卑劣。在这个一个值得祝福的蔚蓝色的日子，置身在四月的和煦阳光中间，我却在这儿观察一个化装的、有指望得到退休金的国家官吏在窥伺某一个可怜的家伙，以便把他从灿烂的春天阳光中拽入某一个牢房里；虽说如此，我还是激动地去注视他，越来越紧张地观察他的一举一动，并对发现的每一个细节欣喜至极。但蓦然间我发现的乐趣就像冰块在阳光中融化了。因为有些事情不太符合我的判断，我觉得不太对头。我又变得没有把握了。他真的是一个密探？我越锐利地去观察这个奇怪的闲逛的人，我的怀疑就越是厉害。他那做给别人看的穷酸相只是为了化装成一个警探，这太过于惟妙惟肖了，太过于较真了。而首先我第一个怀疑的是他的衬衣领子。不对，这件从垃圾堆捡出来的脏兮兮的东西绝不会用光秃秃的手指把它围到自己的脖子上的。只有在真正穷困潦倒走投无路时，人才会这样做的。第二个怀疑的是他的鞋，只有在万不得已时，才会把这类肮脏的、已经完全裂口的皮制破烂叫作鞋。右脚上的那只鞋用的不是黑鞋带，而是用粗糙的绳子结上去的；而左脚的那只开了口，每走一步就翕动起来，就像青蛙嘴那样，不对，人们不会用这样一双鞋来做化装用的道具。完全可以肯定，不再有任何怀疑了，这个衣衫褴褛、蹑手蹑脚的家伙绝不是一个警察，我的判断是一个错误。但是，如果他不是一个警察，那他是什么呢？那他老是走来走去，反反复复，是为了什么？这种从下到上，迅疾窥视，四下探望的目光是为了什么？我感到一种愤怒，我无法看透这个人，我最好是抓住他的肩膀：你这个家伙，你要干什么？你这个家伙，你在这儿要搞什么名堂？

可突然间，犹如一把火沿着神经燃烧起来一样，我颤抖起来，它径直准确地击中我的内心深处，我突然间什么都知道了，完全肯定，而且是最终的，不可反驳的。不，他不是侦探，我怎么竟然会那么愚蠢呢？他是，如果可以这样说的话，他是一个警察的对立面：是一个掏包的扒手，一个真正的、名副其实的、训练有素的、职业的、地地道道的小偷。他在这儿的林荫道上要猎取皮夹、手表、女人的手提包以及其他的物件。当我观察到他恰恰是哪儿人群拥挤他就往哪儿去时，我开始准确地断定，他干的是这种营生。现在我也明白了，他故意装作跌跌撞撞，向陌生人的身上碰来碰去，是为什么了。我越来越清楚，越来越了解他的用心了。他偏偏在咖啡馆门前，完全靠近交叉路口找了个落脚之处，这不是没有原因的。一个聪明的店主为他的橱窗别出心裁想出了花样；铺子里的商品，如椰子、土耳其糖果、各式各样五颜六色的奶糖，由于缺少吸引力一直不大畅销。店主于是想出了一个精彩的主意：橱窗不仅仅只用假的棕榈树和热带的景物进行富有东方情调的布置，而且在这种南方的景色中放进了三只可爱的小猴子。这真是杰出的主意。这三只猴子在玻璃窗后面肆意打闹，翻筋斗，龇牙咧嘴，相互间捉跳蚤，做鬼脸，出洋相，按着猴子的习性，无拘无束，任性而为。这家精明的老板得其所哉，因为过路人无不拥到窗前驻足观看。特别是那些女人对这种表演高兴得直喊直叫。每当那些好奇的行人密密麻麻麇聚橱窗前时，我的这位朋友便不声不响快速出现在那里。他以温和而又过分谦卑的方式在密集的人群中挤来挤去。

迄今为止，我一直对这种街头盗窃艺术所知甚少，我也从来没有对它有什么研究。可我知道，摩肩接踵的人群是小偷下手的极好时机，这就如青鱼要产卵那样理所当然，因为只有在相互拥挤相互碰撞时被偷者才觉察不到那只危险的手，那只窃走钱包和怀表的手。但除此之外——我现在才第一次意识到——很显然，为了能顺利得手，需某种物件来分散注意力，来短时间麻痹每个人保护自己财物的那种下意识的警觉性。在这种情况下，这三只猴子做出种种怪相和确也令人开心的表情，以绝妙的方式分散了人们的注意力。说真的，这几只丑态百出、怪模怪样和赤身裸体的家伙，在不知不觉中就成了我的这位新朋友，这个扒手得力的同谋犯和帮凶。

请愿谅我，我恰恰迷恋我的这种发现，因为在我一生中还从来没有见过一个小偷呢。或者更坦率地说，在伦敦求学时，为了学好我的英语，我经常去旁听法庭审判，有一次我正遇上两个警察把一个脸上长着疙瘩的红头发的小伙子押到法官面前。在桌子上放着一个钱袋，这是物证，一两个证人发过誓，然后做证，随后法官嘟嘟囔囔了几句含糊不清的英语，红头发小伙子就消失了。如果我听得不错的话，他被判了六个月。这是我见过的第一个小偷，但不同的是，我当时根本无法证明这个小伙子真的就是小偷。因为只是证人证实他有罪，我也只是旁听了法庭对罪行的重述，而不是目睹罪行本身。我仅是看到一个被告和一个被判有罪的人，没有看到真的盗贼。因为一个盗贼只有在他进行偷盗的时刻才是一个盗贼,而不是在两个月之后,因为他为他的罪行站在法官面前,这就像诗人只有在他创作时才能真的称得上是诗人,而不是在一两年后他在扩音机前朗诵他的诗作时:作案者唯有在他在作案时是作案者,这才是真实的,可靠的。现在我有难得一遇的机会,去窥视一个小偷的最富有特征的时刻,去窥视表现他本性中最最内在的真实,那种稍纵即逝的瞬间,这样的机遇太稀有了,犹如去观察女人的受孕和分娩一样。而就是想到了这种可能性我才激动起来。

我毫不犹豫地决定,不去错过这样一次如此精彩的机遇。不放过他进行准备的细节和作案本身。我立刻放弃我咖啡店前的扶手椅,因为我觉得这儿我的视野太受到限制了。现在我需要一个一览无余的、一个所谓可以活动的位置,从那能不受妨碍地进行窥探;几经试验,我选中了一个商亭,上面贴满了巴黎各家剧院五颜六色的广告。在那儿我能装作细心看广告的样子,不会被人注意,在此期间我却能在圆形的柱子保护下不无巨细地注视他的一举一动。我就带有一种我自己都无法理解的执拗去观察这个可怜虫所干的困难而又危险的营生;我关注他,就我所能记起,这比我在剧院或在一部电影中关注一位艺术家还要紧张呢。因为现实在其最丰富多彩的时刻超越和高出任何一种艺术形式。现实万岁!

在巴黎的林荫大道上,从上午11点到12点的整整一个钟头的时间对我而言真的就是短暂的一瞬,因为它充满了持续的紧张感,无数的微小的激动人心的决断和偶发事件;我可以一连几个小时来描述这一个小时,它充满了神经的能量,它借助其赌博的危险性而引人入胜。直到今天我还从来没有,即使在相似的情况下,也没有想到过,这样一种非常困难和几乎难以学到的技艺,不,在宽大的马路上,在光天化日之下,去掏包偷钱是怎样一种可怕的,紧张得使人恐怖的艺术。直到今天,在我的想象中,小偷只不过是一种胆大妄为和技艺娴熟的模糊不清的概念罢了,我认为这门手艺实际上仅是手指的工夫而已,与玩杂耍或变小魔术没有什么两样。狄更斯在《奥里弗·特威斯特》中曾描写过一个小偷师傅教一些小孩子怎么样把一条手帕从上衣里不被察觉地掏出来。在上衣的口袋上挂着一个小铃铛,当这些新手把手帕从口袋里偷出小铃铛响起来时,那这次扒窃就是失败,是太笨拙了。但是我现在才觉察到,狄更斯注意的只是这种营生的粗糙的技术层面,只是指法的艺术。或许他从来就没有观察过一个实地作案的小偷,或许他从来就没有机会(如现在我通过一种运气偶然得到的)发现,一个在光天化日下进行作案的小偷,不只是需要一只灵活的手,而且也要有一种深思熟虑的精神力量,要有自我控制的能力,一种训练有素的、同时是冷静的和像闪电般迅速的心理素质,尤为重要的是一种异乎寻常的、疯狂般的胆量。在经过六十分钟的实地学习后,现在我明白了,一个小偷必须具有一个外科医生在进行心脏缝合手术时的那种决断敏捷,任何一秒钟的迟疑不决都会是致命的;但在进行这样一种手术时,病人躺在那儿至少是要进行氯仿麻醉,他无法活动,不能反抗;而这儿的情况呢,这种轻微而突然的触动必须是在一个人完全清醒的身体上进行,而人身上放钱包的部位恰恰格外的敏感。当小偷在进行作案时,当他把他的手闪电般伸出时,恰恰是在作案最最紧张、最最激动的瞬间,他必须同时要完全控制他脸上的全部肌肉、全部神经,他必须表现淡定,几乎近似漠然。他不可以流露出他的不安，不可以像凶手、杀人犯在他用刀子作案的同时，瞳孔里映射出他捅刀子时的残暴表情。一个小偷把他的手伸向猎物时，他必须面带清澈和善的目光，在相互接触的当儿，要谦恭地用漫不经心地语调说声"对不起，先生"。在作案的瞬间仅有聪明、清醒和机敏还是不够的；之前他要明白，他必须有知识渊博和识人的能力，他必须要以一个心理学家和生理学家对他的猎物进行考察。因为只有漫不经心和轻信不疑的人才在考虑之内，而在这样一些人之中仅有那些上衣没有扣上纽扣的人，那些步履缓慢的人，那些他可以不被察觉就能靠近的人，才是真正的对象。我在这段时间数过，马路上有成千上百人，在他们中间也不过一两个人是真正的猎物，不会更多。只有在极少的对象身上，一个明智的小偷才敢于作案；而在这类人身上动手少有失败，即使是有，那还是由于数不清的偶然性影响造成的，且多在最后几分钟才放弃作罢。丰富的人生阅历，警觉性和自我控制对这门营生是十分必要的(我能证明这点)，因为也要考虑到，小偷在用紧张的感官必须选择和靠近猎物的期间，同时必须用他那些强力痉挛起来感官中的另一个感官去关注，在作案的同时不被他人看到，不管是在街角上窥视的一个警察或是一个侦探，或者是那些总是在大街游来逛去的好奇心盛的路人；他必须经常是眼观六路，看是否他的手在匆忙中会因橱窗的映射而露出马脚，是否有人从一个店铺或在一扇窗户里在监视他的行动。他付出的努力之巨大，与危险相比几乎不成比例；因为一次错误，一次失手，那就得有三年或四年的时间再见不到巴黎的林荫大道了：手指的轻轻一次颤抖，匆忙中神经质般的一次触动，那就要付出自由的代价。光天化日下，在一条林荫路上行窃，我现在才知道，这是一种最最勇敢的壮举。从此以后，每当报纸把这一类盗窃行为当作无足轻重的小事，给罪犯很小的版面和寥寥三行文字时，我觉得这是不公平的。因为在我们这个世界上，在所有被允许从事的和不被允许从事的技艺中，它是最最危险、最最困难的技艺之一：从它的最高的成就而言，几乎有权称自己是艺术。我可以这样说出来，我能够证明这一点，因为在四月里的这一天，我曾经亲自经历过，我亲自感受过。

感同身受，这绝不是夸张，当我这样说时，那是因为一开始，在最初几秒钟我对这个人在干的这种营生仅是冷静地纯事物性观察而已；但每一次心怀狂热的观察都会不由自主地激发起情感，一再地与情感连结起来，就这样我开始逐渐与这个小偷合而为一了；在某种程度上我已进入他的肌肤，进入他的双手，我从一个旁观者变成他灵魂上的一个同伙，为什么会这样，连我自己也不知道，也不想这样做。这种转变的过程一开始，是我在一刻钟的观察之后，令我惊异的是，我已在衡量那些路人中间有谁是适合下手，有谁是不适合下手的猎物。他们上衣是扣上的还是敞开的，他们的目光是漫不经心的还是警觉的，他们贴身的钱包是否能轻易到手。一句话：他们是否是我这位新朋友的目标。不久我甚至不得不承认，在这场开始进行的斗争中我早不再是中立的了，而是从内心上就已经无条件地渴求他的作案最终能够得手。是呀，我甚至不得不费力去遏制那种帮他作案的急迫愿望。正如赌客身边一个喜欢饶舌的旁观者总是热心地用胳膊轻轻地去触动赌客，警告他注意出牌一样，我现在恰恰就是这样的猴急。当我的朋友错失一个极好的机会时，我便递眼色给他:别放过那边的那个人!就是那儿的那个胖子,他抱着一大束鲜花。或者,当我的朋友又一次在拥挤的人群中出现时,意想不到在街拐角出现了一个警察,我觉得我有义务去警告他,因为这时惊恐已深入我的双膝。好像我已经被抓住了一样,我感觉到警察的沉重手掌已拍到他的肩膀,已拍到我的肩膀。但是,不用担心了!这个削瘦的汉子又重新堂而皇之和若无其事地从人群中走了出来,且从危险的岗亭旁走了过去。这一切够紧张的了,而这还不够刺激呢,因为我越是深切地与这个人感同身受,越是从他二十次失败的作案尝试中开始理解他的这门技艺,我就越是变得焦急万分。他为什么还总是不动手,而总只是在考察,在尝试。我开始对他愚蠢的迟疑不决和一再的规避退缩真的恼火起来,活见鬼了,你倒是动手呀,胆小鬼!鼓起勇气!就是那边的那个人,那边的那个人!你终归是要出手呀!

　　幸运的是,我的朋友并不知道也没有想到,我对他怀有的这种不受欢迎的关切,不会因我的焦急而慌乱失措。因为这就是真正的久经考验的艺术家与新手、半吊子和门外汉之间的区别,艺术家出于无数的阅历和每一次真正的成功之前遭受到的那些必然的失败,知道他在等待和耐心之中才会获得决定性的良机。完全像诗人在创作时那样,他毫不在意地放弃成千上百个表面看来是诱人和完美的念头(只有那些半吊子作家才会立刻就用鲁莽的手抓住不放),以便倾其全力用在最后的一击上。这个瘦小虚弱的人让数以百计的机会随意溜走,而我在这门营生中是半吊子、门外汉,却把它们看作是难遇的良机。他在考察,他在尝试,他在盘算,他靠近人群。他的手肯定不下百次地触动陌生人的口袋和大衣。但他却一次也没有动手,他毫不疲倦地耐着性子，装作是漫不经心的模样，在离橱窗几步的距离转来转去，目光警觉，斜视周围，审视各种可能，衡量我这个新手根本就看不到的危险。这种平静的，匪夷所思的坚持虽令我焦躁，却又兴致盎然，使我有把握感到他最后必然成功。因为恰恰是他的那种韧劲表明，在他没有得手之前，他是不会放弃的。正因此我下定决心，看不到他的胜利，我是不会先一步离开的，哪怕是直等到深夜。

已经是中午时分，是人的潮水来临的时刻，突然间从所有的大街小巷、楼梯和庭院，一股股人的溪流涌向林荫大道宽广的河床。工人、缝衣女工和售货员和无数被关在三楼、四楼、五楼作坊的人都一下子从工作室、工厂、办公室、学校和事务所里冲了出来。他们像一股昏黑的浮动的蒸气一样冒出，随之在马路上分散开来。穿白色衣衫和工作服的工人，三五成群的女店员，连衣裙上别着紫罗兰花朵，她们叽叽喳喳说个不休，身着鲜亮礼服的小官吏，腋下夹着皮包，行李搬运夫，穿蓝色军装的士兵，以及大城市里的形形色色人等。这些人长时间，太长时间坐在令人窒息的房间里，现在他们要活动一下手脚，摩肩接踵，熙往攘来，贪婪地呼吸空气，吸香烟，吞云吐雾，在一个钟头的时间里，马路上由于他们同时的出现，而像是喷射出充满欢乐生机的火光。因为也只有一个钟头，随后他们又得回到关闭的窗户里，开动车床或者缝衣机，坐在打字机前敲动键盘，计算一行行数字，或者印刷或者剪裁或者制鞋。他们身上的肌腱知道这一点，于是他们才如此纵情欢乐；他们的灵魂知道这一点，于是他们才如此恣意享受。这时刻是短暂的啊。他们贪婪地攫取和捕捉光明和快乐，凡是一种真正的乐趣和一种快意的玩笑，他们都趋之若鹜。毫不奇怪,首先展出猴子的橱窗就有力地满足了这种免费娱乐的愿望。人们饶有兴趣地围拢在玻璃窗前面,靠前的是那些女店员,她们的吵吵嚷嚷,就像从一个嘈杂的鸟笼里发出的尖厉和叽叽喳喳声。与她们挤在一起的是那些工人和游手好闲的混混,他们口吐脏话,动手动脚;围观的人越多越拥挤,形成紧紧的一团。这时我的朋友身穿草黄色的外衣,像一条小金鱼一样,活跃而迅疾地在人群中游来游去。现在我不能长时间停留在我这个不利的观察点上了,当务之急我要从近处清晰地去观注他的手指,以便去熟悉这门营生中令人兴奋的动作。但这可是要付出极为艰巨的努力,因为这条训练有素的猎犬有一种特殊的技能,变得滑不溜秋的,像条鳗鱼一样,能从拥挤人群中的极小缝隙中穿过去。刚才他还安静地候在我身旁,可现在他突然间消失不见了,而就在这同一瞬间他已经挤到玻璃窗前,居然一下子就穿过了三四排人。

我当然要随在他身后挤了过去,因为我怕在我到达橱窗前时他又以他惯有的出没无常、时左时右的方式消失不见。但不,他在那儿非常安静,安静得出奇地在那儿等待。要注意啦!他一定在转念头,我立刻告诉自己,要留心观察他身边的人。站在他身旁的是一个胖胖的妇女,看来是一个穷人。她右手亲切地挽着一个十岁模样的面色苍白的女孩,左手拿着一个敞口的廉价皮制购物袋,两根长长的白色面包棍,随意地竖放着,露出一端。很显然,购物袋里的食品是她丈夫的午餐。这个老实的普通女人,没戴帽子,围着一条刺眼的头巾,身穿一件自己缝制的方格印花布连衣裙。她为猴子的嬉闹高兴得难以形容,她的宽大得几乎显得肿胀的身体由于大笑而颤抖起来,这使购物袋中的两根面包上下跳动不已。像被挠痒一样,她咯咯地大笑,笑得前仰后合,很快她就同那些猴子一样,给了人们同样的快乐。在生活中很少享受到这种难得一见的欢乐场景的人,他们都心怀本性中那种质朴的乐趣,心怀极大的感激:啊,只有穷苦的人才会有这样真正的感激;只有他们,当他们不花费一个铜板,就像上天所赐那样,这对他们而言,这才是享受中的最高享受。这个善良的女人俯下身来问孩子,她是不是看得清楚,别错过猴子的滑稽场面。"好好看,玛格莱塔。"带着浓重的南方口音一再地鼓励面容苍白的女孩,显然在陌生的人群中孩子羞于大声的欢笑。端详这样一个女人、一位母亲真是令人高兴,她是大地女神盖娅的女儿,法兰西民族健康快乐的丰硕果实。这位杰出的女性,为了她那开怀的、欢快的、无忧无虑的欢乐,能拥抱她该是多好。但突然间我有了点儿不祥之感。因为我注意到,那个身穿木黄色外衣扒手的衣袖在越来越靠近那个无忧无虑女人敞了开来的购物袋(只有穷人才是无忧无虑的)。

　　上帝啊!你不是要偷这个穷苦诚实的,这个无比善良和快乐的女人购物袋里的钱包吧?突然间我心头起了愤懑。迄今为止我一直心怀快乐地在观察这个偷包贼,出自我的肉体,出自我的灵魂;我在想,在感受,在希望,甚至祈愿,在他投入巨大的勇气,付出努力,冒着风险,最终能取得一次小小的成功。但是现在我开始不仅在注视他偷窃的企图,而且也注视那个被偷的人,这是一个朴实得令人感动,无忧无虑得令人愉悦的女人。她也许花上几个小时打扫房间和擦洗楼梯才能赚到几个铜板。我感到愤怒了!你这个家伙,滚开!我真想对他大喊一声,不要碰这个女人,去找别的人!于是我竭力地挤到前面,靠在这个女人的身边,保护那个面临危险的购物袋。但恰恰在我往前挤的当儿,这个家伙却转过身去,从我身边一滑而过。在他擦身而过时,告罪地说道:"请原谅,先生。"声音非常细微而谦卑(这是我第一次听到他说话),随之那身木黄色外衣就从人群中溜走了。我不知道这是为什么,我有这样的感觉:他已经得手了。现在我可不能让他从我的眼里溜掉!我身后的一位先生骂了我一句:"野蛮人。"因为我狠狠地踩了他的脚。我从熙熙攘攘的人群中挤了出来,正好来得及看到那件木黄色大衣从林荫道的拐角飘动起来,直飞进旁侧的一个巷子。我现在跟在他的后面,跟住他!紧紧盯住他的脚跟!但是我得加快我的脚步,我开始几乎不相信我的眼睛,因为这个人,我有一个小时在观察的这个人,陡然间变成另一个样子。先前显得畏葸不安,几乎是昏昏沉沉,甚至是跌跌撞撞,而现在却轻快得像一只黄鼠狼,沿着墙边匆忙有如一个瘦削的公务员误了汽车迫切想及时赶到办公室一样,步调显得惶惶不安。我不再怀疑了,这正是行窃得手后的脚步,是想尽快和不惹人注意离开作案地点的第二种脚步。不,毫不怀疑了;这个流氓从购物篮子里偷走了这个穷苦女人的钱包。

在我一开始发火时,我几乎想发出警告:抓小偷啊!但我缺乏勇气。因为不管怎么说,我并没有看到他进行盗窃的事实,我不能事先认定他犯有罪过。抓住一个人并以上帝的名义扮演法律的角色,这是需要一种勇气呀,可我从来缺少这样的勇气,去指控、去告发一个人。我知道得很清楚,在我们这个混乱不堪的世界,所有的正义都是有缺欠的,从一种存疑的单一事件中去把握真相,那是怎样的傲慢专横。但正当我还在思考该怎么办时,令我为之惊愕的事情发生了:这个奇怪的人在不到两条马路远的地方蓦地迈着第三类脚步出现了。他一下子停下快速的奔跑,不再佝偻身子,而是突然变得十分平静,泰然自若,像是信步而行的样子。显然他知道他已跨过了危险地带,没有人跟踪他了,这就是说没有人能抓他了。我明白了,在高度的紧张之后他要轻松地呼吸,他是一个退了休的小偷,是他的这项职业的一个享受养老金的人,是巴黎成千上万人中的一个,可以嘴叼起一支燃起的香烟平静泰然地漫步在巴黎的碎石路上:这个瘦弱的人毫无罪疚之意,踱着悠然、舒适和懒散的步子朝着德安丁大街走去。我第一次有了这样的感觉:他甚至对过路的女人和姑娘的娇美进行仔细地观赏,和寻找接近的机会。

这个老是有出人意外之举的人现在要到哪儿去?看见了吧:他到了三一教堂前那个一片新绿,鲜花盛开的小广场,为什么?啊,我懂了!你要在一条长凳上好好休息几分钟,为什么不呢?这种不断来回奔波一定是够累的了。可不是这样,这个令人不断惊奇的人并不是去坐到一只凳子上,而是看准了目标直奔向——我现在请求原谅——一个专供公众解手用的小房子,进去后他谨慎地关上了那扇大门。

在最初的一瞬间我忍俊不禁大笑起来:这样一种艺术竟然会终结在一个如此平庸的地方?或者恐惧竟然直沁入你的五腑六脏?但是我又看到了,永远喜欢恶作剧的现实总是能找到令人愉悦的花样,因为现实比那些善于虚构的作家更为勇敢。现实敢于毫无顾忌地把异乎寻常与卑微可笑并列在一起;心怀叵测地把普通的人性与令人惊奇的人性并列在一起。就在我坐在一个长凳上——除此我能做什么呢——等待他从这间灰色小房里再度现身时,我明白了,此种营生中的这位行家里手,当他独自处在四面墙内时,在里面只能是合乎逻辑地干他这门行业中该干的事情——清点他的收获;因为这对一个职业扒手而言,他必须及时地考虑到,把他所有的证据要完全清除干净。这是我们这些外行人根本就没有考虑到的难题(这一点此前我从来没有想到)。在一座永远警觉的、有千万双眼睛在窥视着的城市,很难找到这样一个地方,躲在四堵墙里。如果有人难得地读到法庭审讯记录时,那他每一次都会惊奇,在一次最微不足道的事件中都有许多证人出场做证,他们有魔鬼般的精确的记忆力。当你在马路上撕碎一封信,把它扔到路旁泥坑里时,那会有十几个人在盯着你,而你却浑然不觉:五分钟之后,还会有某一个无所事事的年轻人或者是出于开玩笑,就把这些碎片拼在一起。如果你在楼道里检查了一下你的钱包,那明天这个城市的某一个你根本就没有看到过的女人就会跑到警察局声称自己失盗,对你进行了一番细致入微的描述,像是巴尔扎克一样。当你进入一家餐馆时,你根本就未加理睬的侍者就会注意到你的服装,你的鞋,你的帽子,你的头发颜色和你的指甲的形状是圆的还是平的。在每一扇窗户后面,在每一面橱窗的玻璃后面,在每一个更衣间后面,在每一个花盆后面,都有几双眼睛在盯着你;当你天真地以为,你是独自一人在马路上信步而行,无人对你注意时,那到处都有非专业的证人在场。这是由好奇心织成的疏而不漏、每日更新的一张网,它罩住了我们的整个存在。你这个娴熟的艺术家,花费了五个铜板[①]在这四面不透亮的墙里待上几分钟,这是多么精彩的主意。当你从偷来的钱袋中把钱掏出并把

[①] 巴黎的公厕是要付费的。——译者注

物证毁掉时,没有人能看得见,甚至是我,另一个你,一个在这儿等候的同路人,他既为你感到高兴也同时为你感到失望,他无法计算你偷了多少啊。

至少我是这样想的,但事情的发展却是另一个样子。因为当他用细长的手指一打开那扇铁门时,我就知道他这次失败了;有如我与他一道清点过钱包一样,这次所获太微不足道了!他沉重地移动脚步,一个疲惫不堪、精疲力竭的人,目光低垂无力,眼皮耷拉下来,我一看这个样子马上就知道了:倒霉蛋,你这整个一上午算是白费劲了。

毫无疑问,在你偷来的钱包里没有什么可称道的(我若是事先告诉你就好了),顶多不过有二三张揉得皱巴巴的十法郎票子罢了,你在这次行动中所投入的巨大精力和所谓被打断脖子的风险与你的所获相比太微乎其微了;只是那个不幸的女人,却是痛心疾首呀。她现在也许在伯来维尔区[①]不断地向女邻居哭诉她的不幸遭遇,咒骂那个该死的小偷,一再地用颤抖的双手抖搂她那购物袋。他这个可怜的小偷同样如此,我的眼睛就看出来了,这次行窃是一次失败,几分钟之后我的推测就已得到证实。这个可怜虫现是神形俱疲,在一家小鞋店前面他停下了脚步,长时间渴望地打量橱窗里那些廉价的鞋子。一双鞋,一双新鞋,他真的需要一双新鞋换掉脚上那双破鞋。他比成千上万的人更迫切地需要,那些人今天都穿着漂亮的、全皮底鞋或轻松胶底鞋,在巴黎大街上游来逛去。而他急迫需要恰恰是为了他的这种并不光彩的营生。但他那种既渴求而又绝望的目光暴露出了,

---

① 此系巴黎一个穷人区。——译者注

橱窗里标价五十四个法郎、崭新锃亮的鞋,他的这次所获是买不起的。他垂下铅灰色的双肩,躬身离开明亮的玻璃橱窗,继续前行。

继续,往哪?再去干那种会被扭断脖子的勾当?再一次为这样一种可怜的、寥寥无几的所得而去冒失去自由的危险?不,你这个可怜人,至少要休息一会儿嘛。真的,当我正被自己的希望所吸引时,他现在踅入一个巷子,在一家廉价的小饭馆前停下了脚步。我当然要跟在他的后面了。因为我要知道这个人的一切,到现在已经有两个钟头了,一直是血管贲张,神经绷紧,与他同呼吸共命运啊。为了小心起见,我还迅即为自己买了一份报纸,以便好用它遮住自己,我特意地把帽子压到额头,进入饭馆,坐在他后面的一张饭桌旁边。但是我的这种小心没有必要了,这个可怜人再没有力气心怀好奇地左顾右盼。他用一种呆滞的目光,渴求和疲惫地凝视着白色桌布,直到侍者送上面包时,他那瘦骨嶙峋的双手活了,贪婪地扑向面包。他开始咀嚼起来,其速度之快使我惊愕地认识到了:这个可怜人饿了,一种真正的、名副其实的饥饿,从清晨,也许是从昨天就一直饥肠辘辘。当侍者给他送来他订的饮料,一瓶牛奶时,骤然间我对他产生的怜悯之情变得炽热起来。一个小偷,一个喝牛奶的小偷!总是一些个别细微屑事会像一支燃起的火柴一样,一束火光就能照亮一个灵魂的深处:在这一瞬间,当我看到他,这个偷包贼,在喝所有饮料中这种最最朴素的、最最单纯的饮料时,当我看到他喝柔和的牛奶时,我就知道了,对我而言,他立即就不是一个小偷了。他只不过是这个扭曲世界里无数的穷苦人、被追逐的人、患疾病的人和不幸的人中的一个而已。我突然间感到除了那好奇心之外,我与他在一种更深的层次上连在了一起。在共同的世间所有形式中，在赤裸身体时，在严寒酷暑中，在睡眠中，在精疲力尽时，在肉体遭受磨难时，把人区分开来的东西就消失了，把人类分为有德者和不义者，分为圣贤和罪犯的人为范畴就不存在了；剩下的就是可怜的野兽，永远是野兽，尘世上的生物，会饥渴，需要睡眠，知道疲倦，像你和我，像所有人一样。在他小心翼翼地，却又是贪婪地饮用浓牛奶并最后还将面包屑吃得精光的当儿，我像着魔似的看着他，这同时我为自己的这种观望感到羞愧，到现在我已经有两个钟点就为了我的好奇心，像关注一匹赛马一样任凭这个不幸的被追逐的人沿着他那条黑暗的路跑下去，而我没有设法去阻止他或者去帮助他。一种难以衡量的渴望攫住我，想走到他的面前，与他交谈，给予他点儿什么。可怎么开始呢？怎么与他交谈呢？我在斟酌，我在寻思如何开口，找一个借口，可毫无结果，这使我痛苦至极。我们这类人就是这个样子。在需要做出一种决断时，想的倒是大胆，可做起来却瞻前顾后，畏畏缩缩，连隔开人与人之间那层薄薄空气的勇气都没有，甚至是当你知道他处于悲惨境地也是如此。但是每一个人都知道，去帮助一个并没有要求帮助的人是最困难的了，因为在这个没有要求帮助的人，他还占有他的最后财富：他的自尊。这是人们不可以去大加伤害的。只有乞丐会使你在施舍时感到轻松，为此你应当去感激他们，因为他们不会对你表示拒绝。可这个人却是一个傲慢型的人，他宁愿冒失去个人自由的危险而不去乞讨，宁愿去偷而不去领救济。如果我找某一个借口，愚蠢地走到他眼前，那不会是对他的一种灵魂上的谋杀吗？他那样困顿劳累地坐在那里，任何一种干扰都是一种粗暴之举。他把座椅推到墙壁边，使身体紧靠在椅背,头倚在墙上,垂下铅灰色的眼睑,一会儿便闭上了眼睛。我明白了,我感觉到,他现在最想的是睡一觉,十分钟,那怕只有五分钟。恰恰此时我感受到了他的疲惫不堪,他的精疲力尽。难道他脸上的苍白不就是一间灰白的囚室的白色阴影吗?衣袖每次活动都会露出的窟窿不就是表明他没有得过一个女人的关怀和良好的机遇吗?我试图想象他是怎样生活的:在某一栋带有阁楼的楼房里,一间没有取暖设备的房子,里面有一张肮脏的铁床,一个有裂纹的脸盆,一个小箱子,这是他的全部财产;在这样一个狭小的房间里还得时时心怀恐惧,唯恐听到警察踏上嘎嘎作响楼梯发出的沉重脚步声。在这二三分钟里,我看到了这一切,他憔悴困乏地把瘦骨嶙峋的身体和已泛灰白的脑袋倚靠在墙上。这时侍者已经在引人注意地拾掇用过的刀叉,他并不喜欢这一类晚来和乏味的客人。我第一个站了起来付账,快速地走了出来,避免与他的目光相遇。几分钟后,当他出现在马路上时,我跟了上来;我要不惜代价,不再让这个可怜人沉沦下去。

现在不再是把我紧紧束缚住的一种好玩的和刺激神经的好奇心了,像上午那样;不再是去想见识一种我不熟悉的营生的那种异样的乐趣了;现在是一种阴郁的恐惧,直提到了嗓子眼儿上,一种可怕的压抑的情感:当我看到他又一次走上林荫大道时,这种压力使我透不过气来。上帝保佑,你不是要再次到展出猴子的橱窗那儿去吧?不要做傻事!你要考虑呀,那个女人早就报告警察局了,她肯定还在那儿等着呢,会立刻就抓住你的薄薄大衣不放的!

说真的,你今天不要干了!别再去尝试了。你不在状态,你已经没有精力了,没有热情了,你累了,在艺术活动中一开始就显得疲惫,那做起来永远是糟糕的。你最好是休息,躺在床上,你这个可怜人,今天什么都不要做,就是不要今天去做。我无法解释,为什么我竟然有了这样的恐惧思想,为什么会产生一种幻觉,肯定他在今天第一次下手就必然被抓住。我的这种忧虑变得越来越强烈,当我们越来越接近林荫大道时,我就听到那里人声鼎沸,一片喧嚣。不,决不要再到那面橱窗前面,我不允许,你这个傻瓜!我紧张地跟在他的身后,准备伸手抓住他的衣袖,把他拽回来。但他好像懂得了我内心发出的命令,这个人意外地转了个方向。在林荫大道面前的德洛奥大街,他穿过车行道,步调突然变得坚定起来,好像那儿有他的家,他像在回家一样。我立即就认出了这栋楼房:特洛奥饭店,巴黎著名的拍卖大厅就在里面。

我为之一怔,我不知道,这个令我诧异的人还要让我吃多少次惊呢。在我努力去猜度他的生活时,我必须同时去迁就他身上一种满足我秘密愿望的力量。在巴黎这座陌生的城市中,我今天早上原本就打算去参观这样一座建筑,因为它总是能使我度过令人激动的增长知识同时又是乐趣盎然的几个钟头。它比一个博物馆更为生动,每时刻变换不定,总是异样,总是同一。我特别喜欢这座外表不显眼的特洛奥饭店,它是一件最美的展示品,因为它以最最惊讶的简化方式表现了巴黎生活的整个本相。通常在一幢住宅中连为一个有机整体的,在这里却分割和消解为无数个单一的东西,就像一间肉铺中一个硕大的野物被切割开来的身躯一样,最陌生的和最不相容的,最神圣和最平庸的在这里通过最最普通的一种东西而联系起来:这儿展示出的一切都会变成钱。床和耶稣受难十字架,帽子和地毯,钟表和洗漱用品,乌东①的大理石雕像和黄铜餐具,波斯微型艺术品和镀银的烟灰缸,陈旧的自行车,与之并排在一起的有保尔·瓦勒里②的初版诗集,唱机与哥特式的圣母像,凡戴克③的画依次挂在墙上,旁边是脏兮兮的油画、贝多芬的奏鸣曲,紧靠在一起的是破旧的火炉,有用的和多余的物件,拙劣的作品和价值非凡的艺术品,伟大的和渺小的,真实的和虚假的,新的和旧的;凡是由人双手和人的才能所创造出的一切:最崇高的和最愚笨的,都流入这家拍卖行。它冷酷无情地把这座巨大城市的全部价值吸了进去并吐了出来。在这座残忍的,把一切价值都变为钱币和数字的转运场里,在这座人的虚荣和需求的巨大杂货市场里,在这个奇妙的场地,人们能比在任何一个地方都更强烈地感受到我们这个物质世界的混乱庞杂。窘迫者在这里可以出售一切,富有者可以购买一切,但在这里人们不仅能购到物品,而且也能增长阅历和知识。在这里一个留心者能通过观察和谛听更好地理解每一种事物,艺术史的知识、考古学、图书馆学、集邮、钱币学,还有重要的是人类学。正如在这座大庭中转移到另外人手中和在此摆脱开物主的奴役的物件是如此的五花八门一样,那些来此的种族和阶层同样是形形色色各不相同。他们都怀着购买欲和好奇心拥挤在拍卖厅桌子的四周,眼睛由于交易的欲望和神秘的收获的怒火而变得焦躁不宁。在这儿有身穿皮毛大衣头戴崭新的圆形礼帽的大商贾,坐在他们身边的是脏兮兮的

---

① 让·安东尼·乌东(1741—1828):法国雕刻家。——译者注
② 保尔·瓦勒里(1871—1945):法国象征派诗人。——译者注
③ 凡戴克(1599—1641):佛兰德斯杰出的画家。——译者注

小古董商和塞纳河左岸的旧货商,这些人要用假的东西充实他们的货架;那些投机商和中间贩子在人群中穿来穿去,吵吵嚷嚷,叽叽喳喳;代理人,抬价人,"混混儿",是这个战场中不可缺少的鬣狗,他们迅急地抓住廉价的东西,或者,当他们看到一位收藏家为渴求得到一件价值非凡的物品时,就相互示意,把价格哄抬上去。甚至一些人就变成羊皮纸的图书馆学者戴着眼镜在这里像睡意朦胧的獏一样四处蹒跚;又进来一些色彩艳丽的极乐鸟,打扮入时珠光宝气的贵夫人,她们事先就已派来仆人,为她们占了拍卖桌前的位置。那些名副其实的行家里手站在一个角落里,目光淡定,安静得像仙鹤一样,他们都是收藏家共济会的成员。所有这群人,他们或是出于生意上的动机,或出于好奇之心,或出于对艺术的热爱,都心怀真正的关切被吸引来此。除此之外,每一次都有一些偶尔来此仅是猎奇的人,他们来此是为了享受免费提供的火炉取暖,或者为闪闪发亮的喷泉喷吐出的越来越高的数字而感到愉悦。但凡是到此的人,都有一个欲望,收藏、博弈、赚钱、占有,或者取暖,因为别人的激动而激动:这种喧嚣嘈杂的人的混沌分门别类都归入包容各种面相的一个完整的难以想象的总体。但是我却从没有看到也从没有想到我的这位老朋友,这类小偷在这儿出现了。我看到我的朋友怀有一种信心十足的本能潜入进来,现在我立刻就明白了这也是他的一个理想的、甚至是巴黎的一个理想的用武之地,他能大展身手,显示他的高超才艺。因为这里具备了各种必要的要素,并以最奇妙的方式连结在一起。可怕的,几乎难以忍受的拥挤,由于对观望、等待以及对唱价的渴求,绝对能分散人们的注意力。还有第三点:一个拍卖机构,除了是一个竞争的赛车场,几乎是我们今天世界的最后一块场地,在这里一切都必须当场交付现金。这就可以想象到了,在每一个人的口袋里都装有一个鼓得圆圆的钱包。对一只灵活的手而言,这里是施展本事的最好机会,要不就再也没有了。或许,我现在理解了,上午的小试牛刀,对我的朋友而言仅是手指的一次训练而已,但在这里他可是要施展他的绝活了。

现在当他懒洋洋地登上二楼时,我想最好是抓住他的衣袖把他拽回来。上帝保佑,难道你没看见那儿贴的一张布告,上面用英法德三种文字写着:"谨防小偷"吗?你这傻瓜,难道你没看见?他们早就知道在这儿有你们这一类人,肯定在这儿有十几个密探在拥挤的人群中四下窥视,再说,相信我,你今天不会得手的!但是他用冷静的目光扫视了好像早就熟悉的布告,随即这位熟门熟路的行家平静地登上台阶。这是一种战略上的决定,我只能表示赞同。因为在第一层的大厅里拍卖的只是些粗劣的家用物件和家具、箱子和柜橱,一群既没有油水也令人乏味的旧货商在里面吵吵嚷嚷,挤来挤去,这些人或许还保留农民的良好习惯,把钱袋稳妥地缠在腰上,靠近他们既没有油水,也不是什么好主意。但在二层,拍卖的却是名贵之物,绘画、首饰、书籍、手稿、宝石,这里的买主毫无疑问都是钱包鼓鼓,且都无忧无虑,悠哉游哉。

我费力地跟在我的朋友的身后,因为他从大门进来之后就穿来穿去,在各个大厅里进进出出,在每一个大厅里寻找机会;

他就像一个美食家那样耐心，毅力十足地去看一份特殊的菜谱一样去查看张贴的那些广告。最终他选中了第七大厅，这里将拍卖"伊文斯·戴·G伯爵夫人收藏的中国和日本瓷器"。毫无疑问，今天这儿有极具价值的珍品，人群麇集，几乎难以插足，从入口处根本就看不见拍卖台，看到的只是大衣和帽子。也许有二十或三十层人墙，水泄不通，无法看到那张长长的绿色拍卖台。我们站在入口处的位置，从这里恰恰还能看到拍卖人的好笑的动作：他站在高处的台上，手执一柄白色的槌子，像一个乐队指挥一样指挥着整场的拍卖音乐。经过令人畏惧的长时间休止，总是一再地引向一个"Prestissimo"①。可能他像住在梅尼蒙坦或郊区某个地方的一个小职员一样，有两个房间，一个煤气灶，一个留声机——这是他最贵重的财富，在窗前摆放一两盆天竺葵；但这里他站在高雅的听众面前，身穿笔挺的礼服，头发精心地梳理、涂油，显然是在愉快地享受难以形容的乐趣，每天在三个小时里用一柄小小的槌子可以把巴黎最最贵重的东西变成钱。面带一个杂技演员做作而熟练的和蔼表情，他开始从左，从右，从台前和大厅的后面，喊出不同的报价："六百、六百一十，六百二十"。这些数字，优雅得像一个彩球一样被掷了出去，元音浑厚圆润，辅音相互牵扯，这同样的数字如升华了似的被掷了回去。这期间他扮演一个陪酒女郎的角色，每当没人出价和数字的旋风停下来时，他就用一种诱人的微笑，警告说："右边的人？左边的人？"，或者他双眉戏剧性地紧皱，用右手举起那柄至关紧要的象牙小槌，威胁地说"我要落槌了"，或者

---

① 意大利文，音乐术语：最快速。——译者注

他微然一笑："先生们，这可不贵呵。"这期间他朝个别的熟人打招呼，对某些出价人狡黠地递送鼓励的眼色：拍卖每一件新的物品时，他都简单和必要地喊出，"第三十三号"，语调开始时是干巴巴的，但随着价格的攀升，他的男高音便越来越有意识地增强了戏剧性。在三个小时之内，在三百或四百人面前，人们都屏住气息贪婪地时而凝视他的嘴唇，时而凝视他手上那柄富有魔力的小槌，这在他肯定是一种享受。他只是偶尔出价后的工具，但却自以为是在主宰一切，这种谵妄给了他一种心醉神迷的自我感觉。他像孔雀开屏一样，炫耀起他的口才，可这丝毫也阻止不了我内心的判断：他的全部夸张的表情对我的朋友而言，只不过起着一种必要的转移注意力的作用罢了，就像上午那三只滑稽逗乐的猴子一样。

我的这位大胆朋友暂时还无法利用这位同谋犯的帮助，因为我们还一直无可奈何地站在最后一排，而想从聚集一起的、暖烘烘和稠密的人群中挤到拍卖台前，我觉得根本就是不可能的。但我又一次看到了，在这种有趣的活动中，我是一个地道的门外汉。我的这位伙伴是一位经验十足的大师能手，他早就知道总是在拍卖槌终于落下的那一瞬间——七千二百六十法郎，男高音欢呼叫起来——密不透风的人墙会蓦地松散开来。那些激动的人头垂了下去，交易者把价格标在目录上，时而有一些好奇者离去，空气瞬时就在挤在一起的人群中间流动起来。他迅即出色地利用了这个时机，低下头像一枚水雷似的挤了进去，一下子就穿过四五层人；而我呢，曾对自己发誓，决不让这个冒失鬼任性而为，突然间他消失不见，只剩下我一个人了。虽然我现在也同样向前挤去，可拍卖又重新开始了。人墙又聚拢在一起，我无助地被卡在挤得密不透风的人群中间,像陷在泥淖中的一辆小车一样。这种炽热的、粘稠的挤压太可怕了,前后左右都是陌生的躯体、陌生的服装,贴得如此之近,连邻近人的一声咳嗽都令我为之一颤。再加上空气令人难以忍受,散发出灰尘、霉气和酸性的味道,特别是汗臭,凡是涉及金钱,这种汗臭无处不在。闷热难挡,我解开了上衣,想掏出我的手帕,可是没办法,我被挤压得太紧了。可我,可我不能放弃,我慢慢不断地继续朝前挤去,过了一层,又过了一层。但还是太迟!这身木黄色大衣消失不见了。他一定藏在人群中某个不显眼的地方,没有人会察觉到他存在的危险。只有我一个人知道,我的神经由于一种神秘的恐惧而颤抖,这个可怜的魔鬼今天一定要倒霉的。我每一秒钟都在等时机,有人会喊叫起来:抓小偷!随即会一片混乱,一片嘈杂,他会被人拎了出去,两条胳膊被紧紧地抓住。我无法理解,我为什么会产生这样可怕的念头,他今天,恰恰是今天他一定会失手的。

然而看吧,什么事都没有发生,没有喊叫,没有喧哗;正相反,交谈声,嘈杂声和叽叽喳喳声蓦地都停了下来,一下子变得出奇地安静,这二三百人好像约好似的屏住气息,所有的目光都双倍紧张望向拍卖人。他后退了一步,在灯光照耀下,他的额头闪现出一种特别庄严的光辉。这场拍卖的重头戏开始登场了:一只巨大的花瓶,这是中国皇帝在三百年前亲自派使者赠送给法国国王的。在大革命期间,它像好多这一类的东西一样都以秘密的方式从凡尔赛宫中流入民间。四个身着制服的听差特别而同时又是惹人注目的,谨慎地把这个宝贝物件放到拍卖桌上,圆圆的,白色透亮,上面带有蓝色的条纹。拍卖人庄重地咳嗽一声,喊出了价格:"十三万法郎!十三万法郎!"回答这神圣的含有四个零的数字的是一片令人敬畏的静寂。没有人敢立即出价,没有人敢说话,甚至仅是移动一下脚步;密集和挤在一起的人群由于敬畏变得目瞪口呆。终于在拍卖台左侧尽头有一个矮小的头发斑白的先生抬起头来,并快速轻声而几乎是迫切地说出:"十三万五千",拍卖人随即果断地回应:"十四万"。

激动人心的游戏开始了:一家美国大拍卖行的代表总是只举出一个手指,就像一个电表一样,跳出的数字立刻就升了五千,坐在另一张桌子尾端的一位大收藏家(有人轻声地在嘟囔出他的名字)的私人秘书有力地用加倍来回应:慢慢地这场拍卖成了两家出价者的对话,他俩相对而坐,可却固执地规避彼此的目光:两人都只把他们的报价朝向拍卖人喊去,而拍卖人显然对此感到惬意。终于在喊到二十六万时,那个美国人不再举出手指了,喊出的这个数字像凝固了的声音空荡荡地悬在空中一样。气氛越来越紧张,拍卖出价人一连四次重复:"二十六万……二十六万……"他像一只鹰扑向猎物般地把这个数字高高地掷向高处。随后他等待,紧张地观望,失望地环顾左右(啊,他多么愿意把这场戏继续演下去!):"没有人再出价了?"一片沉默,一片沉默。"没有人再出价了?"这声音近于绝望。沉默开始颤动,没有声音的琴弦。他慢慢地举起槌子。现在三百颗心脏停止跳动……"二十六万法郎一次……第二次……第……"

沉默像一块岩石独自矗立在声息俱无的大厅,人们都屏住呼吸。拍卖员带着几乎是宗教般的庄严把象牙槌高举在人群之上。他再次威胁地说道:"落槌了。"没有人应声,没有回答。随后他说出了:"第三次。"象牙槌单调而恶意地落了下来。一切都成为过去!二十六万法郎!这小小单调的一击,人墙便摇晃起来,坍塌了,又恢复成一幅幅活生生的面孔。一切都在激动,在呼吸,在喊叫,在叹息,在窃窃私语。还拥成一团的人群像一个单一的躯体在一股激浪中,在一阵不断地冲击下撞碰起来随即松弛下去。

这种冲击也触及到我,可却是一只陌生的胳膊碰到我的胸部。这时有人嘟囔了句:"对不起,先生。"我为之一怔。这种声音!噢,这真是令人高兴的奇迹,是他,是那个我没找到的人,是那个我长时间寻找的人,是怎样的一种偶然,恰恰是这种松散的波浪把他推到我的跟前。感谢上帝,现在我又有他了,又是靠得这么近,现在我终于能好好地监护他和保护他了。当然我要避免公开地直视他的面部,而只是从侧面轻轻地瞟着他,但不是窥视他的脸,而是他的两只手,他的作案的工具,可他的双手却引人注意地消失不见了:不久我就发现,他的大衣的两袖子紧紧地贴在身上,像一个挨冻的人把手指缩进袖了里面似的,这样一来双手就见不到了。如果现在他要接触一个牺牲品的话,那只能被当作是一件柔软的、没有任何危险的衣料的一次偶然的触动罢了;而那只准备行窃的手藏在衣袖里,就像猫爪藏在毛茸茸的脚掌里一样。做得出色极了,我为之惊叹。但谁是他这次行动的对象?我谨慎地向他右边的那个人睃去。那是一个瘦长的先生,衣服扣得紧紧的,在他前面的是一个宽大的无法下手的后背,这是第二个人。一开始我糊涂了,对这两个人中之一采取行动怎么能得手呢?但当我感到自己的膝盖受到轻微的一撞时,我突然间被一个念头攫住——像是一阵冷雨浸透全身:难道这些准备最终是冲我而来的?归根到底,你这个傻瓜,要对这个大厅里唯一知道你的底细的人动手,我现在要在自己身上来体验你的这门手艺?这是最后和最莫明其妙的一课!真的，这只不可救药的不幸的鸟看来寻找的恰恰是我，恰恰是我，他的思想上的朋友，唯一一个对他的这门营生熟谙得至深至透的朋友！

真的，毫无疑问，他是冲我来的，现在我可以不再怀疑了，因为我已经确切地感觉到，身旁的一条胳膊在轻轻地触动我，藏着一只手的衣袖在一寸一寸地靠近我，这大概是准备在拥挤的人群第一波涌动时对我的上衣和背心中间部位快速动手。本来我现在可以用一个小小的动作保护自己，只消转向一侧或把衣扣扣上就确保无虞了；但奇怪的是，我已经完全像被催眠了似的，每块肌肉、每一条神经像是冻僵了一样。就在我激动地等待的当儿，我飞快地思考，我钱包里有多少钱，就在我想到我的钱包的当儿，我感到胸前的钱包依然还在，稳妥且温暖：每当人们想到它时，那每颗牙齿、每个脚趾、每根神经就会立刻变得敏感起来。钱包暂时还在老地方，我准备好了，他可以动手，毋需顾虑重重。奇怪的是我根本就不知道，我是要他动手还是不要他动手。我的情感混乱至极，仿佛分成了两半。因为一方面我希望他放开我，这是为他好；另一方面我心怀紧张、怕得要死，就像牙医用钻牙机触动病牙最痛部位时一样，我期待他的技艺，我期待他决定性的出击。但他好像要惩罚我的好奇心似的，不慌不忙，丝毫没有动手的意思。他又停顿下来，靠紧了我，他谨慎地一寸一寸贴近我：尽管我的思想完全都在关注这种挤迫式的接触，同时我的另一个思想却完全清清楚楚听到从拍卖台上那边传来不断升码的报价声："三千七百五十……没有人出价了？三千七百六十……三千七百七十……七百八十……再没有人出价了？再没有人出价了？"随后槌子落了下来。在这成功的一击之后，人群又一次开始松动，就在这一刹那我感到一股波浪朝我涌来。这不是真的触动，而是有点儿像是一条蛇在爬行，一股滑过身体的哈气，是那么轻，那么快，如果不是我全部的好奇心都处在戒备的状态的话，那我绝对感觉不到；像被偶然刮起的阵风翻起了我的上衣似的，我感觉到，仿佛一只鸟从身边飞过似的轻柔……

我从未想到的蓦然间发生了：我自己的一只手被从下面撞了一下，我在我的上衣下面抓住了一只陌生人的手。我从没有想到过这样一种自卫。这是我的肌肉的一种出人意外的反射动作。出于纯肉体上的自卫本能，我的手机械般地握紧了它。这真可怕，令我自己感到惊讶和骇怕的是我的手掌抓住了一只陌生的、冰冷的和颤抖的手，不，这决不是我的所愿！我无法去描述这一秒钟。突然间抓住一个陌生人的一只冰冷然而却是有生命的手，吓得我发呆变傻。他由于骇怕同样变得软瘫。正如我没有力量，没有勇气松开他的手一样，他也没有胆量，没有勇气把手挣脱回去。"四百五十……四百六十……四百七十……"，拍卖人在上面做作般地叫喊。我还一直抓住那只陌生的、冰冷发颤的小偷的手。"四百八十……四百九十……"还一直没有人注意到我们两个人之间发生的事情，没有人会想到，这儿，处于两个人之间，仅只是在我们两人之间，我们绷紧了的神经在进行这场无名的战役。"五百……五百一十……五百二十……"，数字一直是在急遽地上升，"五百三十……五百四十……五百五十……"终于，这整个过程不会超过十秒钟，我又能呼吸了。我松开那只陌生人的手。它立即抽了回去并在黄色大衣的衣袖里消失不见了。

"五百六十……五百七十……五百八十……六百……六百一十……"上面的报价声还在继续,继续下去:我俩还一直靠得很近,充满神秘行动的一对共谋犯,两个人都因同样的经历而变得瘫痪了。我还一直觉得他的身体紧挨着我,暖暖的,现在当人群的激动松弛下来时,我发僵的双膝开始颤抖起来,我好像感觉到,这种抖动传到了他的双膝。"六百二十……三十……四十……五十……六十……七十……",数字越攀越高,而我们还一直站着不动。这支恐怖的冰冷的铁环把我俩连在一起。终于我找到了一种力量,至少是转过头来朝他望去。这同一瞬间,他朝我看来,我直视他的目光。行行好,行行好!别告发我!泪水汪汪的小眼睛像似在乞求,他的被挤压的灵魂中的全部恐惧,所有生物固有的原始恐惧,都从他那圆圆的瞳仁涌出,他的小胡子在惊恐中颤抖。我清楚地看到只是那双睁大的眼睛,那张面孔在极度惊恐的表情中消失得见不到了。此前我从没有,以后也没有见到一个人会是这样。我感到无比的羞愧,这个人竟如此奴隶般的、狗一般地望向我,好像我握有生杀予夺大权似的。他的这种目光使我感到自己卑贱,我窘迫地把目光又重新移到别处。

但他理解了。他现在知道了,我决不会,永远不会告发他;这使他恢复了元气。轻轻地一摆,他的身体离开了我的身体。我感到,他是要永远地摆脱掉我。他先是松动下面挤在一起的双膝,随后我觉得我胳膊上那种粘在一起的温暖离我而去,刹时,我发觉有某种属于我的东西消失了。我身旁的位置已空无一人,我的这位不幸伙伴一下子就腾出了这个地方。我先是感觉到我周围空旷了,但随即的一瞬间我惊恐起来:这个可怜人,他现在怎么办?他可是需要钱啊,为了这紧张的几个小时,我欠他一份情；我，他的伙伴，一个身不由己的伙伴，必须要帮助他呀！我匆忙地随他挤了过去。但是灾难啊！这只不幸的鸟误解了我的善意，他从远处看见我去尾随他，就怕了起来。还在我示意他放心之前，木黄色短大衣就飞快地下楼而去，消失在马路上人潮如涌的洪流之中。我的这门功课，出人意料地开始，同样出人意料地结束了。

高中甫　译

国际象棋的故事

今天午夜有一艘巨型客轮将从纽约驶往布宜诺斯艾利斯。轮船即将起锚,此刻船上呈现一派常见的紧张和繁忙景象。到码头上来为朋友送行的客人拥挤不堪,歪戴着帽子的电报投递员穿过一个个休息室,高声喊着旅客的名字;有的旅客拽着箱子,手里拿着鲜花;孩子们好奇地在客轮的阶梯上跑上跑下,乐队不知疲倦地在甲板上卖劲地演奏。我站在上层甲板上同一位朋友聊天,稍稍避开这喧嚷的人群。这时,我们身旁闪光灯刺目地闪了两三下——大概是某位知名人士在起航前的一刻还在接受记者的快速采访和照相。我的朋友朝那边看了看,笑着说:"岑托维奇在您船上,他可是个罕见的怪物。"听了他的话,我脸上显然露出十分不解的表情,所以他接着便解释道:"米尔柯·岑托维奇是国际象棋世界冠军。他在美国从东到西的巡回比赛中得全胜,现在要乘船到阿根廷去夺取新的胜利。"

经他一说,我真想起了这位年轻的世界冠军,甚至还记起了他一鸣惊人、名满天下的若干细节;我的朋友看报要比我仔细得多,所以能拿好些奇闻逸事来补充我所知道的那点儿细节。大约在一年以前,岑托维奇一下子就跻身于阿廖欣、卡帕布兰卡、塔尔塔柯威尔、拉斯克、波戈留波夫①等久负盛名的棋坛高手的行列。自从七岁神童列舍夫斯基②在一九二二年纽约国际象棋比赛中一鸣惊人以来,棋坛上还从来没有因哪位无名之辈闯入名声显赫的高手之中而引起那么大的轰动。因为岑托维奇的智力素质一开始绝不会预示他的前程会那么光彩夺目,平步青云。他不久就露馅了:这位国际象棋大师在日常生活中无论用哪种语言都写不出一句没有错误的句子,正如一位被他惹恼的棋手尖刻地嘲讽的那样,"在任何方面,他都全方位地缺乏教养"。他父亲是多瑙河上一名赤贫的南斯拉夫船夫,一天夜里小船被一艘运粮食的轮船撞翻,父亲遇难。当地那个偏僻小村里的神甫出于同情,便收养了这位当时才十二岁的孩子。这位好心的神甫想方设法给他辅导,以弥补这不爱说话、有点儿迟钝、脑门儿很宽的孩子在村校里未能学会的功课。

但是,神甫的心血全都是白费。米尔柯两眼瞪着那几个给

---

① 阿廖欣(1892—1946),国际象棋名手,出生于俄国,十月革命后加入法国国籍。1927年从古巴的卡帕布兰卡手中夺得国际象棋世界冠军,1935年被荷兰人尤伟取代,1937年又从尤伟手中夺回,一直保持到1946年去世。

卡帕布兰卡(1888—1942),古巴国际象棋大师,1921年战胜拉斯克成为世界冠军,1927年因输给阿廖欣而失去冠军称号。

塔尔塔柯威尔,国际象棋名家。

拉斯克(1868—1914),德国国际象棋大师。1894年战胜奥地利施泰尼茨获世界冠军,直至1921年败于卡帕布兰卡,失去冠军称号。

波戈留波夫,俄罗斯国际象棋名手。在1929和1934年两届世界国际象棋锦标赛上,均负于阿廖欣而获亚军。

② 列舍夫斯基,美国国际象棋名手,曾多次获得全美国际象棋冠军,在世界比赛中也名列前茅。

他讲了上百次的字总还是不认识；课堂上讲的最最简单的东西，他那迟钝的脑袋也理解不了。他都十四岁了，算数还得靠扳手指头，读书看报对这个半大不小的男孩子来说那是特别费劲的事。但是，这倒不能说米尔柯不乐意或者脾气倔。让他干什么，他都乖乖地去干，担水，劈柴，下地干活，收拾厨房，要他干的事，他样样都干得很认真，尽管慢腾腾得让人恼火。不过，最使好心的神甫生气的，还是这怪癖的孩子对什么事都漠不关心。你不专门叫他，他就什么也不干。他从不提问题，不和别的孩子一起玩，不特别关照他干什么事，他自己从来不去找活干。家务一干完，米尔柯就坐在屋里发呆，目光空虚无神，就像牧场上的绵羊对周围发生的事情熟视无睹，无动于衷。晚上，神甫叼着农家的长烟斗，照例要同巡警队长杀三盘棋。这时，这位头发金黄的少年总是默默地蹲在一旁，沉重的眼皮下，那双眸子盯着画着格子的棋盘，好似昏昏欲睡、漫不经心的样子。

一个冬日的晚上，两位棋友正专心致志地在进行每天的对弈，这时从村道上飞快驶来一辆雪橇，叮叮当当的铃声越来越近。一个农民急匆匆地奔进屋来，他戴的帽子上已经积了一层白雪。他说，他的老母亲已经生命垂危，他恳请神甫尽快赶去，及时给她施行临终涂油礼。神甫毫不迟疑，当即随他前去。巡警队长杯里的啤酒还没喝完，他又点了一袋烟，正准备穿上他那双沉重的高腰皮靴回家的时候，忽然发现米尔柯的目光一动不动地紧紧盯着棋盘上刚开始的那局棋。

"嗨，你想把这盘棋下完吗？"巡警队长开玩笑说。他确信，这睡眼惺忪的小伙子连棋子都不会走。男孩怯生生地抬眼望着他，然后点了点头，就坐到神甫的位子上。走了十四步棋，巡警队长就输了,并且不得不承认,他的失败绝非是不小心走了昏着儿的原因。第二盘棋的结局也没有什么改观。

"真是出现了'巴兰的驴子'①!"神甫回家以后惊奇地大叫起来。巡警队长对《圣经》不太熟悉,所以不懂这句话的意思。神甫便向他解释,说两千年前就发生过类似的奇迹:一头不会说话的牲口突然说出了智慧的话。尽管时间已晚,神甫还是忍不住要同他那半文盲的学生对弈一盘。米尔柯也是不费吹灰之力就把他赢了。他的棋下得坚韧、缓慢、果断,他那俯在棋盘上的宽阔的脑袋连抬都不抬一下。他的棋下得极其稳健,无懈可击;接连几天巡警队长和神甫都没能赢过他一盘。神甫收养的这个孩子在其他方面智商极低,对于这一点他比谁都更了解,也更能做出评判。现在他当真很想弄明白,这种单方面的奇特的才能究竟能在多大程度上经受住更为严格的考验。他让米尔柯到乡村理发师那儿去把乱蓬蓬的金黄色的头发理一理,好让他显得有几分样子,然后就坐雪橇带他到邻近的小镇上去。他知道,小镇广场上的咖啡店的一角常常聚集着一群瘾头很大的棋友,根据经验,他知道自己的棋不是这帮人的对手。这位头发金黄、脸颊红红的十五岁少年,今天身穿皮毛里翻的羊皮袄,脚蹬沉重的高腰皮靴。当神甫将他推进咖啡馆时,使得在座的棋友

---

① "巴兰的驴子",典出《樒约·民数记》第22章。希伯来人在摩西率领下,经过长途跋涉,从埃及来到约旦河东岸的摩押地。摩押王巴勒见一下来了那么多希伯来人,心里害怕,便派人去请先知巴兰来诅咒希伯来人。巴兰应邀骑驴前往。上帝为了保护希伯来人,派天使去阻拦巴兰。天使手持长剑站于路旁。驴子为了避开天使,三次离开大路,三次都遭主人痛打。这时耶和华叫驴开口对巴兰说:"我做了什么错事,你竟三次打我?"耶和华让巴兰看见了手持长剑、站于路旁的天使,巴兰这才知道驴子避路的原因,便俯伏在地,承认自己有罪。后人用"巴兰的驴子"比喻比主人还聪明的人,或者比喻一贯沉默寡言、突然开口抗议的人。

中激起不小的惊讶。进了咖啡馆,少年人怯生生地低垂着双眼,诧异地立在一角,直到人家叫他到一张棋桌上去,他才动窝。第一盘米尔柯输了,因为他在好心的神甫家里从未见过所谓西西里开局的下法。第二盘他就已经同镇上最优秀的棋手弈成和棋。从第三盘开始,他就一个接一个地把所有对手杀得落花流水。

在南斯拉夫外省的小城里,激动人心的事情是很少发生的;所以这位农民冠军的初次亮相,对于聚集在那里的这帮绅士来说立即就成了轰动的新闻。大家一致决定,无论如何也得让这位神童在城里待到明天,以便把国际象棋俱乐部的其他成员都召集起来,尤其是好到城堡里去通知那位狂热的棋迷——西姆奇茨老伯爵。神甫以一种完全新的自豪心情打量着他所抚养的这个孩子,但是在为自己慧眼独具而感到乐不可支的时候,却不愿耽误自己的职责应做的主日礼拜①,于是表示同意把米尔柯留下来,做进一步的考验。于是年轻的岑托维奇由棋友出钱住进旅馆,当晚他第一次见到抽水马桶。第二天是星期日,下午棋室里挤满了人。米尔柯一动不动地在棋盘前坐了四个钟头,一言不发,连眼睛都不抬起来看一下,就一个接一个地战胜了所有棋手。最后有人建议下一盘车轮战。大家解释了好一会儿,才让这位脑袋不开窍的少年明白,所谓车轮战,就是他一个人同时跟好几个棋手对弈。米尔柯一搞清楚这种下法,就进入状态,拖着他那双沉重的咯吱作响的靴子缓步从一张桌子走到另一张桌子,结果八盘棋他赢了七盘。

此后,大家进行了广泛的讨论。虽然严格说来这位新冠军

---

① 主日礼拜,主日即星期日。相传耶稣基督复活于星期日,故称该日为主日。主日礼拜是在星期日举行的礼拜仪式,是基督教新教的主要宗教活动。

并非本城居民，可是当地的民族自豪感却熊熊地点燃了。这么一来，地图上的这座迄今为止还几乎没有被人注意的小城，说不定会第一次获得向世界输送一位名人的荣誉呢。一位名叫科勒的经纪人平时专门介绍女歌星、女歌手到驻军歌舞剧场去演出，这时也表示，他在维也纳认识一位杰出的小个子国际象棋大师，只要有人提供一年的资助，他就准备把这位年轻人安排到那里去接受棋艺方面的专门培养。西姆奇茨伯爵六十年来天天下棋，还从未遇见过这么一个奇特的对手，当即便认捐了这笔款项。从这一天开始，这位船夫的儿子就春风得意，青云直上了，令世人为之惊讶不已。

半年以后，米尔柯便掌握了国际象棋技艺的全部奥秘。不过，他还有一个奇怪的弱点，这一弱点让他后来多次在行家面前露出马脚，并为他们所嘲笑。因为岑托维奇始终不会凭记忆下棋，用行话来说，就是不会下盲棋，即使下一盘也不行。他完全缺乏那种把棋盘置于无限的想象空间的能力。他面前总得有张画着六十四个黑白相间的方格的棋盘和三十二颗摸得着的棋子；在他享有世界声誉的时候，他还随身带着一副棋盘可以折叠的袖珍象棋，在他想把一盘名棋复盘或是解决某个问题时，直接就能具体看到棋子的位置。这点儿瑕疵本身是微不足道的，但却暴露出他缺乏想象力，这就像音乐界一位卓越的演奏家或指挥不打开乐谱就不能演奏或指挥一样。但是这个奇怪的缺憾并没有影响米尔柯令人惊讶的飞黄腾达。他十七岁就获得了十多个国际象棋奖，十八岁摘取匈牙利冠军，二十岁夺得世界冠军。那些棋风最凌厉的冠军在智力、想象力和勇气方面个个都要比他高出不知多少，可是在他坚韧而冷峻的逻辑面前却

——败下阵来,就像拿破仑败在慢腾腾的库图佐夫①手下,汉尼拔②败在费边·康克推多③手下一样,据李维④的记述,康克推多也是在小时候就表现出冷漠和低能的显著特点。于是,卓越的国际象棋大师的画廊里第一次闯进了一位与精神世界完全不沾边的人。要知道,画廊中的国际象棋大师的行列里汇聚了智力超凡的各种类型的人物——哲学家、数学家,以及计算精确、想象力丰富和往往富于创造性的人物——可是岑托维奇却只是个农村青年,他性格迟钝,寡言少语,即使是最精明的记者也休想从他嘴里套出一句有新闻价值的话来。当然,岑托维奇从不向报纸提供精练的警句格言,不久报上刊登了关于他这个人的大量逸事,这一点也就得到了弥补。在棋桌上,岑托维奇是无与伦比的大师,可是从他离开棋盘站起身来的那一刻起,他就成了一个荒诞不经的、近乎滑稽可笑的人物,而且无可救药。尽管他穿了一身庄重的黑西服,打了豪华的领带,领带上别了一枚有点儿显摆的珍珠别针,尽管对指甲做了精心修剪,但是他的整个举止风度仍然是那个头脑简单、在村里替神甫打扫房间的乡下少年。他极其粗俗吝啬,贪得无厌,一心想方设法利用自己的天赋和声望

---

① 库图佐夫(1745—1813),俄国军事统帅。1812年率俄国军队大败入侵的拿破仑军队。

② 汉尼拔(前247—前183或182),迦太基统帅。在第二次布匿战争(前218—前201)的特拉西米诺湖战役(前217)和坎尼战役(前216)中大败罗马军队。长期转战意大利各地,军力耗竭,后援不继,当费边(西庇安)率罗马军队攻入迦太基本土时,汉尼拔奉命回军(前203)解围,扎马战役(前202)被古罗马统帅西庇安所败。

③ 费边·康克推多(约前280—前203),费边又译西庇安,古罗马统帅。第二次布匿战争期间,罗马军在特拉西米诺湖战役中溃败后,费边任狄克推多(独裁官),采用拖延战术,坚壁清野,与汉尼拔军相周旋,决战派讥称他为"康克推多"("拖延者")。公元前205年费边任执政官,次年率军进攻迦太基本土,公元前202年扎马战役打败汉尼拔。

④ 李维(前59—公元17),古罗马历史学家,著有《古罗马史》142卷。

去捞取一切可以捞取的金钱,那样子既笨拙又厚颜无耻,惹得棋界同行既好笑又好气。他从一座城市到另一座城市,总是下榻在最便宜的旅馆,只要答应给他报酬,即使是最寒碜的俱乐部,他也去下棋;他同意把自己的肖像印在肥皂广告上,甚至不顾竞争对手的嘲笑——他们深知,他是个三句话都写不好的草包——把自己的名字卖给一本叫作《国际象棋的哲学》的书,实际上为那个专门以逐利为目的的出版商撰写这本书的是一名加里西亚大学的学生,是个无名之辈。像所有性格坚韧的人一样,他也根本不懂得可笑一说;自从在世界比赛中取胜以来,他就自以为是世界上最重要的人物了,他觉得,所有那些绝顶聪明、才智过人、光灿夺目的演说家和著作家也都在他们各自的战场上被他——斩于马下,尤其是他挣的钱比他们多,这个具体事实将他原来的犹豫不决变成了冷酷的、往往是拙劣地有意显露的趾高气扬。

"不过,这种平步青云怎么能不叫这空虚的脑袋感到飘飘然呢?"我的朋友说。他还给我讲了岑托维奇颐指气使、目空一切的可笑事例。"一个从巴纳特①来的二十一岁的乡巴佬,突然间在木棋盘上摆弄几下棋子,在一星期之内赚的钱就比他全村全年伐木和干重活辛辛苦苦挣的钱还多,他怎么能不踌躇满志,沾沾自喜呢?还有,要是一个人压根儿就不知道这个世界上曾经有过伦勃朗、贝多芬、但丁和拿破仑,那不是很容易把自己看作伟人吗?这小伙子那孤陋寡闻的脑袋里只知道一件事,那就是几个月来他从未输过一盘棋,而且正因为他不知道除了象

---

① 巴纳特,东欧历史上的民族杂居地区,一次大战后匈牙利保有塞格德,罗马尼亚取得东部大片土地,余地归塞尔维亚-克罗地亚-斯洛文尼亚王国(南斯拉夫)。

棋和金钱之外,这个世界上还存在着其他有价值的东西,所以他完全有理由沉湎于飘飘欲仙的感觉之中。"

我的朋友讲的这些情况大大激起了我特殊的好奇心。我平生对患有各种偏执狂的人、一个心眼儿到底的人最有兴趣,因为一个人知识面越是有限,他离无限就越近;正是那些表面上看来对世界不闻不问的人,在用他们的特殊材料像蚂蚁一样建造一个奇特的、独一无二的微缩世界。因此,我对自己的意图毫不隐晦:在开往里约热内卢的十二天航程中仔细观察这位智力单轨发展的奇怪标本。可是,朋友提醒我:"您的运气恐怕不会这么好。就我所知,迄今为止还没有一个人能从岑托维奇那里弄到一星半点可用作心理分析的材料。这个狡猾的乡巴佬虽然知识极其贫乏,但却非常聪明,从不暴露自己的弱点,其实他的办法极其简单,那就是除了从几家小旅店找来的境况与他相仿的几个同乡外,他不跟任何人说话。他只要感到有个有教养的人在场,就立刻爬进他的蜗牛壳;所以谁也无法夸口,说是曾经听到过他的一句蠢话,或是摸清了他缺乏教养到何种程度。"

确实,我的朋友说得不错。旅行的头几天的情况就表明,不硬着脸皮去纠缠就根本不可能接近岑托维奇。当然,这种死皮赖脸的事我是做不出的。有时他倒也走上上层甲板,但每次总是反背着双手,目中无人,显出一副陷入沉思的样子,宛如那幅名画上的拿破仑;此外,在甲板上散步本来很逍遥,可是他总是匆匆忙忙、风风火火的样子,想跟他搭句话,你得跟在他后面小跑才行。他又从来不在休息室、酒吧和吸烟室露面;我向服务员悄悄打听过,得知他一天的大部分时间都待在自己的舱房里,在一个大棋盘上研究棋局或把下过的棋重新摆一摆。

他的防御技术比我想接近他的意愿还要巧妙，为此三天以后我真的开始生气了。我一生中还从未有机会同一位国际象棋大师结识，现在我越是竭力想赋予这种类型的人以普通人性，就越觉得难以想象，人的大脑怎么能一辈子都完全围着一个有六十四个黑白方格的空间转呢！根据自己的切身体验，我知道这种"国王的游戏"①具有神秘的魅力，在人所想出来的各种游戏中，唯有这种游戏绝对容不得半点偶然的随心所欲，它的桂冠只给予智慧，或者更确切地说，只给予某种特殊形式的天赋。那么，把国际象棋称作一种游戏，岂不是犯了侮辱性的限制之罪吗？它难道不也是一门学问，一种艺术，飘浮于这两者之间，就像穆罕默德的棺椁飘浮在天地之间一样？它难道不是一对对矛盾的无与伦比的结合吗？它是古老的，却又永远是崭新的；它在布局上是机械的，不过只有通过想象才能极尽其妙；它被限制在几何形的呆板的空间里，然而在其组合上却是无限的；它是不断发展的，但又是毫无创造性的；它是得不到结果的思想，是什么也算不出的数学，是没有作品的艺术，是没有物质的建筑，尽管如此，在其存在和此在方面却证明比所有的书籍和艺术作品更久长；它属于各个民族和各个时代，而且无人知晓，是哪位神灵把这种游戏带到人间来供人们消遣解闷，磨砺禀性，激励心灵的。它何处为始，何处是终？每个孩子都能学会它的初步规则，每个臭棋篓子都可以一试身手，然而就在这固定不变的小小的方块之内却会产生一类特殊的大师，与他们相比，所有其

---

① 德语Schachspiel(国际象棋，下棋)一词是由Schach(国际象棋)和Spiel(游戏，玩)两字复合而成。Schach这个字源自波斯文schah，意为"国王"，它与Spiel复合在一起，按字面的意思就是"国王的游戏"。

他的人都望尘莫及。他们只是在棋艺方面有天赋，他们是特殊的天才，在他们身上想象力、耐心和技巧也分配得十分精确，并一一起着作用，就像在数学家、诗人和音乐家身上一样，只不过层次和结合不同而已。从前观相术盛行的时候，要是加尔①解剖了象棋大师的颅脑就好了，这样就可确定，这些国际象棋天才的大脑灰质是否有一种特殊的曲纹，他们的颅脑里是否有一种比常人更发达的象棋肌或象棋突。像岑托维奇这样的棋手，在绝对迟钝的智力中散布着特殊的天赋，就像在一百公斤不含矿质的岩石中含有一条金脉一般！他这样的实例要是激发起那些观相术家的兴趣就好了。这样一种独一无二的天才游戏是定会造就出特殊的棋王来的，对于这一点，一般来说，我一直都很清楚，然而很难想象，甚至不能想象，一个思想活跃的人竟一辈子把自己的世界仅仅局限在黑白方格之间狭窄的单行轨上，只在三十二颗棋子前后左右的挪动中寻找成功的喜悦，一个人开局先走马而不走卒竟是件了不起的大事，能在棋谱的某个不起眼的地方提到一笔就意味着不朽——总之，一个人，一个会思想的人，十年，二十年，三十年，四十年如一日，将自己思想的全部张力一次又一次可笑地用在把木头棋子"王"逼到木制棋盘上的角落里去，而自己竟没有发狂！

现在，这么一位了不起的人，这么一个奇特的天才，或者说这么一个谜一般的傻瓜第一次离我那么近，在同一艘船上，相隔仅六个船舱，但是我真倒霉，我虽然对有关精神方面的事最好奇，而且这种好奇心往往会变成一种激情，尽管这样，我还是

---

① 加尔(1758—1828)，德国解剖学家、生理学家，颅相学的创始人。

未能接近他。于是我就想出一些荒诞透顶的计谋：我假装要为一家重要报纸去采访他，以刺激他的虚荣心；要不我抓住他贪得无厌的心理，建议他到苏格兰去参加一场报酬颇丰的比赛。末了我想起猎人的一个非常灵验的办法：要把山鸡引过来，就学山鸡交尾时的叫声。那么要把象棋大师的注意力吸引到自己身上来，难道还有比自己去下棋更有效的高招吗？

我一生中从来就不是一个正经八百的国际象棋艺术家，其原因十分简单，那就是我总不把下棋当一回事儿，只不过是下着玩玩的；要是我坐下来下一小时棋，那可不是为了去劳神费脑，相反，是为了使紧张的脑子得到放松。我是本着"玩"①这个字的真正意义下棋的，而别人，那些真正棋手却是为了"较量"。下棋和谈恋爱一样，必须有个对手，而此刻我还不知道，除了我们，船上是否还有其他爱下国际象棋的人。为了把他们引出洞来，我就在吸烟室里设下一个简陋的圈套：我同我妻子在棋桌上对弈，尽管她的棋比我还臭。这样我们就像捕鸟人，网开一面，专等鸟儿来自投罗网。果然，我们走了还不到六个回合，有个人打旁边走过时就停了下来，还有一位请求我们允许他观战；最后来了一位我们所期盼的对手，他向我叫阵，要同我对弈一盘。他名叫麦克康纳，是苏格兰深井采油工程师，我听说，他在加利福尼亚钻探石油发了大财。从外表上看，麦克康纳体格粗壮，方方的腮帮结实坚硬，牙齿坚固，脸色很好，透着红润，大概是威士忌喝多了，至少这是一部分原因。引人注目的是他那宽

---

① "玩"，德文是spielen。"下国际象棋"，德文是Schachspiel，由Schach(国际象棋)+Spiel(游戏，动词是spielen)构成。

阔的肩膀,真有点儿运动员的威武架势,可惜下棋的时候也锋芒毕露,因为这位麦克康纳先生是属于踌躇满志、极其自负的那种类型的人,即使是一盘无足轻重的棋,下输了,他也觉得是贬低了自己的人格。这位白手起家的大块头阔佬,生活中习惯于一意孤行,为自己的成功感到飘飘然,骨子里都渗透着顽固不化的优越感,因此他把任何阻力都看作是对他极不礼貌的反抗,几乎就等于是对他的侮辱。输了第一盘,他就沉下了脸,并且啰唆开了,蛮不讲理地说,这盘棋只是一时疏忽才输的,第三盘输了,他又把原因归于隔壁船舱里声音太吵;他每输一盘棋,绝不肯就此罢休,必定立即要求再下一盘。起初我觉得这种顽固的虚荣心很好玩;后来我想,我的本意是把世界冠军吸引到我们桌上来,所以只把他的虚荣心看作是实现我的意图的一种不可避免的伴生现象。

第三天我的计划成功了,但也只是成功一半。无论是岑托维奇从上层甲板上看我们下棋,或是他只是偶尔光临一下吸烟室——反正,他一见我们这些门外汉竟在摆弄他的这门艺术,就下意识地走近了一步,从这个适当的距离朝我们的棋盘投来审视的一瞥。这时正好该麦克康纳走棋。这一步棋就足以让岑托维奇明白,对于他这位大师级的人来说,我们这点儿业余棋手的水平是不值得继续看下去的。就像我们在书店里人家向我们推荐一本蹩脚的侦探小说,我们看都不看一眼就露出不言而喻的表情将书搁在一边一样,现在他也以同样的表情从我们棋桌边走开,出了吸烟室。"他掂量了一下,觉得没意思。"我思忖,对他那种冷冰冰的、瞧不起人的目光心里有点儿生气。为了发泄一下我的气恼,我就对麦克康纳说:

"您这步棋,大师似乎不怎么看得上眼。"

"哪个大师?"

我向他解释说,刚才从我们身边走过、并以鄙夷的目光看我们下棋的那位先生就是国际象棋大师岑托维奇。我还补充了一句说,就让他去好了,我们两人认了,名人的鄙视不会使我们伤心的;穷人只有这点儿能耐。然而出乎我的意料,我随便这么一说,竟对麦克康纳先生产生了完全意想不到的作用。他立刻就激动起来,忘掉了我们的棋局,他的虚荣心上来了,激动得几乎可以听到脉搏怦怦跳动的声音。他说,他根本不知道岑托维奇在船上,无论如何岑托维奇得跟他下盘棋。他一生中还从来没有跟一位世界冠军下过棋,除了有次跟另外四十个人一起同世界冠军下过一盘车轮战。就是那盘棋也是够紧张的,当时他还差点儿赢了呢。他问我是否认识这位国际象棋冠军,我说不认识。他又问我想不想去跟国际象棋冠军打招呼,把他请到我们这儿来?我没有答应,因为据我所知,岑托维奇不怎么愿意结识新交。另外,对一位世界冠军来说,跟我们这些三流棋手下棋有什么吸引力呢?

嗨,对于一个像麦克康纳这样虚荣心很强的人,我是不该说什么三流棋手之类的话的。他生气地往后一靠,陡然说,就他而言,他不信一位绅士客气地去请岑托维奇下棋,会遭到拒绝。应他之请,我给他简要描述了这位世界冠军的为人。听了以后他便满不在乎地撂下我们这盘棋,心急火燎地冲到上层甲板上去找岑托维奇。我又一次感到,这位宽肩膀的人一旦想要干什么事,是阻挡不了的。

我颇为紧张地等待着。十分钟以后,麦克康纳先生回来了,我觉得他不那么兴高采烈。

"怎么样?"我问。

"您说得不错,"他有点儿生气地回答,"他是个不怎么讨人喜欢的先生。我做了自我介绍,告诉他我是谁。他连手都没有伸给我。我试图让他明白,要是他跟我们下盘车轮战,我们船上所有的人都会感到骄傲,感到荣幸。妈的,他就是不答应。他说很遗憾,他同他的经纪人签了合同,合同特别规定,在整个这次巡回比赛期间,他不得下没有报酬的棋,而他的最低酬金是每盘二百五十美元。"

我笑了。"这点我倒从未想到,在黑白方格上挪动几下棋子竟是一桩进项那么多的买卖。那么,我想,您也就客客气气地告辞了吧。"

然而,麦克康纳仍然十分严肃地说:"棋局定在明天下午三点钟,就在这个吸烟室。我希望,不要让他不费吹灰之力就把我们杀得落花流水。"

"怎么?您同意给他二百五十美元了?"我惊诧地叫了起来。

"干吗不给?C'est son métier①要是我牙痛,而船上碰巧有个牙科大夫,我也不会白要他给我拔牙呀。这人要价很高,这是对的。各行各业里货真价实的行家也都是生意人。对我来说,买卖说得越清楚越好。我宁愿付现金,也不愿求什么岑托维奇先生对我大发慈悲,到头来还得感谢他。再说,我在船上的俱乐部里有个晚上输掉的就超过二百五十美元,而这还不是同世界冠军下呢。对'三流棋手'来说,败在岑托维奇手下也不算丢脸。"

我注意到,我说的"三流棋手"这句无辜的话竟深深伤害了

---

① 法语:他是吃这碗饭的。

麦克康纳的自尊心,我心里真觉得好笑。但是,既然他打算为这个玩笑付出昂贵的价码,那么对他的这种过分的虚荣心,我也就不好加以非议了,更何况他的虚荣心最终将介绍我去结识这个怪人呢。我们赶紧将这件行将发生的大事通知了迄今为止曾宣称自己是棋手的那四五位先生,并让人为即将举行的比赛做好准备,为了尽量不受过往旅客的干扰,不仅要把我们这张桌子,而且还要将紧挨着的几张桌子统统预先定好。

第二天,我们的人在约定时间全部到齐。中间那个席位正对国际象棋大师,当然是给麦克康纳留的。他一支接一支地抽着很冲的雪茄,以缓和内心的紧张,并一再焦急地看手表。这位世界冠军让大家足足等了他十分钟之久——根据我朋友所讲的故事,我早就预感到他会来这一手的——这样,他的出场就更显出稳操胜券的神态。他从容不迫、泰然自若地走到棋桌旁。他也不做自我介绍,一来就以乏味的专业语气讲了各项具体安排,他的这种无理行为似乎是说:"我是谁,你们都知道,至于你们是些什么人,我不感兴趣。"因为船上没有那么多棋盘,所以没法下车轮战,他就建议我们大家一起来下他一个人。他说,为了不打搅我们商量,每走一步棋,他就到这房间头上的另一张桌子上去。遗憾的是没有小铃,所以我们每走了一步,马上就要用匙子敲敲杯子。他建议,如果我们没有异议,每步棋的时间最多十分钟。我们像腼腆的小学生一样,对他的每项建议当然都表示同意。挑颜色时,岑托维奇猜得黑棋。他还站着就走了第一步,接着便立即转身走到他建议的位置上等候去了。他懒洋洋地往椅子上一靠,顺手拿起画报翻翻。

谈论这盘棋的本身,并没有多大意思。不言而喻,它的结局本在情理之中:以我们的彻底失败而告终,而且弈至第二十四回合就输掉了。一位世界冠军不费吹灰之力就横扫五六个中下流棋手,这事本身并不值得大惊小怪;令我们耿耿于怀的,只是岑托维奇盛气凌人的那副样子,他让我们大家清楚地感觉到,他轻而易举就把我们赢了。每次他都似乎只是漫不经心地朝棋盘上看一眼,懒洋洋地从我们身边走过,那神情就好像我们都是木头棋子似的。这种无理的姿态不由得叫人想起,有人朝癞皮狗扔去一根骨头,却不去看它一眼。其实照我看,他要是稍微通情达理一点儿,是可以指出我们的错误,或者说句客气话来对我们加以鼓励的。可是下完这盘棋,这个没有人性的国际象棋机器人连一个鼓励的字都没有说,在说了"将死了"之后就一动不动地站在桌子前等着,看我们是否还想跟他再下一盘。像人们对付厚颜无耻的粗鲁之辈一样,我站起来无可奈何地把手一摊,表明随着这桩美元交易的结束,至少就我来说,我们这场愉快的相识也就到此为止了。令我气恼的是,我身边的麦克康纳这时却声音沙哑地说道:"再下一盘!"

麦克康纳挑战性的话简直使我大吃一惊;事实上他此刻给人的印象是个正要出拳的拳击家,而不是温文尔雅的绅士。也许这是他对岑托维奇对待我们的那种让人受不了的态度的回敬,也许仅仅是他一碰就跳起来的那种病态的虚荣心在作怪——反正麦克康纳的性格全变了。他满脸通红,一直红到额头的发根;由于心里生气,他的鼻翼鼓鼓的;显然,他身上在冒汗;他紧紧咬着嘴唇,深深的皱纹从嘴角一直伸到雄赳赳地往前突出的下巴。我在他的眼睛里发现了遏制不住的激情的烈焰,我心里感到不安。这种烈焰通常只有玩轮盘赌的赌徒,如果他下了双倍赌注,但接连六七次就是没碰上他所押的那个颜色时才会出现。此刻我知道,这种狂热的虚荣心将使他同岑托维奇不停地对弈下去,按原来的赌注或者加倍,一直下到他至少赢一盘为止,即使要耗掉他全部资产也在所不惜。如果岑托维奇坚持奉陪到底,那么他就在麦克康纳身上发现了一个金窖,他在到达布宜诺斯艾利斯之前就可以从这个金窖里挖出好几千美金来。

岑托维奇一动不动。"请吧,"他客气地回答,"现在该诸位先生执黑了。"

第二局也没有什么改观,只不过又来了几位好奇者,所以我们这个圈子不仅扩大了,而且也活跃多了。麦克康纳两眼直愣愣地盯着棋盘,仿佛他要以赢棋的愿望对棋子施行催眠术似的;我感觉到,为了向对手这个冷血动物扯着嗓门儿欢叫一声"将死了",即使牺牲一千美元,他也会兴高采烈的。奇怪的是,他那强忍的激动不知不觉中也感染了我们。现在,每走一步都要进行比第一局更为热烈的讨论,每次直到最后一刻,在大家都同意给信号叫岑托维奇到我们桌上来的时候,总还会有人对大家的意见提出异议。渐渐地,我们弈至第十七步了。这时出现了极为有利的局势,对此我们自己都感到惊奇,因为我们成功地把C线上的卒一直推进到倒数第二格的c_2;只要将卒往前推进到c_1,我们的卒就可以升变为一个新后了①。由于这个胜机过于一目了然,我们心里反倒不很踏实;我们大家都心存疑虑,担心这个表面上看来是我们取得的优势极可能正是岑托维奇故意给我们设下的圈套,因为他对棋局看得比我们远得多。但是无论我们大

---

① 国际象棋规则规定,如果卒进到第八排,就可升变为具有最大威力的后或下变为车、象或马。

家怎么煞费苦心地探索和讨论，还是找不到这个暗藏的花招。最后，允许我们考虑的时间快完了，我们决定就冒险走这一着。麦克康纳的手指都碰到了卒，想把它推到最后一个方格里。这时他感觉到胳膊猛的一下被紧紧抓住，有人轻声而激动地对他耳语："上帝保佑！不能走这着！"

我们大家都情不自禁地转过脸去。一位大约四十五岁上下的先生，瘦削的脸上轮廓分明，脸色像石灰一样，白得出奇，先前在甲板上散步时就引起过我的注意。几分钟前我们的全部注意力都集中在解决那步难棋，他大概就是那时来到我们这儿的。他感觉到我们的目光都在注视着他，便匆匆补充道：

"您现在如果把卒子升变为后，他马上就会用象c1来吃掉它，您再回马吃掉象。但是，这期间他把他的通路卒走到d7，威胁你们的车，你们即使跳马将军，也没有用，再走九到十步棋你们就输了。这同一九二二年皮斯吉仁大赛上阿廖欣与波戈留波夫交手时下的棋局几乎完全一样。"

麦克康纳大为诧异，其惊奇的程度绝不亚于我们。他放下手里的棋子，两眼紧紧盯着这位不速之客，这位像是从天而降、来助我们一臂之力的天使。一个能够预先计算出九步之后会有杀着的人，准是一流专家，说不定也是去参加这次国际象棋大赛的，没准还是冠军争夺者呢。他恰好在关键时刻突然到来并且伸出援助之手，这简直是异乎寻常的事。麦克康纳第一个回过神来。

"您有什么主意呢？"他激动地悄悄问道。

"卒子不要马上往前走，而是先避开！尤其要先把王从g8这个危险位置撤到h7。这样，他或许就转而进攻另一翼去了。

不过您可把车从c8退到c4来阻挡；于是，他就得多走两步，丢掉一个卒，这样也就失去了优势。这么一来，盘面上就成了卒对卒，如果您防守不出破绽，就可以下成和棋。更高的奢望是达不到了。"

我们再次惊诧不已，啧啧称奇。他计算得那么精确和快速，真有点儿邪乎，这些步子他仿佛是照棋谱念的。真是意想不到，我们与世界冠军对弈的这盘棋在他的参与下，居然有下和的机会，怎么说也神了。我们大家不约而同地往旁边挪了挪，好让他看到棋盘。麦克康纳又问了一次：

"那么就把王从g8走到h7？"

"对！最要紧的是先避开！"

麦克康纳照此走了一着，我们敲了玻璃杯。岑托维奇迈着惯常的漫不经心的步子走到我们桌边，朝我们这步对着打量一眼，接着就把王翼的卒由h2进到h4，同我们这位素不相识的救星所预言的完全一样。这位陌生人这时激动地悄声说：

"进车，进车，从c8进到c4，这样他就非得保卒不可。不过他这样走也无济于事！您把马由c3进到d5，不用管他的通路卒，这样就重新建立了均势，随后就全力压过去，不用守了！"

我们不明白他所说的。对我们来说，他说的全是中文。[1]不过一旦对他着了迷，麦克康纳也就不假思索地照他的意见行棋。我们又敲了玻璃杯，把岑托维奇叫了过来。这回他第一次没有迅速做出决定，而是紧张地注视着棋盘。随后他下的那着棋正是这位陌生人先就向我们点明的。岑托维奇落子以后正转

---

[1] 以前欧洲人认为中文难学又难懂。这里的意思是说听不懂他说的话。

身要走，可是就在他尚未转身之前，发生了一件谁也没有意想到的新奇事。岑托维奇抬起眼睛，把我们每个人都打量一番；很显然，他是想找出那个一下子对他进行这么顽强抵抗的人来。

从这一瞬间起，我们的心情激动到了难以估量的程度。在此之前我们下棋的时候并没有抱多大的希望，现在我们都想煞煞岑托维奇的冷漠和傲慢。这个想法使我们大家热血沸腾，兴奋不已。但是，这时我们的新朋友已经对下一步棋做了安排，我们可以把岑托维奇叫来了。我拿起匙子敲玻璃杯的时候，手指都在发抖。现在我们第一个胜利已经到来了。岑托维奇此前一直是站着下棋的，现在他犹豫了好一阵，终于坐了下来。他坐下去的时候动作缓慢而迟钝；就这样，他与我们之间纯粹从身体上来说，他迄今为止的那种居高临下的架势没有了。我们迫使他至少在空间上同我们处于同一平面上。他考虑了很长时间，低垂的眼睛一动不动地紧盯棋盘，因此几乎连他黑眼睑下面的眼珠也看不到。在紧张的思考中，他的嘴慢慢地张开，这样就赋予他的圆脸以一种单纯的表情。岑托维奇考虑了几秒钟，然后走了一着棋，就站了起来。我们的朋友随即低声说道：

"这步棋是拖延战术！想得倒好！但是不要上他的当！逼他兑子，非兑不可，这样便是和棋了，现在神仙也帮不了他的忙。"

麦克康纳完全照他的意思走棋。接下来的几步双方你来我往，我们对此更是莫名其妙，实际上我们其余的人早就沦为了摆摆样子的龙套。大约弈了七个回合之后，岑托维奇经过长时间的思考，抬起头来说："和了。"

一刹那，室内鸦雀无声。我们突然听到海浪的喧啸，休息厅的收音机里传来爵士音乐，甲板上散步者的脚步声以及从窗缝里透进来的轻微的风声都听得清清楚楚。我们人人屏住呼吸,事情来得太突然,大家还没有回过神来,这位陌生人居然能将他的意志强加于世界冠军,把这盘已经输了一半的棋下和,这真使我们目瞪口呆。麦克康纳突然往后一靠,随着快乐的"啊!"的一声,他憋着的那口气咻的一下从嘴里吐了出来。我又对岑托维奇进行了观察。在下最后这几着棋的时候,我就觉得,他的脸色仿佛更加苍白了。但是他很善于控制自己,仍然保持着看起来满不在乎的木讷神情,一面用镇定的手归拾棋盘上的棋子,一面漫不经心地问道:

"先生们还想下第三盘吗?"

这个问题他纯粹是就事论事地从纯商业的角度提的。但奇怪的是,他提问时并没有看麦克康纳,而是抬起眼睛直接紧紧地盯着我们的救星。他准是从最后几着棋上认出了他事实上的、真正的对手,就像一匹马能从骑者更加稳健的骑姿上认出一位新的、更好的骑手来一样。无意中我们也随着他的目光急切地望着这位陌生人。可是陌生人尚未来得及考虑或答复,正陶醉在虚荣之中、万分激动的麦克康纳就已经以胜利的姿态在冲着他喊了:

"那当然!但是现在您得一个人跟他下!您一个人同岑托维奇对弈!"

然而,这时发生了一件未曾预料到的事情。很奇怪,这位陌生人还一直在紧张地盯着那张棋盘,而棋盘上的棋子已经被收拾起来了。他感觉到所有人的眼睛都在注视他,而且人家又那么热情地在同他说话,不觉大为骇然,脸上显出十分慌张的神情。

"绝对不行,先生们,"他结结巴巴地说,显然有点儿惊惶失措,"这完全不可能……没有考虑的余地……我已经有二十年,不,是二十五年没有挨过棋盘了……我现在才看到,未得你们允许就参与你们的棋局,这样的举止是多么的不得体……请你们原谅我的冒失……我一定不再继续打搅了。"听了这话我们都很愕然,大家还没有回过神来,他已经转身离开了吸烟室。

"这根本不可能!"性格豪爽的麦克康纳用拳头捶着桌子吼道,"他说有二十五年没有下过棋了,绝对不可能!他每一着棋,每一步对着都预先算到五六步之外。这种本事绝非瞬息之间就可学会的。所以他说的绝无可能——是不是?"

最后这个问题麦克康纳是下意识地向岑托维奇提的。但是这位世界冠军不为所动,依然是冷冰冰的。

"对此我无法做出判断。但是不管怎么说,这位先生的棋下得有点儿奇怪,也很有意思,因此我也故意给了他一个机会。"说着,他便懒洋洋地站起身来,并以他讲究实际的方式补充道:

"如果这位先生或者在座的诸位先生明天想再下一局,那我从下午三点钟以后愿意奉陪。"

我们都忍不住轻声笑了。我们每个人都知道,岑托维奇绝不是慷慨地让给我们这位不相识的援手一个机会,他的这种说法无非是掩饰自己没有下好的一个幼稚的遁词而已。因此我们心里滋长起更加强烈的愿望,要亲眼看着把他这种盛气凌人的态度打掉。我们这些心平气和、懒懒散散的乘客心里一下子升起一股疯狂的、充满虚荣心的战斗豪情,因为如果正巧在我们这艘航行在汪洋中的船上能摘下国际象棋世界冠军头上的桂冠,这个记录定会由电讯迅速传遍全世界。这个想法很具挑战性,令我们为之着迷。另外,那种神秘而蹊跷的事也颇有刺激性:恰好在关键时刻我们的救星出乎意料地来介入我们的棋局,他那几乎有点儿怯生生的谦虚同那位职业棋手那种趾高气扬的神气正好形成对照。这位陌生人是谁?难道通过这里的这次偶然巧遇我们竟找到了一位尚未被发现的国际象棋天才?或是出于某种尚不清楚的原因,一位著名的国际象棋大师对我们隐瞒了自己的名字?我们兴奋地讨论了所有这些可能性。我们认为,为了把这个陌生人谜一般的胆怯和出人意料的自述同他精妙绝伦的棋艺联系在一起,即使是最最大胆的假设也不为过。不过有个问题我们大家的意见是一致的,那就是绝不放弃再杀一盘。我们决定,要不遗余力地促使我们的支援者第二天同岑托维奇对弈一盘,麦克康纳答应由他来承担这次比赛经济上的风险。这期间我们从乘务员那里了解到,我们不认识的这位先生是奥地利人,而我是陌生人的同乡,所以大家就委托我把大家的请求转达给他。

没用很长时间,我就在甲板上找到了匆匆溜掉的那位先生。他正躺在躺椅上看书。我在朝他走去之前,先抓住这个机会将他端详一番。他轮廓分明的脑袋枕在枕头上显得稍稍有些疲劳;这张还比较年轻的脸显得出奇的苍白,这再次引起我的特别注意;两鬓的头发雪白,白得闪闪发亮。不知是什么原因,我有这么个印象,觉得这个人准是突然变老的。我刚走到他跟前,他就很有礼貌地站起身来,介绍自己的姓名。我听了马上就觉得很熟悉,这是奥地利一家古老的名门望族的姓氏。我想起姓此姓的人中,有位是舒伯特[①]的密友,老皇帝[②]有位御医也出身于这

[①] 舒伯特(1797—1828)奥地利著名作曲家。
[②] 指奥匈帝国(1867—1918)第一个皇帝弗·约瑟夫(1830—1916),在位时间是1867至1916年。

个家族。我向B博士转达我们的请求,希望他接受岑托维奇的挑战,他听了显然感到非常惊讶。这表明,他根本不知道刚才与之对弈的是位世界冠军,而且是目前战绩最好的世界冠军,而那盘棋他却光荣地将对手顶住了。由于某种原因,我说的这个情况似乎对他产生了特殊的印象,因为他一再反反复复地问,我是否真有把握,他的对手确实是公认的世界冠军。我马上就发现,这个情况使得我的任务完成起来容易多了,至于万一棋输了,经济上的风险将由麦克康纳来承担这件事,考虑到由于B博士比较敏感,所以觉得还是不对他说为好。经过好一阵犹豫,B博士最终答应比赛一次,不过他特别请我提醒其他几位先生,千万不要对他的棋艺抱过分的希望。

"因为,"他脸上带着沉思的微笑补充说,"我真不知道,我能不能正确地按照各种规则来下棋。我从中学时代起,也就是说自二十多年以来我连棋子都没有再摸过,请相信我,这绝不是假谦虚。就是在那个时候,我下棋也没有特殊的才华。"

他这话说得极其自然,使我对他的真诚没有一点儿怀疑。可是他对各个大师的每盘具体的棋局又记得那么清楚,对此我又不得不表露出我的惊讶;我说,无论怎么说,他至少在理论上对国际象棋总是做过很多研究吧。B博士又露出那奇怪的梦幻般的笑容。

"做过很多研究!——天知道,倒可以这么说,我对国际象棋做过许多研究。但那是在非常特殊的、是在史无前例的情况下发生的。这是一个相当复杂的故事,充其量只能把它当作我们这个可爱的伟大时代的一个小插曲。要是您有半小时耐心的话……"

他指了指旁边的一把躺椅。我愉快地接受了他的邀请。我们周围没有其他人。B博士把看书时戴上的老花镜摘下放于一边,开始说:

"承蒙您提到,您是维也纳人,还记得我们家的姓氏。不过我猜您准没听说过那个律师事务所。它起初是我父亲和我、后来是我单独主持的,因为我们不办理报上讨论的案件,我们的规矩是不接受新的当事人的委托。实际上我们已经不再从事正式的律师事务了。我们的业务只限于法律咨询,主要是受委托管理大修道院的财产,我父亲以前是天主教党的议员,所以同各大修道院关系很密切。此外,有些皇室成员的财产也委托我们管理。因为君主政体已经成了历史①,所以这方面的情况我们今天可以谈了。我们家族同皇室以及天主教会的联系从上两代就开始了,我叔叔是皇帝的御医,另一位叔叔是塞滕施特滕修道院院长。我们只是保持了这些联系。这是一种静悄悄的,我想说是一种无声的活动,因为当事人对我们家族历来都很信任,所以我们依旧做着这份工作。这个工作只要求严格的保密和可靠,此外并没有更多的要求,而先父正是具有这两种品质的典范;由于他的谨慎,所以无论是在通货膨胀的年代还是政权变革时期,实际上他都为当事人成功地保存了可观的财富。后来德国希特勒上台,开始掠夺教会和修道院的财产,于是德国那边就同我们进行各种谈判和交易,以通过我们的手保住他们的动产免遭没收,关于罗马教廷和皇室进行的某些秘密政治谈判,我们两人

---

① 1867年建立的奥匈帝国因参加第一次世界大战失败和国内工人运动及民族解放运动的高涨,于1918年瓦解。哈布斯堡王朝的末代皇帝查理退位。11月12日成立奥地利共和国。另外匈牙利和捷克斯洛伐克两个国家也宣告成立。

知道的比外界知道的要多得多。正因为我们事务所并不惹人注目，门上连牌子都不挂，外加我们两人都很小心谨慎，有意避免同保皇派来往，所以我们很保险，没有人擅自对我们进行调查。事实上在那些年奥地利当局从未料到，皇室的秘密信使交接最重要的信件一直都是在我们设在五层楼上的那个不起眼的事务所里进行的。

"纳粹分子早在扩充军备，妄图征服世界之前，就开始在其邻国组织一支同样危险的和训练有素的军队——由受歧视、受冷落和受损害的人组成的军团。他们在每个机关企业里都设立了所谓的'支部'；他们的坐探和间谍无处不在，包括在陶尔斐斯①和舒施尼格②的私人宅邸里。就是在我们这个很不起眼的事务所里也安插了他们的人，可惜我知道得太晚了。当然，此人只不过是个可怜而无能的办事员。他是一位神甫介绍来的，我雇用他的唯一目的，就是为了使我们事务所对外像个正规机构；实际上我们只用他办些无关紧要的差事，接接电话，整理整理文件，当然是那些无足轻重、不会引起怀疑的文件。他不许拆信件，所有的重要信件都是我亲手用打字机打的，不留副本；每份重要文件我都拿回家去；所有的秘密会谈全都挪到修道院院长办公室或我叔叔的诊室去进行。由于采取了这些预防措施，所有重大的事情这名坐探一件都未曾看到；但是由于发生一件不幸的偶然事件，这心怀叵测、追名逐利之徒一定发现我们不信任他，背着他做了种种很有意思的事。也许有次我们不在，信

---

① 陶尔斐斯(1892—1934)，1932年5月出任奥地利总理，1934年7月被纳粹分子刺死。
② 舒施尼格(1897—1977)，奥地利政治家。1934年任奥地利联邦总理，1938年3月11日被希特勒逼迫辞职，不久被纳粹分子投入监狱。1945年5月获释。

使没有按照约定称'贝恩男爵',而是一不小心说了'陛下'这个词,要不就是这无赖非法拆看了信件——总之,在我怀疑他之前,他就从慕尼黑或柏林接受了监视我们的任务。一直到后来,我被捕入狱已经很久了,我才想起,开始的时候他工作马虎大意,而在最后几个月却忽然变得积极起来,而且好多次几乎是死皮赖脸地主动要求将我的信件送往邮局。我不能说我没有某些疏忽大意之处,但是那些伟大的外交家和将军到头来不也是被希特勒那套伎俩狠狠地耍弄了吗?盖世太保早就将我牢牢地盯住了,下面这件事就是最具体的证明:就在舒施尼格宣布下野的那个晚上,也就是希特勒进入维也纳的前一天①,我已经被党卫队逮捕了。幸好,我一听到舒施尼格的辞职演说,就把最最重要的文件全部烧毁了,余下的文件连同为证明几所修道院和两位大公爵存在国外的财产所不可缺少的凭据,我真是在冲锋队破门而入之前的最后一分钟将其统统塞在一只盛脏衣服的筐里,让我那年迈而可靠的女管家送到我叔叔那边去的。"

B博士停下来点了一支烟。借着闪烁的火光,我发现他的右嘴角神经质地抽搐了一下,这我先前就已经注意到了,现在我观察到,每隔几分钟就要抽搐一次。这只是微微抽动一下,就像拂过一丝微风,但是它却使这张脸显出引人注意的心神不安的神情。

"您大概在猜想,现在我要给您讲关于集中营的事——所

---

① 这里当指1938年3月11日,这天舒施尼格总理被迫宣布辞职,并与当晚发表辞职演说。德国军队于3月12日入侵奥地利,3月13日宣布德奥合并,希特勒和德国纳粹军队于3月14日进入维也纳。根据小说所写,希特勒进入维也纳应是3月12日,似有误。因为3月12日希特勒只是到达奥地利的林茨,3月14日才进入维也纳。——译者注

有忠于我们古老的奥地利的人都被押解来关在那里——讲我在集中营里受到的侮辱、拷打和刑讯了吧。这样的事情并没有发生。我被列入另外一类。我没有被驱赶到那些不幸的人那儿去,纳粹分子对他们施行肉体和精神折磨,把长期积聚起来的仇恨一股脑儿都发泄在他们身上。我被归入另外一类人之中,这类人数量不多,纳粹分子想从他们身上逼取金钱或者重要情报。本来,盖世太保对我这个本不值得一提的小人物毫无兴趣,但他们一定已经获悉,我们曾经是他们最顽强的敌人的财产代理人、经管人和亲信,他们指望从我身上榨取可以构成罪证的材料,既可用来反对修道院,证明它们非法牟利,也可用来反对皇室以及所有那些在奥地利不惜流血牺牲为维护君主王朝而竭尽全力的人。他们猜想——真的,这倒并非空穴来风——我们经手转移出去的那些资金,绝大部分还藏着,他们想夺过去,可又无从下手;所以他们当天①就把我抓了去,想用他们那套行之有效的方法迫使我供出这些秘密。他们想要在我这类人身上榨取金钱或者重要材料,所以没有把我们送进集中营,而是给我们以特殊待遇。您也许还记得,我们的首相②以及罗特席尔德男爵③——纳粹分子指望从他的亲属那里敲诈数百万——都没有被投进铁丝网围着的战俘营,而是表面上给予优待,被送进大都会饭店——同时也是盖世太保的总部——每人住一单间。我

---

① 指1938年3月11日希特勒迫使舒施尼格下台的当天。
② 指舒施尼格。
③ 指欧洲著名的罗特席尔德银行世家某成员。老罗特席尔德的五个儿子是这个家族的第一代,均生活在十九世纪,而且都被授予奥地利帝国男爵勋位。这个家族的第二代恪守家世传统,事业更加兴旺,在纳粹时期,家族成员团结一致,协力适应风暴,克服困难,其表现令世人瞩目。此处具体指的是这个家族的哪位成员,不详。

这个不起眼的小人物居然也得到了这种奖励。

"在饭店里住单间——这话本身听起来就极其人道,不是吗?可是请您相信我,他们没有把我们这些'知名人士'塞进二十个人挤在一起的冰冷的木棚里,而是让我们住在供暖还不错的饭店单间里,这绝不是他们给予我们的一种更人道的待遇,而是挖空心思想出来的更加狡猾的方法。他们想从我们嘴里逼出他们所需要的'材料',采用的不是毒打或者用刑,而是以杀人不见血的方式,采用最最狡猾歹毒的隔离手段。他们并没有对我们怎么样,只是将我们置于完全的虚空里。大家都知道,像虚空那样对人的心灵所产生的那种压力是世界上任何东西都办不到的。他们把我们每个人分别关在一个完完全全的真空里,关进一间同外界绝对隔绝的房间里,不用拷打和冰冻从外部给我们压力,而是让我们从内心产生一种压力,最终砸开我们的两片嘴唇。乍一看,安排给我的房间绝对不能说不舒服。这房间有一扇门,一张床,一把沙发椅,一个洗脸盆,一扇上了栅栏的窗户。可是这扇门白天黑夜都是锁着的,桌上不许放纸和铅笔,窗户外面是一道防火墙;在我周围,甚至在我自己身上都是空无所有。我的每样东西都被搜走了:搜走手表,让我不知道时间;搜走铅笔,我就无法写东西;搜走小刀,使我无法割断动脉血管;就连抽支烟稍微提提神也不允许。除了不许说话、不许回答问题的看守,我见不到一张人的脸,听不到一点儿人的声音;从早晨到夜晚,从夜晚到早晨,眼睛、耳朵以及所有其他感官都得不到一丝养料,你成天寂寂一身,茕茕孑立,守着桌子、床、窗户、洗脸盆等四五件不会说话的东西,一筹莫展;你就像玻璃罩里的潜水员,身处寂静无声的黑黝黝的海洋里,甚至感觉到通向外部世界的绳索已经扯断,你永远不会被人从这无声的深底拉回到水面上去了。整天没什么事可做,没什么东西可听,没什么东西可看,你的周围到处是一片虚空,一片绵延不断的完全没有空间和时间的虚空。你走来走去,走去走来,来来回回,循环往复。但是,即使是看似毫无实体形迹的思想也需要一个支撑点啊,否则它就要开始旋转,就要毫无意义地围着自己转圈;思想也受不了虚空。你从早到晚期待着什么,可是什么也没有发生。你等啊,等啊,等啊,你想啊,想啊,想啊,直到太阳穴发痛。什么也没有发生。你仍是孤独一人。孤独一人。孤独一人。

"这样延续了十四天,我在时间之外,世界之外生活的十四天。要是当时爆发了战争,我也不会知道;我的世界就只有桌子、门、床、洗脸盆、沙发椅、窗户和墙这几样东西,我整天凝视着同一面墙上的同一张壁纸,久而久之,壁纸上锯齿形图案的每根线条都好似用刻刀刻进我大脑深处的褶皱里去了。后来,审讯终于开始了。突然来传我了,也弄不清那是白天还是夜里。他们喊了我的名字,押着我穿过几条走廊,也不知道要带我到哪里去;后来,在一个什么地方等着,也不知道那是什么地方,突然,又站在了一张桌子前面,桌旁坐着几个穿制服的人。桌上堆着一叠纸:那是档案,不知道里面是些什么材料。接着就开始提问,这些问题真真假假,有的单刀直入,有的阴险奸诈,有的声东击西,有的设置圈套;你回答问题的时候,陌生而恶毒的手指在翻材料,你不知道里面有些什么东西,陌生而恶毒的手指在审讯记录上写些什么,你不知道写的是什么。可是,对我来说,这次审讯中最可怕的是,我始终猜不出,也估计不到,盖世太保对我们事务所的事情确实已经知道了哪些,哪些想从我口里获取。我已经对您说过，在最后一刻让女管家把那些可以构成罪证的文件送到我叔叔那里去了。可是，他收到这些文件了？他没有收到？那个坐探办事员泄露了多少？他们截住了多少信件？这期间在我们代理的那些德国修道院也许经敲开了某个糊涂神甫的嘴，那么到底逼出了多少秘密？他们问呀，问呀，没完没了地问。我给修道院买过哪些有价证券，同哪些银行有通信往来？我认不认识一位某某先生？我收到过瑞士或者某某地方的信件没有？我一点儿也估计不出，他们到底查到了多少问题，所以我每个回答关系都非常重大。要是我承认了他们尚未掌握的某件事，我也许就会无谓地使某人罹难；我要是什么都不承认，那就自己害了自己。

"不过，审讯还不是最可怕的。最可怕的是审讯以后回到我那虚空之中，回到那个有着同一张桌子、同一张床、同一个洗脸盆和同样的壁纸的同样的房间里。因为只要我单独一人的时候，我就要重新琢磨审讯的情况，思考怎么回答才最聪明，下次提审也许会因我说话不小心而引起他们的怀疑，如果这样，我该怎么说才能弥补。我仔细思量，反复琢磨，认真检查我向预审官说的每一句证词，把他们提出的每个问题和我回答的每一句话都简要重复一遍，想估量一下我说的话有哪些可能被记录在案。不过我知道，我永远也估计不出来，也不会知道。但是这些思想一旦在这虚无的空间里发动起来，就不停地在脑袋里转动，翻来覆去，循环往复，还不断地想出一些新的事情来，而且睡着了脑袋里还在转；每次审讯之后，我脑子里都还在经历着那些提问、深究和折磨的煎熬，或许甚至比审讯时的折磨更为残忍，因为每次审讯一个小时就结束了，而审讯之后由于寂寞的无情折磨，脑袋所受的煎熬却是没有完结的时候。我的四周总是只有桌子、柜子、床、壁纸、窗户，没有任何分散我注意力的东西，没有书，没有报纸，没有陌生的面孔，没有可以记点儿东西的铅笔，没有可以用来玩的火柴，没有，没有，什么都没有。现在我才发觉，把人单独囚禁在饭店的房间里这一套做法用心何其险恶，对人精神上的摧残又何其厉害。要是在集中营里，也许得用小车推石头，推得两只手磨出血来，两只脚冻僵在鞋里，可能得二三十人挤在一个又臭又冷的小屋里。可是你能看到人的脸，可以将目光投向一片田地，一辆手推车，一棵树，一颗星星，以及别的什么东西，而这里呢，你周围都是同样的东西，始终都是这些东西，从来不会改变，真是可怕。这里没有什么东西可以使我分心，使我从自己的思想、从自己的胡思乱想、从自己病态地将审讯时的提问和自己的回答不断复述中解脱出来。而这一点恰恰正是他们打的如意算盘——他们要憋死你，要让你自己的思想来憋你，直到憋得你喘不过气来，你别无他法，最后只好向他们吐露真相，将他们想要的一切招供出来，归终把材料和人统统抛出来。我渐渐感觉到，在这虚空的令人毛骨悚然的压力下，我的神经开始松弛了，我意识到这种危险，便把神经绷得紧紧的，我想，即使把每根神经都绷断，也要找到或者想出点儿事情来分散自己的注意力。为了使自己有点儿事做，我就试着把以前会背的东西，如民歌、儿歌、中学课本里的幽默故事、民法条款等，一一朗诵出来，并再复述一遍。后来我又试着演算，随便拿些数字来相加、相除，可是在虚空中我的记忆缺少附着力，没有能使我的思想集中在上面的东西。脑袋里老是出现和闪烁着这个想法：他们知道什么？我昨天说了些什么，下次又该说些什么？

"这种难以描述的状况延续了四个月。四个月，写起来容易,才不过两个字!说起来也容易:四个月,一共才四个音节。①嘴唇动一下就把这几个音发出来了:四个月!但是谁也无法描述、测定,谁也无法用直观例子向别人、也无法向自己说明,在没有空间、没有时间的情况下时间有多长,无法向别人讲清楚,这虚空,虚空,你周围的虚空是如何蛀食和摧毁你的心灵的,整日所见就只有桌子、床、洗脸盆和壁纸,屋里成天都是沉默,成天是同一个看守,他看都不看你一眼就把饭塞了进来,时时刻刻是同样的思想在虚空中围着你转啊转,直弄得你神经错乱,疯疯癫癫为止。我心里惴惴不安,从一些细小的征兆中我发觉自己的脑子混乱了。起先,在审讯的时候心里是清楚的,陈述冷静沉着,深思熟虑;哪些该说,哪些不该说,这种双重思维还在起作用。现在我连说最简单的句子都是结结巴巴的,因为我在做法庭陈述时,眼睛总像是着了魔似的愣愣地盯着那支往纸上做着记录的笔,仿佛我想追上自己说的话似的。我感觉到,我的力气越来越不济了,我感觉到,为了救我自己,我将会把自己所知道的一切,也许还有更多的东西全部交代出来,为了摆脱虚空的窒息,我将会出卖十二个人,供出他们的秘密,而我自己呢,除了片刻休息之外,什么好处也得不着,我感觉到这样的一刻越来越近了。一天晚上确已走到了这一步:在我快要憋死的当间儿,看守恰好给我送饭来,于是我就突然朝他背后喊:'您带我去审讯!我什么都交代!什么都交代!我要交代文件在哪儿,钱在哪儿!我统统都交代,彻底交代!'幸好他没有听到更多的东西,或许他也不想听我说。

---

① 四个月,德文为vier Monate,是两个字,四个音节。

"在这极其艰难的时刻,发生了一件意想不到的事。这件事把我救了,至少在一段时间里把我救了。那是七月底一个乌云密布的阴沉沉的雨天:我之所以还清楚地记得这个细节,那是因为我被押去审讯、穿过走廊时,雨水正噼噼啪啪地打在玻璃窗上。我得在预审的候审室里等着。每次带去受审都得等,让你等,这也是一种手法。首先,通过叫喊,通过深夜里突然把你从囚室里提溜去受审,让你的神经高度紧张起来,然后,等你做好审讯准备,思想和意志都振作起来准备反击时,他们又让你等着,毫无意义地、无缘无故地等着,一小时,两小时,三小时地等着,等得你身心交瘁。在星期四,七月二十七日,这一天他们让我等得特别长,让我在候审室站着等了两个小时;这个日期我之所以还记得,那是有个特别原因的。在候审室里当然不许我坐,我在那里站了两个小时,腿都要站断了。候审室里挂了一本月历,我无法向您解释,在当时如饥似渴地向往着印刷的和手写的东西的情况下,我是如何目不转睛地,如何牢牢地紧盯着墙上'七月二十七日'这几个字的;我仿佛把这几个字吞进了肚里,刻在了脑子里。随后我又等着,等着,眼睛注视着房门,看它什么时候会打开,同时心里在思考,审判官这次会问我什么问题,不过我也知道,他们问的问题可能和我准备的截然不同。但是不管怎么说,这种等待和站立的折磨同时也是一件好事,一种快乐,因为这间屋子怎么说也和我那间不一样,不一样,要稍微大一点儿,有两扇窗户,而我那间只有一扇,还有,这里没有床,没有洗脸盆,窗台上也没有那道明显的、我观察了几百万次的裂缝。房门油漆的颜色也不一样,靠墙放着另一把沙发椅,左边是一个档案柜,以及一个有挂钩的衣帽架,挂钩上挂着三四件湿军大衣,那是折磨我的刑警们的大衣。也就是说,我在这里可以看到一些新东西,同我那屋里不一样的东西,我那饥饿的眼睛终于又可以看到一些别的东西了,它们贪婪地盯着每一件东西。我细细察看这几件大衣上的每一个皱褶,譬如说,我看到一件大衣的湿领子上挂着一颗水滴,您听起来一定觉着很好笑。我怀着莫名其妙的激动心情等待着,看这颗水滴最后会不会克服重力作用,继续长久地附着在衣领上——是的,凝视着这颗水滴,屏住呼吸对它凝视了数分钟之久,仿佛这颗水滴上悬挂着我的生命似的。后来水滴终于滚落下来了,我就开始数大衣上的纽扣,一件是八颗,另一件也是八颗,第三件是十颗,接着我又比较大衣的翻领;我饥渴难当的眼睛以一种我无法描述的贪婪触摸、把玩和抓住所有这些可笑的微不足道的小事。突然,我的目光呆呆地盯着一样东西。我发现,一件大衣的口袋鼓鼓的。我走近一些,凸起的东西呈长方形。从这一点我就看出这个略为有点儿鼓突的口袋里藏着的东西:一本书!我的双膝开始发抖:一本书!我已经有四个月手里没有拿过书了,光是想象一本书,想象书里可以看到一个挨一个的字排列成一本书的一行行,一页页,一张张,可以阅读和追踪别的一些新的、不熟悉的、可以分散注意力的思想,并将这些思想记在脑子里——光是这么一想。就令你心驰神往,销魂荡魄。我的眼睛像着了魔似的紧紧盯着那个小小的鼓突的地方,我的灼热的目光紧紧盯着那个不显眼的地方,仿佛想要在大衣上烧个窟窿似的。我终于无法抑制自己的贪欲;我下意识地一点点移近去。我思忖,这回至少可以隔着呢料拿手触摸一本书了。这个想法使我手指上的神经一直热到指甲上。几乎在不知不觉中,我往那儿越挨越近。幸好看守没有注意我这个肯定很奇怪的举动；也许他也觉得，一个人直直地站了两个小时以后，想稍微往墙上靠靠，这是很自然的。我终于站在挨大衣很近的地方了，我故意把双手反背背，以便人不知鬼不觉地碰到大衣。我触摸了呢料，透过面料我确实感觉到有个长方形的东西，这东西可以弯曲，而且还会窸窣作响——一本书！一本书！偷走这本书！这个念头像枪弹似的穿过我的脑子。也许会成功，你可以把书藏在囚室里，然后就读啊读，终于又可以读到书了！这个想法刚闪进我的脑袋，就像烈性毒药似的发生作用了：我耳朵里一下子嗡嗡直响，我的心怦怦直跳，双手冰凉，都不听使唤了。但是经过第一阵沉迷之后，我又轻轻地、巧妙地更往大衣挨近，两眼紧紧盯着看守，同时用藏在背后的双手把口袋里的那本书从下往上托起。接着将书一把抓住，再轻轻地、小心翼翼地一抽，突然，这本不很厚的小书就到了我的手里。现在我才为自己的行为感到后怕。但是我又不能再把书放回去了。可是把书往哪儿放呢？我把书从背后塞到裤子里，掖在系腰带的地方，再从那里将它慢慢挪到腰部，这样走路的时候我就可以像军人那样用手贴着裤缝，把书压住。现在该做第一次试验了。我离开衣架，一步，两步，三步。行。只要把手紧紧压着腰带，走路的时候就可以把书夹住。

"接着就开始审讯了。这次受审我付出的精力比哪次都多，因为这回我在回答问题的时候其实并没有把全部精力集中在我的口供上，而是首先一心想着要不露声色地把书夹住。幸好这次审讯很快就结束了，我安然将书带到我的房间——我不想详述种种细节来耽误您的时间，因为在走廊里书一下从裤子里滑了下来，真危险，我不得不假装一阵剧烈的咳嗽，咳得弯下腰去，把书重新安然塞回到腰带下。不过,当我带着这本书回到我的地狱里,终于独自一人、可又不再是独自一人的时候,我是什么样的心情啊!

"您大概会想,我一定立即抓起书来看了看,就读了起来。完全不是!首先我要品味一下阅读前的乐趣。我身边有了一本书,自己可以先去幻想一番,这本窃得的书最好是哪一类,这是一种故意延缓的,并且使我的神经奇妙地兴奋起来的快乐:首先这是一本印得很密的书,有很多很多字,有很多很多薄薄的书页,这样我就可以多读一些时间,再就是,我希望这是一本能够在精神上给我激励的作品,不是肤浅的、轻松的作品,而是本可以学习、可以背诵的作品,最好是诗歌,是歌德或荷马——这是个多么大胆的梦啊!可是我终于无法继续控制住自己的欲望和好奇心了。我往床上一躺——这样,万一看守突然把门打开,他也抓不住我的把柄——哆哆嗦嗦地从腰带下抽出书来。

"看了第一眼就使我大为扫兴,甚至感到极其恼怒:冒着那么大的危险窃得的这本书,积聚着那么热烈的期望的这本书只是一本棋谱,是一百五十盘名局汇编。要不是我的窗户闩着,关得严严实实的,我一怒之下不把书从窗户里扔出去才怪,我要这么一本毫无意义的书有什么用?我上中学时像大多数学生一样,无聊的时候偶尔也下棋玩玩。可是这本理论的东西我要它干吗?没有对手可不能下棋,更不用说没有棋子和棋盘了。我懊恼地把这本棋谱浏览了一下,心想说不定会发现什么可读的东西呢,譬如说一篇序言啦,一篇导读啦。但是除了一盘盘名局的光巴巴的正方形棋图以及棋图之下起先令我莫名其妙的符号,诸如a2—a3,Sf1—g3之外,其他什么也没有。这一切我觉得像是一种无法解开的代数方程式。后来我才渐渐地猜出，a、b、c这些字母代表经线，数字1至8代表纬线，两者相合就可以确定每个棋子的位置。这么一来，这些纯粹图解式的示意图竟获得了一种语言。我思忖，也许我可以在囚室里做一个棋盘，然后就照着棋谱把这些棋局摆一摆；像是上天的旨意，我床单的图案恰好是粗线条的方格子。把床单好好一叠，终于把它摺出六十四个方格来了。于是我就先把书藏在褥子底下，并将书的第一页撕掉。接着我就开始用我省下来的小块面包屑做成王、后等棋子的样子，不言而喻，棋子做得很可笑，很不完美。经过不断努力，我终于可以在方格床单上摆出棋谱上标明的各个位置了。我把这些可笑的面包屑棋子的一半涂上灰，使颜色深一些，以示区别。但是当我试图用这些棋子将一局棋从头到尾复盘时，起初我失败了。头几天我摆棋的时候，摆着摆着就乱套了，一局棋我就得摆五次，十次，二十次，每次都是从头摆起。不过世界上有谁像我这个虚空的奴隶拥有那么多无法利用的和毫无用处的时间呢？又有谁有那么多无法估量的欲望和耐心呢？六天以后我已经能完美地把这盘棋下完了，再过八天我连面包屑都不用放在床单上，就可以把棋谱上这一盘每步棋的位置记得清清楚楚，再过八天，连方格床单也用不着了。起先棋谱上a1、a2、c7、c8这些抽象的符号现在在我脑子里都自动变成了一个个看得见的形象化的位置。这个转化完全成功了：我将棋盘连同棋子都投影在我的脑袋里，光用棋界用语就能看到每步棋的位置，就像一位训练有素的音乐家，只要朝乐谱看上一眼，就足以听出各个声部以及和声来。又过了十四天，我已经能毫不费力地背下棋谱上的每一盘棋——用行话来说，就是下盲棋。现在我才开始懂得，我这次大胆的偷窃给我带来了无可估量的欣慰。因为我一下子有事做了——如果您愿意也可以说这是毫无意义、毫无用处的事,不过它确实摧毁了包围着我的虚空,有了一百五十盘棋的棋谱,我就有了一件神奇的武器来抵御令人窒息的时空的单调。为了使这项新找来的事儿始终保持它的魅力,从现在起我把每天的时间做了精确的划分:上午摆两盘,下午摆两盘,晚上再快速复一次盘。在此之前,我的日子像明胶一样无形无状地延伸着,现在可是填得满满的了,我有事做了,而又不感到疲倦,因为下棋具有一种奇妙的好处,可使智力专注于一个狭窄的范围里,不论如何费劲思考,脑子也不会松弛,相反,会更加增强大脑的灵活和张力。起初我只是机械地照着名局摆棋,在这过程中,在我心里慢慢开始出现一种对国际象棋的艺术妙趣横生的理解。我学会了进攻和防御的精微着法,行棋布阵的谋略和深邃的洞察力,我掌握了预先计算,互相呼应和巧妙应着等技巧,不久就能准确无误地识得每位国际象棋大师棋风的个人特点,就像一个人只消读几行诗就能确定该诗出自哪位诗人之手一样。这件事开始时纯粹是为了填满时间而干的,现在变成了享受,阿廖欣、拉斯克、波戈留波夫、塔尔塔柯威尔等伟大的国际象棋战略家的形象,宛若亲爱的朋友,都来到我这寂寞的斗室。棋局中无穷无尽的变化使这间不会说话的囚室每天都充满了生气,正是因为我的练习很有规律性,使我原本已经受了损害的思维能力又恢复了自信;我感觉到我的脑子又重新活跃和振奋起来了。而且由于不断进行思维训练,甚至还好像磨得更锋利了。我考虑问题的时候思路更清晰,思想更集中,这一点尤其是在审讯的时候得到了证明:不知不觉中,在棋盘上对付虚假的讹诈和暗藏的诡计方面达到了完美无缺的程度;从这时起提审的时候我再也不露出任何破绽,我甚至还觉得,盖世太保们渐渐开始带着某种敬意来观察我了。也许他们在暗暗自问,他们看着其他人都垮了,唯独我还在进行不屈不挠的反抗,这种力量是从哪些秘密源泉汲取的?

"这是我的幸福时光,我日复一日地将棋谱上的一百五十盘棋局系统地一一进行复盘,这段时间大约延续了两个半月至三个月。随后出乎意料,我又遇到了一个死点。突然之间我又重新面对一片虚空,因为我把每盘棋都从头到尾下了二三十次,这样,这些棋局就失去了新鲜的魅力,不再给人以惊喜,先前那种令人兴奋、令人激动的力量枯竭了。这些棋局的每一步我早已背得滚瓜烂熟,再一次又一次地将它们重复又有什么意思?刚一开局,这盘棋的进程就像自动在我心里展开了,已经不再有惊喜,不再有紧张,不再有任何问题了。为了使自己有事可做,为了给自己制造已经成了不可或缺的劳累,并分散自己的注意力,我真需要另一本汇集了别的棋局的书。可是这是完全不可能的,所以在这条奇怪的歧途上只有一条路:必须自己发明新的棋局来代替旧的棋局。我必须设法跟自己下,更确切地说,是向自己作战。

"我不知道,对于这种'游戏中的游戏'——同自己对弈的精神状态您了解到何种程度。但是只要粗略一想,就足以明白,下国际象棋是一种纯粹的、没有偶然性的思维游戏,因此要跟自己对弈的想法从逻辑上来说是荒谬的。国际象棋的引人入胜之处,从根本上来说仅仅在于其战略是在两个不同的脑袋里不同地发展的,在这种精神战争中黑方并不知道白方的花招,所以不断想方设法去猜测和挫败其诡计,同时就白方而言,对于黑方的秘密意图它力图预先加以识破,给予反击。如果现在执黑和执白是同一个人，那情况就十分荒谬了：同一个大脑同时对一些事情既应该知道，又不应该知道，作为白方在行棋的时候，它能奉命忘掉一分钟前黑方的愿望和意图。这种双重思维其实是以意识的完全分裂为前提的，大脑的功能就像机械仪表一样，开关自如。想要自己战自己，这在国际象棋中是个悖谬，就像一个人想要跳过自己的影子一样。

"好了，说简短些吧，这种背理和荒谬之事我在绝望中竟试了几个月之久。可是，为了使自己不至于陷入完全精神错乱或者智力的彻底衰颓，除了去做这件荒唐事之外，我别无选择。我那可怕的处境逼得我不得不至少去试一试，把自己分裂成一个黑方我和一个白方我，要不然我就得被周围恐怖的虚空压垮。"

B博士往躺椅上一靠，闭了一会儿眼睛。他仿佛要把令人心烦意乱的回忆强压下去似的。他左边嘴角上又出现了奇怪的抽搐，他无法控制的抽搐。接着，他在躺椅上把身子略为坐直一些。

"这样，到此为止，我希望已经把一切都向您讲得相当清楚了。但遗憾的是我自己也拿不准，其余的事是否也能那么清楚地说给您听。因为这份新工作要求脑子保持绝对的紧张，这就使它不能同时进行任何自我控制。我已经向您提到过，照我看，同自己对弈这本身就很荒谬；但是即使是荒唐事，面前总有一个实实在在的棋盘，那毕竟还有一个最小的机会，而棋盘这个真实的东西毕竟还容许保持一定的距离，允许享受物质上的治外法权。面对摆着真实的棋子的真实的棋盘，纯粹从身体方面来说，就可以一会儿站在桌子的这一边，一会儿站在桌子的另一边，以便一会儿从执黑的立场，一会儿从执白的立场来把握和运筹局势。但是像我这样迫不得已把向我自己进行的厮杀,要是您愿意的话,也可说是同我自己进行的厮杀投影在一个意想中的空间里。我被迫在脑子里清楚地把握住六十四个方格上每一边的阵势,此外不仅要计算出眼前的行棋,而且也要计算出对弈双方下几步可能要走的棋,确切地说,我要两倍、三倍地盘算,不,是六倍、八倍、十二倍地盘算,我要为每一个我,为黑方我和白方我预先想出四五步棋,我知道,这一切听起来是多么荒谬。请您原谅,我希望您仔细考虑一下我的这种疯癫状态。在抽象的幻想空间中下棋的时候,我作为白方棋手,同时又作为黑方棋手都得为各方预先算出四五步,也就是说,对于棋局发展进程中所出现的各种情况在一定程度上得预先跟两个脑子,跟白方的脑子和跟黑方的脑子配合好。但是即使是这种自我分裂在我这费解的试验中还不是最危险的,由于我独立想出了一些棋局,结果失去了立足之地,坠入了无底深渊。像我前几个星期所练习的那样,光是照名局来下,归终只不过是一种复制的成果,纯粹是对已有物质的重复,这并不比背诵诗歌或者默记法律条文更费劲,这是一种局限的、按部就班的活动,因而是一种绝妙的脑力训练。我上午练习两盘棋,下午练习两盘,这是规定的定额,没有一丝激动我就可以将它完成;这四盘棋是我的正常工作,再说,要是我在下棋的过程中走错了,或者走不下去了,总还可以向棋谱求教。所以对于我受了震惊的神经来说,这是很有疗效的,更能起镇静作用,因为照别人的棋局摆棋不会使自己卷进搏杀中去;管他是黑棋赢还是白棋赢,对我来说都无所谓,这是阿廖欣或波戈留波夫,是他们在争夺比赛的桂冠,而我本人,我的理智,我的心灵,仅仅是作为观众、作为行家里手在品味棋局的转折突变和赏心悦目。但是从我想跟自己搏杀的一刻起，我就下意识地开始向自己挑战了。两个我中的每一个我，黑棋我和白棋我，在互相竞争，为了自己的一方，每一个我都雄心勃勃，心浮气躁，想取胜，想赢棋；作为黑棋我每走一步心里就万分紧张，不知白棋我会怎么应对。我的两个我中的任何一个，要是另一个我走错一步棋就兴高采烈，得意扬扬，而同时对于自己的漏着则怒容满面，忧心如焚。

"这一切看起来毫无意思？事实上这种人为的精神分裂，这种意识分裂，它所带来的危险的心情激动，在正常人的正常状态下是难以想象的。但是，请您不要忘记，我是从正常状态下被强行拉出来的，是个囚犯，无辜遭到监禁，几个月来受尽别人精心策划的寂寞的折磨，早就要将他积聚起来的愤怒向任何东西发泄了。因为我没有别的东西，只有这种向自己进攻的游戏，所以便将我的愤怒、我的复仇欲望统统狂热地倾注到下棋中去。我心里有种东西自以为是，可是我又只有心里的另一个我是我能与之相搏的，所以我下棋时的激动几乎到了发狂的程度。开始我思考的时候还是不慌不忙，谨慎周到的，在一盘棋和另一盘棋之间还安排了休息时间，好让自己歇一歇，放松一下；可是渐渐地，我那被激动起来的神经就不容许我再等了。我的白棋我刚走一步，我的黑棋我就已毛毛腾腾地向前挺进了；一盘棋刚结束，我就向自己挑战，要下第二盘，因为我这两个我每次总有一个被另一个战胜而要求再下一盘，好扳回来。由于这种疯狂的贪婪心理，这几个月在我的囚室里我同自己究竟厮杀了多少盘，我连个大概数都说不出来——也许一千来盘，也许更多。这是一种我自己无法抗拒的癫狂；从早到晚，我什么也不想，想的只是象、卒、车、王和a、b、c,'将死'和'王车易位'等,我整个身心都被逼到这个有格子的方块上去了,下棋的乐趣变成了下棋的欲望,下棋的欲望又变成了一种强制,一种棋瘾,一种疯狂的愤怒——不仅浸透在我清醒的时间里,而且也渐渐控制了我的睡眠。我思考的只能是下棋,只能是行棋,只能是下棋过程中出现的问题;有时我醒来,额头湿漉漉的,我断定,睡着了甚至还下意识地在继续下棋,要是我梦见了人,那这个梦一定仅仅是在动象、车的时候,在马往前跳或往后跳的时候做的。就是在被提审的时候,我也不再能明确地想到我的责任了;我感觉到,最近几次审讯的时候,我说的话一定相当的语无伦次,因为,因为审讯官们有时面面相觑,感到诧异不解。实际上,在审讯官们向我提问以及他们互相商量的时候,我心里涌动着那糟糕的欲望,只等着把我重新押回我的囚室去,好继续下棋,继续疯狂地下棋,重新下一盘,再下一盘。每次中断都会使我神经紊乱;就是看守来清扫囚室的一刻钟,给我送饭来的两分钟,也使我那狂热的急躁不安的心情大受折磨;有时候到了晚上我那盒饭还在那儿放着,碰都没有碰过,我下棋下得忘了吃饭。我肉体上能感觉到的唯有可怕的口渴;这大概是由于不停地思考,不停地下棋而上火了;一瓶水我两口就喝干了,就缠着看守,让他再给我水,但一会儿我又感到口干舌燥了。最后,下棋的时候——我从早到晚别的什么都不干——我的情绪竟激动到不再能静静地坐上片刻的程度;我一面思考棋局,一面不停地走来走去,越走越快,棋局越是临近收尾,心情就越是急躁;那种赢棋、取胜的欲望,击败我自己的欲望,渐渐变成了一种愤怒。我焦躁不安,浑身颤抖,因为我身上一方的我总嫌另一方的我走棋太慢。一方就催促另一方;要是我身上一方的我觉得另一方的我应着不够快,我就开始骂自己:'快,快!'或者'往前,往前!'您也许觉得这很可笑吧。当然,我今天心里很清楚,我的这种状况完全是精神过分紧张导致的一种病态反映,对于这种病状我还找不到别的名称,只好把它叫作迄今医学上还不清楚的'棋中毒'。后来,这种偏执的癫狂不仅开始侵蚀我的大脑,而且也开始侵蚀我的身体了。我消瘦了,睡不好觉,恍恍惚惚,每次醒来都要费好大的劲儿才能睁开沉甸甸的眼皮;有时我感到极度虚弱,连拿水杯手都抖得非常厉害,要费很大力气才能把杯子送到嘴边;但是一开始下棋,一股狂热的力量就来了:我紧握拳头走来走去,有时宛如透过一层红雾听见我自己的声音沙哑地、凶狠地冲着自己叫喊:'将死了!'

"这种令人心惊胆战、难以描述的危机状况是如何出现的,我自己也说不清楚。我所知道的全部情况就是,一天早晨我醒来,觉得跟以往完全不一样。我全身像散了架似的软绵绵地躺着,舒适而安逸。一种深深的、适意的倦意,我几个月来未曾有过的倦意压着我的眼皮,是那么温暖、惬意,起先我犹犹豫豫,竟不愿把眼睛睁开。我醒着躺了几分钟,继续享受恬适的昏昏沉沉的境界,暖融融地躺着,感官陶醉在飘飘欲仙的快感之中。突然,我觉得似乎听见身后有声音,是活人的说话声,我这时心里的狂喜之情您是想象不出来的,以往几个月,将近一年以来,除了法官席上那种生硬、凶狠、毒辣的话之外,我没有听到过别的声音。'你在做梦,'我对自己说,'你在做梦!千万不要睁开眼睛!让梦境再延续一会儿,要不然你又要看见围绕着你的那间该死的囚室,那把椅子、那个洗脸台和那图案永远不变的壁纸。

你在做梦——继续做下去吧!'

"可是,好奇心还是占了上风。我慢慢地、小心翼翼地睁开眼。奇迹出现了:我处在另一个房间里,这房间比我饭店里的那间囚室宽大。窗户上没有加栅栏,阳光可以不受遮挡地照射进来,窗户外不是我那呆板的防火墙,一眼望去就可看到迎风摇曳的绿树,室内四壁光洁,雪白闪亮,我上面的天花板又白又高——真的,我躺在一张陌生的新床上,这确实不是梦,我身后有人的声音在低语。惊讶之余,我大概是不由自主地使劲动了一下,因为我马上就听到有人走来的脚步声。一个女人步履轻盈地走了过来,头发上罩着白软帽,是个看护,是护士。我惊奇得浑身打了一阵战栗:我已经有一年没有见过女人了。我愣愣地凝视着这个妩媚的身影,我的目光一定极为兴奋和狂热,因为走过来的护士急忙'安静!请您安静!'地说着,让我平静下来。可是我只是聆听她的声音—— 这不是一个人在说话吗?再说还是一个柔和、温暖,简直可以说是甜美的女人的声音。真是不可思议的奇迹!我贪婪地望着她的嘴,一个人居然能怀着善意同别人说话,这在我这个在地狱里待了一年的人看来,简直是不可能的。护士朝我微笑——是的,她在微笑,居然还有人会善意地微笑——接着她把食指压着嘴唇,意思是让我别出声,然后就轻轻地走了。但是我却不能听从她的命令。这个奇迹我还没有看够呢。我硬是想在床上坐起来,好看看她的背影,看看这个善良的人性之奇迹。我想在床沿上欠身坐起来,但未能做到。另外,我感觉到右手的手指和手腕那儿有点儿不对劲,有一个厚厚的大白卷,显然是用很多绷带包扎起来了。我惊奇地望着我手上厚厚的、奇怪的白色包扎,先是摸不着头脑,随后我慢慢开始明白了我在哪儿,并开始思索我自己究竟出了什么事。一定是他们把我打伤了,或者是我自己弄伤了手。我正躺在一家医院里。

"中午大夫来了。他是位和气的、年纪较大的先生。他知道我们家的姓,并非常尊敬地提到我当御医的叔叔,我马上就感觉到,他对我是一片好意。在随后的交谈中,他向我提出了各种各样的问题,尤其是一个使我感到惊讶的问题:我是不是数学家或者化学家。我说都不是。

"'怪了,'他喃喃地说,'您发烧的时候老是大声嚷着一些奇怪的公式——c_3、c_4什么的。我们大家都听不懂。'

"我向他打听,我究竟出了什么事。他意味深长地笑笑。

"'不很严重。是神经急性刺激。'他先是小心翼翼地往四处看了看,然后轻声补充说,'这毕竟是可以理解的。在三月十三日①之后,是吧?'

"我点点头。

"'碰上他们使的这种方法,神经受点儿刺激并不奇怪,'他喃喃地说,'您并不是第一个。不过您放心好了。'

"看到他悄悄叫我放心的那种态度以及他对我劝慰的目光,我知道,在他这儿我是非常安全的。

"两天以后,这位好心的大夫相当坦率地把事情发生的经过告诉了我。那天,看守听见我在囚室里大喊大叫,开始他以为有人进了我的屋,我在同此人吵架。他刚到房门口,我就朝他扑了过去,冲着他大喊大叫,嘴里喊着'跑啊,你这恶棍,你这胆小鬼!'诸如此类的话,并想卡住他的脖子,最后我发了狂似的

---

① 1938年3月13日希特勒强行宣布德奥合并,奥地利被法西斯德国并吞。

向他袭击,他不得不大喊救命。我正处于疯狂状态,后来他们就把我拖来让大夫检查,我大概突然挣脱了,就朝走廊里的窗户扑去,打破玻璃,把自己的手割破了——您看这里还有个很深的疤。在医院里的头几夜,我是在大脑极度兴奋的状态下度过的,不过现在他觉得我的意识完全清醒了。'当然,'他悄悄补充说,'这一点我还是不向这帮先生报告为好,否则到头来他们又要把您送回到那儿去了。请您相信我,我会尽力而为的。'

"这位乐于助人的大夫是怎么向那些折磨我的人汇报我的情况的,我不得而知。反正他达到了想要达到的目的:把我释放。可能是他说,我神经已经错乱,或者也许在此期间对盖世太保来说,我已经无足轻重了,因为希特勒在那以后已经占领了波希米亚①,这样,对他来说,奥地利事件就算了结了。这样,我就只需签个字,保证在十四天内离开我们的祖国。这十四天我为办理一个以前的世界公民今天出国所必需的成千项手续而奔忙:军方和警方的同意证明、税务证明、申请护照、办签证、办健康证明等等,因而没有时间对往事多加思考。看来我们大脑里有一些力量在神秘地起着调节作用,会自动排除那些使我们灵魂讨厌的和对我们灵魂具有危险的东西,因为每当我要回忆我被囚禁的那段日子,我的脑子就有几分糊涂;直到好几个星期以后,实际上是上了这艘船之后,我才重新找到勇气,静下心来思考自己身上所发生的事。

"现在您一定会理解,为什么我对您的朋友们的态度会那

---

① 波希米亚为捷克西部历史地区。1526年属哈布斯堡王朝统治,为奥匈帝国的一个省,直至1918年捷克斯洛伐克独立。1939年3月捷克斯洛伐克被宣布为纳粹德国的保护国,1942年德国人实际上接管了这个国家。

么不得体,或许还让人百思不得其解呢。我确实完全是闲逛偶然经过吸烟室才看见您的朋友们坐在那里下棋的;我又惊又怕,感觉到我的脚像长了根似的不由自主地站立在那里。因为我全忘了可以在一个真正的棋盘前用真正的棋子下棋,全忘了下棋的时候有两个完全不同的人真真切切互相面对面地坐着。我用了好几分钟才想起,这两个棋手在那里下的,其实同我在束手待毙的情况下跟我自己下了好几个月的那种棋是一回事儿。我发现,我疯狂地练习时所使用的那些密码只是这些骨制棋子的代替和象征;让我感到惊喜的是,棋子在棋盘上的移动同我在思维空间中假想的走步是一样的,正如一位天文学家用复杂的方法在纸上算出了一颗新行星,后来果真在天空中看到了这颗皎洁晶莹的星星的实体。我的惊喜同那位天文学家的惊喜大概很相似。我像是被磁铁吸住了,凝视着棋盘,望着那儿我的棋图——马、象、王、后、卒等木雕的真实棋子;为了看清这局棋的阵势,我不得不下意识地先将这些棋子从我那抽象的符号世界里退出来,进入活动棋子的世界中来。好奇心渐渐主宰了我,想观看两位棋手之间真正的较量。这就发生了很尴尬的事,我竟把礼数忘了到九霄云外,参与到你们的棋局中来了。但是您的朋友那步昏着像在我心里捅了一刀。我阻止他走那一步,这纯粹是一种本能行为,是感情冲动的表现,正如一个人看到一个孩子弓身挂在栏杆上,就不假思索地将他一把抓住一样。后来我才意识到,我一性急就贸然行事,这有多么唐突。"

我赶忙对B博士说,通过这件偶然的事能与他相识,我们大家都很高兴,对我来说,在听了他向我吐露种种情况后,要是在明天的临时棋赛上能见到他出场,定会兴趣倍增。B博士听了,做了个不安的动作。

"可别这么说,您真的不要对我抱过多的希望。对我来说,这不过是试一试罢了……试试我到底能不能正常地下棋,能不能用实实在在的棋子同一个活跃着生命力的人在真正的棋盘上对弈……因为我现在越来越怀疑我下过的几百盘,或许是数千盘棋是否真正符合国际象棋的规则,会不会仅仅是一种梦里的棋,一种谵妄棋,一种谵妄游戏,做这种游戏总像是在梦里一样,许多中间阶段都跳过去了。希望您不是当真指望让我不自量力,竟以为能与国际象棋大师,而且是当今世界第一高手较量一番,但愿您对此不要抱有认真的指望。使我感兴趣并让我全力以赴的,仅仅是一种事后的好奇心,想证实一下我那时在囚室里是在下棋还是已经疯了,我当时是处在危险的暗礁之前,还是已经到了它的另一面——仅此而已,只是仅此而已。"

这时船尾响起了进晚餐的锣声。我们聊了几乎两个小时了,B博士对我讲的,要比我在这里归纳的多得多。我衷心向他表示感谢,并向他告辞。但是我刚走上甲板,他就从后面追了上来,他激动地、甚至有点儿结结巴巴地补充说:

"还有件事!请您马上先转告诸位先生,免得我到时候显得没有礼貌;我只下一盘……就让这盘棋把旧账画上个句号——彻底了结,而不是新的开始……我不想第二次染上如痴如狂的棋瘾,这种棋瘾现在回想起来都感到胆战心惊……还有,还有,当时大夫警告过我……郑重其事地警告过我。对某种东西染上了瘾,永远存在着危险,中过棋毒的人即使已经治好了,最好还是不要挨近棋盘……所以,您明白——只下一盘棋,对我自己做个试验,绝不多下。"

第二天，在约定的时间三点钟，我们大家都准时聚集在吸烟室里。我们这边又增加了两位"国王游戏"的爱好者，他们是船上的高级海员，是专门向船上请了假来看比赛的。岑托维奇也没有像昨天那样让别人等他。按照规定挑好了棋子的颜色之后，这场值得纪念的、由Homo obscurissimus①对著名的世界冠军的国际象棋比赛就开始了。可是很遗憾，这盘棋只是为我们这些外行观众下的，其进展情况没有保存，没有载入国际象棋年鉴，就像贝多芬的一些钢琴即兴曲没有留下乐谱一样。尽管我们在以后的几个下午想一起根据记忆将这盘棋复原，结果是白折腾一场；也许在棋赛进行过程中我们对两位棋手倾注了过多的热情，因而忽视了棋局的进程。因为两位棋手在外表上表现出来的智力差异，在棋局进行过程中在形体上显得愈来愈清楚。岑托维奇这位行家在整个比赛时间里像块石头，一动不动，两眼低垂，紧盯棋盘；在他来说，思考的时候简直像要付出体力似的，使他全部器官不得不高度集中。相反，B博士的举止轻松自如，无拘无束。作为真正的业余爱好者，B博士的身体是完全放松的，就业余爱好者这个词的最美好的意义上来说，下棋只是游戏，是令人快乐的游戏。在头几步棋的间隙里，他在闲聊中给我们讲棋，并潇洒地点着一支烟，只有轮到他走的时候，他才往棋盘上看上一分钟。他每次都给别人这样的印象，仿佛他早就在等着对手的这步棋了。

开局的几步熟套棋下得相当快。到了第七或第八回合一个明确的计划好像才出来。岑托维奇考虑的时间越来越长，由此

---

① 拉丁文：无名之辈。

我们感到,争取优势的真正战斗开始了。说实话,局势的渐渐发展像真正比赛时的每盘棋一样,对我们这些外行来说是相当失望的。因为棋子越是相互交织,形成一个特殊图案,我们对真正的情况就越是捉摸不透。我们既搞不清这位棋手的目的何在,不明白另一位有何打算,也不知道两人之中哪位是先手。我们只看到一个个棋子像起重机似的在挪动,想砸开敌阵,但是他们这样来来往往有何战略意图,我们却不得而知,因为慎重的棋手每走一步都要预先推断出好几步。另外,我们渐渐感到一种令人瘫痪的疲倦,这主要是由岑托维奇考虑的时间拖得没完没了引起的,这显然也激怒了我们的朋友。我心情不安地发现,这盘棋时间拉得越长,他在椅子上心神不宁地动得越厉害。由于烦躁不安,他一会儿一支接一支地抽着烟,一会儿又抓起铅笔记点儿什么。接着他又要了一瓶矿泉水,心急火燎地把水一杯杯灌下肚去;显然,他的推断要比岑托维奇快一百倍。每次,岑托维奇没完没了地考虑以后,决定用他笨重的手将一个子往前一挪,我们的朋友就像见到期待已久的事情终于发生了一样,随即微微一笑,马上就应了一着。他的判断力极其神速,脑袋里一定把对方的一切可能性都预先计算出来了;因此,岑托维奇思考的时间越长,他就越发心烦意乱,在等待的时候他的嘴边强压着一股子火气,几乎是一股子敌意。可是岑托维奇却仍然不慌不忙。他顽固地思索着,默不作声,棋盘上的棋子越少,他琢磨的时间就越长。到第二十四个回合就已足足下了两小时四十五分钟,我们大家已经坐得疲惫不堪,对棋台上的进展几乎无动于衷了。船上的高级海员一个已经走了,另一个拿着一本书在看,只是在棋手走子的时候才抬头瞥上一眼。可是等到岑托维奇的一步棋一走,这时意想不到的事突然发生了。B博士一发现岑托维奇抓住马要往前跳,就像准备扑跳的猫一样弓缩着身子。他浑身开始发抖,岑托维奇的马一跳,他就把后狠狠地往前一推,以胜利的姿态大声说:"好!结束战斗!"说完便将身子往后一靠,双臂交叉搁在胸前,并以挑战的眼光看着岑托维奇。他的瞳孔里突然闪烁着一团灼热的光。

我们大家不由得都俯下身来看着棋盘,想搞清以胜利者的姿态高声宣布的这一步棋。第一眼看不出有什么直接的威胁。那么我们朋友的话一定是就局势的发展而言的,而这一发展我们这些考虑得不远的业余爱好者还计算不出来。听到那挑衅性的宣告,岑托维奇是我们中唯一不动声色的人;他平心静气地坐着,仿佛压根儿没有听见"结束战斗!"这句侮辱性的话似的。室内没有任何反应。因为我们大家下意识地屏住了呼吸,所以那只放在桌上做计时用的闹钟的滴答声一下子听得清清楚楚。三分钟,七分钟,八分钟——岑托维奇一动不动,可是我觉得,由于心里紧张,他厚厚的鼻孔似乎张得更宽了。对于这种默默的等待,我们的朋友似乎也同我们一样觉得难以忍受。他突然站了起来,开始在吸烟室里走来走去,起先走得很慢,后来越走越快,越走越快。我们大家都有些奇怪地望着他,不过谁也没有我着急,因为我注意到,虽然他走来走去显得很急,然而他的脚步所迈经的那个空间范围每次都是一样的,这就仿佛他在空荡荡的房间里每次都碰到一个看不见的障碍物,迫使他不得不往回走。我不禁打了个冷战,我发现,他这样走来走去,无意中重现了他从前那间囚室的尺寸:在他被囚禁的几个月中一定也是这样,双手抽搐,肩膀蜷缩,同关在笼子里的动物一样跑来跑去;

他在那儿一定就是这样,就只能是这样来来往往跑了上千次,在他僵呆而兴奋的目光里闪烁着发狂的红光。不过他的思维能力看来尚未受到损伤,因为他不时烦躁地朝棋桌转过脸去,看看岑托维奇此刻是否做出了决定。九分钟,十分钟过去了。这时终于发生了我们之中谁也没有料到的事。岑托维奇缓缓抬起他那只一直一动不动地搁在棋桌上的手。我们大家都紧张地注视着他将做出的决断。然而岑托维奇没有走子,而是翻过手,手背果断地一推,将所有的棋子慢慢拨出棋盘。过了一会儿我们才明白:岑托维奇放弃了这盘棋。为了免得当着我们的面明显地被将死,他缴械了。难以置信的事发生了,世界冠军、无数次比赛的折桂者,在一个无名之辈面前,在一个已有二十年或者二十五年没有碰过棋盘的人面前卷起了旗帜。我们的这位匿名朋友,棋界的无名小卒,在公开比赛中战胜了当今世界国际象棋第一高手!

不知不觉中我们激动得一个个都站了起来。我们每个人都觉得,B博士一定会说点儿或做点儿什么来疏导一下我们快乐的受到惊吓的情绪。唯一纹丝不动地保持着镇定的便是岑托维奇。过了一阵,他抬起头来,用冷漠的目光望着我们的朋友。

"还下一盘吗?"他问道。

"当然。"B博士回答,他那种热情让我感到很不对头。我还没来得及提醒他自己下的"只下一盘"的决定,他就已经坐下了,并开始急急忙忙地把棋子重新摆好。他将棋子集拢的时候是那么激动,以致一个卒子两次从他哆哆嗦嗦的手指间滑到地上;我原先心里就极不好受,现在见他很不自然的激动神情,我心里非常害怕。因为他本是个文质彬彬、温文尔雅的人,现在显然兴奋过度;他嘴角上的抽搐也更频繁,他像发了高烧,全身不住地颤抖。

"别下了!"我在他耳边悄悄说,"现在别下了!您今天已经够了!对您来说,这太费神了。"

"费神!哈哈哈……"他恶狠狠地放声大笑,"要不是这么磨蹭,这期间我都可以下十七盘了!这么慢的速度,又不好睡着,这才是唯一让我费神的呢!——行了!这回您开棋吧!"

最后这几句话他是对岑托维奇说的,语调激烈,近乎粗鲁。岑托维奇静静地、泰然自若地望着他,但是他冷漠的目光似乎是一只攥紧的拳头。突然,两位棋手之间出现了新的情况:危险的紧张气氛和强烈的仇恨。现在已不再是两位互相一比高低的棋手,而是两个敌人,都发誓要把对方消灭。岑托维奇犹豫了很长时间才走第一步棋,我明显地感到,他是有意拖那么长时间的。显然,这位训练有素的战略家已经发现,恰恰是由于他下得慢才弄得对手筋疲力尽和烦躁不安。因此,他用了至少有四分钟,才走了一步最普通、最简单的开局棋:按常规把王前卒往前挪两格。我们的朋友立即以王前卒向迎,可是岑托维奇又做了一次没完没了的停顿,简直让人难以忍受;这就像天上划过一道强烈的闪电,大家心里怦怦直跳,等着惊雷,可是惊雷就是不下来。岑托维奇一动不动。他静静地、慢慢地思索着,我越来越确定地感觉到,他这慢是恶毒的;不过这倒给了我充裕的时间去对B博士进行观察。他刚把第三杯水喝下;我不由自主地想到,他给我讲过在囚室里感到一种发高烧似的口渴。这时他身上已经明显地出现了所有反常的激动的征兆;我看见他的额头潮湿了,手上的伤疤比先前更红、更显著了。但是他还控制着自己。到了第四个回合,岑托维奇考虑起来又是没完没了,这下B博士沉不住气了。

"总得走棋呀!"

岑托维奇抬起头,冷冷地看着他。"据我所知,我们是约定的,每步棋有十分钟思考时间的呀!我下棋,原则上都不少于这个时间。"

B博士紧紧咬着嘴唇。我发现,在桌底下,他的脚烦乱地、越来越烦乱地摆来摆去往地板上蹭。我有一种预感,觉得他身上正在酝酿着某种荒唐的东西。这种预感压得我喘不过气来,使我自己也无法阻挡地变得越来越神经质了。事实上,下到第八个回合又发生了一场风波。B博士等啊等,等得越来越不能自制,他再也无法抑制自己的张力了;他坐在那儿不停地来回晃动,而且禁不住开始用手指头敲着桌子。岑托维奇抬起他那沉重的乡巴佬式的脑袋。

"可以请您别捶桌子吗?这对我是个打搅。这样我无法下棋。"

"哈哈!"B博士短短地笑了一声,"这一点倒是都看见了。"

岑托维奇涨红着脸,严厉而带着恶意地问道:"您这话是什么意思?"

B博士又短短地、幸灾乐祸地笑了起来。"没有什么意思。只不过您显然非常不耐烦了。"

岑托维奇没有吭声,低下了脑袋。

过了七分钟他才走子。这盘棋就是以这种慢死人的速度进行着。岑托维奇常常在发愣,而且似乎越来越厉害,后来他总是到约定思考时间的最大限度时才决定走一步棋,而从一个间歇到另一个间歇,我们朋友的举止变得越来越奇怪。看来他似乎毫不关心这盘棋,而是在忙于别的事呢。他不再焦灼地跑来跑去,而是一动不动地坐在他的座位上。他的眼睛直瞪瞪地、几乎是迷乱地凝视着前面的虚空,不停地喃喃自语,说的话谁也不懂;他不是沉湎在没完没了的棋阵组合,就是在创造另一些新的棋局——我怀疑他是在想新棋局——因为在岑托维奇终于走了一步棋之后,每次都得别人提醒B博士,把他从心不在焉的状态中叫回来。随后他每次都只需一分钟了解一下局势;我越来越怀疑,处在这种突然剧烈发作的冷冰冰的精神错乱状态中,其实他早把岑托维奇和我们大家忘掉了。果然,下到第九个回合,危机就爆发了。岑托维奇刚一落子,B博士连棋盘都没有好好瞅一眼,便突然把他的象向前挺进三格,并喊了起来,声音大得把我们大家吓了一跳:

"将!将军!"

大家怀着希望看到一步妙着的心情,立即一齐注视着棋盘。但是一分钟以后所发生的情况,我们谁也没有料到。岑托维奇缓慢地、非常缓慢地抬起头,把我们这群人一个挨一个看了一遍,此前他从未这样做过。他显出一副得意扬扬的神气,他的嘴唇上渐渐开始浮现出一丝得意的、嘲讽的微笑。一直等到他把这个我们仍不理解的胜利充分享受以后,才带着虚假的客套朝我们这帮人转过脸来。

"遗憾——我可看不出有'将'的棋。也许哪位先生看出对我的王构成了'将军'?"

我们望着棋盘,随后又不安地看着B博士。岑托维奇的王格确实有一个卒保护着,挡住了对方的象,也就是说,对王构不成将军,这样的棋是孩子都能看得出的。我们心里都很不安。难道是我们的朋友情急之中走偏了一个子,走远了一格还是走近了一格?我们的沉默引起了B博士的注意。现在他眼睛盯着棋盘,开始急躁地、结结巴巴地说:

"但是王确实应该在f7上呀……它的位置错了,完全错了。您走错了!棋盘上所有的棋子位置全错了……这个卒应该在g5上,而不该在f4……这完全是另一盘棋呀……"

他突然顿住了。我使劲抓住他的胳膊,确切地说,我是在狠狠地掐他的胳膊,他虽然正处在激动不安的迷惘中,大概还是感觉到我在掐他。他转过脸来,像个梦游者似的紧紧望着我。

"您……想干什么?"

我只说了句"Remember!"①别的什么都没说,同时用手指触了触他手上的疤。他下意识地跟着我的动作做了一遍,目光呆滞地望着自己手上那道血红的伤痕。接着他突然开始颤抖起来,全身起了一阵寒战。

"上帝保佑,"他苍白的嘴唇悄声说道,"我说了什么荒唐话,做了什么荒唐事吗……到头来我又……?"

"没有。"我对他悄悄耳语,"但是您得立即中断这盘棋,现在是关键时刻。请您想一想大夫对您说的话!"

B博士猛地站了起来。"请原谅我的愚蠢的错误,"他以往日那种客客气气的声音说,并向岑托维奇鞠了一躬,"当然,刚才我纯粹是胡说八道。这盘棋理所当然是您赢了。"接着他又转向我们。"我也要请诸位先生原谅。不过我预先告诫过你们,要你们不要对我抱太多期望。请原谅我的出丑——这是我最后一次试

---

① 英语:记住。

下国际象棋。"他鞠了一躬就走了,他的神情和先前出现时一样,谦虚而神秘。只有我知道,此人何以再也不会去碰棋盘,而其他人还都有点儿迷惑不解地呆在那里,心里隐隐约约地感觉到,在千钧一发之际避免了一场极不愉快和极其危险的冲突。"Damned fool!"[①]麦克康纳在失望之余叽里咕噜地骂了一句。岑托维奇最后一个从座位上站起来,还朝那盘下了一半的棋看了一眼。

"可惜,"他大度地说,"这个进攻计划一点儿也不坏。对一位业余爱好者来说,这位先生的天赋委实是异乎寻常的。"

韩耀成　译

[①] 英语:该死的笨蛋。

茨威格1936年用英文写的简历

我于1881年11月28日生于维也纳,后来我攻读哲学。但我真正的学习却始之于长时间欧洲、美洲和印度的旅行;我的内在的教育始之于与我同时代的著名人物——凡尔哈仑、罗曼·罗兰、弗洛伊德、里尔克的友谊。我的固有的成分一直是一种强烈的心理学上的好奇,这种好奇我首先试着在涉及个人命运的一些性格化的短故事上加以运用(如《热带癫狂症》《情感的迷惘》和关于妥斯陀耶夫斯基、托尔斯泰和巴尔扎克的文学性速描)。

直到战争的爆发——这对我既是最深刻的感情上的震动,也是最重要的道德上的教训——我对世界历史才开始较为密切地加以关注。我着手重新去研读它,带着这样的目的:或许借此能更好地去理解我们当前的时代;特别是往昔中那些批判的反叛时代使我能同当代去加以类比(福煦、玛丽·安东内特、埃拉斯姆斯)。自从战争以来,完全遵循这样一个方针进行写作看作是我的道德义务,即有助于我们时代进一步积极的发展:通过对往昔的解释,通过对当代的警告——因为我相信,促进人之间的联合和加深人民和民族间相互理解,为此所做的努力是有价值的。

从一开始我的目光总是注视世界主义(das Kosmopolitische),我的思想远离赤裸裸的民族主义。因此,我认为——决不是自诩——我的著作的影响也超出了民族,这是一种特别幸运的机缘,甚至是生活所给予我的最伟大的祝福。正如我感到整个世界是我的家乡一样,我的书在地球上所有语言中找到友谊和接受。

高中甫　译

绝 命 书

  在我自愿和神志清醒地同这个世界诀别之前,一项最后的义务逼使我要去把它完成:向这个美丽的国家巴西表示我衷心的感激。它对我是那样善良,给予我的劳动那样殷勤的关切,我日益深沉地爱上了这个国家。在我自己的语言所通行的世界对我说来业已沦亡和我精神上的故乡欧洲业已自我毁灭之后,我再也没有地方可以从头开始重建我的生活了。

  年过花甲,要想再一次开始全新的生活,这需要一种非凡的力量,而我的力量在无家可归的漫长流浪岁月中业已消耗殆尽。这样,我认为最好是及时地和以正当的态度来结束这个生命,结束这个认为精神劳动一向是最纯真的快乐、个人的自由是世上最宝贵的财富的生命。

  我向我所有的朋友致意!愿他们在漫长的黑夜之后还能见得到朝霞!而我,一个格外焦急不耐的人先他们而去了。

斯蒂芬·茨威格
1942年2月22日于彼得罗保利斯

高中甫 译

茨威格生平和创作年表

1881年 出生于维也纳。父亲莫里茨·茨威格(1845—1926)是纺织工厂主,母亲伊达·茨威格是一个银行家的女儿,父母均系犹太人。

1887—1892年 在小学读书。

1892—1900年 在中学读书,并开始创作,到中学毕业时已在报纸、杂志上发表百余首诗歌。

1900年 进维也纳大学攻读哲学和文学史。

1901年 第一部诗集《银弦集》在柏林出版。

1902年 发表第一个短篇小说《出游》;他翻译的保尔·魏兰诗集和波德莱尔诗文集分别在柏林和莱比锡出版。同年夏天,前往比利时旅行,首次与艾米尔·凡尔哈伦晤面。

1902—1903年 转入柏林大学。

1904年 结束大学学业,毕业论文的题目是《希波利特·泰纳的哲学》;第一部短篇小说集《艾利卡·埃瓦尔德之恋》出版,内收有四篇小说:《雪中》(1900年写就)、《出游》《艾利卡·埃瓦尔德之恋》和《生命的奇迹》；他翻译的《维尔哈伦诗选》在柏林出版。前往巴黎、伦敦，翌年又前往西班牙和阿尔及尔旅行。

1906年　诗集《早年的花环》在莱比锡出版；同年，他翻译的A．G．B．罗素的《威廉·布莱克的幻想的艺术哲学》在莱比锡出版。

1907年　在莱比锡出版了他的第一部剧作《泰尔西特斯》，这部诗剧翌年在德累斯顿和卡塞尔上演。

1908—1909年　在印度、锡兰、缅甸和尼泊尔旅行。

1910年　写下第一部传记《艾米尔·凡尔哈伦》

1911年　前往北美和加勒比地区旅行。小说集《初次经历》出版，内收四篇小说：《夜色朦胧》《家庭女教师》《灼人的秘密》和《夏天的故事》。

1912年　独幕剧《变化不定的喜剧演员》首次上演，悲剧《滨海之宅》在维也纳城堡剧院首演。与弗里德利克·马利亚·冯·温德尼茨(1882—1971)(他的第一个妻子)首次相遇。

1914年　第一次世界大战爆发，他自愿入伍，申请在军事资料部门服役。

1916—1917年　在萨尔茨堡购房定居。反战戏剧《耶利米》出版。前往瑞士进行一次演讲旅行，在苏黎世观看《耶利米》的排练，拜访罗曼·罗兰。

1918年　戏剧《生活的传说》在汉堡上演。

1920年　与弗里德利克·冯·温德尼茨结婚。发表小说《桎梏》和《三位大师》(巴尔扎克、狄更斯、陀思妥耶夫斯基)，此系他的《世界建筑师》的第一部；同年底，出版传记《罗曼·罗兰，其人和作品》。

1922年　发表小说《热带癫狂症患者》和传奇《永恒的目光》《日内瓦湖畔的插曲》。

1924年　诗歌全集出版。

1925年　《与魔的搏斗》(荷尔德林、克莱斯特、尼采)出版,此系《世界建筑师》的第二部。

1927年　小说集《情感的迷惘》出版,开始着手写《世界建筑师》的第三部:《三位作家的生平》(卡萨诺瓦、司汤达、托尔斯泰)。

1928年　《三位作家的生平》出版。同年9月,赴苏联参加托尔斯泰诞辰百年纪念会。

1929年　政治家传记《约瑟夫·福煦》出版,悲喜剧《穷人的羔羊》发表。

1930年　去意大利旅行,在索伦托拜访高尔基。

1931年　赴法旅行,写《玛丽·安东内特》和长篇小说《邮局小姐的故事》(这部长篇没有完成,根据遗稿整理,又名《青云无路》)。

1932年　《玛丽·安东内特》出版。

1933年　希特勒上台,茨威格的作品被焚烧。

1934年　在萨尔茨堡的住宅被搜查,移居伦敦,《鹿特丹人伊拉斯谟的胜利和悲哀》出版。绿蒂·阿尔特曼成为他的秘书。着手写《马利亚·斯图亚特》。

1935年　由里夏德·施特劳斯谱曲,茨威格编剧的歌剧《沉默的女人》在德累斯顿首演,三天后被禁;《马利亚·斯图亚特》出版。

1936年　《卡斯台里奥反对加尔文》出版。同年8月,前往巴西旅行,并参加在阿根廷召开的国际笔会大会。

1937年　《蜡烛台记》出版;完成长篇小说《心灵的焦躁》第二稿。同年5月,与弗里德利克分手。

1938年　在葡萄牙同绿蒂一起。《麦哲伦》出版。同年2月,与弗里德利克离婚。申请加入英国国籍,在美国进行讲演旅行。

1939年　长篇小说《心灵的焦躁》出版,获得成功。第二次世界大战爆发。同绿蒂结婚。

1940年　3月,获英国国籍,在巴黎、纽约和南美进行讲演旅行。

1941年　着手写自传;同年9月,乘船前往巴西,先羁留在里约热内卢,后移居彼德罗保利斯;完成《国际象棋的故事》;同年11月,将自传《昨日的世界》的手稿寄给出版社。同年12月,珍珠港事件爆发。

1942年　2月22日,与妻子一道在彼德罗保利斯自杀。《国际象棋的故事》《昨日的世界》分别在阿根廷和瑞典出版。

高中甫　译